Maria Bellonci
Rinascimento Privato

ルネサンスの華

イザベッラ・デステの愛と生涯

上

［目次］

フェルラーラ　エステ家系図　（公爵）

＝：結婚
｜：嫡子
∫：庶子
（）：生没年
〈〉：在位

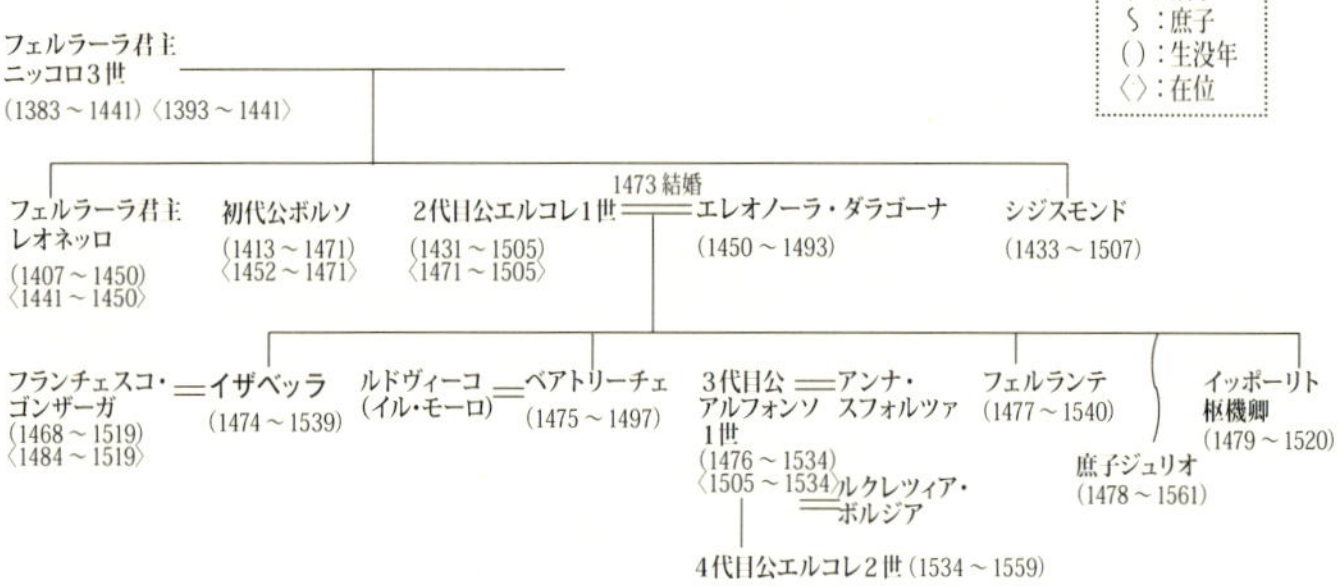

フェルラーラ君主
ニッコロ3世
（1383～1441）〈1393～1441〉
フェルラーラ君主
レオネッロ
（1407～1450）
〈1441～1450〉
初代公ボルソ
（1413～1471）
〈1452～1471〉
1473 結婚
2代目公エルコレ1世
（1431～1505）
〈1471～1505〉
エレオノーラ・ダラゴーナ
（1450～1493）
シジスモンド
（1433～1507）
フランチェスコ・ゴンザーガ
（1468～1519）
〈1484～1519〉
イザベッラ
（1474～1539）
ルドヴィーコ（イル・モーロ）
ベアトリーチェ
（1475～1497）
3代目公
アルフォンソ
1世
（1476～1534）
〈1505～1534〉
アンナ・スフォルツァ
ルクレツィア・ボルジア
フェルランテ
（1477～1540）
庶子ジュリオ
（1478～1561）
イッポーリト
枢機卿
（1479～1520）
4代目公エルコレ2世（1534～1559）

マントヴァ　ゴンザーガ家系図　（侯爵・1530年以降、公爵）

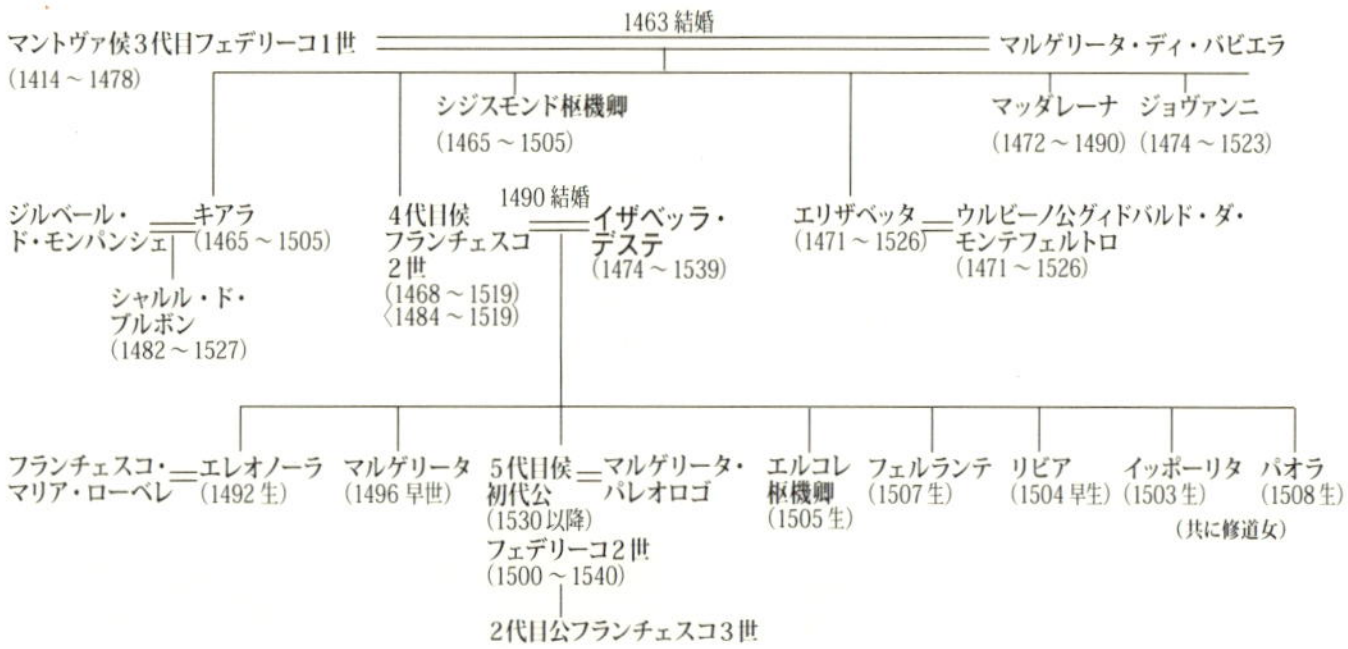

1463 結婚
マントヴァ侯3代目フェデリーコ1世
（1414～1478）
マルゲリータ・ディ・バビエラ
シジスモンド枢機卿
（1465～1505）
マッダレーナ
（1472～1490）
ジョヴァンニ
（1474～1523）
ジルベール・ド・モンパンシェ
キアラ
（1465～1505）
シャルル・ド・ブルボン
（1482～1527）
1490 結婚
4代目侯
フランチェスコ
2世
（1468～1519）
〈1484～1519〉
イザベッラ・デステ
（1474～1539）
エリザベッタ
（1471～1526）
ウルビーノ公グィドバルド・ダ・モンテフェルトロ
（1471～1526）
フランチェスコ・マリア・ローベレ
エレオノーラ
（1492生）
マルゲリータ
（1496早世）
5代目侯
初代公
（1530以降）
フェデリーコ2世
（1500～1540）
マルゲリータ・パレオロゴ
エルコレ
枢機卿
（1505生）
フェルランテ
（1507生）
リビア
（1504早生）
イッポーリタ
（1503生）
パオラ
（1508生）
（共に修道女）
2代目公フランチェスコ3世

ミラノ　スフォルツァ家系図　（公爵）

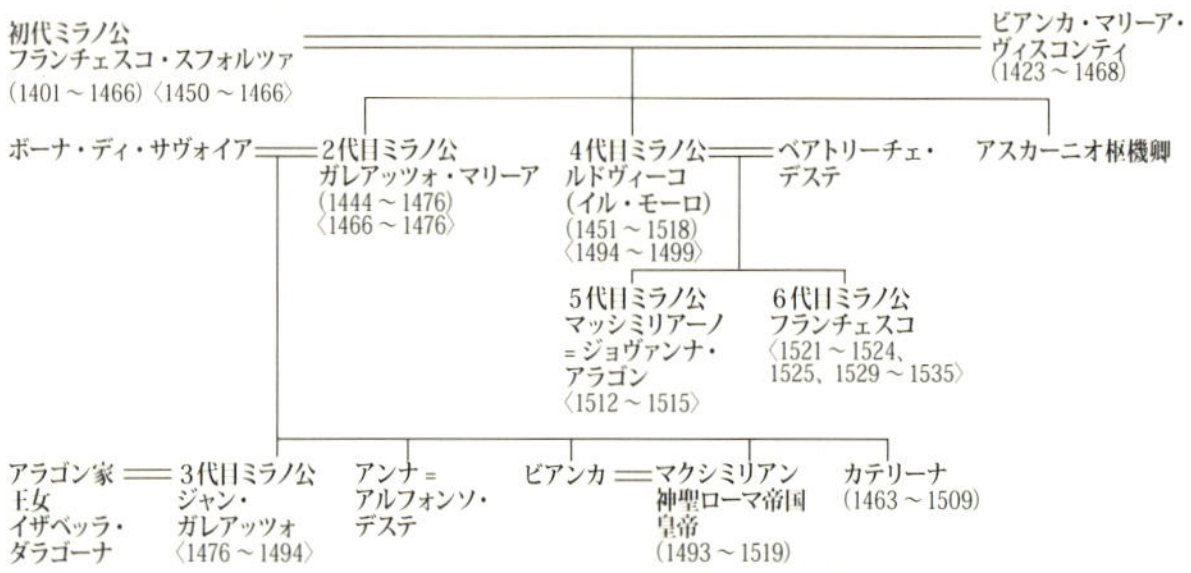

初代ミラノ公
フランチェスコ・スフォルツァ
（1401～1466）〈1450～1466〉
ビアンカ・マリーア・ヴィスコンティ
（1423～1468）
ボーナ・ディ・サヴォイア
2代目ミラノ公
ガレアッツォ・マリーア
（1444～1476）
〈1466～1476〉
4代目ミラノ公
ルドヴィーコ
（イル・モーロ）
（1451～1518）
〈1494～1499〉
ベアトリーチェ・デステ
アスカーニオ枢機卿
5代目ミラノ公
マッシミリアーノ
＝ジョヴァンナ・アラゴン
〈1512～1515〉
6代目ミラノ公
フランチェスコ
〈1521～1524、1525、1529～1535〉
アラゴン家王女
イザベッラ・ダラゴーナ
3代目ミラノ公
ジャン・ガレアッツォ
〈1476～1494〉
アンナ＝アルフォンソ・デステ
ビアンカ
マクシミリアン
神聖ローマ帝国
皇帝
（1493～1519）
カテリーナ
（1463～1509）

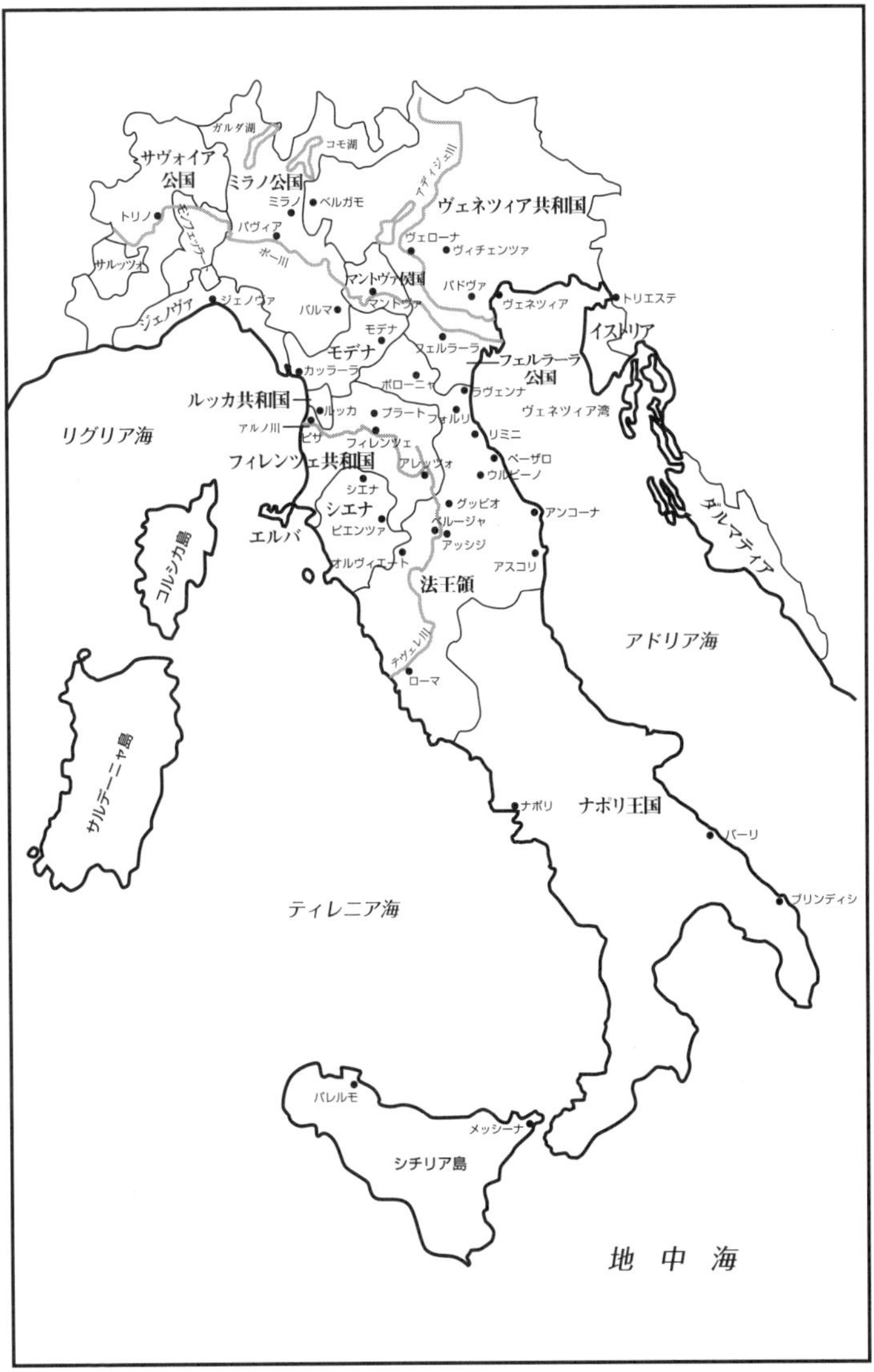
ガルダ湖
コモ湖
サヴォイア公国
ミラノ公国
ミラノ
ベルガモ
ヴェネツィア共和国
トリノ
パヴィア
ポー川
ヴェローナ
ヴィチェンツァ
サルッツォ
マントヴァ侯国
マントヴァ
パドヴァ
ジェノヴァ
パルマ
ヴェネツィア
トリエステ
モデナ
フェルラーラ
イストリア
カッラーラ
フェルラーラ公国
ボローニャ
ルッカ共和国
ルッカ
プラート
ラヴェンナ
ヴェネツィア湾
アルノ川
ピサ
フォルリ
リミニ
リグリア海
フィレンツェ
フィレンツェ共和国
アレッツォ
ペーザロ
ウルビーノ
シエナ
グッビオ
アンコーナ
エルバ
ピエンツァ
ペルージャ
アッシジ
コルシカ島
オルヴィエート
アスコリ
法王領
ダルマティア
アドリア海
テヴェレ川
ローマ
サルデーニャ島
ナポリ
ナポリ王国
バーリ
ブリンディシ
ティレニア海
パレルモ
メッシーナ
シチリア島
地　中　海

15 世紀末のイタリア

1

青春の指標

時計の間　一五三三年

わたしの秘密は、ときどき恐ろしいことに向かおうとするある追憶。たくさんのわたしの時計がそれぞれの音色で時を刻みつづけるこの部屋で、渦巻く流れのただ中に身を置いて、わたしはひとり、身じろぎもせず、しかも今にも走りだそうとしている。顔を上げると、流れが火のように輝くのが見える。その輝きの一つひとつに、ある心象風景が重なっている。生きるということの嵐のせいで、わたしはいつも『わたしでないわたし』。時間とは、なに？　時間はなぜ過ぎ去ったものと見なさなければいけないの？　生きているうちは、現在という時間だけしか存在しないのに。容赦のない力がわたしの内奥につかみかかる。その力が前向きなのか、それとも破壊的なのか、それはわたしにはわからない。少なくともうわべから見るかぎりでは、その基準もない。

日が暮れる。すべての燭台に火がともり、さん然と輝く。とりまきの者たちを引き下がらせる。わたしはこのごろよくそうする。小テーブルの上に広げられた手紙の癖のある文字は、はっきりと見分けがつく。静かな怒りが胸にこみあげるけれど、手紙を受け入れる自らの不可解さに驚いて、怒りは砕け散る。あの方はわたしがなびくことを、いいえ、むしろ加担することを、どうして当てになさるのかしら？　「お願いですから、わたしに手紙をお書きになりませんように。遠い北のわたしの国をご利用なさいませんように。わたしを恐れることなどもうないのですから」さらにまた「あなたがわたしを避けられたことに思いをいたすのは、わたしの罪深いよろこびなのです」

わたしがあの方に手紙を書く？　わたしがあの方を避ける？　わたしがあの方を恐れる？　値踏みをされているわたし？　それでもこの手紙を読みながら、わたしの胸の中に、ひたむきな思いとは裏腹の、むしろそれを押し殺してしまいそうな心の揺らぎを感じとらずにはいられない。

イングランド生まれの外国人からのこれらの手紙は、やましいところはなく、奥底に秘められたなにか強い魅力の危険といったものを案じなくてもすむような、気立てのよい、優雅な、無邪気な話で満たされているようにいつもわたしには思えた。けれども、その一瞬が過ぎ去ると、人間を特徴づけるさまざまな形の関わりを通して、わたし自身についてあれこれきびしく吟味することをわたしは思いつく。たとえ人間というものが定義できるとしても……。時計が鳴り、時を刻んでいることに気がつく。それがわたしにはなにかの合図のように聞こえる。

生きぬいてきたその時々のわたしを順に思い起こす。わたしの人生の初めのころは、自然の衝動のままの曲折したもの。確かでないことも多々あったけれど、万事はいい方向に進んでいた。そのころのことは、まとまりのない記憶のほかに、敗れないことへの権利のような意識を与えてくれる精力がわたしには残っている。その後に、現実についての権利という側面をすっかりくつがえしてしまい、わたしの青春時代の初期を第二の時期からすっぱり切断してしまった試練が実際に訪れた。フランスのルイ十二世の軍隊の猛攻を受けてミラノ軍が惨めな潰走をするという現実が、呪われた到着点のようにわたしたちの前に立ちはだかったのは、ちょうど一五〇〇年の四月のこと。

⚜ ⚜ ⚜

霧の深い春の冷えこんだ明け方、まだベッドにいるわたしを不意に乳母のコロンバが起こしにきて、本当だとするとあまりに恐ろしいことを告げる。大急ぎでベッドから下り、毛皮で縁どりした部屋着をはおると、わたしは走り出す——わたしの内にあるなにかが、わたしの体の動きを拒んでいる——近くの部屋に入ると同時に、疲れきったあお毛の馬の頭が見え、城内のわたしの住居に通じるらせん状の坂道に、馬にまたがった義弟のジョヴァンニ・ゴンザーガ殿の姿が現われた。馬の頭は騎馬武者をかくしてはいなかったけれども、頭をのけぞらせて白目をむくと、その姿を見えにくくする。人も馬もともに埃と泥にまみれていて、もはや精根つきはてようとしている。そのためにジョヴァンニ殿は馬の手綱をゆるめ、供をしてきた従者に助けられてようやく横に滑りおりる。かぶった埃が髪をまっ白にしているせいか、いちばん若い義弟のジョヴァンニ殿がひどく年をとったように見える。彼は恐怖と疲労で足もとをふらつかせ、取り乱したようすを見せて、かん高くとげとげしい声を出す。けれども、彼の身に起こったこと、これから起こることを、ことばを途切らせながら告げるときは、すっかり声を変えていた。

「イル・モーロはもうおしまいだ!」と、彼はしわがれた声で叫んだ。「われわれは皆、おしまいだ。とりわけイザベッラ、あなたにとっては——。あの人はスイス兵に偽装して、スイス歩兵隊の中にまぎれこんでいるところを捕らえられてしまったのです。傭兵どもは戦うのを嫌がって、故郷へ逃げ戻ろうとしていました。あの人、イル・モーロも傭兵にまじり運を天にまかせて歩いていました。ところがスイスのローザンヌからきた兵士のひとりがあの人を見破って、フランス軍に通報したのです。ガレアッツォ・ディ・サン・セヴェリーノも捕らえられました。あの人たちは捕虜としてフランスへ送られるでしょう。アスカーニオ枢機卿は私とともに逃れましたが、隠れ家をさがすというのでピアチェンツァ付近で別れました。ひとり残らずミラノから逃げ出しました。生きて捕らえられた者は、のどをかき切られたり、四つ裂きにされました。われわれはどうだったでしょう？　私はあなたにお知らせするために、ただマントヴァにたどり着くことだけを考えました。まっ先にあなたにお知らせするために」

彼の首はあたかも折れたかのように横に傾き、声はぜいぜいと喘いでいるのどの中にかき消える。次の間に控えていた女官たちが動き出すけれど、あえてわたしに近寄る者はない。彼女たちは広間の奥に出てくると、そこここの階段に走り、扉という扉を開け放ち、城内の者たちを呼び集めるのに大声をあげて泣き叫んだ。マンテーニャ画伯の絵『凱旋』の下に立ちつくし、そこに描かれた捕らわれ人そっくりにぼう然としているヴィオランテ夫人に、わたしは身ぶりで指図をする。夫人はそれとわかって、その場を立ち去る。ジョヴァンニ殿ははっとわれにかえると、にわかにわたしのほうに詰め寄ってくる。

「私はあなたのもとに駆けつけてきました。イザベッラ、私たちにふりかかろうとしている災難は、あなたでなければ退けられないのです。私たちが支え合わなければ、なにもかもおしまいです。住民や市街にふりかかる災難に目をつぶって逃亡し、フランス軍に道をあけるようなことはできません。私たちは防衛の手だてを考えておく必要があります。侯爵として兄上はすぐに私に指示を与えるべきです。私を送り出して危険な目に遭わせたのは兄上であり、兄上に助言した、いやどちらかというとそう仕向けたのはあなたです。この私をご覧ください。これが敗残の姿なのです。おそらくアスカーニオ枢機卿はここに難を逃れてくるでしょう。スフォルツァ家を守るために、あなたは無条件に支援することを確約し、あなたご自身をさえ差し出そうとなさったのですから。義姉上、あなたこそフランス軍からもっとも疑われています。フランス軍はあなたをスフォルツァ公女と呼んで、目の敵にしているのです。あなたを捕らえて人質にし、あなたの姫と胎内のお子ともども無理やりフランスへ送ろうと企んでいるのですぞ。イザベッラ、そのことをよく覚えておくことです。スフォルツァ家にとっては、すべては終わったのです。あの人々を守るという考えを頭の中から追い払いなさい。今後とも、けっして支援してやるに足るような輩どもではないのです」

　石のような冷酷なものがわたしの胸を息苦しくする。ジョヴァンニ殿は絶え間なくわたしを責めながら、訪れるはずの辛い運命をわたしに思い知らせようとする。彼の兄に当たる侯爵の居室へすぐにも行かなければならないことを彼に思い出させるために、わたしは小さなため息を吐いた。同時にわたしは彼を支えている従者に、主のために飲み物と包帯を用意するように命じた。こうしてわたしはジョヴァンニ殿と離れることができた。これまでの経験で、男たちが感情にかられるままにわめき立てるものだということを、わたしはよく知っていたから。

　わたしたちの侯国に、あるいはおそらくイタリア全土に災難がふりかかろうとしているということを、自分自身に言いきかせようとしたものの、ジョヴァンニ殿のことばの真の重大さが、わたしにはまだつかみきれていなかった。スフォルツァ家が盛運によってきらびやかな幻想に輝いていたころ、わたしはアスカーニオ枢機卿に確かにそう語った。それはまぎれもなく本当のこと。あのころはスフォルツァ家のすることなすことがすべて華麗であり、正義にかなっていたので、そうしたことから人々の尊敬を集めていた。ルドヴィーコ公、つまり伝説的人物イル・モーロは、彼が存在するというだけで、人々に信じられないほどの幸福感を与えたはず。明るさをよみがえらせる統治について、都市づくりについて、人々の暮らしについて論じるのを聞いた人々は、彼に心酔しきっていた。人々は気づくことのないままに公爵を受け入れていたけれど、いかばかり抜け目のないお人柄かを、ひとりわたしだけは熟知していた。統治手腕の奥の手は、彼の場合、変わり身の早い行動での即応力であり、自らの手によって統率する高度に力学的な取り組み。その昔、彼より格上のフランス王を礼拝堂付き司祭、そしてヴェネツィアを彼の商品倉庫と定義したこともある。権力が明白になるにつれて精神が風化し、そのことによって導かれたこのような確信は、むしろいっそう真実であり、決定的なもののように見えていた。

義弟のことばに衝撃を受けて、わたしは立ちあがった。わたしたちも？　ジョヴァンニのことばの意味を痛いほどに感じた。わたしたちにどのような災難がふりかかるのか？　イル・モーロのたったひとりの同盟者としてのわたしはどうなる？　夫がルドヴィーコをひどく憎んでいたということを幸運と考えるべきなのかもしれない。とにかく憎んでいたのは事実。スフォルツァ家に対する夫フランチェスコのその妬みと恨みは、今や希望の支えを揺り動かすものに変貌していた。わたしが信じていたいかなるものも、すべて深い淵に落ちこんでいた。わたしは深淵に転げ落ちまいとして茂みの枯れ枝にすがりついている思いでいた。

女官たちはみな、わたしのもとから立ち退いてしまっていた。弟の話を聞いたフランチェスコが、間もなく血相を変えてわたしの部屋にとびこんでくるはず。くぐもったマントヴァ訛りの大声で、わたしが長い間スフォルツァ家に好感を抱いてきたことを残酷に責めたてるにちがいない。夫の非難に反論したほうがいいのか、それとも沈黙、そう、気の弱い女のように黙りこんでしまったほうがいいのか？　侮辱にどう応じればいいのか？　体のすみずみまで痙攣のような激痛が走る。胎内に宿った子を守るために、わたしはお腹の上で両手を組み合わせた。わたしは泣くわけにはいかない。

夜明けの灰色をした濃い霧の中を、ひとつの影がわたしに近づいてきた。それが疑いもなく人の影と見分けがつく前に、向こうからわたしに声をかけてきた。

「恐れはなんの役にも立たない——これはあなたさまの金言でございます、奥方さま」

毎日聞いてきた声、ピルロ・ドナーティのあの声だった。まったく異なった事柄を結びつけ、どのような話題にも力強い説得力を与える、あの穏やかでなめらかな口調。こうした折りに、彼、ピルロ・ドナーティが現われたことはわたしを少なからずほっとさせ、そのほっとした気分からいきいきした気力がわいてきた。はじめて彼に会ったのは、フェルラーラにベルトラミーモ・クザートロ大使の近習として随行してきたときだった（そのときわたしは六歳だった）。大使はわたしとフランチェスコ・ゴンザーガとの婚約を整える任務を負っていた。当時ピルロは、十二歳になったばかりの少年にしては、すでに並みはずれた早熟さを見せていた。ふたたび彼に出会ったのは、わたしがマントヴァに嫁いできたときのこと。それ以来、日常的に城内のわたしの部屋で見かけるようになり、侍従の中でいちばんはじめに彼に慣れた。

薄い灰色を白く反射させる光の中で、いつもの端正な顔、きらきらと輝く栗色の目、やや薄くなった髪が後退して広くなった額、ほっそりして鼻筋のとおった鼻、人を安心させることばをわきまえた穏やかな口元などが見える。

「知っていたの?」と、私は小声で言った。

ほかにはなにも言う必要がなかった。彼はルドヴィーコ公についてなにも話さなかったし、私が胸に抱いている石のように重い心を軽くしてくれようともしない。いつものようにしばしこちらを見つめ、なにごとかを言い出した。ほんとうにわずかな動揺もなく平静な態度で彼は言った。

「さし迫った危険はありません、奥方さま。フランス軍はミラノにとどまって、勝利に酔いしれています。彼らは略奪したり、身代金を要求するのに大忙しなのです。それに、彼らがイタリアに居座ることを法王さまがお許しなさるのでは、と奥方さまは本気でお考えでしょうか? 皇帝もそれをお許しにならないでしょうし、ヴェネツィア人はなおのこと許しますまい。奥方さまはフランス王、つまりシャルル王に対する同盟をお忘れでしょうか? 事態はつねに変化しますから、これからも変化するでしょう。しかし、その一方で行動を起こすことも必要です」

伝言をするとか、手紙を書くとかしたらどうかという提案を受け入れるところまで、わたしはなす術のない状態にあった。そうだとしても、だれに対して? わたしは身をこわばらせた。提案にこたえず、彼がわたしを元気づけようとしていることに、わたしは気がつかないふりをする。すると彼はわたしの肩に軽く触れ、外へ連れ出した。

「お聞きください。女官たちがまた金切り声をあげていますよ」とピルロが言う。つづけて、「女官たちは自分がなにをしなくてはいけないかがわかっていないのです。私が諭しに行きましょう。こんなときこそあなたさまをベッドにお連れすべきなのに。お立場上、ぜひともご休息が必要だということをお忘れなさいませんように」と、わたしをそっと盗み見てさらに言い添える。「なさらなければならないことがございます。それをなさってください」と。そして、低い声できっぱりと言った。「扉に錠をおかけくださ い」

その意図を即座に見抜くことはできなかったけれども、わたしは彼のこの忠告を受け入れた。ピルロはわたしを大きい寝室のほうにいざなった。暖炉には山のような薪がまっ赤に燃えて部屋は暖かく、彼はうやうやしくわたしを肘掛け椅子にかけさせた。一人またひとりと女官たちもみな戻ってきて、私の衣装を脱がせ、温かい夜着でおおう。見上げると、なんの変哲もないデザインの結婚記念の組み合わせイニシャルが、丸天井から雨のように舞い降りてくる。天井画のだまし絵。静かに火が消され、熱い煎じ薬を飲んだのに、わたしの心の昂ぶりはなかなか鎮まろうとしない。ピルロはすでに姿を消していた。

「なさらなければならないことがございます」「あなたさまの金言です」「扉に錠をおかけください」。これらのことばが頭の中を飛び交っていた。次第しだいにそのことばの意味がわかってくると、戦おうという激しい意欲がわたしの心をかすめた。私の子を守らなければ。わたしの部屋を小さな要塞にして閉じこもらなくてはならない。だれであれ入ってきてわたしを非難することはできないはずだし、ジョヴァンニ殿から報告を受けたような血なまぐさい大敗北をわたしの前で話す者もないはず。力のない声でわたしは乳母のコロンバを呼んだ。

「具合が悪い、コロンバ、具合が悪いのです。すぐに主治医のカステッリ先生に知らせなさい。急いで」うめくことで、なぜか苦痛に耐えられる。

わざとうめきつづけているうちに、いくぶんか苦痛が和らいだ。白髪で、もじゃもじゃのひげを生やした医師カステッリがやってきたとき、名誉ある重大事に立ち会うことになった彼は、ひどく尊大な態度をしていた。診察したり、問診したりして、眉をひそめながらいくつかの指示を出した。休憩し、沈黙が訪れる。部屋の中にいるのは、乳母とふたりの女官だけ。差し錠で閉ざされた扉は、だれひとり部屋に通さない。医師の表情は流産の危険があることを告げていて、用心深く様子を見る必要があった。医師はわたしのまわりをあわただしく足を引きずって歩きながら、指図をした。少しして、だれかが扉を激しくノックした。

「侯爵さま！」と、乳母がおびえた声を出した。

「だれも入ってはならん」と、カステッリ医師が尊大ぶった態度で言う。「わしが話をしよう」

扉を半開きにしたまま出て行くと、調子は異なるがともに断固としたふたりの短いやりとりのあったあとで、医師がふたたび扉を閉めて、わたしのほうへ戻ってきた。用心のためにわたしの部屋に居残ろうとして、彼は暖炉のそばの長椅子に本を手にしてどっかりと腰をおろした。乳母はまどろみ、ふたりの女官は姿を消している。沈黙が丸天井に反響してさっと広がった。結婚生活の十年間にさまざまな方法で彩られた沈黙。さながら結婚の翌朝わたしの目覚めを伴奏したファイフ（フルートの一種）とドラムのあの音楽が聞こえるような気がする。祭り好きな人々の中に、フランチェスコの妹のエリザベッタやゴンザーガ家の親戚に当たる若い男女が大勢いたけれど、わたしはだれひとり興味がなかった。わたしはシーツにくるまって、目を細めながら組み合わせ文字が落ちてくるのをじっと見つめていた。天井画に描かれた、わたしたちの名前の頭文字〈F〉と〈IS〉のたくさんの組み合わせ文字が、丸天井からわたしのほうへ降ってくるかと思うと、たちまち羽が生えたように急上昇して行く。わたしの胸は喜びで張り裂けそうになっていた。なにもかも自分の意のままになるように思っていたあのころのわたし。けれども今ではあの組み合わせ文字の華やぎはまるでそらぞらしく、というよりはもっと不吉なもののように、さらに混乱した凶兆のように見える。いまだかつて混乱を望んだことはなかった。理性はそれぞれの事柄やそれぞれの時がしかるべき役割を持つことを求めている。そうでなければ、人生は汚辱にまみれてしまう。ほんのわずかなきっかけで耐えることができ、わたしは立ち直った。義弟ジョヴァンニのことばを封じこめ、そういう現実にはとらわれないことにする。そのことばに嘘はなかったけれど……。

スフォルツァ一族。ルドヴィーコ・イル・モーロを長とするスフォルツァ家所領のロンバルディーアの様子がどのようになっていたのかを、わたしよりもよく知っている人はいなかった。この確信ゆえに、いつでも燃え上がろうとしているわたしの胸の中は発火点に達していた。残酷で傲慢な雷光のように、ある思いがわたしの心をかすめた。もしも、だいじなところで運命がわたしに意地悪さえしなかったら、今日の不運は起こらなかったはず。その意味ではわたしが損をした分の埋め合わせはまだされていないと思う。なぜならルドヴィーコ・スフォルツァはわたしを妻にと望み、かつて父に婚姻の契約を申し入れたという事実がある。その使者がもしほんの二、三日前にフェルラーラに現われていさえすれば、わたしとフランチェスコとの婚約はけっして成立しなかったはずなのに……。父は一瞬のためらいもなく、妹のベアトリーチェを嫁がせようとこたえた。褐色の髪をしたわたしの妹ベアトリーチェもやはりエステ家の血を引く人間。厚い頬とオリーブ色の肌は、ナポリ王であった祖父フェルランテ・ダラゴーナにとてもよく似ていたので、その卵形の顔をもっとほっそりした顔に見せたくて、束ねた髪を両頬に垂らしていた。フェルラーラでのベアトリーチェは口数が少なく、わたしの立ち居をたえず見守っていた。けれども後年、その妹の途方もない変わりようを眼のあたりにしたわたしの驚きは今もって消えない。ミラノに嫁いで行くとすぐに夫を操縦する彼女の天才的な才知が発揮された。しつこく迫り、しかも一つひとつの誘惑の演技に技巧をこらしていた。

なによりも先にわたしは見抜いた。イル・モーロはただ単にベアトリーチェに好奇心を抱いているにすぎないことを。なにしろ彼は、もっとも美しくもっとも才色にすぐれた、選び抜かれた女たちにかしずかれていたから。彼はそうした中で、妃にはわたしをと執着していた。わずか二、三日のことでわたしとは結ばれなかったけれども、わたしこそ彼の本命にほかならなかったことは、ミラノ城で彼の婚礼の祝典が催された晩、ゆるやかに傾斜した芝生の上の、バラの花びらが散り敷く処女雪を踏んで、わたしのほうに歩み寄ってきたときの彼の表情が告白していた。ルドヴィーコはその栄光と幸運と富裕とできらきらと輝いていた。彼は祖父フランチェスコ・スフォルツァの軍事的偉業をフレスコ画で描いた競技場の開廊に案内して、わたしをほれぼれと見とれさせた。冬のさなかの寒さに気を配りながら、彼は豪奢な居室をいくつも通って、やや威厳を保ちつつも満ちたりたようすで、わたしを案内することに興じている。お抱え絵師のレオナルド・ダ・ヴィンチに描かせた、五千棟の建物で構成される新都市計画や、彼がもっとも大切にしている秘蔵品までもわたしに見せた。きらびやかな細工や透かし彫りをほどこした数多くの長持ちの中には、ドゥカート金貨や結び合わされた宝石類などがあふれるほどに詰まっていた。また、写字生が一心に書き写したフランス語やイタリア語の稀覯本の蒐集があり、さらにギリシャ語で書かれた聖書や、わたしも読もうと決めていたアラビア語の聖書もあった。あらゆるものが手に入ったし、あらゆることが習得できたにちがいない、とわたしは思った。

そのときまで、わたしはわくわくするような希望に満ちあふれていたので、自分の二十六年間の抗議の叫びを押し殺さなければならなかった。けれども、なにごとかに従おうとしたり、明らかに勝つという運命を思うと、わたしにはもはや頼れるものはなかった。だからといって、過ちを犯すという思いには耐えられなかった。「愛読書のボッカッチョの『名士列伝(デ・カシブース)』を読みなおさなければ」と、わたしは読書好きのいつもの習慣で、自分の胸に話しかけた。偉人たちの誤謬や不運は、わたしを啓発してくれるにちがいなかった。でも、わたしはうまく想像力を働かすことができなかった。疲れている以上にうちひしがれていた。灰色がかった白昼へとじりじり進んでいく夜明けに向かって目を大きく見開いていると、ある種の励ますような急速な明るさがわたしをかり立てるのを身に感じた。心をおののかせながらもついうとうとしてしまい、あやうく大声でルドヴィーコの名を呼ぶところだった。

彼は、彼は、どうして誤りを犯したの?

「国家にかかわるときは、たとえ親戚にしても他人を気づかってはいられない。目下はお前自身を気にかけろ、イザベッラ」と、父は現実主義者らしいことを、北方特有の母音を絞り出すような声で言った。私の父エルコレが北風と呼ばれていたのは、そのため以外のなにものでもなかった。イル・モーロはその反対できらびやか、情熱的でいきいきとしていた。かりにヴィスコンティ一族らしい冷徹さを心の底に秘めていたとしても——。妹のベアトリーチェが死んだとき(二十歳になったばかりだった)、彼が表した哀悼には芝居を見るような創案が感じられた。広大なミラノ城のまっ暗な一室に閉じこもったまま、たった一本のろうそくが照らすもの哀しい光の輪の中で、彼は亡くなった妻を賛美する連禱を唱えつづけていた。そしてわたしの妹の最大のライバル、本物のミラノ公夫人イザベッラ・ダラゴーナをなじっていた。彼は言いつづけた。「ほら、あれが上の階を歩いているのは、自分が生き残った、自分が勝利したという宣言の足音を私に聞かせるため。あれは生きた、勝った、そして私をせせら笑っている」

イル・モーロが誤りを犯しはじめたのは、この人目をはばからず懊悩したときからかもしれない。あるいはもっと以前から甥についていっそう深刻に悩んでいたときからか。彼の甥ジャン・ガレアッツォとミラノで出会ったことがあった。わたしにはルドヴィーコが蔑んで言うような知恵遅れの子には見えなかった。温和な性格で、穏やかさとひょうきんさを持ち、礼儀正しく、むしろ病弱な生活にとって必要な犬や馬を相手にした子供らしい気晴らしとは日ごとに縁遠くなっていた。結婚してやさしい夫になり、つぎつぎに三人の子供をもうけた。イザベッラ・ダラゴーナの身辺とその来歴をわたしは回想する。彼女はイタリア中の、それればかりかヨーロッパ中の宮廷で噂の種になっていた。そして今わたしは、なんでも貪欲に手に入れてしまったことがイル・モーロにとって有益ではなかったのでは、という疑念を確かめさせられたことになる。甥の権力を奪うことがなんの役に立ったのか？　その道徳的な誤謬から生じた彼の政治的な誤謬は、少しずつさらに決定的な結果を生み出していった。国王や、あらゆる権力者たちは、簒奪者というものを信用しない。

そうはいっても、スフォルツァ一族は事実上、ヨーロッパを支配していた。そのときまでルドヴィーコ・イル・モーロの政治を間近から見習うことができるのは、個人的な特権のようにわたしには思えた。彼はアルプスを越えて自由に動きまわり、多種多様な糸を張りめぐらして、それをだれにもまねのできない方法で操っていた。ナポリ王国を征服するという約束で、フランス王シャルル八世を最初にイタリアに招いたりするのは、彼でなければ、だれがいようか。そのフランス王をアルプスの向こうの彼の所領へ追い返すために結んだ同盟を扇動し、まさに同じときに同盟を結んだイタリア内の国々を無視してフランス王と和平交渉をしている。あのようなことを彼のほかにだれがなし得たろうか？　後にやっかいな敵から自分が逃れるために、皇帝マクシミリアンに対するブルゴーニュ公国の戦争計画に資金を供与したり、さらにヴェネツィア共和国に押し寄せたトルコ軍の攻撃をそらすために、スルタンのバヤズィドを丸めこんだりもした。そして資金を得るために、民衆を恐れることなく、自分の豊かな国の税金を高くした。ミラノ公国は自分が豊かにしたのだから、こんどは彼らが税金を支払う番と彼は考えた。不測の事態に直面しても冷静ないつものやり方で対処し、小競り合いに縮小するまで力を尽くして引き延ばす彼のやり方に、わたしはいつも驚くばかり。彼が時を待ったのは、イタリアの傭兵隊長たちの持久戦の戦術を価値ある遺産と考えていたから。彼の知謀の網目を免れるものとてなかった。

ところが、なにひとつとして計画は実現されはしなかった。皇帝マクシミリアンはブルゴーニュ公国と協定を結んでいたにちがいないし、トルコ軍はミラノ征服の策略のためにヴェネツィア共和国に十分な広さの土地を確保しておいた。もはや防衛戦術にすぐれた傭兵隊長たちの時代ではなく、今では臼砲やガルバリン砲を装備し、破壊戦争の訓練を受けたフランス軍やスイス軍が北から南下してきていた。

それでもなおイル・モーロは真の元首であり、わたしたちの時代の偉大な支配者。不運な皇帝軍総司令官の（今になって不運といえる）指揮杖をフランチェスコに手渡すためにマントヴァを訪れたとき、彼は八百人ほどの従者を引き連れていたけれども、そのほとんどがロンバルディーアの貴族にほかならなかった。あの日々、その人たちの宿舎を用意するのは、どんなに骨の折れたことか。とりわけ彼本人の身のまわりに気を配るわたしは、室内装飾の色彩にまで徹底的に神経を使った。すでに悲しみを表わす色でもないし、そうかといって華やかな色調でもない。さんざん迷ったあげく、わたしは最後にその黒ずんだ色を選んだ。ルドヴィーコは、彼自身の子も含めた親族のだれよりもわたしを愛しているという意味の、親密なラブレターを書いてきた。わたしたちの宮廷には日々、上流の生活があり、マントヴァは大空のもとで春の香りをまき散らす六月の特別な光を浴びて輝いていた。フランチェスコの機嫌が悪いことなど、わたしにはどうでも良かった。フランチェスコが城内を歩きまわり、司令官の指揮杖はイル・モーロが使いの者に届けさせることもできたし、わしがしなければならなかった借金だって、しなくて済んだはずだと大きな声で怒鳴るのが聞こえた。「強情な悪妻めが」と、夫はふたりきりになるたびにくり返した。「すべては無駄なことなのだ。ルイ王は欲しくなればいつでもミラノを手に入れる。こんなことがわからないのか?」

この見通しにわたしは共鳴し、自分のかたくなさと考えの甘さに胸が震えた。それというのも、フランチェスコが知っていることは何事であれ、すべてわたしは知っていたから。わたしの警戒心をにぶらせたあの日々のことを、忘れなくてはいけない。過去の幻影を引きずり、それを自分のロマンスに仕立てている女たちと同類にならないためにも、二度とふたたびあの秘められた日々に近づきたくなかった。

客人たちをもてなそうと、わたしは泉の森を舞台にした〈ディアナの狩り〉の案を思いつき、馬に乗った女官たちすべてに古風な衣装を身につけさせた。わたしたちが姿を現わすと、宮廷の人々の間から熱狂的な拍手喝采がわきあがった。雲におおわれた朝のうちに、わたしとルドヴィーコは人目の届かない深い茂みに迷いこんだ。あたりが暗くなったかと思うと、にわかに雨になった。わたしたちは、囲いの中でいらいらと動きまわっているヒョウの一群と狩猟場を隔てている仕切り網からほんのわずか離れた、小さな湖のそばにいた。真珠色をした湖の岸でふたりきりになったとき、どしゃ降りに変わった雨のために動けなくなり、漁師の小屋に入って雨宿りをした。そこでなにが起こったかといえば……?　ルドヴィーコは甘いしぐさで、カルタゴの建設者といわれる女王ディドと、トロイの英雄でローマの建国者アイネイアスとにまつわる一節を引用した。

《*Speluncam Dido dux et Troianus eandem devenient*……（ディドとトロイの将軍は同じ洞に来着す……）》（ローマ第一の詩人ウェルギリウス〔前七〇～一九〕がローマ建国を物語った叙事詩『アエネイス』の一節）

「ウェルギリウスはマントヴァの運命の父ではなかったかな？」と、彼は笑いながらわたしに語りかけた。わたしも笑った。いつになく素直に。イル・モーロの力がみなぎり、わたしに重くのしかかってきた。わたしの笑いが、女をおもしろがらせることに躍起となっている男たちに取り巻かれて若い女官たちの発する愚かな笑いにそっくりなことに、わたしは気づかなかった。灌木の茂みの中に、わたしたちを見つけた狩猟家たちの声があがり、それからほどなく毛布や防水布を抱えた者たちが小屋の近くに現われた。ともあれ、わたしが感じた勝利者の重みは、わたしの体が覚えている。

今わたしが胸に感じている思いを自らに問えば、それは良心の呵責。では、どのような種類の？　わたしは断固として考えることを退ける。神よ、お許しあれ。わたしは目を大きく開いて女官たちを呼び戻す。ヴィオランテ夫人を先頭にして女官たちがわたしのベッドに駆けつけてきた。わたしは着替えることを望み、わたしが妊娠していることを隠さない、むしろそれを強調するような、心地よくゆったりとした柔らかいドレスを身につける。今はもう夜、両開きの大窓が暗さをほのめかしていた。夜明けからの丸一日があっという間に過ぎ、わたしは空腹を感じていた。食べ物が運ばれてきて、わたしはシルミオーネ産の白ワインを飲みながら食事をした。いよいよそのときがきたことを悟り、ドアを開けておくように命じる。

フランチェスコが息せききって入ってくると、部屋の中央でややぼう然として立ちすくんだ。彼の背後には、わたしの弟のイッポーリト枢機卿の顔があった。フェルラーラから大急ぎで駆けつけてきたものと見える。義弟のシジスモンド枢機卿とジョヴァンニ殿の慎み深い心配そうな顔が見えた。さらにその背後に、道化師フリッテッラの鋭い目がきょろきょろしていた。

「これは好都合、気むずかし屋の立会人が顔を揃えている」とわたしは思った。そして、やにわにフランチェスコに走り寄ると、そのがっしりした胸にすがりついた。

「フランチェスコ、ああ、フランチェスコ！ なんて恐ろしい災難なの、底知れない地獄の苦しみ。イル・モーロと同盟を結びたがらなかったあなたにこそ道理がありました。あの人を信じる誤りを犯したのはわたしだけなのに、わたしはあなたをその気にさせ、誤らせ、結果的に欺いてしまいました。でも、わたしもすっかり欺かれていました。あなた以上に」

とめどなく出ることばのほとばしりを、やっと涙によって終わらせた。冷静に判断し、打ちのめされた芝居を演ずるために、長時間こらえていた涙によって。わたしは自分自身を観察していた。わたしは平行する二本の線上を進んでいる。一本は、きわめて思慮深く用心深い線。もう一本は、心の底からわきあがる、火のような激情と不安にさいなまれる苦悩の線。

わたしは許しを乞うたつもり。度を越した信頼が負うべき限りない罪を、わたしは自ら引き受ける。まわりのだれひとり、身じろぎもしなかった。わたしの頭をもたせかけたフランチェスコの胸の鼓動が高まっているのがわかった。わたしはいっそう激しく泣き、極度の疲労で急にけいれんが起こるまで泣きじゃくった。夫がわたしを肘掛け椅子まで導く。顔に下がった髪を透かして見ると、心を動かされた男たちの表情が重なって見えた。わたしが涙を拭いている間、フランチェスコはなにもいわずに、取り乱したわたしをまじまじと眺めていた。わたしの演技に少しも疑いを抱かないというには、彼はあまりにもわたしというものをよく知っていた。その一方で、激しい苦悩にさいなまれながらも、私を慰めざるを得なくもなっていた。なぜかといえば、この場面は、わたしがはじめに自分を疑うことのできなかったことへの率直な、悲嘆にくれた、矛盾した、こうした激しい感情から発生していたから。頭のいいふりをする名人、弟の枢機卿に至るまで目をうるませていた。わたしの気持ちがわかって目をうるませたということは、わたしの勝ちということ。とうとうみんなはわたしに話しかけはじめ、見栄を張ったフランチェスコはカステッリ医師を脇に呼んで真剣な話し合いをし、相手のことばに考え深げにいちいち細かくうなずいた。

思いがけず、不意に新たな涙があふれた。フランチェスコが大急ぎでわたしに走り寄った。長い金髪が豪奢にほどけたわたしは、ひどく傷ついていて、ひどく弱々しく、そして若かった。彼はこんどはわたしを抱きしめ、わたしたちがいつも交わすやさしい愛撫の仕方でわたしの気持ちを和ませようとする。法王庁書記官の義弟は、神の摂理によって絶対に誤りのない力添えがあることを確信する、と敬虔なことばを口にした。ジョヴァンニ殿はほとんど話さずに当惑しており、実弟のエステ枢機卿はフェルラーラのさまざまなことを詳しく語った。父のこと、わたしたちの幼なじみのこと、それに兄弟みんなのことについてもベアトリーチェから順に話が及んだ。彼らが遅くなってから引きあげるとき、心配はいらないと彼らに合図しているカステッリ医師の太った白い手をわたしは見守った。もはや恐れる気持ちはなかった。ただ大きなスズメバチがぶんぶん飛びまわっているような、やかましい雑音だけが空虚になった頭の中を駆けめぐっていた。

わたしの健康状態は、母が言っていたように、いつも虚弱な雌ライオンそっくり。あまり闘争的な日々がつづくと、そのあと病気になり、病床に臥せっている期間が実質的な休息に役立っていた。ほどなくわたしはすべてを許され、いっそう愛されることになった。わたしは謀略の怪物イル・モーロの被害者にすぎなかったから。宮廷も公文書局も民衆も、〈りっぱなフランス女性〉でいたいとくり返し言いつづけたわたしの決意を聞き及んでいた。はじめはこの〈りっぱなフランス女性〉ということばがでたらめな虚言のように思えたけれど、わたしには内省する時間のゆとりはなかった。わたしたちの聖女スオール・オザンナ・アンドレアージへの祈りが届いて、世紀のはじめの年、一五〇〇年五月十六日にわたしたちの最初の男の子フェデリーコが生まれた。このわたしの息子は、黄金で編みあげた揺りかごがとても似つかわしい美しさで、いろいろな吉事の前兆のように思われた。わたしを訪れる各国の使節に、五体満足な裸の子を見せびらかすことに、言い知れぬ誇らしさと喜びをおぼえた。世継ぎに夢中になったフランチェスコは、自分の腕の中で成長する子を見守りたがり、突発的に猛獣がほえるような上機嫌な声で豪快に笑っていた。幸せに包まれて、わたしはすぐに産後の健康を回復し、周囲に警戒を向けていた。

ピルロ・ドナーティがきたので、わたしたちは相談し合った。ジョヴァンニ殿の勧告に逆らって、わたしは確実な情報を得るために用心深くミラノへ密偵を送りこんでいたけれど、帰ってくる報告はかんばしいものではなかった。フランス軍はイル・モーロを捕虜にするほんの少し前に情報のやりとりを発見し、それによって陰険な共同謀議について推測していた。彼らはだれのことも信用せず、とりわけわたしを警戒していた。法王庁書記官をつとめる義弟のシジスモンドは、教会筋からの情報によって、国王の捕虜になったルドヴィーコ・スフォルツァのおかれた状況は絶望的と見なしていた。わたしたちに対して執拗な敵意を持つフランス軍は、わたしとフェデリーコを泥まみれにして市中を引きまわすと脅しつづけていた。わたしは激しい憤りを覚え、頭に血がのぼった。

「りっぱなフランス女性、りっぱなフランス女性、気をつけなくては」と、さらさらと髪をとかしている間、わたしは小さな声で独りごとをつぶやいた。それから心の中で憤りながら、前のことばを取り消した。勝利者によって傷つけられた自尊心を回復するのには、手本となる本を再読することが役立った。そこには〈ブレンヌスの黄金〉伝説や〈カウディナの隘路〉の故事など、たくさんの物語が満ちあふれている。わたしには議論がいきいきと感じられた。金庫は空になっていたけれども、わたしは信用買いですばらしいドレスを注文した。アレクサンドリア産のサテン地に金を使ってうず巻き模様が刺繍され、金が太陽の光を受けると地の淡青色が空のような輝きを放った。

ピルロ・ドナーティはいつものなだめるような態度で、フランスに住んでいるキアラ・ゴンザーガと、ジルベール・ドゥ・ブルボンの未亡人、ドゥ・モンパンシエ公らの名前を記憶しておいたほうがよろしいです、と何度も主張していた。フランチェスコの姉に当たるキアラは、フランス国王ルイ十二世ともきわめて親しい間柄を保っている。優雅で思慮深い貴婦人として彼女を信頼してはいたけれど、かつて共に過ごしたときのことを思うと、彼女が政治的な陰謀についての話題に興味をもつとは考えられなかった。事態を打開する一縷の望みをかけて、わたしたちは彼女に手紙を出した。ところが、彼女は間髪を入れずに王と対決し、わたしたちすべての身の安全保証をかちとるという、機敏な抜け目のない才女ぶりを示した。わたしにとって重大な最悪の敵の名前は、ミラノの館に住むロアン枢機卿と示唆してくれたのも、キアラにほかならなかった。この男は大地主で、傲慢な性格の持ち主とされているけれども、鋭い感覚と豊かな才能に恵まれていた。わたしは仲介者なしに直接に彼と接触する方法を考えた。わたしは何度も書簡を送ったり、彼の周囲の人間に使いをやったりして、あるとき、ついに接近する方法を思いついた。

彼はイタリアのとくに秀でた絵画に熱中していた。巨匠たちを尊敬し、あらゆる巨匠たちにくらべてパドヴァ生まれのアンドレア・マンテーニャを、多年ゴンザーガ家に仕えたことはさておいて、一段高く評価していた。わたしは大急ぎであの卓越した巨匠を呼び寄せた。年を取ってはいても、いつも若々しく、芸術的な才能がみなぎっていて——そして、この上ない気むずかし屋——わたしは少しの間ていねいな口調になったり、少し厳しい態度をとったりして彼に仕事を注文した（少し厳しいけれども、それというのも彼はがまんを得意とする人間ではないから）。注文した絵は、祈りを捧げているロアン枢機卿の肖像と、彼が下げているメダルから模写した聖ヨハネ像を同一の画面に描くこと。枢機卿ははじめ、わたしあての手紙をだれかに書かせていたけれど、後に自らしたためた書簡をくれるようになり、いつもわたしのいわゆるスフォルツァ的な気質についてそれとなく触れていた。わたしはそのことを怒っているように装い、マントヴァまで出向いてきて許しを乞いなさい、と返事を出した。わたしの企てについてフランチェスコに知らせると、彼はあまりにも大胆不敵で軽率なこの企ては認められないとでも言うかのように、絶望の表情を浮かべて両手を突きあげた。ところが、フランスの男たちはわたしたち女性と一緒にいると頼もしい守護者になり、わたしたちの大胆なふるまいがかえって彼らを親切にするということを、わたしは知ることになる。マンテーニャの絵は完全に図に当たった。たくさんの手紙と絵を手にしてから、枢機卿は感情を和らげて、あちらこちらでわたしを賞賛してまわるようになったほど。このようにわたしたちは武力の代わりに、芸術によって、優雅なふるまいによって、親族からの依頼によって、うまくフランス王の許しを得ることに成功した。フランス王ルイ十二世は征服したミラノを占領するために、貴族と騎士の大軍を引き連れて南下してきていた。

北はすっきりと晴れあがったけれど、南には嵐の危険がいよいよ濃くなっていた。ボルジア家の支配のもとで人々が苦しめられる時代が進展していた。長かったあの一五〇〇年という年には、領主階級と、教育を受けずに権力と支配という哲学のもとで育った連中、駒の一進めで一足飛びに主人公になる連中の間で、イタリアというチェス盤上に苦難に満ちた陣取り合戦をくり広げていた。人々はみな、世の中にいまだかつて現われたことのない最悪の一族、スペイン系イタリア人のボルジア家とともにその不吉な時代を生きなければならなかった。一族の長、ロドリーゴ・ボルジアは法王庁尚書官代理の職にあるとき、さまざまな奸策を弄して自分自身をローマ法王に任命してしまった。親族と数多くの息子たちがいたけれど、彼はその中でもチェーザレをとくに偏愛していた。以前は枢機卿の位にあったチェーザレは、今は枢機卿の職を離れて、大軍事組織の隊長として君臨し、並みはずれた野望のおもむくままに行動していた。

この世紀の最初の年に、チェーザレ・ボルジアはファエンツァを除いたロマーニャ地方の全域を掌握した。このころのフランス王は子供を産まない醜い王妃と離婚し、広大な所領を持参金として持ってくる美しいアンヌ・ドゥ・ブルターニュと結婚するために、ローマ法王アレクサンデル六世の承諾を得たいと望んでいた。ボルジア一族を率いるこのぺてん師のローマ法王を、ひとかたならぬ好意と親密さでフランス王が支持していたのも理由あってのこと。イタリアを支配している彼らはいっそう油断のならない尊大なものになり、比類のない無法者の法王の息子は、ルイ十二世からヴァレンティーノ公国を贈られてヴァレンティーノ公と呼ばれ、わたしたちを脅かすようになった。わたしたちはそのたびごとに直感力をはたらかせて彼の動静を探るようにつとめていたけれど、荒々しい有無をいわさぬ彼のやり方は、わたしたちを夜も眠らせない。それで、わたしはもはやボルジア一族や、恐怖で沈黙しているわたしたちをあざ笑っているように見えるフランス王に対して、フランチェスコがあからさまなことばで罵倒するのを止めようとはしなかった。逆上している夫を、わたしはあたりまえの政治的な分別のことばでなだめようと試みる。強大な法王権をもって、国境を脅かす相手に対して快く思っているはずのないヴェネツィア共和国を、はっきりと視野に入れながら。寓意へと話題を転じながら、わたしは悩みを解消してくれるギリシャ神話の年老いた時間の神クロノスに頼る必要があることを彼に話したけれども、彼は肩をすくめて見せただけ。そこで、わたしは彼の信仰心に訴えるために、わたしたちのスオーラ・オザンナが予言したことについて話すと、それはとても効果があった。あの聖女スオーラ・オザンナが、かのボルジアという悪魔の一族は、わらの火がすみやかに燃えつきるのと同じ運命にある、とはっきりと断定したあの予言。

情報が入り乱れ、前にもまして整理をすることが難しくなったところへ、わたしたちに保護を求めて駆けつけてくる大勢の避難者を目にするようになったのは、なんとも嘆かわしいこと。とても追い返す気にはなれなかった。おそらくそのとき状況がどれほどまで危険をはらんでいるかさえ、わたしたちは気づいていなかったし、まして救助するという行為はたとえ相手が女性でも大いに危険に満ちていることを知らなかった。実際、マントヴァにたどり着いたルドヴィーコ・イル・モーロのふたりの愛人を、わたしたちはかくまうことになった。今はベルガミーニ伯夫人になっているチェチーリア・ガッレラーニは短い期間だったけれども、ベアトリーチェのライバルだった。妊娠中のルクレツィア・クリヴェッリは幼い男の子とともに、長い間わたしたちの侯国の中で、アオサギやハヤブサが飛翔する人里はなれたカンネート・スル・オーリオの地に難を避けていた。時おりルクレツィアはわたしたちを頼ってきた。だれもが彼女の勇敢な沈着さを絶賛し、その躍動的な美しさと、あまり飾りたてない洗練された優雅な着こなしをたたえた。わたしたちは、彼女が他人にはまねのできない抜け目のなさで、ミラノの安全な場所に莫大な財産を隠したことを知っていた。

冬の初めというのに凍えてしまいそうな十二月のある日、わたしたちはみな芝居を演じているかのように、マンテーニャの描いた『凱旋』のある大広間の一カ所に並んだ。窓から最も遠い一角に、濃い深紅のサテンで縁どられた白と赤の縞模様のテントを立てさせた。わたしはこのように幸せいっぱいに眠っているフェデリーコの揺りかごを隔離しておいた。そこにミラノから避難してきたラ・クリヴェッリとイル・パッラヴィチーノ、ローマからふたりの甥をつれて避難してきたカエターニ・ディ・セルモネータ伯がいて、長い沈黙が雰囲気を暗くしていた。ペーザロ伯ジョヴァンニ・スフォルツァと、やはりボルジア部隊から脱走してきたジェンティーレ・ヴァラーノ・ダ・カメリーノ殿もいた。

暖炉の煙穴の通りが悪かったけれど、そのうちに火勢が灰を上まわり、フランチェスコの私生児で、小娘のテオドーラがわたしの宮廷のしきたり通りに、灰色のベールにおおわれた燃えさしを手焙りに盛って、愛らしく客人たちに配ってまわる。フランチェスコは広間の中を行ったり来たりする。まだ口に出してはいないけれど、なにかに断固として反対という態度。ことの成り行きで得た判断など適切ではないはずなのに、彼は考えこんでいる。少し前に法王庁尚書院から届いた一通の手紙を彼は読んでいる。わたしはそこに書かれている内容を知っている。先ほど、ピルロ・ドナーティがわたしにその手紙の写しを持ってきたから。「死刑もしくは全財産没収の刑罰を免れたくば、何人(なんぴと)も政治亡命者ならびに敵に庇護を与える危険を冒さざるべし」署名はロマーニャ公チェーザレ・ボルジア。わたしとフランチェスコは顔を見合わせ、それから話しかける決心のつかないままに避難してきた人たちに視線を投げる。彼らは長椅子や腰かけや足台のクッションに、若い男たちはテオドーラの動きを目で追いながら暖炉の踏み段に腰かけている。

「われわれは、いかなる命令も受け取りません」と、フランチェスコは言う。「ヴェネツィア共和国、フランス国王、法王、それに法王の呪われた息子たちならわれわれに命令できる、とみなさんはお思いでしょうが」

彼の抗議口調を和らげようと、わたしは彼を見る。わたしの視線はときどき彼を落ち着かせるけれども、今日はだめ。彼をいらいらさせるのは好ましくないけれど、わたしの背後の空間をにらみながら、彼は怒ることに疲れた声で話しつづけた。

「われわれは絞首台に送られる人間と同じようなものです。助け合わなければ吊されるのを見るだけになってしまう」

彼のことばが生気を失ってとぎれる。居合わせた人々は事態がいっそう差し迫ったことを懸念して身をかがめる。フランチェスコの末の妹マッダレーナと最初の結婚をした義弟のジョヴァンニ・スフォルツァ伯は、高貴な顔だちながら、厳しい苦行のあとをにじませている。彼が前に進み出て、彼の逃亡を援護するために歩兵五十人を派遣したことについて、わたしたちに感謝の意を表す。とたんに、夫は怒りを爆発させる。

「五十人の歩兵だと！　冗談じゃないぞ！　少なくともペーザロの町を守るだけでも千人の歩兵が必要だったのだ」

「侯爵さま」と、ルクレツィア・クリヴェッリが口をはさむ。ロンバルディーアなまりの柔らかい抑揚で話し出す。「お悩みにならないでください。これまでにもう十分なことをしていただきました。この時節、人は自分が生きのびることだけを考えています。私たちが身を寄せていることが侯爵さまにとってはとても危険なこと。どのような人でも、この上ない慈悲とはなにかを知らない者はありません。私は私ゆえでなく、ルドヴィーコ公の息子たちゆえに恐れています。もしお心の広い侯爵さまがいらっしゃらなければ、哀れな私たちはどなたに望みを託すことができましょうか？」

彼女は慎しさとともに凜とした気品を漂わせ、オオヤマネコの毛皮を裏地にした緑色の葉模様のすばらしく美しい毛のケープに身を包んでいた。濃い緑色と明るい大理石模様の毛皮とはおそらく偶然の一致だけれど、わたしの最新の創作衣装を思い起こさせた。

パッラヴィチーノはあえて希望を持とうとする。

「イル・モーロに関しての情報は良さそうです。ルイ十二世が彼を釈放するだろうと言われています。皇帝がなにすれば、ですが」

「皇帝はフランスとの停戦に署名したのですぞ」と、はじけるようにフランチェスコが反応した。「しかも無条件だ。それで今日、法王庁尚書院の公文書が到着した。あれがなによりの証拠ですぞ。私は決してマクシミリアン皇帝を信頼しておりません。フェデリーコを人質としてフランスに差し出せとまで要求したんですからな。私がどう答えたかはみなさん、おわかりでしょう。『そんな憶病風に吹かれるくらいなら、むしろ死んだほうがましだ』とね。そういうわけで、皇帝からの救援はあきらめましょう。幻想は抱かないことです。ルイ王はヴァレンティーノ、つまりチェーザレ・ボルジアに束縛されており、ボルジア一族は一国ずつすべての国を踏みつぶすでしょう。ボルジアを阻止するには、イタリアを統一することが不可欠なのです」

カエターニ家の人たちは高慢な態度をあらわにしながら、自分たちはイタリア同盟の準備ならとうの昔にできていると断言し、まず自分たちが旗揚げして、皇帝がそれを認知する。そうすればオルシーニ家とコロンナ家も加わることは間違いないと盛んに話すけれども、説得力がない。わたしは黙っていられなくなって、声を張りあげて言う。

「なぜ、あなたがたは立ちあがらないのですか？　ファエンツァの人々をご覧ください。わずかの人数でも抗戦していますよ。町を囲む城壁の外側にある家々も樹木も、どの砦も焼きつくされています。領主に忠節をつくす彼らだけで、あの人々はイタリアの信義を取りもどしたのです」

　フランチェスコがわたしの後をつづけた。

「ファエンツァを防衛するために、われわれは軍隊と武器を派遣する。われわれはアストルレ・マンフレーディを絶対に見捨てたりはしませんぞ」

　このことばもまた、むなしかった。冬が過ぎて、アストルレ・マンフレーディはもはや抵抗しきれない状態にまできていた。けれども、あの若い情熱を燃やす十八歳の若者は、思ったとおりの国と領主、領主と領民の間の一致団結の理想を誇らかに示した。その理想は、かつて父エルコレ・デステの青い色をした鋭い目の中に輝いていたもの。長い年月、権力の座にあったわたしたちエステ家一族の者の理想は、脈々と血の中に受け継がれている。わたしがまたフェルラーラにいた当時の、ヴェネツィアと戦争をしていたある日のことが心に浮かんだ。そのとき、疲労と重い病気で憔悴したわたしの父は、母とわたしたち子供を枕もとに並ばせ、宮殿に入って病床の父に会いたいと望むすべての市民に、ベッドの前を通ることを許した。やせ衰えたおのれの姿をさらすことにも父は恥じなかった。脱ぎ捨てられた甲冑が主を失ってむなしく床に転がっていた。父は、父自身と戦争とを同時に彼らの判断にゆだねたというわけ。父は自分を彼らと同じひとりの人間、侵略者ヴェネツィア共和国の前にさらされた彼らと同じひとりの人間と見なしていた。国中のあらゆる地域の人々が静かに集結し、縦列をつくって進んだ。もっとも偏屈な者たちでさえも、入ってきて父の手に触れた。

フランチェスコについてわたしが心配なのは、善意の衝動だけれども不安定なこと。破滅的な日々がわたしたちに襲いかかろうとしていたあの時期には、もっと断固とした指揮が求められていた。自分たちのものとは異なる性質の敵に抵抗することに、一体どのような意味があり得たことか？　それらの意味を持って胸に刻まれたことばを抱きつづけることなく、ことばをどのように口にし、そのあと忘れてしまうのだろうか？

テントの中から、かすかに柔らかい物音のような新生児の泣き声がしたのに驚いて、わたしは赤と白の縞模様の屋根の下に大急ぎで駆けつける。歌うような乳飲み子の声が聞こえる揺りかごの上の、黄金の蔓棚に吊された鈴がゆっくりチリン、チリンと鳴っている。フェデリーコを腕に抱きあげて、あやす。静かになったのを感じながら、わたしはこの子にわたしが受けたような教育を受けさせようと心に決める。いいえ、わたしのよりもっとすぐれた、できれば最善の教育を。

「おまえは決して敗れることはないでしょうよ。フェデリーコ、わたしの命。おまえが保護を求めるようなことは絶対にないはずですよ」と、わたしは語りかける。「おまえは永くマントヴァを統治することになります。非の打ちどころのない領主になるのです。母はおまえにそのことを誓います」

わたしの力強い断言で落ち着いたらしく、フェデリーコが眠ったので、その小さなサテンの布団に寝かせると、わたしはテントの外にもどった。わたしは自分自身の中に限りない忍耐強さの資質を見いだしたことに気がつく。

ときどき回想の中で聞こえたように、広間のわたしの席にもどろうとしているときに、もういちどフェルラーラという名前が聞こえる。マントにくるまった政治亡命者たちは、ヴァレンティーノ公が支配領域を拡大するために占領できた国々を数えあげていた。見たところ、彼らは当然のようにエステ公領を「法王の封土譲与用の土地」と名づけているらしかった。アレクサンデル六世にとっては、ずっと昔のいくつかのささいな約束不履行に関することなど、凋落したエステ家に説明する気を起こすほどのことでもなかった。だれからも偉大な政治家として知られていたけれど、エルコレ・デステは敗北しないほどに断固としてはいなかった。歳月が彼を鍛えあげていた。わたしは心に新しい活力を得る答えを求めて父に親書を出すことを決意する。ところが、わたしの真正面にいたカエターニがにやにやしながらペーザロの領主ジョヴァンニ・スフォルツァを振り向き、古風な礼儀作法と今風の粗野なローマことばをないまぜにして、ふざけた態度でからかう。

「失礼ですがね、伯爵。あなたが最初の夫ですよ、ルクレツィア・ボルジア奥さまのね。ですから、あの方の二番目の夫に知らせてやるべきだったのではありますまいか。あの一族のやり方がどんなものかちっともわかっちゃいない、あのアラゴン殿にね。そうすればたぶんあの哀れな若いもんが、残酷な運命に見まわれることはなかったろうにね」

悲劇についてのその重苦しい冗談に、わたしは胸が詰まった。アルフォンソ・ディ・ビシェリエは親戚筋に当たり、わたしのいとこ。まだかわいい子供のころにナポリで会ったことがあり、今はチェーザレ・ボルジアの命令でむごたらしく虐殺されて墓に眠っている。わたしはことばが見つからなかった。カエターニはそのあとも恐ろしいうわさ話を身ぶりをまじえてつづけた。わたしは、ペーザロ伯が立ちあがって剣のさやを払うのを見た。

「もう一度いってみろ。叩っ殺すぞ。ほら吹きの田舎者め」と、彼は弱い男が侮辱されたときに見せるおびえた態度で叫んだ。「まるで貴様の一族には何のいわく因縁もなかったみたいではないか。たしかにボルジア一族は良心のかけらもない極悪人ばかりだ。だけど、彼女はちがう。ルクレツィアは私にとってこの上ない伴侶だった。彼女に罪はない。あの人はのど元に剣を突きつけられてむりやり連れて行かれたのだ。気をつけろ、こんどは貴様の番だ！」飛びかかろうとしたところを、彼はフランチェスコと侍従たちに抑えこまれ、武器をとりあげられた。

カエターニはふたたびマントに身を包むと、大げさな身ぶりをしながら二、三歩退いた。そして最後に彼の口から出たひと言は、わたしの血を凍らさずにはおかなかった。「ローマでは、もうひとりのアルフォンソがナポリ人に代わって、法王の娘の三番目の夫になるだろうと言われていませんでしたかな？」選ばれたのはアルフォンソ・デステ、フェルラーラ公国の相続人。つまり、わたしの弟。

「わたしの弟が！　まさか、まさか」わたしは激しく叫ぶ。「エステ家がそのような屈辱的なことに唯々諾々と従うはずはありません。あなた、伯爵、恥を知りなさい！」

驚きの色を浮かべながら、カエターニはこたえる。

「私めは、あなたさまにお知らせするまででございます。お許しください、侯爵夫人。あなたさまに申しあげましたそのことは、ローマ中で言われていることでございますよ」

「ローマの人々は、それで……」わたしはそこで一呼吸おく。「わたしの父があなたに、そのような申し入れは決してないはずだと答えたとしても、うわさ話を訂正しないのでしょうね」

わたしののどで声が消える。わたしも嘘つき。わたしの父、誇り高きエルコレは、信仰の厚い人間というよりは、むしろ修道士。恐れを知らぬ勇士。そして唯一の趣味は音楽。霊感を受けた政治家で、ひとつだけ欠点がある。それはほとんど病的な貪欲さという欠点。たとえ冷静なときでも、黄金は彼の目をくらませてきた。その側面から攻め立てられれば、彼が抵抗するはずのないことは明らか。そうなると、アルフォンソに期待するしかなかった。わたしは彼の最初の妻、アンナ・スフォルツァを思い起こした。彼女はジャン・ガレアッツォの妹で、美しい目が評判の、ロンバルディーアきっての美女といわれていたけれども、わがままで気位が高く、風変わりなところは、まぎれもなくヴィスコンティ家の血筋。けれども、同時に陽気で可愛らしくもあった。アンナが亡くなったあと、弟はアンナと同じような女性を選びたいかもしれないけれど、できればルイ王が勧めるフランス女性の中から立派な貴婦人を選んで欲しい、とわたしはいつも考えていた。

このように傷ついた自尊心に鈍い痛みを感じながら、わたしは政治亡命者たちに目を向けた。わたしの屈辱と悲しみが彼らを金縛りにし、なにを言ったらいいのかも全くわからなくしていた。カエターニまでも肩をすくめて、陰気なふたりの甥の注目をそらした。フェデリーコに思いを向けた。すると、その戦いに敗れた悲惨な集団が、わたしに怒りと哀れみを起こさせることになった。

⚜ ⚜ ⚜

とがった癖のある字で書かれた最初の手紙が届くまでの道のりは長かった。世紀初頭のあの時期に、わたしはわたしたちの政治的な運命の苦さを和らげるような、公然たる、けれども秘められた劇的事件を体験した。そして一方では、フェデリーコに命を与え、あの子の将来のために備えることをわたしひとりで誓うほどに、大きな幸せを感じていた。わたしの血が騒いでいた。その血が不透明だとしても冷たくないものに変わることを祈った。わたしの性格からすると、情熱を欠いた安らぎよりは、身を焦がす苦悩のほうが好みに合っている。

太陽が明るく輝く日の午後、わたしは手紙や書類の写し、書物、詩の巻き紙などが所狭しと置かれた小さな書斎にいた。書斎にいるときの、ラテン語訳聖書の完成者、聖ヒエロニムスの気分になっていた。子犬のアウラはところかまわずうろつきまわっては、あちらこちらのにおいを嗅ぎ、ときどき片方の耳をぴんと立てて、わたしのほうへ狡猾そうにまばたきをする癖があった。宝石で飾った七宝が冠のように輝く黄金のメダルを、わたしはしげしげと見直していた。それは、わたしのために彫金家のジャン・クリストーフォロ・ロマーノが制作したもの。メダルは普通、容貌を模すのにそれぞれの流儀を持っている。肌や美しさ、表情などを犠牲にしても、骨格を強調する。それにしてもジャン・クリストーフォロのこの作品は、わたしをわずかに裏切っていたけれども、そのわずかなものがわたしをいっそう美しく見せていた。

部屋の入口に現われたピルロ・ドナーティの顔を見て、なにかわたしの耳に入れたい問題のあることがわかった。わたしはメダルをまた小箱にしまいこんだ。そこには、わたしの書いた詩の数々が人目に触れないように隠してあり、ときおり禁じられた喜びと知りつつも、読み返しては楽しんでいた。とりわけわたしが愛したのは、トロンボンチーノによって曲がつけられ、デバルデーオによってよしとされた一篇。それはまた、わたしの作品の中ではただひとつ音楽家たちが機会あるごとに音楽会で演奏してまわる一篇ともなっていた――もちろん、わたしの名は伏せて。その詩のために、わたしは自分の性格とは反対の着想を選んだ。少なくともそのように信じ、わたしらしくない完全に否定的な方向へ詩を傾斜させている。けれども、おそらく望むところへ究極的に接近するために詩は曲を必要とし、そして究極的な音楽が悲しみの強調からなりたっていたことは否定できない。

わたしは　自分の枝葉を　失った
わたしも　幹も　根っこも　枯れた

わたしはつぶやくようにゆっくりと曲の最初の部分の音を出し、樹木が葉を落とすように曲の幹の中で調子を落とす。

ピルロ・ドナーティは距離を置いて立ち止まり、ほほえみを浮かべて待ちながら、明らかに唱和していた。わたしは秘密の歌をやめて、そばにくるよう彼に合図をした。わたしの頭は音で満ちあふれていた。ひとつの音が別の音と交錯し、絶え間なく音が変化し、調和する。わたしは足台にもたせかけてあったリュートを自分から手に取った。これとは逆に、演奏をともにした縁で知ったのが、イングランドのロバート・ドゥ・ラ・ポールとかいう方の存在。あの方はほかの何人かと一緒にイングランド国王ヘンリー七世によって派遣されてきていた。アレクサンデル六世が長い間もくろんでいた、トルコ軍を仮想敵とする十字軍の戦争計画について枢機卿たちが開く会議。その会議のことをあの方たちはイングランドへ報告することになっていた。ところが、なにも行なわれはしなかった。おそらく使節たちがよくわかったことは、かの異教徒に対して十字軍の武装を整えるための法王の私的な金庫の中では、とうの昔に資産が底をついていたということ。いまや使節団がロンドンへ帰ろうというとき、一行のうちで最年少のロバート・ドゥ・ラ・ポールが、出発に先立ってイタリアの美術を観るためにわたしたちの宮廷を訪問したがっていた。ピルロが言うには、その方は勉強のためにパドヴァ、ボローニャ、フィレンツェ、ローマといった有名な都市で青春時代を過ごしたことがあり、きちんとしたイタリア語を話すという。もっとも、親たちが法王庁様式の政治的な文書や公文書を構成する技術を習得させたがったので、ローマでは長い年月を過ごしたとのこと。

いつものように興奮が複雑に重なり合ってわたしを襲い、しばらくの間わたしは待つことにした。敬意の表明にこたえなければならない必要性は、普段とは違う人と会うという好奇心のために刺激されており、求めもしない人間が列席することに対するある種の気嫌いを追い払った。毎日さまざまな形で、情緒の安定を傷つけたり、精神の修養を妨げたりする危険を、わたしは冒していた。今日は音楽を犠牲にしなくてはならない。今やリュートを弾き、歌い手たちを招き、新しい歌や古い歌、そして自由な発想にあふれたマントヴァの庶民的な歌などを練習する時間がほとんどない。

ピルロ・ドナーティはまじまじとわたしの表情をうかがいながら、静かに待っていた。そして努力をして来客を歓迎するようにわたしに願い出た。できれば会談は短い時間ですませたかった。ドゥ・ラ・ポールはフィレンツェからやってきたということで、向こうではとても好意をもって迎えられ、巨匠レオナルド・ダ・ヴィンチのみごとな素描や、ミケランジェロという名の実力ある若手彫刻家の作品など、すばらしい作品の数々を目にしていた。

わたしの人生は、一瞬ごとに演じたことを再上演する連鎖的な演技のように思える。ロバート・ドゥ・ラ・ポールに会うときも、わたしはそれを予感する。部屋に入るよう合図をすると、本能的にスカートを振り動かし、襟元に指を走らせて、わたしは自分の服装を整える。それは、身だしなみによっても自信は生まれるということを心得ている女性らしい行為。その日わたしは、灰色というよりもっと明るい色のドレスを着ていた。細い金の鎖が互いに結ばれていくつもの房になり、その先端に真珠が垂れ下がっている。襟ぐりのまわりには、純白の布に金糸で刺繍をほどこした小さな襟飾りがついていた。サンタ・パオラの修道女たちの作業が生み出したその刺繍の優雅なこと。わたしが考え出した世の中にふたつとないドレス、とはいっても、新しいものは何でもたちまち多くの女性たちに真似られてしまうもの。髪を手に持ってブラシをかけ、ふたつに束ねてこめかみの上までふんわりと持ちあげると、ジャン・クリストーフォロのメダルに彫られたときのように頭の後ろで髪の房を結んだ。この着飾るという意識は、わたしのいつもの習慣なので、虚栄心と決めつけることはできないと思う。少なくとも全部が全部とは言えない。それは持って生まれた美しさと、自分の考えをきちんと表わすこととを調和させる手練のわざ。もしかすると、わたしは大仰に言い過ぎているかもしれないし、あるいは言い足りないかもしれない。

それはほんとうのこと。わたしはロバート・ドゥ・ラ・ポールに会うのに手間取っている。それなのに、あの方はもう来ていた。わたしの目の前に。スペイン式の大げさなものでも、フランス式の陽気なものでもない。宮廷人らしいもの慣れたお辞儀をする。うれしそうにしながらも、平静につとめている様子。この方の背丈はピルロ・ドナーティと同じくらいで、わたしを見下ろす高さには達しているけれど、あの国の大多数ほどには長身ではない。肩まで垂れた長髪は、大麦の穂のような黄色ではなく、むしろ琥珀色を帯びていた。いきいきとした、けれども急に慎重になり、機転のきいた挨拶をし、そのすべすべした薄いバラ色の顔に似つかわしくない黒いエナメルのような輝きをもった目を、ためらいもなくわたしに向けた。そして話しながら、震えるほどの感動を抑えているらしく見えた。わたしはラテン語に翻訳された一冊の詩集のほかに、ラテン語とイタリア語で書かれたあの方の自作の詩を贈られた。あの方は慎ましやかにわたしを賛美し、それから共通の友人の名を口にした。ことに詩人のヴィンチェンツォ・カルメータとはローマにいたときに交友関係があり、わたしたちの宮殿における宮廷人らしいしきたりについて教えられたこともあるという。わたしは、あなたの国では女性に仕える習慣があるかどうか、とたずねた。「はい、ございます。大いに喜んで」と、あの方は微笑みながら答える。「しかし一般的に、より厳格な気分になります」と、なんとはなしの上機嫌で、厳格ということばに力点を置いた。

あの方はローマの記憶すべき遺跡、しばしば木立に囲まれ、そして野山の緑におおわれた遺跡について話した。今なお権力者が現存するかのような幻想を抱かせる光景が、しばしば不意に現出するという話。「ローマ、ローマ」わたしは胸の中で情熱をこめて叫んでいた。いつもわたしを夢中にさせる神聖なその名を。不意に話題が変わり、客はおよそ十五年前にフェルラーラでわたしを見たとはっきり言い添えた。公爵の館の前で学生たちがけんかをし、そのときあの方はわたしの目の前でけがをしたことがあったということだった。わたしはその日の記憶に思い当たるところがあり、いずれ手がかりを調べればわかるものと思われた。わたしは微笑みながら、イングランド国王についてたずねた。この訪問も国王の命令によるものかどうか、と。ヘンリー七世は命令者としての責務に関して思慮深い王であり、長い内戦を経験した国に平和を取り戻そうとしている、とドゥ・ラ・ポールはわたしに言った。ヘンリー七世は、聖職者と一般大衆を引き離すという、知識層の人々と教会関係者との論争にはあまり関心を持っていないということも、あの方の話しておきたかったこと。王の唯一の関心事はチューダー家の将来にあった。長男のプリンス・オブ・ウェールズ、つまりアーサー皇太子が病弱なのに対して、幸いなことにヘンリー王子は健やかに成長し、十歳にしてすでに筋骨たくましく、燃えるような意志を持っていた。

外国にいるわたしたちの国の使節も、息子のフェデリーコについてそういう評価をしてくれるといいのに、とわたしは言った。あまりに幼くて今は評価を受けられないけれど。こうして、わたしは儀礼として、ゴンザーガ家とエステ家の武器をあしらった、ヴェネツィアの金細工師サロモーネ作のブロンズの印章を棚から取った。持つところは丸みをおびたニンフの体を形どったもので、贈り物の価値がより高く見えるようなしぐさをして、わたしはそれを差し出した。挨拶のあとで、黒い目に好奇心をきらめかせながら、この訪問者は暗くなる前に巨匠マンテーニャが壁画を描いた部屋を見ようと、ピルロと一緒に出て行った。
夕方、わたしは音楽を楽しみ損なったことが頭から離れなかった。早めに食事をすませて、たいまつの明かりのもとで、女官たちがマルケット・カーラ作の十一音節の古い民衆詩ストランボットを四部合唱で歌った。伴奏は三つのヴィオールとリュート。それはこのようにはじまった。〈おお、なんと、おまえのために死ぬのか、このおれは。むごい女よ……〉イングランドの客のことはもう考えもしなかった。翌日、思い起こすことになろうという予感は、露ほども脳裏をかすめなかった。そしてまさにあの翌日、それが起こった。書簡類や派遣員からの詳しい情報、写し、公式の報告書などにざっと目を通していたわたしは、きちんと折りたたまれた、他とは大きさの異なる一通の手紙を手にしていることに気がついた。宛名がぎざぎざした癖のある書体で書かれていた。封を切り、署名を読んで、わたしはあっと驚いた。

⚜ ⚜ ⚜

第一の手紙

最も聡明にして華麗なる
マントヴァ侯令夫人　イザベッラ様

なにとぞ失礼の段、平にお許し願いあげます。さる有名な重要人物のいささかのもくろみに従って、あなたさまに敬意を表すべく昨日お訪ねいたしました者でございます。あの際、あなたさまに私の素姓を隠しておりました理由は、自分でもわからないのでございます。

私は司祭でございます。モンシニョーレ、すなわち猊下の称号を持っておりまして、イングランド国王ヘンリー七世に仕える、ヴァチカンへの密使および使節団に属しております。令夫人さまはおそらく、私が一般信徒ではなくむしろ聖職者であることを、さほどおかしいと思われないであろうと存じます。しかし、あたかも何らかの理由があったかのように私が身分を申しあげなかったことは、おかしいとお思いいただいてよろしいのです。このようなおかしいことが昨今の世俗的な教会にも存在いたします。そのような優柔不断に陥った苦悩の大きさがいかばかりかは筆舌に尽くせません。高位聖職者にふさわしくないニンフの像のついた印章をあなたさまから頂戴しませんでしたなら、何ひとつ問題はなかったでしょうが。ところで、あなたさまにも秘書殿にも私の身分を伏せておりましたのは、あの面影を思い出したからというほかに理由は思い当たらないのでございます。その面影というのは、昨日まさしく私を惑わせたうら若き王妃としてのあなたさまのまぶしい輝きを、すでにずっと以前にあなたさまに見いだしていた、その面影でございます。

もう何年も前のことですが、私は衝動的にフェルラーラの人間になりたいと思ったものでございます。エステ家の宮殿入口の大きなアーチの下で、槍騎兵のうしろに見えるあらゆるものを夢中でご覧になっているあなたさまの瞳に出会ったためでございました。王女さまにぴったりの、赤と濃い青のビロードで縁どられた空色のドレスをお召しになり、額には銀色のリボンを巻いておられました。そのころ大学の学生たちと、パドヴァからグアリーノ教授の講義を受けにきていた私の間でひと悶着がありました。彼らの伝統をよく知らなかったために起こった騒ぎでございました。そして私は学生たちのあの暴力的なはけ口に興じる生きざまが理解でき、むろん青年期ゆえの反抗として受け入れました。私はほかの者たちと一緒に大声で叫びましたが、すぐにその冷やかしがこらえていた彼らの怒りに火をつけたことに気づき、仲間たちに両手を挙げて仲直りの合図をしました。しかしながら、最も怒った相手に襲いかかられ、私は地面に投げ倒されて、顔に血を流しながらその場から連れ去られたのでございます。そのとき最後に私が目にしたのは、あなたさまの目、魅惑的な童女の目、あるいは森の小妖精の目でございました。昨日、紳士のように野暮なご機嫌伺いをしている間に、ふたたびあの目にお会いいたしました。そのために、私は申しあげなければなりません。司祭であってもなくても、あの当時のような若さを感じた私は、胸に抱きつづけた夢の人の現身に正面から大声で叫びたかったのでございます、と。

あなたさまはお信じになりませんでしょうし、私自身どのようにして起こったのかわかりませんが、あのとき以来、私はイタリアで生きていく決意を固めたのでした。フェルラーラからボローニャの大学を経て、ピサ、ローマで過ごしました。親戚筋に当たるサフォークの伯爵家が目まぐるしい政変にまきこまれたときに、私は無理やりイングランドから遠く離れていることを余儀なくされたのです。勉強するためにドイツ、フランス、オランダを旅しました。そして、いつものあなたさまのお名前を耳にする機会を求めて、イタリア語を話す使節の部屋をしきりに探したものでございます。

私はあなたさまの宮廷のすばらしい連絡係の方々からお教えいただいて、フェルラーラの乙女の成長を見守ってきました。あなたさまのご結婚について、騎馬試合について、スフォルツァ家宮廷での詩の集いについて、私は知らされました。あなたさまがオルランドよりもむしろリナルドの支持者、つまり活動家オルランドよりも情念の人リナルドを支持していることを発見して、ことのほか嬉しく存じました。マントヴァの若い花嫁が、音楽や詩やラテン語歌劇などのために、宮廷をいかにして整えられたかを知りました。あなたさまのさまざまな学識や、自由で大胆な金言も私の知るところでございました。エステ家の遠い祖先、女勇士ブラダマンテのように、あるいはエステ家に仕える詩人ボイアルドの作品のアンジェリカのように、造化神の造り給うた、まったく軽妙にして、魅惑的な気まぐれものの、神の自由な創作として私の前に姿を見せるあなたさまは、いつも女王でございました。

故国における一族のさまざまな問題がなお決着がつかないこともあって、私は居を構えるためにローマに戻りました。そこでイングランド国王と私の親族の推挙により、私に司教区の門戸が開かれることになったのでございます。司教の聖職を授けられ、少し前には猊下に任命されて、法王庁尚書館書記で法王聖下の秘書官アドリアーノ・ダ・コルネートとずっと一緒に働いてきております。彼は厳しいカトリック要理で高名な方ですから、あなたさまもよくご存知でございましょう。

ローマはあなたさまを賞賛する人々が最も多い都市です。あなたさまがお出かけになれば、芸術院や大学であなたさまについて話している英才たちから一斉に浴びせかけられる賞賛を免れることはできないと存じます。あなたさまのご活躍について書きたいと望まぬ人とてございますまいが、あえて書こうとなさる方もめったにないかと存じます。あらゆる人がいかにあなたさまを褒めちぎったことでしょうか。その最初は私でございましたが……。一四九九年三月、現代イタリアの最も有名な詩人ジョヴァンニ・ポンターノがあなたさまに献じた崇拝の詩が、ローマ中に流布いたしました。ナポリの芸術院で彼は、詩人ウェルギリウスを顕彰するために銅像を建てるというあなたさまのご意思につて、しかも銅像の制作には巨匠マンテーニャがあたる、と忘れられない話しぶりで演説をなさいました。何年か前に古代ローマのあの詩人を表わした古い彫像を、軽率にもマントヴァ市長カルロ・マラテスタがミンチョ川に投げこませた例の大それた行為を償い、ウェルギリウスを神のようにあがめる熱狂的崇拝者としてのマントヴァの人々の心をいやすものです、と。そして、最大の詩人の名声を復活させようとなさっている、かくも若き王妃としてのあなたさまの雅量の広さを、ポンターノは限りなく絶賛してやまなかったのでございます。

ただいま私は、親族のものたちと同様に、国王ヘンリー七世に忠節を尽くすべく、サフォークへ戻ろうとしております。私はなぜあなたさまを欺くようなことをいたしてしまったのか、そのことであなたさまが私をお許しくださるかどうかも知らずに、今宵、出発いたします。私自身はといえば、遠く離れましてもますますあなたさまを賛美申しあげることは間違いありません。大胆さの中にある内気な部分が私に自己弁護をさせようとしますが、単にそればかりではなく、わけもなく私は私自身についてあなたさまにご説明申しあげるのが義務であると感じた次第でございます。しかし、いくらか余分なことを申しあげながら、同時に告白すべきこれらの秘密のために当惑いたしております。秘密のひとつは、手紙の冒頭であなたさまにおおよそ打ち明けましたとおり、あのときの私の服装で司祭という身分を隠したこと。そのために自然の成り行きで居心地の悪い状況に直面したのでございます。

あなたさまにお会いしたいという私の願望には、やましいところはなかったことをお誓い申しあげます。あのフェルラーラの不思議な魅力を持つ少女に再会し、いかなる貴婦人に成長されたのかを知りたいと切望いたしました。しかるに、あなたさまの御前にまいりますと、あなたさまのお姿はなにか圧倒的な力で私を捕らえ、それがもとで私の思考力は麻痺して働かなくなってしまいました。それは本当です。あなたさまのご容姿について申しあげていることは、まったく真実でございます。あなたさまが嵐のように四方へまき散らす印象に引かれて、無頓着にあなたさまの前に現われる者は、だれでもあなたさまが引く弓の射そんじることのない的にされます。耳につけられた真珠の優美さのように、真珠が踊っている金色のドレスに身を包んだあなたさまのなんと美しく聡明であられたことか。いまだかつて私はこのような純粋で、しかも油断のならない女性に出会ったことはありません。たわごとを言わせていただくならば、あなたさまのいらっしゃる場から、巨匠マンテーニャの描いた壁画の部屋へと去り、情熱的でしかも情緒的な名高い家族のありようが壁に心を吹きこんだ絵を味わうというのは、なんとも辛いことでございました。

一日中、関わりのある物事の中心にいて、一瞬一瞬をいきいきとふるまう魔法のようなあなたさまの身のこなしを、私は目のあたりにさせていただきました。あなたさまは奥ゆかしく私を歓待してくださいましたが、あなたさまの放たれた軽妙な矢でも私を刺し貫くのに不足はございませんでした。そして、あなたさまの人を魅する類まれな力をつくっている秘密の一端が垣間見られたように、私には思えたのでございます。あなたさまは現実に住んでいる世界ばかりでなく、あなたさまが創造された世界が最もよく感じとれるところに、対話者がだれであろうと連れていってしまう能力をお持ちです。

ああ、どうか私をお許しください。必要ない、本当に必要ないにもかかわらず、ついその気になって述べてしまいました。あなたさまへの長い頌歌を書くべきでしたのに、むしろ長い悲歌になりました。予知のひらめきが昨日あなたさまの前で口にしたことばの数々と同様に、この手紙がむなしいものではないかと私に疑わしめます。昨日のこと、今日のこと、二重にお詫びしなければなりません。私は今も私のままでございますし、これからもそのままの私でございます。

あなたさまの忠実なしもべ
ロバート・ドゥ・ラ・ポール
イングランド生まれ

一五〇一年八月十日　マントヴァにて

⚜ ⚜ ⚜

その手紙のことばにちくちくと刺されるような気がして、わたしは手紙を注意深く折りたたんだ。わたしは驚き、いら立ち、そしてなんとなく呆然としていた。わたしはフランチェスコに手紙を見せた後で、アルプスを越え、海を越えた向こうの国の人の狂気の沙汰を一緒に大いに嘲笑ってしまおうと考えた。けれども、それはやめることにして、むしろエリザベッタにこっそりと読ませることにした。それに何よりもまず、わたしが返信を出さないことは明白。なぜなら、返事のしようがないから。いったい何を書けばいいというのか？　わたしは寝室に行き、個人的な書類をしまっておく貴重品箱を開けて、その手紙を無造作に横の仕切りに寝かせて入れた。ピルロを呼び戻させ、わたしは各宮廷への親書を口述しはじめたけれど、頭を占めていたのはヴァレンティーノ公への難しい対応。ヴァレンティーノ公は、彼のフランス生まれの娘ルイーザと、わたしたちの息子フェデリーコとの婚約を申し入れてきていた。ルイーザは、この子の母親シャルロット・ダルベールとともにフランスで暮らしている。ふたりの当事者がほんの嬰児なので、わたしには現実とかけ離れたことのように思われた。当たらずさわらずの礼儀正しさで、この面倒を免れることができたけれども、わたしは我慢ならなかったし、動揺してもいた。

この後味の悪い問題から立ち直るために、わたしは駐ヴェネツィア大使宛にマントを作るための十二匹の黒貂と裏地用の深紅のサテンを購入するようにと手紙を書いた。黒貂の一匹は頭部に傷のないものを必要とした。それでマフを作りたかったから。きっと評判になると思う。わたしが考案したのは、黒貂を太鼓のように丸く巻いて、頭を尻尾に重ねるという新しい形。頭は金でおおい、目には燃えるような赤い色をした上質のルビーをふたつ、はめこもうと思っていた。

夕方、かつてスフォルツァ宮廷で名声を博した音楽家のヤーコポ・ディ・サン・セコンドをわたしたちが召し抱えたので、淑女や紳士たちを招き、わたしの広間で音楽会を開いて遊び仲間のすべての人たちと心ゆくまで楽しんだ。その場にいただれもが、神技に近いこの演奏と歌唱が終わらないようにと、あれほど願ったことはない。夜遅くなって、わたしは女官たちとともに部屋に戻った。六月の末から法王はフランス、スペイン、ヴェネツィアとの新しい同盟を締結しようとしていたので、フランチェスコは落ち着かず、しばしば遠くへ出かけて行方のわからなくなる時間があった。そのとき、彼はサン・ジョヴァンニ・イン・クローチェ方面から、クレモーナの国境を監視するために出かけていたらしい。一両日中にあのいまいましいヴェネツィア軍が旗をなびかせてマントヴァに侵入し、陣を構えることになろう、と彼は言う。

衣裳を脱いでいる間、わたしは政治の数限りない変転に思いをめぐらせていた。わたしが断固として不安を退けるまで、政治は絶え間なく変化する。なんとなくわたしは貴重品箱の前でぼんやりと足を止めたけれども、イングランド人ロバート・ドゥ・ラ・ポールの奇妙な手紙を読み返そうとしたことは確か。人目がわたしを思いとどまらせる。

部屋の中を女官たちが動きまわっていたのでわたしは用心深くふるまわなければならなかった。わたしたちを取り巻く者たちは、不意の衝動につき動かされて、怪しいと思ったことは何でも軽率にしゃべらずにはいられないから。心の中で手紙を読み返してみると、あの方が大胆なのかそうでないのか、わたしには判断がつかない。手紙はわたしとあの方がともに関係した事柄について語っていた。大胆さが敬意を越えていたとはいえない。そこで、敬意を越えていなかったことに決めてしまうと、ふと心がなごんで、わたしは眠りに落ちた。

多くの事件、人の出入り、憶測、息のつまる予言などの起こる日々がつづいた。急を要することばかりで時間がない。ローマから、あるいはフェルラーラから書簡がくるたびにわたしは青ざめた。フランチェスコの宮廷から、ジェロラモ・スタンガがまるで楽しいことのようにヴェネツィアの書類をたずさえてやってきた。そこには、フランス国王がヴァレンティーノ公に対して表向きに示している好意とは裏腹に、エステ家がボルジア家との縁組を受け入れる気になっているという巷でのうわさに唖然としている、と記されていた。別に喜ぶべきことではないけれども、ただこれでフランス側の防衛策がいかに変わりやすいかが観測されたことだけは、注目に値する。

八月の終わりのある朝、わたしはポルトの別荘にいた。柔らかな葉の茂る高い木の梢をそよ風が渡り、湖に沿った林と庭園が涼しかった。わたしは娘のエレオノーラがしきりに弟のフェデリーコを抱きたがるのを叱っていた。八歳のきゃしゃな女の子には弟があまりにも重過ぎる。そのうちにエレオノーラは突然わっと泣き出し、なだめようもなかったので、わたしたちはみな悪いことでもしたような気分になった。ふと振り返ると、並木の奥になにか秘密を告げにきたような顔をしてピルロ・ドナーティがやってくるのに、すぐに気づいた。

実際、それは秘密にほかならなかった。弟のアルフォンソが信頼できる使いの者を送ってよこし、ボルゴフォルテ付近のポー川の上で会いたいので、一刻も早く会いにきてほしいという。だしぬけの謎めいた伝言が、わたしの気をもませた。風を切る音が耳元でごうごうとうなりをあげる。わたしはピルロ・ドナーティとヴィオランテ・デ・プレティ夫人を従えて、指定された場所へ馬を走らせた。使いの者が全速力で先導していた。ボルゴフォルテはさほど遠くなかったので、間もなく岸からあまり離れていないところに停泊している大きな船が目に入った。アルフォンソの姿がはっきり見えた。肩までたらした青年の濃い栗色の髪が、赤味がかった反射光を放ちながら耳をおおっている。わたしに乗るようにという合図があって、わたしたちのほうへ小舟が近づいた。それに乗りこむと、底の平らな小舟は流れに漕ぎだした。わたしだけが大きな船に引きあげられた。わたしはアルフォンソを抱きしめ、こんなふうに内密に会ったことについて軽口をたたこうとした。けれども、彼が顔面蒼白になってぶるぶる震えているのに気がつき、わたしは何事が起こったのかをたずねる。

「ぼくの結婚だよ、イザベッラ」彼はふさぎこんだ口調で言った。

「それはどういうこと？　きのうローマのカッターネイから、ボルジア家はオルシーニ家のだれかに目をつけたという信頼できる知らせがありましたよ」

「彼女はその紳士をはねつけたよ。その上、ぼくと結婚すると言い張ったんだ。さもなければ修道院に入るって」

自分では避けたつもりの災難が、どっと自分たちの身に降りかかってきていた。わたしは恐怖心を覚えた。このようなときは、だれしも恐怖心を覚えずにはいられないはず。何と言ってよいかわからない。

「アルフォンソ！」わたしは積み重ねたロープの上にくずれた。

弟は最後に打ち明けた。

「父上が決めたことだよ。あの人はいつもぼくを蔑んでいるのだ。どんなにぼくを、兄弟やフェルラーラ中の笑い者にしたことか。ぼくを犠牲にすることにいかなる遠慮もないし、いまだかつてぼくを評価したこともないんだ。だから、彼女の持参金に目がくらんだ。すべては持参金だよ、イザベッラ！　ローマ法王は父上に与えると言うんだ、莫大な黄金、十万ドゥカート金貨、同等の収益のあがるチェントおよびピエーヴェの城、宝石類、衣装、長持ちいっぱいの銀器、絨緞、つづれ織りの布、そして父上のような貪欲な人間の腹もはちきれさせるほどの、山のような贈り物。そしてさらに、だよ。エステ家の子々孫々に至るまで、正式の形でフェルラーラの司祭に任ずると言うんだよ。これほどまでの申し出に、だれが逆らえる？　そうさ、ぼくは身を売ったりはしない、こんな結婚を選んだ覚えはないんだ」

「あの女性は、あの女性は」と、それ以上は自分を抑え切れなくなって、わたしの口からことばがほとばしった。「いろいろ噂が飛びかっているわ」

背の高いアルフォンソは驚愕してわたしを見つめ、上からわたしの心を探るように、感情を表わさないきっぱりとした声で言った。

「イザベッラ、それ以上は言わないで。あなたからも彼女を守ってやらなければならないんだ。昨日、ベルフィオーレで結婚の契約書に署名したよ」

「何ということを！」わたしは両手を合わせながら叫んだ。「ルクレツィア・ボルジアがわたしの義妹になるなんて。おまけに国王の娘としての母上の座を受け継ぐなんて」

流れに押されて前に進んでいる大きな船の上にいると、まるで現世から遠く離れてしまったように思われた。すでに秋めいた風にうたれ、わたしは悪寒に見まわれた。

わたしが最も必要としているときに、フランチェスコはいなかった。おそらく彼が幸せになっていたのは、むろんわたしの弟というエステ家の人間が面目を失墜したことが嬉しかったから。どうしても心の安らぎが得られないので、激しい音を立てて降ってきたにわか雨がわたしの心をいっそう動揺させる。突然、暴力的に窓が開け放たれ、部屋の中にどっと雨が流れこんで女官たちの間に爆笑が起こった。まっ先に笑ったのはリアとコロンナ。ふたりの若い娘は予期しない気晴らしに無心に興じていた。大騒ぎを聞きつけて侍従たちが駆けつけ窓を閉じたので、若い女官たちはいつもの遊びをしはじめた。わたしは耐えがたい気分で、わたしの地下書斎〈グロッタ〉に閉じこもり、扉をかたく閉ざした。

小さな部屋、ときどきは一番小さな部屋にいつも独りぼっちで暮らすのが好き。ウルビーノやフェルラーラの宮殿の部屋よりもずっと大切にしている大好きなわたしの小部屋で、わたしはあらゆる世の中のことを知る。腕を伸ばすと近くの壁にさわれるほど狭く、天井もさほど高くない場所でひとりきりになると、数たくさんの定期的な報告書も重荷にならない。冬は火鉢だけで容易に部屋が暖まる。ただし、ふたりまでしか入れない。三人では入りきれない。ひとりきりになりたいとき、わたしは小部屋を利用する。宮殿の〈グロッタ〉は、木造の半円形の天井をいただく小部屋で、天井にはわたしが図案を練った、音楽の休止符をあしらった紋章が浮き彫りにされている。もうひとつの紋章は部屋の床に、白地に青と緑の優しく明るい色彩で表わされていた。その紋章には"*nec spe nec metu*"（夢もなく恐れもなく）という終わりのない詩の断片が組みこまれている。

そのころ、わたしは〈グロッタ〉や小さな書斎に巨匠の絵画、骨董品、大理石の頭像や小塑像、小型のブロンズ像、ヴェネツィアのアルド・マヌツィオに注文した手書きの本や印刷本などを収集しはじめた。すてきな楽器も所蔵しており、その中には巨匠レオナルド・ダ・ヴィンチから寄贈を受けた銀製の弦を張ったクラヴィコードなどもあった。小さな書斎にはわたしの好奇心をかきたてる世界地図があって、物知りの男やわたしの結婚直後から身のまわりにいる女官たちと一緒にしばしば見入っていた。サヴォーナの水夫がたどり着いた、たくましい裸の人々が住む西インド諸島への航路を指でたどったりもした。あるときは大洋のただ中で進路を見失ったり、果てしない大海原から新しい陸地が隆起するのを目撃しているところを空想した。なぜか地理学は強い力でわたしを引きつける。

森羅万象は瞬間的な合図のみで示現されるといわれている。嵐が通りすぎた後の静かな夜更けに、わたしは大燭台の光の中で、刺繍入りのサテン地の椅子の背にもたれて、しきりに瞑想にふけっていた。すると、不意に例のイングランド人訪問客の幻影がわたしの正面にいた。壁画の間や『凱旋』の大広間、それにわたしの小部屋を、わたし自身で案内しなかったことが悔やまれた。われながら驚いたことに、いつになく優しい気持ちになって、ロバート・ドゥ・ラ・ポールとは何者かしら、と自分に問いかけた。あの方の家族はサフォークの伯爵で、イギリスの有力者なのに、あの方の職務は取るに足りないもの。あの顔がわたしの記憶の中の何かを動かした。あの方のことばが合図になって、すでにわたしが気づいていた何かが、わたしの思いをフェルラーラへと連れ戻す。大きなため息をついて、わたしはその何かを思い起こした。若い養育係の警戒を無視して、何人かの人がエステ宮殿の大階段に向かって走っていった。

⚜　⚜　⚜

絵の中のいけにえの女の子は階段をおりてくる。まっ白な大理石の階段は海まで達し、寄せる波返す波に洗われていた。女の子は純白の衣装を着て、芯を肌色にした白い小さなバラの花の冠を頭に飾っていた。女の子のまわりの空気は金一色で塗りつぶされている。金の細かい描写の中に、わたしはあらゆる混乱を乗り切るために厳粛な足取りで出て行く自分を見ていた。わたしは自分自身に問いただす。ギリシャ神話に登場するトロイ戦争のギリシャ軍総大将、父アガメムノーン王の宣告にしたがって絵の中の女の子イーピゲネイアが犠牲にされたのは正しかったのか、それは真理と言えたのか？　そして絶大な力を持つその一語には、何が象徴されていたのか？　わたしはその答えを知っていた。なぜって、わたしの血管には王家の血が流れていたから。ナポリの祖父フェルランテ・ダラゴーナ王は、くり返しわたしに言い聞かせた。「覚えておくのだよ。女性の従順は王の美徳なのじゃ。私の娘エレオノーラを見習うことじゃな」わたしは夢中で答えを吐き出す。「わたしは感謝しております。お母さまにも、そして王家を継承するお父さまにも」すると、わたしの祖父の残酷で嬉しげな答えがつづいた。「わかったね、イザベッラ。おまえは私の孫、つまり国王の孫だから、そのように答えることが許されるのじゃ」と。その青白い残忍な王の顔が、その日はナポリの太陽のもとで黄ばんで見えた。結局、わたしは敢然と反発し、それが祖父の哄笑をあおる結果になった。その瞬間にわたしは、強者が笑うことのできるときは、強者の側にいることに決めた。そうすれば、女性だって彼らとともに戦うことができる。

その決心を心の内で自分に許し、わたしは玄関前の大階段の一段一段を徐々にあとにして、手すりの細い円柱の間から大きなエステ宮殿とつながっている正面入口を見ていた。ときには遠のき、ときには近づいて、ディオニュソス祭の若い声がくり返しわたしのところに達した。「イザベッラ、イザベッラ、私の可愛い子ちゃん、どこですか？」わたしはじっと立ち止まっていた。絵の中のいけにえの女の子、イーピゲネイアにとって難を逃れるために引き返す場所は、トロイ戦争の本の中にはもはやなかった。金色地のその本は母の部屋にだいじにしまってあり、わたしはたびたびそこで注意深くページをめくった。

昼間、多くは家の調理場などで、それぞれ日々の仕事に熱中しているときには、何も耳に入らない瞬間というものがある。わたしは長いドレスが邪魔にならないように気をつけながら、ふたたび大階段を下りはじめた。まるで正面入口と宮殿の間を舞台に創作し、流布する物語の登場人物をつかむために、その様子を嗅ぎつけようとするかのように。警護の兵士や弓兵たちが、それぞれに入口やアーチ門の前を取り囲むように配置されていた。真向かいには大聖堂の正面玄関があり、月々を象徴する史実や伝説の彫刻で飾られていて、とても古代風で風変わりなところが気にいったので、わたしは拍手を送った。その朝のアーチ門の外は地表近くに霧がたちこめ、フェルラーラの人々はまるで地面から浮きあがって、おかしな足取りで歩いていているように見えた。

運よく前兆があって、そのとき知った好奇心の思いがけないきらめきが、わたしを新しいなにかに引きつける。なにかが起こる。アーチ門の外で、せっぱつまった震え声のまわりに大きな怒号が押し寄せてきていた。集まった若者の声がしているらしかった。わたしは前方へ突進する。胸が痛むほど見たくてたまらない。大理石の小円柱に代わるがわる手でつかまり、あたりに気を配りながら、さらに階段の下までおりて行く。けれども、城壁から離れるとたちまち強制的に立ち止まらされる。それは、公国の衛兵たちが通廊の左右から槍を地面に立てて交差し、わたしの行く手をふさいだから。幸い弓兵たちは平気な顔をしていて、私がいることに気づかないふりをする。一番若い兵士だけが従犯者らしいあいまいな微笑を浮かべて、わたしをちらっと盗み見る。わたしは動かず、緊張している。今では外から近くに声がして、弓兵たちは防衛の態勢に入った。兵士たちの槍と硬いマントの裾が形づくる三角形を額縁にして、宮殿と大聖堂の間のスペースがすっぽりと収まる。

わたしはすぐにその場のことがわかった。大学生の列がゆっくりと通るところへ、向い側から別の学生たちがやってきて、出会ったとたんに激しい乱闘になった。でも、戯れにすぎなかった。さまざまな抑揚のことばでみんなが騒ぎたてていた。イタリア語あり、外国語あり――ドイツ語のような喉を鳴らす声、フランス語のようなパチパチはぜる声、フラマン語のようなキンキン響く声。一瞬、ばら色の光の中に四本足の動物の影が現われた。その長いよく動く耳は、ぎこちなく大学学長の帽子を頭上に支えている。それは赤いベルベットで盛装させられた本物のロバで、学生たちはロバに向かってうやうやしくお辞儀をしたり、霧の中から突然現われてその前を走ったり、あっという間に霧に隠れたりする。

「チプリオット様！」

「チプリオット学長閣下！」

学生たちはこのような形で新しい学長に迎えの挨拶をしていた。ロバはいらいらに耐えるのはどういうことかを知っていて、動きながら大きな声をだし、さらに若者たちはこっけいなとんぼ返りをして転げまわったので、騒ぎはいっそう大きくなった。

本物のガスパリーノ・ダ・チプロ教授への反対派学生のこの反抗については、宮廷でも話題になった。彼は大多数によって学長に選ばれたけれども、ボローニャの人を支持する少数派がこれといった理由もなく彼に猛反対を唱えていた。いまやチプロ（キプロス）人のガスパリーノという名前にはおどけた賛辞が贈られ、尊敬されたロバはまるで知性と学識に輝いているかのように、自分の価値の高さを理解させると広言してはばからない。盛装したロバがよろめくのを見て、わたしは衛兵たちに聞かれないように低い声で笑う。叫び声の調子が変わって、遠くの方から執政長官指揮下の騎兵隊の蹄（ひづめ）の音が聞こえた。

たたかれたり、押されたりして、調子の狂ったロバが前に進んだかと思うと後じさりする様子が目についた。それまでは怖くはなかった。いくらか粗暴な戯れにすぎなかったから。けれども、武器のチリンチリンと鳴る音がすると、もはや戯れではなくなった。わたしはやっと少し後ろにさがり、急な斜面に立ち止まった。一群の兵士と長官自身が不意にやってきた。いちだんと叫び声が大きくなって、恐怖のきらめきが突っ走った。この瞬間に、あちこちからひとつの名前が呼ばれるのをわたしは聞いた。

「ロバート！　ロバート！」

「ロバートが怪我をしたぞ！」

「怪我をしているぞ、イングランド人が！」

「手伝え、助けるんだ！」

通廊を守る公国の衛兵たちの間に動揺があり、それと気づいたわたしが学生たちを見ると、金髪の若者が顔を血まみれにして、友人たちに抱えられて行く。その学生がわたしの方に向けたひどく熱っぽい視線が、わたしをたじろがせる。そんな彼を、友人たちが無理やり道の向こうへ連れ去っていく。

何もかもがわたしを混乱させるばかりで、わたしは手すりに寄りかかった。そのとき、どこからともなく不意に宮殿のひとりの衛兵が出てきて、丁寧だけれど強引にわたしの腕をつかみ、無愛想な声で何事かを告げた。何を言ったのかは、外から聞こえるすさまじい騒音のためによく聞き取れなかった。中庭には武装した兵士の各分隊が配置につき、アーチ門の方角に目標を定めていた。わたしがひどく怒ったので、恐れを知らない衛兵は両腕でわたしを持ちあげた。わたしは抗（あらが）ったけれども聞き入れられず、しくしく泣きつづけるしかない。蹴ったり、泣きじゃくったりして――わたしはきゃしゃに見えるけど力は強いので、そのことを母はよく可愛らしい驚異と言っていた――衛兵の手から逃れると、一段目で力をためて階段を一気に駆けのぼった。手すりの小円柱にしがみつくと、わたしは偉丈高にその衛兵を挑発した。彼らはひどく腹をたて、宮廷の人々に知らせに行くと警告して、わたしをそこに置き去りにして行った。ひとりきりになって、他人の巻き添えで人が顔から血を流しているのを見たのは初めてのことなのにわたしは気づいた。その発見について冷めた驚きを感じていると、だれかがわたしの方へ屈みこんで、わたしの名前を呼んだ。

「イザベッラさま、ここで何をなさっているのですか？」

「見ました」と言って、わたしは口ごもる。

「見てしまいました、何もかも…」

「それにしても、人を心配させるお嬢さまですね！　イザベッラさま、私をご存知でしょうか？」

わたしは王女らしさを取り戻し、会釈をした。この地の大学の学者としてとても有名な人文主義者のピーコ・デッラ・ミランドラ先生を、どうしてわたしが知らないはずがありましょう？

わたしは、ひだのある紺のラシャの上着の袖口から出ている、痩せてかさかさした彼の手首に、わたしの手を置いた。彼は腕を低く下げ、わたしを支えやすくした。彼の一つひとつの隙のない所作は、それぞれの瞬間に考え出されるように見えた。彼の師で友人のバッティスタ・グアリーノがよく言っていたところによれば、彼のすべての思考のように、その所作も隙がなかった。ジョヴァンニ・ピーコ・デッラ・ミランドラ伯を、わたしたちは誇りにしていた。彼がこれからも住むフェルラーラの街には、彼が遍歴を重ねていた間のこと、そしてこの後に予告されている広い意味での遍歴など、その思い出が残りつづけるはず。学問の天才として、すべての人から尊敬され、宮廷への出入りも自由。『恋のオルランド』を書いた詩人マッテーオ・マリア・ボイアルドの父の姉妹にあたるジュリア夫人の息子にふさわしい好ましい紳士で、しかも一流の詩人として人々から愛されていた。若いときからピーコは宗教と神秘を含め、あらゆる学問分野の知識を備えていた。彼の考えでは、学問はその目標や願望からして、絶えず知性と結びついて、いつも奇跡が起こりそうに思えた。わたしは口をぽかんと開けて傾聴し、たとえ彼の言っていることの本質は理解できなくても、彼があらゆる科学知識の鍵を持っていることは疑いもないことのように見えた。母やヤーコポ・ガッリーノ先生は、彼のことばをわたしに説明しようと努めていた。わたしの記憶では、ジョヴァンニ・ピーコは別格、つまり雲の上の存在にほかならなかった。

わたしは得意げに騎士と並んで歩きながら、上品で控えめな人々がつめかけた廊下や部屋をいくつも通って、大広間に向かった。

「エレオノーラ公爵夫人のところまでご案内いたしますわ」すると、ピーコがていねいに言った。「叱られることが怖くはございませんか？　正面入口の階段に向こう見ずにいつまでもいたとあなたさまのことは報告されているでしょう。あまりにも道路に近過ぎましたからね。学生というものは、ときには腕力で乱闘をするものです。なぜ、あなたさまはあの場所まで行かれたのですか？」

わたしは目を前に向け、蒼ざめた顔には血の気が戻るのを感じた。

「見たかったのです」とわたしは答えた。

ピーコ先生は立ちどまり、わたしの顔を注意深く観察しながら言い添えた。

「あなたさまは遠くを見る目をお持ちです。しかし、女性でいらっしゃるし、辛いことかもしれない」

「わたしは何でも見たいのです。きっとそうすると思います」

彼は唖然としたらしく見えた。

「あなたさまにそう望むべきかどうか、私にはわかりません。さあ、まいりましょう」

少し歩いたとき、わたし付きの女官ディオニシアに出会った。彼女はわたしの連れを認めたとたんに大きな安堵のため息をついた。彼女はそれぞれの人への対処のしかたに頭の働く女性なので、わたしには何も聞かず、ピーコ先生に礼を述べると、急いでわたしを部屋へ連れて行った。絨緞の上にうずくまっていた無口な妹ベアトリーチェの前で、ディオニシアは手早くわたしの髪をすき、着替えさせた。支度が整うと、わたしたちは階下へ下りた。宮廷の友だちを見かけても、いろいろと訊ねられるのが嫌なので、わたしはそ知らぬふりをして、まっすぐ母のところへ行った。

あらゆる身分の宮廷関係者、軍人、議員、尚書館書記、大学の教授、貴婦人、召使の女たちで広間はごった返していた。そこへ、エステ家の子供たちの中ではわたしひとりが参加した。識者と目される人々みんなの目が、その場で目立った、年齢的にも早熟なわたしに注がれる。疑いもなくこうなると思っていたので、少しの動揺もなく一人前としての資格を意識し、自分というものに自信を感じていた。告白すると、一歳ちがいの妹ベアトリーチェを、わたしは軽蔑していた。彼女が宮廷に入ることを許されなかったのは、絶え間ない人々の出入りや、知識人や自分に関心がない人との会話に耐えられないため。それでもごくまれに彼女がおとなの中にやってきたりすると、退屈と不安に我慢しきれなくなって泣き出すので、みんなにまだ幼児と見なされていた。

じきにわたしの前方にはっきりと人の輪ができて、人々に尊敬されているグアリーノの姿が大学の教授たちに取り囲まれており、その中に天文学者でエステ家召し抱えの占星術師ペッレグリーノ・プリシアーノもいた。彼は友人たちの運勢を占っては悦に入っていた。銀と真珠の飾りをつけたわたしの母は、趣味の良さに包まれ、つねにナポリ人気質に特有の気配りをすみずみにまで張りめぐらしていた。その場のどの貴婦人よりも美しく、気高く、そして彼女の情緒的な話し方は人々の心をある種の優しさで感動させることになる。母の秘蔵っ子のわたしは、金色で刺繍された黒いベルベットの縁どりがついた薄紅色の衣装で盛装し、国王の血筋を引く女性に許された特権にしたがって、髪をほどいていた。参列した貴婦人たちは黒いビロードの背もたれのある肘掛け椅子や長椅子に腰かけ、男性たちは立っていた。わたしのためには、公爵の肘掛け椅子と対になった足台が用意され、その正面には文学者や科学者たちがいた。準備は整っている。母は一瞬、身をかがめて、わたしの額にキスをした。わたしは母好みの明るい笑顔をしてみせる。

「見てしまったの」と、わたしは熱心に話しはじめる。

彼女はわたしに黙るように合図し、帽子もかぶらずに目の前に立っていたピーコ・デッラ・ミランドラの方へふり向いた。フェルラーラ訛りともナポリ訛りともつかない彼女のアクセントは、わたしの耳にはさながら音楽のよう。彼女は言う。

「ピーコ先生、今日、というより、ほんの今しがた起こったことを話題として取りあげていただきたいのですが、いかがでしょう。学生たちの大騒ぎについて報告がありました。悪ふざけか、反抗か、闘争か、何でございましょう。先生はパドヴァの大学に在籍されたことがおありですから、フィレンツェやボローニャ、それにパリの大学でさえも事件が起こったことをご存知でございますわね。私は決して、先生のお仲間を裁いていただくようにお願いしているわけではなくて、あの方たちが無茶なことをした理由を、ご一緒に見つけ出していただきたいのです。あの方たちは何を欲しているのでしょう？　ここの大学にはあらゆる専門分野ごとのすぐれた先生方がいらっしゃらないのでしょうか？　エルコレ公はイタリア中から、いいえヨーロッパ中から先生方を招聘する費用を惜しみません。多くの教授の名声は、学問を志す若い人たちをフェルラーラに引き寄せました。大多数の意思によって選ばれた、新しいガスパリーノ・ダ・チープロ学長は法学の高い学識をお持ちの方でございます。なのに、どのような理由で攻撃され、下劣なロバの姿であざけられさえもしたのでございましょう？」

一瞬、わたしの心が痛んだ。あのロバこそがとてつもない楽しさをわたしに運んできたし、むしろわたしは母に、ロバがどれほどおかしかったか、ロバの鳴き声がどれほど学生たちの騒ぎをあおり立てたかを話すつもりでいた。けれども、ピーコ先生が話しはじめた。

「奥方さまは」と、彼が言った。「いつもの洞察力で本質をついておられます。仰せのとおり、新学長がキプロス人であることは騒ぎの原因ではなく、口実でございます。こうした騒ぎの原因は学問にかかわる事柄ではなく、いつも同じで、若者の知性とはかけ離れた、感情的な行動なのです。はっきりそのようにお認めにはなれませんでしょうか？　若者は魂の不安によって動かされます。その不安を学生気質の馬鹿げた行動に転換いたします。しかしながら、心の底から満足してはいません。本当は自分自身のことや異なった世界のことに関して考えたいのです。そして、確かに哲学、詩学、科学は、精神の解放によって、新しい道が開かれました」

「私は生まれてこの方…」と、宮廷人で学者のルドヴィーコ・カルボーネ殿が訓練された声で満足げに口をはさみ、「世界は変わりつつある、と言われるのを聞いてまいりました。原因と結果はつねに同じなのであります。過去何世紀にもわたって、われわれはトルコ軍の新月刀の脅威のもとで生きてまいりましたがゆえに、幾度となくキリスト教信徒の終焉が予言されるのを耳にしたのでありまするが、現にわれわれはここに存在し、これを論じておるのであります。陰謀についての懸念のみがわれわれに対して陰謀を企てておるやの疑いを生ずるのであります」

ペッレグリーノ・プリシアーノが、惑星同士が交差する大周期を占って得た予言の漠然とした意味を説明しながら、長々と反論した。「人生の浮沈は運勢によって決まるのです」と、占星図に身を乗り出しながら、彼は言った。なんとなく人の心をくすぐるその占星図は、貴婦人たちが気に入るように彼が作りあげたものにほかならない。バッティスタ・グアリーノ教授だけがうまく占星図の話を打ち切らせることができ、先刻、話の腰を折られた若い学者に発言を戻した。

「ラテン語に精通し、ギリシャ語の知識を持つことです」ピーコは問答形式でふたたび話しつづけた。「傑出したおふたりの教育者、グアリーノ・グアリーニ教授と、われらが偉大なる父バッティスタ先生は、古今を通じて最高の学者であられます。おふたりは物事を理解するためにギリシャの英知の光を当て、新しい学問の方向づけをなさいました。しかしながら、これで満足するわけにはまいりません。まだまだ私たちが読んでいないヘブライ語、アラビア語、ペルシャ語などの書物の中に学ぶべきことが多々ございます。真理はより多くの言語の中に、言語を超え、記号を超えた中に潜んでいます。ほかならぬバイブル、聖書の中にはあらゆる存在の不可思議が含まれておりますが、聖書を書き記した人はそれを暗号に変えたのでございます。真理はヴェールにおおい隠されて不明瞭なイメージを示しております。学生たちと一緒にホメロスのひげを数えるようなことはやめる必要がございます。私たちが望んでいるように、若者たちもはっきりとではなくても、人間の生命の深遠、そして神の深遠の道理を洞察し、議論したいと望んでおります」

ピーコという学識のきらめきが突如として命を消してからも、わたしの記憶の中で、このときの彼の弁舌が無意識に展開されるほどで、後に読んだ彼の著作集に別巻としてこれをつけ加えたいとわたしは思っている。彼の輝かしい出現は、世の中を激しく揺り動かしたので、彼が死んだとき、あまりに頭が良すぎたために、彼は脳を消費しつくしてしまったのでは、と人々は噂した。わたしの抱いているピーコのイメージは二十歳、あのころは彼の天才が彼自身の生命を縮めるような危険にさらされてはいなかった。

一呼吸おいて、ピーコは静聴に感謝しながら、話をつづけることに人々の了承を得た。「今日」と、彼はことばを継ぐ。「新しく生まれる思想から認識を導き出す方法を、私たちは新しい思索の光の中で、変えて行かなければなりません。学問とは、師弟の間の生きた共同作業でなければならないのであり、生命を失った学説を寄せ集めて伝えることではございません。良き師はむしろ、若者が指向するところに目を向け、理解する必要がございます。私たちを待ち受ける未知のものを恐れてはなりません。人間は全きもの。なぜなら人間はすべてのものに、野獣にも、石にも、天使にもなり得るからでございます。すべてのものは人間を中心にして、命ある創造の歴史を推し進めております」

ほっそりした首にかかる栗色の長い髪を揺らして頭をあげたピーコは、自分の話した内容に心から満足しているように見えた。わたしは心の奥の霊感のような、言い知れぬ熱いもののせいで興奮していた。あの当時のわたしには、すばらしい純粋さと活力に満ちたあの弁論のむずかしい意味はよくわからなかったけれども、わたしは彼と考えが一致したと思い、気力が充実するのを感じていた。

未来はわたしにさまざまなものを発見させてくれると思う。知的な力と肉体的な力をわたしは分けて考えてはいなかった。もしこのふたつの力が等しく進めば、いつの日かわたしも霊感を得た人のような説得力で話すことができないものか？　見ると、母は憂鬱そうにしていた。あの感動的な弁舌が、母には楽しめなかったらしい。何かが妨げになって話について行けなくなり、ほとんど聞いていなかった。母のいらいらと荒い息をしている胸を見あげると、そこには長い手があり、邪悪から身を守る珊瑚やバラスルビーなどの赤い宝石の指輪がはめられていた。

火がきらめくようなその手の合図で、マッテーオ・マリア・ボイアルドが正面の台の上にのぼり、自作の『恋のオルランド』の数節を朗読して人々を魅了した。宝石のようなきらびやかな登場人物たちで彩られたこのフランスの騎士道物語に、わたしはいつも魂を奪われた。このような本がエステ家の図書室には数多く収集されていた。そしてゴンザーガ家の図書室にはさらに多くのすぐれた本があり、わたしの個人的な本は〈グロッタ〉に保存されていて、ここで読みはじめたり、騎士風な恋人アマディスや、アーサー王物語の予言者マーリン、そして「自慢の腕」の歌を読み返したりする。マッテーオ・マリア・ボイアルドが最新の騎士道の詩をわたしたちの宮廷のために書いているということが、一同を狂喜させた。厳しいわたしの父でさえ、その作品を印刷する費用のうち、最初の詩章の分ぐらいは出すというほど大いに気に入っていた。彼の詩の銀鈴をうち振るような響きに、陶然としないものはなかった。背がすらりと高く、目鼻立ちの整った詩人は、抑揚のある声で、愛の花々を歌った八行詩を朗読しはじめた。

バラ　スミレ　野の花よ
わが告げし　乙女らは手かごを提げて
身を焦がす　歓びと愛
モンタルバーノ卿は花踏み分けて……
ひたと寄り添う　リナルドの影
たれか投げなん　バラを　スミレを
ユリ　ヒヤシンス　あらん限りに

この詩についてはよく理解していた。絵に描かれた愛の表現のいくつかを、わたしはすでに目にしていた。スキファノイア館の広間にあるフレスコ画には、とくに心を引かれていた。そこでは戦いの神マルスと愛と美の女神ウェヌス（ヴィーナス）がベッドに横たわっていた。ところで、ボイアルド伯の『恋のオルランド』の中に、吹きわたる一陣の風のようなおおらかさによって選んだわたしの英雄リナルドに向かって、乙女たちの投げる葉や花が炎と化す場面があった。

奥の方から好奇心にかられた声が響いた。「その草原に行きたいですね……」

控えめな笑いが、丸天井の下にわずかに広がった。ピーコ・デッラ・ミランドラも唇の端に微笑を浮かべた。「露を帯びたサクラソウ」を書いた人文主義者の詩人ポリツィアーノに最も近い友人の彼が、どうして微笑まないはずがあり得よう？

細かい描写によって命を吹きこまれた、想像力豊かに行動するイーピゲネイアの子供時代の画像を通して、わたしは努力することもなく大人の具体的な生活に足を踏み入れ、すぐになじんだ。『恋のオルランド』には、いきいきとした激しい情熱を持った女性たちが位置を占めており、フランスの恋物語に見られる騎士の象徴的な相手役としての女性とは似ても似つかない。わたしは冒険好きで恐れを知らないアンジェリカにすっかり魅せられていた。

……風に捕らわれ
黒い顔した悪魔の上に

アンジェリカは、ほかのだれともまったく似ていなかった。それで、サフォーク家出身のあの風変わりなイングランド人ロバート・ドゥ・ラ・ポールが、エステ家の女傑ブラダマンテに重ねて、イザベッラの名前をほのめかしながら、似ている人としてアンジェリカの名をあげたことを、わたしは嬉しく思っていた。そのイザベッラは〈グロッタ〉の中で、ひとりで、まさに眠りに落ちようとしていた。

反対に眠る状況でなかったのは、トランペットの大音響で埋まったフェルラーラ公国。大音響が鉛の格子が入った大窓のガラスまでも震わせる。エルコレ・デステ公には、父親としてあらゆる権力を掌握したアガメムノーンのような雰囲気がある。フェルラーラでの別のある楽しい夕べ、喜びに興奮した声で思い思いに遠慮のない話をしている。ディオニュソス祭を迎えて、わたしは濃い青で縁どられた白いタビー織りの衣装を身につけている。額には金の台にはめこんだダイヤモンドを飾ったので、頭が揺れるたびにそれが輝きを放つ。家庭教師の手を握っていた妹のベアトリーチェは、黒いベルベットのボディスでウェストを締め、深紅のサテンのドレスを着ている。わたしの見るところ、妹のドレスは衣装戸棚にあった古いドレスで作ったもので、豊かな色合いが妹の褐色の肌をすてきに引き立てている。ふたたび太鼓のリズムに乗ってトランペットと銀のラッパが歌い、フルートの旋律が鋭く宙を飛翔して、わたしたちの心を浮き立たせる。

「エルコレ！　エルコレ！」

「ダイヤモンド、ダイヤモンド！」

宮廷人や女官、近習、衛兵などが異口同音にほめたたえている。城の狭い中庭に面した窓や、井戸のほうに通じる白い階段に、彼らは姿をのぞかせている。春とは名ばかりの刺すような寒風が、陽気な人々の頭をこすって行く。大燭台のたくさんの炎が、風の動きに従って光と影のたわむれを演じている。

父がポー河畔の要塞の偵察から戻る。疲れて、埃と泥にまみれながらも、将来の敵にとっては最悪の、そして防衛する側には最善の策を予見しようとしている。従者にかしずかれて、父は身軽に、けれどゆっくりと馬から降り立つ。母は宮廷の迎えの儀礼に則った行動をせず、きゃしゃな容姿が一直線に父のほうへ軽々と階段を走りおり、父の胸にすがりつくと、互いに抱き合った。甲冑をつけたままの父の抱擁は、大げさで緩慢な動きしかできないように見えた。ふたりは体を寄せ合ったまま大広間までのぼってくる。だれでも母エレオノーラの美しいきらびやかなあの顔には及ばない。父フェルラーラ公のごつごつした武骨な顔は、家に着いた喜びで晴れ晴れとしている。

わたしの前を右往左往している人々の動きが視界をさえぎる。わたしにはふたりが見えない。背伸びをしてみても、まわりを取り囲んでいる人たちの肘の高さにしか届かない。王族らしい忍耐で、わたしは性急な感情を抑えてじっと待つ。間もなく人々はまばらになり、両親が近くにいる。私が思っていた以上に近くにいる。結局、わたしは走ることもなく両親のもとにいる。母エレオノーラは興奮している。父は長椅子に腰かけ、近習に手伝わせて軽い甲冑をはずし、大きな息を吐くと篭手を脇に投げる。そして、すね当ての止め金をはずすために片方ずつ足を伸ばした。母はもう一度父を抱擁する素振りで、心に響く切実で情熱的なことばを父に浴びせる。父エルコレは彼女を見つめる。その顔は優しかったけれども、穏やかなそこはかとない無関心が潜んでいる。まさに疲労困憊。彼は疲れていて何も欲するところはないのに、母はそのことに気づかない。いくら仕向けても、父には同調する気が起きないということがわからない。母は迫りつづける。戦争というものをひどく恐れていたからにちがいない。この日、部屋付きの女官のひとりカテリーナが、夫を失った悲しみのあまりに死んだ、という知らせがあった。

「どれほど深く強いものかおわかりですか」と母が言う。「遠く危険な場所にいる夫への女性の愛が。騎馬武者たちが馬を全力で走らせているときに、私たちは宮廷で心配にうち震えているのですよ」

父は大きな声で決然と母をさえぎる。

「そなたは震えるような女性ではないのだ、エレオノーラ。フェルランテ王はそなたをたいそう立派に教育したのだから」

母は納得しない。泣きに泣く。そこで夫は腕を伸ばして、妻をていねいに向こうへ遠ざけ、それから部屋の中を見まわす。わたしを見つけて招き寄せる。わたしは走り寄ろうとして、ある思いがひらめき、数歩離れて立ち止まる。もしかすると、伸ばした腕でわたしのことも遠ざけるのでは？　それを見て父公爵が笑う。晴ればれとした笑い。（わたしのうやうやしい態度が嬉しかったのか？　あるいは満足したのか？　それとも何か？）父の顔のしわが一本ずつ伸びる。

「イザベッラ、もっと近くへ」

わたしが近づくと、父は両腕でわたしをつかんで自分の顔の高さまで抱きあげ、キスをした。わたしは背後にいる母をふり返る勇気がない。わたしを床におろすと、父は話しかける表情になる。

「喜べ、イザベッラ。明日、そなたの婚約者に引き合わせよう。マントヴァ侯のご子息、フランチェスコ・ゴンザーガだ。貴族と大使の一行を引き連れた公式訪問だ。われわれはすばらしい狩りを準備しよう。そなたが一人前の女性として体験する初めての舞台になる。だからといって無理をする必要はない、そなたのありのままでよろしい」

わたしは一歩後ろに退って、こわばった会釈をする。喜びと漠然とした不安で息がつまった。母は家庭の煩いと癒されない夫婦間の感情の行き違いをかかえて、わたしに微笑むことさえできずに、無視された人のようにずっと脇に立っている。だれもそのことを気にしない。父エルコレ公は宮廷の役人と話す間、手をわたしの頭の上に乗せている。その手が重い。

⚜ ⚜ ⚜

「なんてすばらしいのでしょう、ヴェネツィアは！」

わたしは叫んだ。その叫びには少なからずふざけるようなニュアンスがあった。けれども、わたしにはふざけるつもりは毛頭なかった。ふり向くと、連れの人たちはこれから登る数えきれないほどの階段にため息をついた。

「階段を三十六階までも！」下から見上げて階数をかぞえていたエミーリア・ピオが言う。背後から、つとめて穏やかにマルゲリータ・カンテルマが、つまり数え切れないほど多いわけではないということね、と応じた。小さな丸天井の下にエリザベッタと尚書館書記シジスモンドの頭が現われ、彼は何か言いたげに見えたけれども、あたりを見まわしてことばをのみこんだ。ある場所から見ると、まるで陳列物を中心から眺めるように、小さなものまでよく見えた。ヴェネツィアならではの途方もなさをそれ自身が自覚しているような、いきいきとした豪壮で調和のとれた創造物。大聖堂前の鐘楼の最も高い開廊には人けがなく、やっとの思いで登ったわたしは、自分の体がちっぽけなものに思えた。わたしも連れの人たちも、形のわかるものや初めて見るものに興奮しながら、同じように絶え間なく見る場所を移していた。彩色された宮殿や大理石の階段、島々に隠されている教会、堂々と迫るぎょうぎょうしい丸屋根、サン・マルコ大聖堂のぎざぎざのアーケード、そして光をはね返す波動と恐ろしいほどの壮麗さを持つめずらしい潟（ラグーナ）の海などにわたしはじっと目をこらした。

わたしはわれに返った。わたしは、わたしだけで、このような数多くの創造物について意見を持つことができ、わたしだけで、あえて否定的に見ることができた。ここに初めてきたのは九年前、フランチェスコがヴェネツィア軍総司令官をしていたときに公式に訪れている。そのときは、一方的に予定の組まれためじろ押しの式典や催事にがまんして参加しなければならなかった。今日は非公式の旅できている。長年、この町を間近に見たいという熱い思いを抱いてきたけれども、この冷たく澄んだ三月の空気につつまれていると、わたしの不安にまったく気づかずに楽しんでいる連れの人たちがうらやましかった。それはヴェネツィア共和国という名そのものに含まれる不安で、だれにも打ち明ける必要はなかった。わたしは心の奥底で、何度もほぞをかむ思いをしてきた。逃亡者にさえも与えると共和国が自慢する自由が、だからわたしにも与えられていた。挑戦する気持ちをこめた自由を、わたしも楽しもうと決めた。このようなことになったのは、弟アルフォンソがボルジア家と縁組をした後のこと。フェルラーラはヴェネツィアの一部になり、こうして仲の良い貴婦人四人と、唯一の男性として義弟の尚書館書記シジスモンド・ゴンザーガが加わって、グループで旅をしている。この挑戦的な旅で、わたしをかっとさせることが起こった。挑戦と賞賛は、そのどちらにも偏見がある。どちらにしても、それを疑わないことが最もよいこと。

　このことから、ヴェネツィアの人たちのとてもすばらしい訪問を受けるようになり、わたしたちはいつも待ち受ける準備を整えて、念を入れた正装をし、どのような会話にも陽気に応じる心づもりをしていた。総督（ドージェ）からの限りない賛辞と、わたしの訪問が非公式なことを残念に思っているということばに動かされて大胆になったわたしは、喜んで総督の私邸を表敬訪問します、という伝言を届けさせた。けれども、最近総督に選出されたばかりのレオナルド・ロレダンという大柄のやせた老人は、口ではいえないほど激しやすく、その総督がさまざまな儀礼を尽くして議会にわたしを迎えると申し入れてきた。わたしはただちに、盛大な儀式にふさわしい衣装を持ってきておりませんのでと返事をし、それからすぐに絶大な賛辞を贈るためにアレッサンドロとベネデット・カピルーピを宮殿へ使いに出した。公けの場でわたしに栄誉を与えるという総督の執拗な主張に、嬉しくて気をそそられはしたけれど、そこには何かおかしいと感じさせるものがあった。あのずる賢い総督のこと、なぜか非公式には断固としてわたしと会いたがらなかったし、その上、わたしがお忍びの旅で、政治的な力がないことは正確に伝えられていたはずだから。フランチェスコとわたしの国を代表して、最高会議の全員の面前で、わたしが共和国に対して恭順の意を示すことを彼は強く求めようとしているのかもしれないという疑いさえわたしは抱いた。ところで数年前にフランチェスコがヴェネツィア共和国軍総司令官の要職を解任されたのも、その同じ最高会議でのこと。わたし宛てに、宮殿から大燭台とろうそく、アーモンド菓子、キャンディ、シロップなどの贈り物が届けられた。サン・マルコの宝物、公爵の兵器庫、大音楽堂が、わたしのために公開された。わたしたちを乗せる二本の櫂のついた平底の小舟が、トレヴィーゾ宮殿の入口に待機していた。ロレダン総督は礼儀正しく会釈をし、控えめな態度をしていた。

疾風が鐘楼の上に向かって吹きあげていたので、わたしは衝動にかられて次から次へと通路を登って行った。あまりにせかせかと登ったため、エリザベッタがわたしに、気分が悪くないですかとたずねたほど。鐘楼の高さには負けないわ、とわたしは笑って元気に答えた。ちょうどそのとき、階段からヴェネツィアの紳士がふたり姿を現わして、わたしの手に口づけをした。喜んだわたしの仲良しの女性たちは、祝福の鐘を鳴らした。ヴェネツィアは都市の中で最高。ふたりの紳士が言うところによれば、こんどの日曜日は〈棕櫚の日〉（復活祭直前の日曜日、キリストがエルサレムに入城。民衆が棕櫚の葉を振って歓迎した記念の日）に当たるので、総督が礼拝行進でサン・マルコ広場を歩く予定という。エリザベッタはその行事を是が非でも見たいと言い出した。わたしはアゴスティーノ・バルバリーゴ総督の時代にその行進を見たことがあり、あまり気が進まないと言ってはみたものの、譲歩するはめになってしまった。だれもわたしの口調に気をとめなかった。他人を不愉快にさせないために、そしてとりわけ自分の気品に十分にふさわしくあるために、必要に応じてその振りをすることには慣らされていた。エリザベッタの希望をあっさりと拒絶するわけにはいかない。寒かった。わたしたちは長い階段を下りて行った。

わたしたちが円柱に向かうと、そこにわたしたちの小舟が待っていた。菱形をかたどる白とバラ色のモザイクが美しい総督宮殿にわたしは目をとめた。あのような色使いとあのように非常識なデザインで、どうしてあのようなことが可能なのか、わたしはもう一度自分に問いかけた——建物の上のほうはがっしりとしているのに対して、下のほうはいわば空洞ともいえる開廊――それがこのように尊大な堂々たる威厳を呈している。サン・マルコ広場の船着き場に、帆柱や帆や船首を飾り立てたり、金色に輝かせたりしたさまざまな船が出入りするのを見て目をみはった後、わたしたちは徹底的にこれ見よがしに見せつけられた数々のものへの驚きで、自分が圧倒されているのを感じた。ことごとく理屈で自分を適応させる必要があり、わたしは食傷気味になって、大きな声で華々しく断言した。

「ヴェネツィアは世界にふたつとない都市ね。でも、わたしたちにはこれほどの豪華絢爛は一度お目にかかればもう結構です。二度は多すぎます」

クラヴィコードを弾く修練中の若い修道女も、彼女の脇に立って歌の出番を待っている仲間も、あごまできちっと閉まった、しわひとつない灰色の修道服を着ているけれど、ふたりとも優雅さは認められなかった。微かな白い線が高い襟を縁どり、あえて元気な話し方をするところが彼女たちの十八歳という年齢にふさわしかった。髪は後ろへまとめて黒いひもで縛り、お下げ髪にしていた。どちらも金髪のように見えた。色の明るさの異なった金髪は、おそらくどちらも美しいにちがいなかった。

怒りを覚えるほどの彼女たちのみすぼらしい服装にわたしは眉をしかめていたので、ヴェネツィアで最も有名なもののひとつ、聖母マリア修道院の招待を受けてしまったことに苛立っていた。その修道院は女性合唱団によって評判が高かった。わたしたちが護衛もつけずに、この自信満々の都市をあてもなく驚嘆しながらさまよい歩けたのは、そこまでのこと。とりわけ最後の道のりで、喧騒と商品でごった返すリアルト橋や岸壁のあとで、メルチェリーアという狭い通りに入ると、狂気の沙汰と言ってもいい奇抜な色彩があふれていて、わたしは感情がたかぶりすぎて、かえって緊張を覚えた。東方の市場のにおいが、(にわか雨に降られた)船乗りたちの粗末な外套から漂い出る濡れた厚地の毛織物のにおいと混ざり合って、奇妙なことにわたしの鼻先まで浮游してきた。生まれて初めてわたしは、肩を並べて歩く未知の人種のにおいを嗅いだ。わたしに触れるほど、むしろ尻をぶつかるほど近くを通り過ぎて行く雑多な人々に対して、わたしは二日酔いのような異様な不快さを感じ、刺すような痛みを覚えた。

わたしたちは定められた時刻よりやや早めに到着したので、清貧に生きるその修道女たちの好意的な挨拶で迎えられたけれども、彼女たちが礼拝堂で捧げる祈りのことばが終わるまで、わたしたちは女子修道院長を待つことになった。わたしの隣りに座ったエリザベッタは、ピンク色の砂糖をまぶしたドーナツ型のチャンベッラ菓子を味わっていた。その菓子はどこの修道院でも同じレシピで作られているもの。彼女は注意深く楽しみながら、だれとも見分けのつかない灰色の修道女の集団をじろじろ眺めていた。それでも修道女たちは新しい芝居を演ずる役者たちのように、内に秘めた情熱のためにいきいきとしていた。エリザベッタは何にでも好奇心を持ち、自分の物語を大事にしていて、あとでわたしと一緒に検討したり、ときには想像を加えて内容を豊かにした。わたしたちはこの遊びがことばに尽くせぬほど気に入っていた。生まれつき合理的なわたしは、女性同士でこのようにユーモラスなやりとりをして何かを表現したいなどと考えたことがなかった。たとえばわたしの母はあくまでもわたしの母で、別の言い方はない。妹のベアトリーチェは初めは疑い深くて警戒心が強かったけれど、後になると話の間を置かず、のべつ幕なしにまくし立てる能力をみごとに発揮した。もし妹が生きていたら、そして私たちが一緒にいても、遠く離れていても、ともに進歩しつづけていたらどうなったことか。

あれこれと連想をくり広げるうちに、じらされるのとは違う不安が脳裏をかすめた。わたしはエリザベッタをじっと見ていた。彼女はいつもきちんと自分を守る謎のような威厳をもって、静かに熱中できるものを探していた。謎のようなものはエリザベッタの望むところで、その秘密は文句なしにだれでも賞賛する彼女の美しさの中にあった。

エミーリア・ピオを見ていると、いつもの癖と生まれつきの好奇心で、あら探しをしては、ぽんぽんと早口でまくしたてていた。そして小さめの頭をしたコトローネ侯夫人のマルゲリータ・カンテルマは、機知に富み、陽気で誠実な人柄で、わたしにはいつも献身的に尽くしてくれる。のちになって、わたしたちは、女性同士でヴェネツィアを旅したあの三月の日々ほどすばらしかったことはないと互いによく言い合った。行政長官トレヴィザンのこぢんまりとしたすてきな迎賓宮殿には、わたしたちのためにゆったりとした部屋がそれぞれしつらえられ、幾筋も走っている水路から、水面を打つ日の光りが跳ね返って天井に乱舞していた。祭典に出席するということは、あらかじめ決められていなかったのでまったく考えていなかったし、立派なドレスも持参していなかった。それでわたしたちは、ひだ飾りもなく、縁どりもなく、刺繍もない薄手の高級ラシャか、あるいは絹の琥珀織りのドレスを、高価ではないけれど細工のよい宝石をいくつか飾るだけで着ることになった。簡素な身なりのわたしたちは、意地とずる賢さがなかったなら、娘というより少女に逆戻りしたように見えたので、いささかその気になっていた。

エリザベッタはわたしにフランチェスコを思い出させた。ちょっとした仕草の中に、ときおり彼女が示す兄妹なればこその夫とそっくりなところに気づいて、わたしははっと驚くことがある。いうなれば相似形。面長の夢見るような彼女の顔はラファエッロの描いた肖像画そのまま。画家は目鼻立ちを故意に変えたり、変貌させたりはしていない。フランチェスコの顔は男らしく紅潮してきらきらと輝いており、いつでも突如として表情が変わった。白い丸天井が高いその部屋で、フランチェスコについて考えはじめると、思いがふくらみ、新しい幾何学的な空間を温かさで満たした。フランチェスコ、わたしを守ってくれるその人をくり返し呼んでみた。その名の魔力がわたしに安心を与えてくれる。わたしが彼に感じている愛を、いったいだれが気づいたろうか？　それでもエリザベッタが秘密の打ち明け話をさせようとして、それとなく尋ねたりすることはなかったし、わたしも彼女の夫グイドバルドを話題にすることはなかった。ともかくフランチェスコは女性に一目惚れされるタイプの男。彼がわたしに敬意を示したように、わたしは彼の男らしさを受け入れた。夫というものには、確かな分別によって守るべき極めてデリケートな何かがある。そして妻だけが夫と自分自身のためにそれを守ることができる。

まだ結婚する前にわたしは漠然とながらそのことを直感していた。わたしの少女時代に彼がフェルラーラを訪ねてきたのは、あれはわたしたちが結婚する一年前のこと。わたしはひどく寒い部屋で、とくに子供にありがちなように風邪をひいて寝ていた。その年の五月は寒さが厳しかったので、ヴェールを何枚も重ねてふわふわと包んでくれるようにとわたしは頼んだ。わたしの前に姿を見せたフランチェスコは、褐色の肌をした十八歳の美青年で、何ともいえない堂々たる自信にあふれていた。わたしたちはいくつかのゲームに興じた。大喜びで捨てカードを切った勝利の瞬間、わたしは笑いすぎてベッドに倒れこんだ。そして、ふざけ合っているうちに、不意に彼はわたしに襲いかかった。子供同士の戯れなどではなかった。彼が夢中になったので、わたしは気が動転していたけれど、母エレオノーラがわたしたちに気づき、たしなみ深く叱責しながらも、寛大な態度でわたしたちを引き離すまで、わたしは本能的に身を守った。わたしは母をまともに見ることができなかった。

なぜフランチェスコが陰気な顔をして窓から外を眺めるばかりで、それからは遊ぼうとしなくなったのかも、なぜ帰るときまでずっと機嫌が悪かったのかも、わたしには納得がいかなかった。そのときまで愛に関する習わしや決まりごとをわたしは何ひとつ知らなかったし、官能のおもむくままに勇気を出して応えるあのことがまだわかっていなかった。夫婦生活の決め手となるこの問題について、結婚から十年を経てようやく理解できるようになったことが少なからずある。それでも耐えなければならないことが起こる。唯一の重要なことがここにある。いつどのようにして、否定したり肯定したりすべきか、それはだれも教えられない。ときには両方のやり方とも失敗することがある。この問題に関して、現実はなかなか理屈通りにはいかない。

義妹のエリザベッタとも、ほかの友人や女官たちとも、いまだかつてこのような事柄について話し合ったことはないけれど、この種の事柄は女性の夫操縦法にかかわることと主張する人々もいる。わたしは胸の内で、わいせつなきわどい話と、ときおり宮廷でくり広げられる愛を主題にした会話、しかもわたしたち自身にかかわる話題とは完全に違うものと決めていた。ところで、わたしたちに会いにくる男たち、とくに男たちが自分の兄弟の場合や、有名な詩人、あるいは世間に知られた人物や宮廷人などのときは、どのように牽制すべきなのか？　そして夜になると、彼自身や他人の、過激な行為やみだらな内緒話をわざわざささやきかける夫たちを、どのようにあしらったらよいのか？　多くの男たちは、わたしたちが結婚したことによって繊細なよい面を失ってしまい、失ったことで厚顔になり、男たち以上に破廉恥になった、と信じこんでいる。それでいて、女性の大胆さを排撃すると同時に、軽率な女性が自由奔放な生きかたをしたり、淫らなことばを口にしたりするのをひどく嫌う。ぴんと張った糸の上を渡る軽業師の仕事のようにむずかしい。

修道院の白いホールで、合唱団の娘たちが小さなオルガンのそばに並んでいた。最後に女子修道院長が姿をあらわして、全員がお辞儀をすると、若い人たちが演奏をはじめ、とてもていねいに歌い出した。けれども、指導するドイツ人音楽家に禁じられているらしく、一人ひとりの表情がなかった。わたしを高揚させる音楽の陽気な盛りあがりがいっぱいに満ちたホールに、だれはばかることもなくフランチェスコが堂々と姿を見せていた。太鼓のリズムに合わせて軍隊のパレードが奏する笛やトランペットの響きが遠くの方から聞こえてくるのがわかった。詩人や予言者たちが世紀の大戦争と称したフォルノーヴォのタロー河畔の戦闘において、彼は勝利者になった。召集を受けたヴェネツィア軍総司令官のフランチェスコが、この時代に危険を冒してアルプスを越えてきた最初の外国の王、フランス王シャルル八世を打ち破ったもの。フランス王はしきりに悔しがった。「フォルノーヴォ、フォルノーヴォ！」というトランペットの高鳴りは、女性として、新妻として、新しいゴンザーガ家の人間として、新しい侯爵夫人としての誇りをたたえていた。また義務、いわゆる花嫁として巻きこまれるきわめて複雑な義務は、戦争につきものの惨たらしさによってさいなまれたひとつの心を、もとに戻すために必要な献身的な行ないの中で明白になった。少なくともわたしはそういう幻想を抱いていた。

　けれども、わたしには歓びの歌に酔いしれる時間はほとんどなかった。すべてのことがたちまち瓦解してしまったから。フランス軍を山の向こうへ追い返した大勝利が疑われ、フォルノーヴォの勝利は中途半端という評価に変わった。その証拠に、シャルル八世は敗北したという意識はほとんどなく、新たに侵攻の準備をしているという噂がフランスから聞こえてきた。自分たち以外の人間に対しては、ヴェネツィア人は用心深いというよりむしろ疑い深く、身辺を調べてまわったりして、フランチェスコを信用しようとしなかった。戦いの中でブルボン王家の私生児という大物を捕虜にしておきながら、身の代金も取らずに放免したフランチェスコを、ヴェネツィア人は冷たい目で見ていた。けれども、フランチェスコにしてみれば、戦場に赴いたのはフランス王の宝物を略奪するギリシャ人やアルバニア人の傭兵たちを検束するためで、フランス王を追撃したり、捕虜にするためではなかった。裏切り者という烙印が執拗につきまとった。フランチェスコはとてもその非難には耐えられなかったし、侮辱から逃げ出したり、すべきではない自慢を大げさにすることだけでしか、身を守る術を知らなかった。そのあげくに彼はことばの誤りを犯し、わたしの論理と勇気を卑しめる結果を招いた。

　聖なる嘆きを主題にした賛美歌の美しい序章の詩節を、ヴィオールの低音の伴奏によってオルガンが奏ではじめるのにわたしは気づく。若い修道女が立って、清らかで同時に肉感的な珍しい質の声で、詩「おおマリア、神々の里」を朗唱する。エリザベッタは軽く頭を左にかしげて宙を見つめている。それを見て、わたしは彼女のフランチェスコにそっくりな点を新たに発見する。わたしの夫はいつもこのようにして部屋の壁に描かれた、わたしたちのイニシャルFとISの組み合わせ文字の紋様を眺めていた。けれども、その夜はあたりが暗かったので、わたしはひとり静かに待ちつづけていた。やがてだれかがわたしの部屋の扉をたたいて、開けた。

「とうとうお帰りになりましたね」とわたしは言う。「とうとうヴェネツィアからお戻りになりましたのね。話してください。何かおっしゃって」

見ると、灯火の光を避けながら、フランチェスコは部屋の最も陰になった場所に立ち止まっている。わたしに近寄らないでもらいたい様子。彼は告解者の着る黒い修道服を身にまとっている。まあ、何のまねですか？　すると彼は言う。

「『法王物語』という本を取ってくれないか」

でも、何が起こったのです？　彼は告解者の態度を崩そうとせずに答える。

「神の恩寵に浴し、晴れて無罪が認められるまでは、この告解者の服と奴隷の首輪をつけているとロレトの聖母に誓いを立てたのだ」

ほんとうに彼は鎖のついた分厚い鉄の輪、奴隷の首輪をはめていた。ということは、判決がくだされたということ。

「ヴェネツィア人どもが、私の名前を抹消してしまったから、もはや私は彼らの軍隊の総司令官ではない。

彼らはフォルノーヴォの戦勝者、イタリア第一の戦士の名前を抹消してしまったのだ。最高評議会は私の面目を丸つぶしにする判決を、二十票対五票で可決した。ヴェネツィアには五人しか友人は残っていない」

わたしはうちのめされた。なぜこのようなことが起こったのか、つい今しがた使者たちから、フランチェスコ自身がヴェネツィアに出向いたほうがいい、と熱心に主張する報告を受けたばかりなのに？　だれひとりとして、希望が断たれるように思える性急で残酷なこの結論を予想していなかった。

「それであなたは弁明をなさったのですか？　反論し、あの方々を説得しようとなさったのですか？」

フランチェスコはがっくりとうなだれた。

「彼らは私が弁明することさえ認めなかった。私を議場に入れなかったのだ。私は控えの間に置かれた」と、彼は目をあげずに小さな声で言った。「『法王物語』を取っておくれ。お願いだ」そして、その本を手にすると、彼はふり返ることもなく立ち去った。

胸のうちに複雑な思いがさっと広がり、わたしは動揺していた。死刑執行人の台の上を転がるカルマニユーラ伯の首を、わたしは戦慄しながら見た。伯爵はミラノのヴィスコンティ家に傭兵隊長として仕えた後、ヴェネツィア側に移り、ヴェネツィアとの共謀の罪を問われた。反逆罪での告発に私の胸がつまる。ちょうどそのとき、隣の部屋から子供の呼ぶ声が聞こえてきた。わたしが入口に姿を見せると、三歳になる娘のエレオノーラが揺りかごの上に座っていた。わたしが近づくとすぐに子供はこちらをふり向き、幼児らしい意味のない、あるいはだれかを探し求めるようなおしゃべりをはじめた。娘が探していたのはわたしではなく、父親のほうらしかった。わたしのこの娘やおそらくこれからわたしが産む子供たちは、偉大で高潔な戦士の代わりに、裏切り者の烙印を押された父親を持つことになる、と辛い気持ちで考えた。

エレオノーラの敬愛する父親でなくても、わたしがいさえすれば、子供は気が安らかになり、自分で落ち着きを取り戻そうとしていた。わたしは娘を抱きあげ、調度品の中で最も貴重な銀の額縁にはめた鏡の前で立ちどまった。銀の木の葉模様の額縁には目もくれずに、澄みきった鏡に映る腕に子供を抱いた若い女性を見た。か弱いふたりとはいえ、わたしたちには、侵すことのできない正当な権利が授けられている。わたしは伸びあがって、ヴェネツィア最高評議会の議場の奥に目を向けた。金の衣装を身につけ、頭に総督帽を戴いた総督が玉座についていた。みんながわたしをじっと見つめていた。わたしは勇を鼓し、説得に心を砕きながら、声を張りあげた。

「ヴェネツィア共和国総督、ならびに評議員閣下の皆々様、わたしどもゴンザーガ家がヴェネツィア共和国政府に抱いております敬愛と忠誠の証しを立てんがために、わたしはここにまいりました。わたしの夫はあらゆる疑惑について潔白でございます。道を外れたことをする道理はなく、まして共和国に逆らう考えは万に一つもないのでございます。もしも病床の身でなかったなら、彼自身がここにまいりましたでしょうに。お疑いの方々に対して、わたしとわたしの愛娘を人質として差し出すために、わたしは自らここにまいりました。これがマントヴァ侯夫人の名誉と忠誠の証しでなくて何でございましょう。わたしたちを皆様方にお委ねいたします。わたしたちにも不名誉を晴らす権利というものがございましょう」

わたしは両腕を伸ばし、はっとしてわれに返る。すると、修道女と修道女見習の若い娘たちがこちらをふり返る。義妹のエリザベッタ、エミーリア・ピオ、コトローネ侯夫人が、じっとわたしを見つめている。

それが何かはともかく、彼女たちには何かがわかっている。わたしはクッションのない固い木の椅子に場所を変えるふりをし、音楽の流れに身を任せる。音楽は、今世紀フランスの作曲家ロワゼ・コンペールの最高のモテット（ポリフォニー様式による無伴奏の教会用音楽）。何人ものソプラノのしなやかな声が組み合わされて「十字軍の勝利」を歌う。

⚜ ⚜ ⚜

一国の支配者たるわたしたちは、互いに血縁関係の絆で結ばれている。この絆を持たない国々には気をつけることが大切。領主間で血縁関係を結ぶことは、往々にして調印した条約よりも恒久的で強固な結びつきになる。なぜなら、国としての裏切りよりも、しばしば君主の個人的な顔色のほうにその気配が現われやすいから。しかしながら、裏切りは極秘のうちに行なわれるもの。わたしはボルジア家との関係、ことにヴァレンティーノ公とのかかわりでは、いつもこうした注意深いやり方をとってきた。ボルジア家の娘とフェデリーコの婚姻の交渉に対して好奇の目を向ける人々が現われたとき、わたしは寒けのするような怒りにとらわれた。それでも、人というのは物事をあまり深く考えないもの。法王のあの息子の勢力がどこに狙いをつけているかということまでは、わたしたちは考えが及ばなかった。すべてはなるべくしてなった運命のように思われていた。けれども、彼らの復讐がいかに残忍なものかということは、わたしたちは知りすぎるほどによく知っていた。人一倍腹黒い相手だから、ヴァレンティーノ公のその申し入れは、実は彼がわたしたちの領土の侵略をたくらむ間、疑われずにわたしたちを管理する方法ではないか、と怪しまれる。したがって、このゲームは策略を用いてでもしっかりと対処しなければならなかった。そうすることでのみ、自分たちを防衛することができる。

カーニヴァルの初めに、わたしは彼に有名な仮面を送って、イタリア中のうわさの種になった。わたしたちの国ではとても美しい仮面が作られている。わたしは、カーニヴァルのお祝いの印として、という添え書きを忘れなかった。そして要望された他の高貴な方々にもお送りしている、とも書いた。一瞬、ことばに幻惑されて、わたしは真実をゆがめてものを言ってしまった。仮面というものは、腕のいい職人が機知に富んだ豊かな表情をデザインし、彩色するもの。それを、ありふれた贈り物のように言うなんて！　邪悪なたくらみをもつ男に対するさまざまな意味をこめた贈り物として、わたしは仮面を送ったのだから。ラヴェンナへ送られる箱に仮面を並べて入れたとき、若い女官たちがわたしたちだけのために芝居を演じた。アルダ・ボイアルドが即興的に声帯模写をしながら、顔に仮面をつけたり、別の仮面をつけかえたりして、どちらがロマーニャ公を演じたものでしょうか、という問題を出した。法王の仮面ではないし、王の仮面でもない、皇帝のでもない、ユピテルのでもマルスのでもない、料理人、兵士、僧侶、百姓のでもない。おそらくそれは悪魔の仮面？　女官や近習の賛同と拍手喝采で、やんやの大騒ぎになった。

縁結びの話が進められる一方で、ヴァレンティーノ公はあえて彼の娘の持参金を保証するために、わたしの宝石を差し出すように要求してきた。万一の場合はそれらを譲渡しなければならない。わたしは彼の親切を当てにすることにした。「どうかわたしの宝石を取りあげないでください。今はわたしは若くて、宝石に心から喜びを感じております」と、男としての、そして寛大な君主としての彼に懇願した。このことに彼の返事はなく、宝石についても二度と言い出さなくなった。

何人かの報告によれば、ほかならぬあの悪魔そのもののような人物がいなくなり、イタリアのそれぞれの領主としてのわたしたちは解放された。例の罠の仕組まれた血縁関係や重大な危険からわたしたちが脱したのは、一五〇三年八月のこと。ボルジア家の支配的傾向に敵意を抱き、ローマ聖庁反対派のアドリアーノ・ダ・コルネート枢機卿の別荘で、ありふれたやり方とはいえ、まったく密かに法王は毒を飲まされたという。あの別荘で法王と彼の息子に毒をもったのは、心のまっ正直な枢機卿ではなく、噂されている人たちにほぼ間違いない。たとえ何人かは犯行を否認するとしても。

フランチェスコは家から遠く離れているとき、手紙を書いて、いつも急ぎの使者に届けさせたけれども、そのときの手紙はあまりに呪術に満ちあふれていたので、わたしは肝をつぶした。毒のまわったアレクサンデル六世は、わけのわからないことを口にしはじめ、足もとがふらついていた、と書いてある。そのことばというのは、「行くよ、行く、おまえが正しいのだ、待って、もう少し待ってくれ」というもので、インノケンティウス八世の死後に行なわれた法王選挙会議に関係があるとされていた。その選挙のとき、ロドリーゴ・ボルジアは悪魔と契約を結び、法王の座と引き換えに魂を売り渡したという。契約の条項の中には、十一年間にわたり君臨すべし、という一項がある。四日間のおまけ付きで今まさにその日がきたわけ。彼の最期の瞬間、口から七匹の悪魔が飛び出し、そのあと彼の肉体は煮えたぎりはじめて、人間の形をとどめなかった。あまりに不気味なので、やっとひとりの人足を拝み倒して、墓地まで遺体の片足を持って引きずって行ってもらったという。わたしはその手紙で気が晴ればれとし、わたしの部屋で女官と廷臣たちに読んで聞かせながら、彼らがその悲惨なできごとを聞いて顔面蒼白になり、震えているのを見逃さなかった。実際にはその後になってもっと正確できちんとした手紙が届き、悪魔の介在した話は一掃された。

権力の頂点から地に落ちたヴァレンティーノ公の運命はひどく混乱した悲惨なものだったけれども、それは当然の報いにちがいなかった。わたしたちは、彼が一段一段めまぐるしい速さで権力の階段を昇りつめて行った姿を思い出した。とりわけ彼が口では友人などと言いながらも、脅かすようにうろつきまわっているとき、彼の剣がわたしたちをかすめたのを思い出した。それにもかかわらず、一五〇二年の夏にはわたしたちの義弟ウルビーノ公に近づき、折り目正しく厚い友情を公言してはばからなかった。エリザベッタの夫、ウルビーノ公グイドバルドは常駐する使節団を受け入れていたし、カメリーノへ進軍する軍隊の要請と反逆者ピエトロ・ダ・ヴァラーノを討つことまでも受諾していた。疑念を抱きはしたけれども、すっかり警戒したわけではないグイドバルドは、ヴァレンティーノ公を満足させようという配慮から、日がたつにつれて悪意のある相手の奸策にはまりこんで行った。エリザベッタは、カーニヴァルのときからヴェネツィアへの旅が終わった後も、ウルビーノの美しい宮殿には戻ろうとせずに、マントヴァにとどまった。わたしと彼女は、マントヴァの春の浮き立つ日々から初夏にいたるまで、なお楽しいときを分け合っていた。そして過ごした日々の中で、わたしたちの親愛の情が細やかに深まっていくのを確かめ合った。

わたしたちは湖に面したすてきな別荘のあるマントヴァ港で過ごした。わたしがそこを好んだのは、サン・ジョルジョ橋のたもとで町に近いこと。田舎風に見えながら洗練されたたたずまい。そして、なによりも魅力的な林と湖には、新鮮な空気がそよ風となって流れ、宮殿の広間の格子窓から流れ入る風とはくらべようもないすばらしさがあった。たけだけしい白い雲が恐ろしい勢いで流れた六月の冷えこんだある日、取り乱したようすで埃まみれになった伝令が、不意に悪夢の中から飛び出しでもしたかのように、わたしたちの目の前に忽然と現われてきれぎれのことばをくり返し、その報告によって、わたしたちの安らぎのすべてがだしぬけに破られることになった。伝令はウルビーノから駆けつけてきていた。町は奇襲攻撃をかけてきたヴァレンティーノ指揮下の軍隊に、あっという間に占領されてしまった。グイドバルド公は革製の上衣を着て、養子の幼いフランチェスコ・マリーア・デッラ・ローヴェレを連れて逃亡したという。彼らは完全に消息を絶ったので、ボルジア側は躍起となって刺客を差し向けたけれども、できればどんな犠牲を払ってでも彼らを生け捕りにしたいと考えていた。

葬式の太鼓の音がした。湖畔のベンチでわたしたちは哀れな伝令の男をじっと見つめていた。彼もわたしたちも、ただ呆然としていた。わたしが彼に話させようとしたいくつかのことについて、彼は知らなかった。わたしはエリザベッタが何か言いだすのを恐れていた。彼女の心のうちで想像を絶する闘いがくり広げられているのを、わたしは感じていた。適切で用心深い正直な考えを彼女自身に呼び戻すような、彼女の心のひそかな活動をわたしは見守った。彼女の顔はなぜかとめどもなくわき出てくる涙に濡れていたのに、目と美しい表情は動かなかった。彼女はそばにいるわたしの手首をきつく握りしめ、ときどき身震いをした。

わたしたちがひそかに送りこんだ密偵は数知れない。そして、逃亡者たちを見かけたのではないかと思われるすべての旅人から見聞きしたことに、わたしたちは飽きもせずに耳を傾けた。わたしたちの放った密偵が耳をそばだてながら、ロマーニャとイタリアの各地を通ってローマへと情報網を広げる間に、グイドバルドがひとりでマントヴァにたどり着いたけれども、疲れと長きにわたる憤りとで精も根も尽き果てていた。エリザベッタはすぐさま喜びに目を輝かせ、夫に微笑みかけることができた。やがて夫を見つめたり、夫と話したりして感情が高まると、悲しみも静まった。あの夫婦の愛はまったくすばらしいということがわかる。実際に、万事は順調に過ぎてきたけれども、今はおそらくふたりの置かれた状況や悲しい運命について見通しは立たなかった。わたしたちが宮殿に戻ると、エリザベッタは周囲をもの珍しそうに見まわし、ここで父や母とともに暮らした長いゴンザーガ家の子供としての時代を、まるで思い出せないでいるかのように見えた。そう、確かに彼女はゴンザーガ時代を覚えていなかったので、どの方角の眺めもすべてはるかな彼方へ失われていた。今の彼女は、ここでは、もはや彼女のものではなくなった家にいる、単なるひとりの亡命者にすぎなかった。

見せかけだけの口実さえもなしにイタリア半島随一の美しい宮殿を略取し、一国を奪い取ったヴァレンティーノの悪逆無道ぶりに、イタリア中が度胆を抜かれた。恐怖に満ちたものや激しく非難するものなど、情報がいろいろなところから届けられたけれど、わたしたちは続々と伝えられる彼の悪行の情報に苦しめられながらも、まだ成り行きを見守っていた。密偵の中のあるものが――法王に命令された聴罪司祭の話として――ヴァレンティーノ公が手に入れた情報によれば、グイドバルドとエリザベッタの結婚は式を挙げただけで床入りのない婚姻にすぎず、優しく愛情をこめて一緒に眠るだけで結果としての行為はない、と伝えていた。ヴァレンティーノ公は情報をひったくると、すぐに命令を下そうとした。その命令とは、グイドバルドを枢機卿にし、エリザベッタはフランスの富裕な男爵と結婚させる。その一方、ウルビーノの国はボルジア家に譲渡するというもの。善意に見せかけて、実はふたりを悲惨な生活におとしいれる策謀が仕組まれていた。

分別の片鱗も感じられないその恐ろしいやり方に、わたしたちは気も狂わんばかりに憤った。多くの男たちを裏切ってきたフランチェスコは、自分の男としての誇りのために。そしてわたしは、思いもよらない愛情の形が暴露されたことをひどく心配して。わたしたちにはなんとしても信じられなかった。九月初旬のある日、わたしの部屋にピルロ・ドナーティが何通かの公文書局からの手紙の写しを持ってきた。ところがその中の一通を渡したがらない。それはわたしたちの腕利きの密偵ギヴィッツァーノが送ったもので、あざけりの薄ら笑いを浮かべたチェーザレ・ボルジア、つまりヴァレンティーノの口からじかに、無理やり聞かされた例の恐ろしいうわさ話が書き記されていた。ヴァレンティーノはあのうわさ話の真実性を請け合い、司祭になるべきグイドバルドにとって必要なことをくり返し宣告した。「もしモンテフェルトロ家がこの条件を受け入れないのなら、一刻の猶予もならない」

その手紙はマントヴァ侯夫妻、つまりわたしたちに対する容赦ない警告にまで及んでいた。それによれば、わたしたちは親密な血族関係にあるウルビーノ公夫妻を追放しなければならなかった。怒り、脅して、彼らを路頭に迷わせることを意味していた。エリザベッタには、悪魔の危機が鎮静化するまでここにとどまってもいいとわたしはほのめかした。エリザベッタからグイドバルドを引き離すということは、ふたりが死ぬほど苦しんで破滅するための別れにほかならなかった。そのような指図はあまりにも非道で、わたしは我慢できなかった。彼ら夫妻はいっさい説明しようとせずに沈黙を守り、ひたすら詫びるばかり。フランチェスコは怒り狂って、わたしにエリザベッタを問いただすようにと強く求めてきた。けれども、わたしは彼女に隔たりを感じていた。いかに親しい間柄でも立ち入る余地のない、それは彼らだけの秘め事と直感していたから。

フランチェスコはふたりの騎士を供に馬を駆って、所領のサッケッタへ急行した。そこには宮廷人たちの思いやりの目を避けて、不幸な亡命者たち、エリザベッタとグイドバルドが避難していた。わたしはただわけもなく書斎から地下書斎〈グロッタ〉へと上下に歩きまわったり、レオナルド・ダ・ヴィンチ流の構想の絵が描かれたいちばん小さな部屋に引きこもり、風に吹かれて揺れている堀の水面に顔をのぞかせたりした。女官たちは、わたしがぼんやりと物思いにふけっているのを見ていた。結婚してから十五年の間、わたしは男と女がひとつのベッドに寝ることについて、動揺や、態度や、目つきなどで不安を訴えるなどということを知らずに生きてきた。彼らは結婚当初どのような日々を送り、エリザベッタは子供っぽいおののきをいつ若い花嫁としての恥ずかしい喜びに変えたのか？「あのころ妹の顔は輝いていたのだ」と、フランチェスコは愚弄されたという思いから怒ってがなりたてた。いかなる望み、いかなる試練、いかなる辱めを、ふたりの間で乗り越えてきたのか、それにしても、どのようなやり方で？　彼らが嫌悪する肉体的な接触をせずに、見つめ合う喜びだけで寄り添っていたり、互いに手を愛撫し合ったりするそのやり方は、むしろ新婚の夫婦が好んで自然に求めているもの。その結果、彼らが何にたどりついたかというと、おそらく苦痛や疲れをともなう、潔らかなままでの気持ちの高揚ではなく、確かな興奮？　ふたりが発散する幸福の香りは、自負と慎しさの妄想からきていた。けれども、それは普通の営みとはかけ離れた和合の形を創り出していた。互いに哀れみ合うことで育んできた果てしない喜びが、ほんものの秘薬によって奇跡的に純化されていた。

夕方の早い時刻に、出がけよりもいっそう激怒しながら、フランチェスコが戻ってきた。「あのふたりの正体がわかった」と、彼は怒鳴った。「彼らはふたりそろって臆面もなくこう言うのだ。話し方は控えめだがな。これまでも、今もこうであるように、これからもこのように生きていきたい、だと。グイドバルドは覚悟はできていると言うし、エリザベッタはお望みなら放り出されても結構と言う。おまけにあいつは、つまり私のかわいい妹、変わり者の妹は、夫のいない宮殿で暮らすくらいなら、夫と一緒に落ちぶれて病院にいるほうがましです、と断言したよ。そのようなふるまいが私に対する侮辱であり、何もかも兄に告白し、私がこの汚点を額につけたまま歩きまわって宮廷や国中の人々の物笑いにならないようにすることが彼女の義務であろうのに、彼女はそのようなことを心に浮かべたこともない」

「あなたはそれを口にされたのですか、それで彼女は？」と、わたしは心配になって尋ねた。

「彼女は落ち着いていた。夫婦の間で起こったことですからほかの人にはわからないでしょう、と言っていた。彼らはだれに対しても義務を負わないかわりに、他人にだけ正義を求めていないし、これからも求めないだろうと言うのだ。エリザベッタは最後にこう言ったよ。フランチェスコ、どうか使いの者をもうよこさないでください。私たちはご説明するつもりはございませんから、とね」

わたしはエリザベッタの強さを推し測り、限りない感動をこめて賞賛した。わたしの目の前にいるたくましい夫が、わたしには一種の心配のたねになった。何かに報復したいとか、あるいは目立ちたいがための主張といったことからではなく、ひとりの女性がその知性と心の両面から、あるがままに自分の意思で選んだ考えを持つことは、わたしの夫や同様の人々にはとうてい思い及ばない世界。

彼らが立ち去るに任せるしかなかった。今や彼らはここにとどまりたいとは望んでいなかったし、フランチェスコの彼らを見る目はきびしく、どうやら彼らの厄介な純潔に腹を立てているらしかった。ふたりはヴェネツィアを亡命先に選んだ。総督がいつもくり返し主張していたように、ヴェネツィアはイタリアの中で最も自由な国のひとつで、閉ざす門も壁もないので、だれでも自分の分別にしたがって出入りすることができた。先にグイドバルドが去って行き、すぐにエリザベッタが彼の後を追うことに決めた。城の前庭につながれている彼女の乗馬のところまで連れ立って行くと、小柄ながら精悍な従者がそこに待ち受けていた。わたしは彼女を元気づけるために、数カ月前にヴェネツィアを歩きまわったことを思い起こさせようとしたけれど、わたしの話すことを彼女が聞いていないのに気がついた。いよいよ出発する段になって彼女はわれに返り、彼女らしい優雅さで冗談さえも口にした。

「何事も有為転変よ。イザベッラ、有為転変ですわ。私たちが存知あげているだれかさんをからかってさしあげるめぐり合わせもあってよ。そのときはきっとどなたかがお書き残しくださいますことね。どうか私が今ひどく打ちひしがれているなどとお考えくださいませんように。かえって安らぎを感じておりますのよ。私はさしずめグイドバルドの盾でございましょうか。もし彼をひとりにしておけば、暗殺の危険にさらされるでしょうから」

彼女は急に声を落とした。

「私がお話しできなかったことを怒っているでしょうね。たぶんグイドバルドと私はあまりにも強く求め合いました。それでほかの人とは違う私たちだけの生き方を創り出したのよ。おそらく傲慢の罪でしょうね」

彼女は一息吐いた。

「何かほかの罪もきっと犯したはずですわ。私たちはあらゆる意味で幸福そうに見せる術を考え出し、どのような疑いも持たれないようにしました。私たちの生活には必要のない楽園の状態があったのですわ。私たちの秘密は、それでも失いたくありません。後生ですから、許してくださいね。これ以上はあなたにさえも申しあげられませんの」

⚜

⚜

⚜

時計の間　一五三三年

どの時計もずれている。分から時へとそれぞれの時を刻み、それぞれの時刻を指し示しながら、思い思いの瞬間に、さまざまな形で時を打つ。そのひとつ、濃いブルーのエナメルを塗った、ニュルンベルクの金の卵という時計がひどく遅れていて、正確な時刻からたっぷり六時間はずれがある。少しずつ時を刻む速度が緩慢になるのを見ていたので、その時計の遅れはわかっている。その時計がことのほか気に入っているのは、一日のうちで自分のために使える時間がたっぷりと甦るから。その時間に、時の経つのを忘れて、いまだかつてなし得なかったことをすべて解決する。このゆえにこそ、わたしは腕のいい技術者や貴金属細工師を呼んで、すべての時計の動きを一致させようなどとは思わない。日時を混乱させ、錯覚させ、その隠された意味を探し求める。そして、ときおり思いがけない発見を密かに確かめて興奮する。

わたしの前には磨きこまれたクルミ材の小机があり、そのまわりの壁に掛けたり、棚に置いたりしたコレクションの時計はまさに百個を数える。わたしがここにいる限り、この物語は一晩中、あるいは二晩、もしかすると十晩にもわたって展開するのかもしれない。ただし、見張りをしないまでも、用心深くすることだけは大切。わたしはロバート・ドゥ・ラ・ポールからの手紙を折りたたんでしまったけれども、あの理屈っぽい風変わりなイングランド人は、珍しいことにかなりの自信家という点も含めて、わたしの生活に入りこんでしまった。引き出しから、手書きの番号つきの書類が入った手文庫を取り出した。中にあるのは、わたし以外のだれにも読まれてはならないものばかり。そして癖のあるとがった字で書かれた例の手紙を、よく読んで考えてみたい誘惑にかられる。わたしはもう一度わたし自身に問いただす。自分で書くなり、ピルロ・ドナーティに書き取らせるなりして、返事を出さなかったのは、なぜ？　冷ややかな手紙にしろ、典型的な友好の手紙にしろ、それとも非常に厳しい叱責の手紙でも、手紙を書くことはできるはず。どのような書簡集にも見出せない、独自の調子の手紙になり得たろうし、また人間というものの現実の不可思議に思いをめぐらすことになったろう。

わたしは信仰について深く考えることを知らないので、神に対しては備えがない。わたしの性質は神の話に熱くなるようなタイプではない。いつも決まりきった手短かな祈りしかしないけれども、身内からは教会というところに、ふたりの修道女とひとりの枢機卿、合わせて三人を出していた。もしも、わたしが母としての悲しみの傷によって、祈りのことばの中に苦悶する何かがあれば、わたしはその傷跡までかき消してしまう。こうして、親しい詩人たちがわたしを評して、性格の不変性と呼んでいる、その決断力によってわたしはいつも果断に行動してきた。

2

勇気ある恐れ

第二の手紙

令名高き
マントヴァ侯夫人　イザベッラ様

最も畏敬する方に、謹んでご挨拶申しあげます。ペンをとり、紙に走らせております間にも、私の心はうち震えております。乱文ではございましたが、真実を申し述べさせていただきました私の最初の手紙を差しあげましてから、毎日、日を数えて早くも五年の歳月がたちました。私は心の中で数え切れないほど何度もあの手紙を読み返し、そして神の恵みをお祈りしてまいりました。お祈りいたしましたわけは、ほかならぬあなたさまの面影がこの長い年月にも薄れることなく、私の胸に焼きついているからでございます。私の思いがあなたさまのことでいっぱいになりますと、安らぎと同時に猛々しさを感じ、私は自分が詩人であることと、しかも残念ながら凡庸な詩人であることを思い起こします。おそらくあなたさまはこの文をお読みになる、そう思うと私の勇気は萎えてしまいます。きっと、あなたさまは耐え難いご気分できらりと光る目をあげられ、こうご自問なさるでしょう。「この男は何が望みなの?」実は何もないのでございます。令名高き奥方さま。まったく何もございません。と申しますのは、たとえ私の胸の内においてであれ、あなたさまのお名前を口にすることさえままならなかった長い時間を償わんとした私の愚かな策略は、許されるはずのないことをよく存じあげているからでございます。

このようなぶしつけな手紙を差しあげますことをよもやご寛恕くださらないでございましょう。私はそれを存じております。せめてあなたさまにお楽しみいただくことを願って、私が傾倒しております、あなたさまもご存知のビッビエナ氏の文体を模倣いたしたい所存でございます。ここローマにおきまして、機知を尊ぶ人々の間で大いにもてはやされている文体でございます。このような憧れを抱きますことは、あなたさまにはおそらく思索する人間にふさわしくない態度に思われましょう。この騒然とした時代には、すがすがしい安らぎを探し求める必要がございますから。言うもおこがましいことでございますが、私はオランダの人文主義者エラスムス・ダ・ロッテルダムの友人であり、礼賛者でございます。正義にもとづく博愛や人を導くキリスト教の道徳についての彼の理想的な洞察力ほどに、知性に対して大きな活力を与えるものはないと思われます。私はこれをキリスト教的平和の理念と呼びたいと存じます。私はエラスムスを敬愛し、さらに彼の自由への情熱を強く支持しておりますが、エラスムスの信奉者であると言い切るには、彼のような美しく輝く堅固なものが私には欠けております。間近には私を魅する数多の人々がおられます。この点ではあなたさまと似ていると申しあげられましょうか。

私自身につきましてはお話しするほどのことではございませんが、お仕えするイングランド王ヘンリー七世のもとを遠く離れて私がローマ法王庁におりますことを、いささかも自惚れることなく、ただただあなたさまにご報告しなければとの思いを抱いた次第なのでございます。ローマへ旅されるあなたさまをもてなされますために、ユリウス二世法王聖下が故アスカーニオ・スフォルツァ枢機卿のうっとりするような美しい庭園をご用意あそばされたことを知った私が、いかばかり畏れ多く思い、かつ嬉しく存じましたことか、あなたさまにはきっとご想像もおつきになりませんでしょう。あの庭園に遊ばれるあなたさまを胸に思い描きますと、私は魔法にかけられたように恍惚といたします。さりながら、あなたさまにお目通り叶うかどうかもわかりませぬのに、ここにあなたさまがご光来あそばされることに思いをはせまして、私は動揺を禁じ得ないのでございます。ほかのことはさておき、このことはあなたさまにお手紙を差しあげる理由ではございません。

ここローマではすべてが活気にあふれ、次々に斬新なものが現われます。それに加えて、変幻自在の活力をみなぎらせた法王聖下は、片時の休みもなしに、だれよりもお忙しく活動なさっておられます。街では武器をたずさえた部隊が騎馬や徒歩で行進し、演習を行なうために、毎日、城内の草原に向かいます。ヴァチカンの丘からは、太陽の光を浴びて風にひるがえる旗のもとに整列している騎馬部隊がはっきりと見えます。そして、あなたさまのすばしこい情報員から、最近の奇跡的な発見として、きっとご報告を受けていらっしゃると存じますが、古代ローマの博物学者である大プリニウスが記述したラオコーン、つまりトロイ戦争のときに木馬を市内に引き入れることに反対してアテナの怒りを買い、ふたりの子とともに大蛇に絞め殺されたあのギリシャ神話のトロイの祭司ですが、そのラオコーン父子を題材にした大理石の彫像群が発見されたのでございます。この上ない驚きと心を浮き立たせる前兆は、すでにあらゆる場に素早く詩趣に富んだ風潮を生み、あなたさまがおいでのわがフェルラーラにおいても、かのラテン語の大家ティト・ヴェスパシアーノ・ストロッツィがこの神の出現の栄光を讃える詩を練っておられます。

まさに申しあげられますのは、三月八日の朝に神がおわしましたことでございます。そのとき私は芸術家たちの小集団の最後尾に加わって、古い存在ゆえに言い難い魅力のあるローマの遺跡群の中の、いわゆるティトゥス帝の浴場で知られるエスクィリヌスの丘の斜面を登りました。みんなの前に立って先頭を歩いていたのは、彫刻家のミケランジェロと幼い息子フランチェスコを背負った建築家のジュリアーノ・ダ・サンガッロでした。偉大なるものを見たことがのちのちまで息子の記憶に残るようにするためでございます。その後に私たちが到着いたしました。ほとんどの場所が高い壁や低い壁で区切られ、目の前の急勾配の近道と盛り土の上に、最初の発見の知らせの後に管理官によって配置されたふたりの武装した監視人が立っていました。近くに形のいびつな巨大な穴があり、穴の底の黒い地面から曲げた白い腕が地上へ現われて、まるで招いているかのようでございました。発掘の命令が出され、シャベルで掘り進められました。頭が、そして腕が、なめらかで量感のあるらせん状の巻き毛が現われたとき、ジュリアーノ・ダ・サンガッロが言いました。

「まさしくこれは大プリニウスが記述したラオコーンですぞ。全体が一個のパロス島産白色大理石を彫刻したものだ」

「ともかく四つの作品がある」と、穴の底に下りていたミケランジェロが興奮した声で明言しました。

細心の注意を必要とする発掘作業の進め方を的確に描写する術を私は存じません。黙々とシャベルを地面にあてる無数の音が響き、われわれすべてが緊張に耐えているなか、巨匠ミケランジェロの心の中のつぶやきが短い言葉になって流れ出ました。「縛られ、締めあげられているというのに、それでも自由だ」「締めつけを始めようかという動き」「生身の肉体だ、石で作った人体だというのに」。これらの言葉は、彫像群の本質を言い当てていると存じます。光の下に姿を現わした白色大理石は、土に埋もれていた永遠の芸術家の存在の証しだったのでございます。彫刻家たちの名前は、プリニウスが記していたとおり、ギリシャのアゲサンドロス、アテノドロス、ポリュドロスであり、彫像は彼らに順に引き継がれて作られたものでございます。これら古代の巨匠たちのギリシャ名についての類のない香気をだれもが味わったのでした。令夫人さま、私の女王さま、あの朝は芸術復活の最初の夜明けのように思われました。そしてそのときは夜の明けるのが遅く感じられましたが、今では早過ぎると感じております。太陽の光は真上に達すると、大理石の上を滑りながら、あたかも敬意を払うかのように穴に差し入ったのでございます。居合わせたひとりが申しました。

「神はなぜかくも大昔の貴重な贈り物をわれわれに賜ったのであろうか？　何を知らしめんとお望みなのか？　あるいは、何らかの理由でわれわれを試さんとしておられるのであろうか？」

作品をベルヴェデーレに運ばせ、現在のローマの息吹きの中に戻さんとして、こうした類の疑問を一掃する法王聖下の断固としたお姿こそ、私を感激させるのでございます。そこで作品はオレンジの木立とジャスミンの生け垣の間に置かれることになります。神はわれわれを眩惑させるためのみに存在するにあらず、と法王聖下は確信されておいでのように見受けられます。芸術の制作者名と作品は、かつてウルビーノ公家にあったミケランジェロ作の大理石の小児像が、ローマからマントヴァへ運ばれた旅のいきさつを私の胸に思い起こさせます。汚れなき永遠の命をもつ神の御子の力と恵みを見る者に注ぎこむ、あの愛らしい彫刻を私は見たのでございます。そして、あの彫刻に寄せられるあなたさまや他の人々の熱い思いのうち、なぜ異常なまでにあなたさまのお心が美への憧れによってとりこにされているのかを考え始めたのでございます。

私があまりにも出過ぎておりましたら、平にご容赦賜りますようお願いいたします。私はイングランド生まれのため、あなたさまの大いなる賛美者でありますマリオ・エクイコーラ様を含めた宮廷の賢人たちのような柔軟性に乏しく、きちんと気持ちを表現し得ないのですが、ほかの方々よりはあなたさまのご活動を理解申しあげていると自負いたしております。きっとチェーザレ・ボルジアがウルビーノから非道な略奪を犯したころの日々、あなたさまが心のうちで激怒されたことを思い出させてしまったことでございましょう。恐怖におののいてあなたさまのもとに逃れてきたお義妹様とそのご夫君に対する、あなたさまの気高い寛大なお気持ちの中には歴然とした欲望がお見受けできました。その欲望とは、公爵の宮殿に多くの優れたものとともに所蔵されておりましたミケランジェロ作のキューピッド像をお手に入れることでございます。あなたさまはこの欲望を抑えることがおできになれませんでした。あの不幸なご親戚のご夫妻があなたさまの居候をされているというのに、あなたさまはご舎弟のイッポーリト・デステ枢機卿を通じて、その切なるご要望をお伝えになりました。どのみちヴァレンティーノ公には天才の作品の値打ちがおわかりにならないし、誰か他の人があのキューピッドを公から騙しとることになるのですから、とあなたさまはご自分にお言い聞かせになりました。そしてその通り、チェーザレ・ボルジアは無頓着に小さなヴィーナスの彫像まで付けて、あの作品をあなたさまに譲られたのでした。良心の呵責を和らげるために、あなたさまはそのことを公爵夫人エリザベッタにお話しになりました。すると、公爵夫人はくり返し模範的な口調であなたさまにお答えになったのです。「誰の手に渡るよりも、あなたの手に渡ったことを知ってとても満足ですわ」、さらに彼女は言い添えたのでした。「あの彫像がまだ私の手もとにあるうちに、欲しいとおっしゃられなかったことを悲しく思います。私、喜んで差しあげましたものを」

すばらしいご返事です。しかし、私は貴婦人を誉め称えるためにあのことをむし返したのではなく、あらゆる教訓を受け入れて一種の法律に変えてしまうような、エステ家特有の荒々しい筋金入りの性格、勇猛果敢さをお持ちのあなたさまを賞賛するためでございます。ご夫君がそれとなくあなたさまを責められると、すぐにあなたさまはご子息にされるのとそっくりに、キューピッドに愛情あふれるキスをなさるということを私は存じあげております。いかにエリザベッタへの優しい愛情をお持ちでも、あなたさまのこの至高の喜びの邪魔にはなりませんでしょう。それ自体に美の衝動を内包するものについてのあなたさまの愛によって、人生のひとつの目的が明らかになります。そのことはあなたさまの比類なき才能を示すものでございます。この手紙をお読みになれば、あなたさまはきっとお腹立ちのことと存じます。私は冒頭の虚言によって救われ、あなたさまのお優しさを得られないと同時に、あなたさまの怒りをも免れることができます。

情報は謎に満ち満ちております。あなたさまの強い好奇心が向けられていたマントヴァからは、遠い場所のできごとをまさに二回、主題に取りあげましたことにお気づきになられたかどうかは存じあげません。私が存じあげているのは、あなたさまがいついかなるときも人を送り出し、各国のあらゆる種類の情報を入手されていることでございます。つまり《太陽を追う影のように》、あなたさまが関心を抱いた人物を追うように情報員に命じておられることでございます。ジャン・ルチド・カッターネイ、アントニオ・コスタビリ、ヤーコポ・ダトゥリ、そして情報量があまりにも少ないと非難されているその他の情報員の最後に、末席ながら注意深く熱心この上ない私めをお加えいただきたいのですが。情報員の方々同様にご叱責を賜れば、あなたさまがご想像もおできにならないほど私は幸福でございます。ラオコーン発見の話題は短かすぎましたでしょうか？　キューピッドを手に入れられた際のあなたさまの勇気に、私が激しく感動いたしました次第がおわかりいただけたでしょうか？

情報員としての責務に話を戻しますと、あなたさまがすでに把握されておいでのニュースを、私はよりいっそう新しく詳細にお知らせすることができると確信いたしております。これは誰ひとりあなたさまにご報告するものはないはずですが、先日のこと私は、法王ご自身からロンドンの私の国の王に宛てた親書を送る役目を仰せつかりました。親書の中で法王は、サン・ピエトロ聖堂の新しい大聖堂建造にあたり、国王陛下とイングランド司教たちに援助を要請する一文を書かれました。さらに感激的でございましたのは、四月十八日付けの親書でございます。その中で法王はなおもイングランド国王を頼りにしながら、新しい建造物の礎石が据えられたことをたいそうな喜びで王にご報告なさっておられます。この行事には私も立ち会ったのでございます。復活祭のつぎの日曜日で、深さ二十五メートルもある基礎の穴の近くにイタリア人や外国人が大勢つめかけました。令夫人さまも高位聖職者たちの長いすばらしい行列をご覧になるべきでございました。そして偉大な彫刻家カラドッソが法王ユリウス二世の肖像を浮き彫りにした純金のメダルを捧げますと、夏めいた太陽の下で法王自らメダルに祝福を与え、きらきらと輝く大気は海の香りを運んでまいりました。礎石の大理石に記された碑文はこのようなものでございます。《在位三年にあたり、リグーリア出身の法王ユリウス二世、ここに崩落せる大聖堂を再建す　一五〇六年》　法王の目の前で、ブラマンテが大げさな怒った声を張りあげて仕事の指図をしておりましたが、大げさで怒りっぽいことにかけては法王の方が一枚上手でございましょう。

政治については、あなたさまが日常的に情報を得ておられることを存じあげておりますから、私からは申しあげることはございません。この法王は呪われた政情に巻きこまれており、時にはこう言い、また時には別のことを言うフランス人とヴェネツィア人の間を、息をつく暇もなく揺れ動いておられます。法王はいつも関係を断ち切り、何らの予告なしにペルージアあるいはボローニャへ突然動き出そうとされています。どうあろうと法王は敢行なさるであろうと私は確信いたしております。めったにない楽しむための時間、短い休息の時間と言ってもいいでしょうが、法王はアポロンの像が置かれたベルヴェデーレに行かれます。間もなくラオコーンやほかの彫像がやってまいります。

令名高き奥方さま、おそらく私が続け字で書いておりますことにお気づきでございましょう。これは私があなたさまと親しくことばを交わしているという幻想のなせる業でございます。ただ私のことば遣いは洗練されていないのではないかと、それが気がかりでございます。私は多年イタリアに暮らしておりますが、いわゆる庶民のイタリア語に親しんでおりますために、規則からはずれたことばが渾然と混ざり合ったりいたします。結局は私がイングランド人、あるいはあなたさまが仰せのようにアングロ・サクソン人のせいでございましょう。かくて私は筆者などと言いたくない筆者であり、押しかけ情報員なのでございます。北方人の情熱が私を動かし、なれなれしさがあなたさまにお目にかかりたいという祈りに変わるのでございます。まさかローマにあなたさまの肖像画をお持ちの方はおられませんでしょう？　自問でございます。もちろん、心のひらめきによってあなたさまのご返信が私宛に届くことを信じております。願わくば、ご寛恕賜らんことを。

あなたさまの忠実な僕（しもべ）
ロバート・ドゥ・ラ・ポール

一五〇六年四月三十日　ローマにて

穏やかな一日が始まった。占星術によれば、わたしは五月に新しい芳香研究室に入ることになっていた。そのアーチ型天井の部屋は、宮廷内で最も信頼のおける医師で占星術師のパーリデ・ダ・チェレザーラのすすめで準備された。フランチェスコの居館に近い側に位置した一階の部屋で、とても広々としている。長い棚と机の上に整然と、大小の鉢、大小の瓶、石膏製の箱、木箱、大型土器およびガラス器の薬壺、大理石製およびブロンズ製の乳鉢、それらの重さを計量する秤などが置かれている。蒸留水の小さな樽が左手の壁に沿って一列に並んでおり、盆の上には杓子や小杓子、そしてランビキとレトルトの二種類の蒸留器が雑然と置かれている。わたしがウーディネ地方で見出したふたりの兄妹の薬師は、それぞれの机に向かって、一心不乱に処方箋を書き写したり、調合したりしている。わたしは彼らを助手にしていた。若者のジウストは面長の繊細な顔をしており、妹のウンブラージアはほっそりとしてバラ色の肌をしている。ふたりは立ちあがってわたしに会釈し、深々と頭を下げる。彼らは思慮深く冷静で、わたしのどのような構想でも実現する知識と才能を備えている。彼らはわたしの考案した手専用のクリームを試験した結果、賞賛を惜しまなかった。それはフランス王妃と彼女の女官たちの多大な期待に応えるため、わたしがすてきな芳香を放つクリームに作りあげたもの。そして今わたしたちは、極秘のうちに、顔にいきいきとした色つやを与えるクリームの発明に取り組んでいる。

わたしたちは、自然界について書かれた本に隠された謎に迫る喜びを互いに伝え合った。彼らの明るくてきぱきとした性質と、彼らのまなざしに宿るゆったりとした確信のある笑いが、わたしを元気づけていた。芳香研究室で家族と宮廷のすべての人の健康を改善するなにがしかの処方箋を手にすると、わたしは仕事が順調に行っているという信念を抱きながら上階の居室へあがった。わたしは書斎にひとりきりでいた。明るい光が絵画の上に差しこんでいたので、ペルジーノの絵に見入った。全体が一列に並んだ構図、葉の生い茂った細い木々、音楽のリズムに乗ってダンスに陶酔する男女の小さな姿という絵は、マンテーニャの雄壮な絵画とは相容れない。わたしの女官たちがマンテーニャよりもペルジーノを好むのは、ペルジーノには甘い雰囲気があり、見ていて尽きぬ楽しさがあるため。けれども、あの比ぶべくもない超人的なレオナルド・ダ・ヴィンチを除けば、わがマンテーニャの手になる力強い線描的手法の右に出る者はない。薄明るい光の中で、ヴェネツィア派のジョヴァンニ・ベッリーニの小品もまた精彩を放っている。キリスト降誕の絵は、美術におけるあらゆる技法の驚異的円熟を遺憾なく発揮していた。その絵はとても美しく、宝石をちりばめたような、それでいて落ち着いた色づかいがあり、そして神の神秘について漠然とした驚きがあるけれども、あまりにも小さい絵なので、書斎にうまく調和するように飾ることができなかった。わたしは不意にその絵に最適の場所を思いついた。地下書斎〈グロッタ〉の中の右側の壁に飾る場所があり、そこなら北から直接に光が差しこむ。

春を生む泉のようなこの思いつきが、わたしの気持ちを晴ればれとさせた。わたしは、ペルージアとボローニャに対して法王が準備を整えている企てについての不安を追い払おうと努めていた。ペルージアのことはさほど憂慮するには当たらなかったけれども、ボローニャは実のところあまりにもフェルラーラに近すぎた。わたしがフェルラーラについて考えていたとき、ピルロ・ドナーティが来訪を告げ、手紙や書類を手にいっぱい抱えて、控えめな足取りでわたしに近づいてきた。わたしは手紙の中にあのイングランド人ロバート・ドゥ・ラ・ポールの癖のある字を目ざとく見つけた。

自分が何を感じたかは憶えていないし、なんとなく迷惑だったような気がするけれど、なぜか嬉しさと、ある種の好奇心がわたしの胸に去来した。どう感じたにしても、理性を取り戻したときのわたしは読むことも、開封することすらもしないで、その手紙を拒否するように自分に言い聞かせていた。それなのに言い聞かせようとする気持ちが、かえってその反対の行動へとわたしを煽りたてた。開封しない理由はないに？　わたしが封を切って読んだとしても、手紙を書いた本人には決してわからないというのに、なぜ読まないの？　わたしは私的な行動については自分の一存で遂行する女主人の立場にあった。わたしはその重く分厚い封筒を手に持った。そして封を切らずにそれを別にしておく。そのわたしの所作をピルロがじっと目で追った。彼がとても熱心にその手紙のことを聞き出したがっていることにわたしは気がついていたけれども、結局わたしたちはほかのことばかりを話し合った。

ピルロが退出して間もなく、わたしは書類を原文または写しなどに分類し、それぞれ内容ごとに注意深く整理し熟考してから、あのイングランド人からの手紙を慎重な冷めた目で再び手に取った。手紙はローマから出されたもので、知らせてきたように彼は現在ローマの法王庁にいた。その通りの差し出し地を見てわたしは警戒心を解き、自然に、行から行へと目を走らせていた。その丁重な言葉づかいにわたしは惑わされ、ミケランジェロのキューピッドに言及している箇所まで騙されつづけた。わたしは赤面し、思わず手紙を床に取り落として、最後まで読み通すことができなかった。わたしは何らかの泥沼に落ちたのかも、それとも破廉恥行為の奈落に迷いこんだのかも知れない？　秘密の、しかし激烈な非難の嵐がわたしに襲いかかってきた。この考えは、怒りで自制心をなくしたわたしを深く傷つけた。手紙を拾い集め、折りたたむと、わたしは力をこめてかたく巻いた。

子供たちがやってきた。自慢の金色の木剣を持ったフェデリーコと、馬に扮した道化師フリッテッラの背中に乗ったエルコレ、その後からふたりの姉のうち年下のイッポーリタ、そして一番上のエレオノーラ。この子は十二歳になっていたので、若い娘らしい衣装を身につけ、長い髪をわずかに波うたせて、美しくさわやかな顔をしているけれども、ちょっと眉をひそめているように見えた。まだ物腰にひ弱さがあるけれども、わたしには初めてこの子が一人前の女性に見えた。もはや一人前なことは明らかで、誰もが抱く人生の悩みのようなものがわたしの胸を締めつけた。エレオノーラの運命もまた進展していて、そこから逃れる術はなかった。すでにこの子の頭上には、ゴンザーガ家の名に対して名誉と利益をもたらすことになる結婚の約束が取り交わされていた。娘はきっとわたしたちの意に添うことになるはず。すると夫婦生活にともなって、だれかがエレオノーラの体と心を荒々しく改造することになるわけ。償いをしたいという気持ちを募らせてわたしは立ちあがり、この娘の部屋付きの女官と娘のために縫わせたい美しい服について話しながら、エレオノーラの肩に手を置いていた。早めに、というより今すぐ裁断をするように、わたしは命じた。衣装部屋に銀と白の波模様の錦織物が用意してあった。エレオノーラは驚いてわたしを見た。

一日中ためらったすえに、固く巻いて手文庫に投げ入れておいた例の癖のある字で書かれた手紙を再び手に取った。ほとんど病的なまでに、彼は間違っていると考えることで、わたしは安心を得ようとしていた。その一方、どのようなことにでも立ち向かうために、わたしを解放する活力の流れが全身を走り、特別の力がみなぎるのを感じた。キューピッドに触れている箇所を捜し出すのにはさほど時間を要しなかった。わたしはそれを冷ややかに向こうへ押しやった。その話はわたしを興奮させると同時に辛い思いに閉じこめた。そのときまで、身のまわりで起こったできごとは自分ひとりで検討するもので、あえて誰もそのことで差し出がましい口をきいたりはしないもの、とわたしは思いこんでいた。今や心の内を知られたのでは、という疑いに悩まされていた。エリザベッタとわたしの友情の囲いは、わたしたちが意図して設けたもの、その中に誰かが踏みこんだのでは、という疑い。その囲いこそが侮辱を引き起こしたのでは、という疑い。

以前に一度、老練この上ないわたしたちの使節、ジャン・ルチド・カッターネイを通じて、ウルビーノ公がミケランジェロのキューピッドは自分の財産という理由で、わたしに返還を求めてきたことがあった。もしわたしがキューピッドを返せば、ボルジア家から与えられたり、あるいは盗まれたりした公爵の宮殿の美術品を持っている人々にとって、わたしの行為は説得力をもち、すべての人がわたしを見倣うことになろう、とも言い添えてきた。わたしはカッターネイに本音を答えた。公爵と愛する妹エリザベッタの公国の領土が取り戻せたことほど喜ばしいことはない。けれど、キューピッドはそれとは別のこと。あれはヴァレンティーノ公から贈られたもので、それ以上に重要なことは義弟たちの心優しい合意によって、わたしに贈られたものということ。エリザベッタの口にした称賛に値することばが宮廷中に広まり、逆境にあっても寛大にふるまう手本として人々に感銘を与えたのを、わたしは知っていた。そのことばがわたしに重くのしかかり、わたしはほとんど打ち負かされたと認めないわけにはいかなかった。しかし、まあ、わたしは満ち足りていた。そして今やわたしは、義妹のような気前のよさを持ち合わせていないことをはっきり認めた。というのは、例のなめらかな大理石の眠っている小さな幼児の像に、わたしは尋常でない愛を抱いていたから。

あの外国人は何をほのめかしたつもりか、なぜあえてわたしの気性が激しいと言ったりしたのか？　それでも手紙のことばをくり返し読んでいるうちに、しだいにわたしの感情に明るい光がともった。すると、心地よいことばの群れの中を、きらきらと輝いている目的地に向かって自由に馬を疾走させる出発点が見えた。そして、驚いたわたしは手綱をぐいと引いて、いつものしとやかな宮廷人らしい習慣をどこかへ投げ出している自分に気づいた。あのイングランド人の挑発的な賛辞は、別の言い方や別の評価に慣れたわたしの耳には、未知の刺激的な響きがあった。大きな音の渦に追いかけられ、わたしは戦舞、ピュリケーの踊りのように東へ走った。フェルラーラの森の中の、うっそうとした刺のある茂みが町のはずれになっている。すべてが真実になってきた。空想をふくらませているあの外国人を除いては、誰ひとりとしてこれまで知らなかった何かがわたしの中に存在していた。ロバート・ドゥ・ラ・ポールの直感にはその存在が知られてしまったけれども、フランチェスコやエリザベッタをはじめ身内の誰も知らない、わたしだけの秘密の部屋があった。そこにわたしは引っこみ思案な性格という旗を掲げて入った。これでキューピッドは本当にわたしのものになったということを確信する。かねがね望んでいた通りに、あれはもはや正当にわたしのもの。

肩までたれた長いとび色の髪をのびのびと揺すりながら、わたしは心の底から笑った。わたしは手紙を最初から読み、彫像の発掘された話のところで中断した。「ああ、ローマよ、ローマ」とわたしはつぶやく。「おまえは精神の時代を知っている。あの発掘によって、イングランド人という異邦人の心を開いてやることで、おまえは栄光に満ちた若さで不意にさん然と輝くことを知っている」

イングランド人の手紙は語っている。「あの春の日と、ラオコーンのすべすべした白さで明るくなったティトゥスの公衆浴場の暗い地面の穴を、私はけっして忘れてしまうことはございません。そして、新しいサン・ピエトロ聖堂の礎石の下にはめこまれた、ミケランジェロ、ブラマンテ、アントニオ・ダ・サンガッロ、そしてリグーリア出身のユリウス二世という偉才たちの名を刻んだ純金のメダルをもまた忘れたりはいたしません。幸運なめぐり合わせで、不滅の瞬間をかいま見ることができたのですから」

⚜　⚜　⚜

目のつんだ薄い生地のケープを着るときの動きを思い起こしながら、わたしは右の肩を上げた。六月なのに塔の上には風が吹きつけていた。わたしはツバメの尾の形をしたギベッリーニ狭間にしがみつきながら、聞き取りにくい音の流れのような声で尋ねた。

「くるかしら?」と、言外に《くるだけの勇気があるの?》という暗示を匂わせて。

「こちらへ向かっておられます」と、ピルロ・ドナーティが浮き浮きする知らせを伝えるような様子でこたえた。「私はあの方々より一時間ばかり早く発ってきました。間もなくみなさまのお姿が監視塔から見られるだろうと存じます。侯爵さまはアメデーオ・ジーリオを私とともに派遣される一方、らせん階段には赤い絨緞の用意を、外庭には十二人の馬丁の配置をお申し付けになられました。公爵夫人が跳ね橋を渡って中庭に入られたときに、開廊から降らせるバラの花びらのいっぱい入った籠を抱えて近習たちが待機しております。奥方さま、願わくば奥方さまがお子さまがたとご一緒に歓迎の間にご列席あそばされますことを。もとよりご決定は御意のままに。奥方さまの義弟に当たられるシジスモンド枢機卿にお知らせしなければなりませんので」

「ご同行される方は、どなた？」と、わたしは尋ねる結果になった。

「足の不自由な詩人のエルコレ・ストロッツィ、公爵夫人の女官とお小姓たち、ふたりの侯爵さまの騎士、それとトロメーオ・スパニョーリでございます。ご婦人方はクレモーナのアンツィロッティ家から譲られた深紅の二輪馬車におられます。ボルゴフォールテで東洋風の縞柄の天幕がポー川の川原に沿った草原の木々の間に張られ、その下で楽しい朝食がとられました。供の者は皆いつもお腹いっぱいの様子でございました。それから娘たちがするような遊びやダンスや花のまき散らしを、若い男女がくり広げました。テオドーラとポリッセーナの力添えを得られた公爵夫人は、メーディナの要塞に囚われている夫人のご兄妹について、侯爵さまのお耳にとめどもなく激しく嘆き訴えられたのでした。しきりに庇護を求められたのでございます」

「それで、彼は？」

「侯爵さまですか？　終始微笑みながら、スペインの牢獄からヴァレンティーノを救出しよう、と夫人に約束なさいました。その言葉がとてもきっぱりと確約するものであったため、夫人の気持ちは晴ればれとしたようにお見受けいたしました。紅いバラに捧げたストロッツィのラテン語の詩は、朗読を聞いていてたいへん美しい詩でございましたが、お聞きになっている夫人のお顔はのどかで、微笑みさえ浮かべ、とてもうっとりとなさっておいででございました」

わたしのケープが帆のように激しく風に鳴っていた。言葉も、微笑みも、すべてがわたしを傷つけた。

わたしはその奇妙な厚かましい女を受け入れまいと思った。フランチェスコがスペイン王に対して力をもっていると信じるほど愚かな女なのか。それに《とてもうっとりと》わたしの夫に微笑みかけたとは！「その人を歓迎しません」と、わたしは感情をあらわにして言った。「また具合が悪くなるでしょう。わたしは身重の女の特権を利用します。父親が子供たちを意中の女性に紹介したいと望むのならば、そうするでしょうけれど、ただし着飾ったりしないで、普段着を着ていればよろしいわ。花を飾る必要もないし、赤い絨緞もいりません。普通の貴婦人がご来訪されるときの習慣通り、馬丁は四人で十分です。枢機卿にはそう知らせなさい。あの方は近ごろ緋色の法衣を身にまとって幸福でございましょう。そして緋色のそれに頭を下げるあの女性はさらに幸福でございましょう」

ときどき自分がふたりのわたしに分身するような奇妙な気分になる。ひとりは話したり、動きまわったりし、もうひとりはわたしを含めたすべての人を冷ややかに見てあら捜しをしている。激怒したわたしは、怒りは自分のためにならない、とつぶやいた。ピルロ・ドナーティさえも、わたしは容赦しなかった。わたしは一筋の敗北の可能性の上を歩んでおり、自分の感情を抑えることをしなかった。六月は五月よりさらに美しく、シナノキからはとりとめもないもの憂さが塔の上まで立ちのぼっていた。わたしの視野の中にある花盛りを迎えたマントヴァは、わたしの祖国、わたしはそこにわたし流に生きる理由を持っていた。けれども、わたしは何かにいらいらしていた。そして今、救いを求める必要があった。何かに、というよりは、だれかに。大急ぎで辛うじて、名声を博しているマンテーニャが壁画を描いた部屋を、歓迎のために整えさせた。背もたれの高い偉そうな肘掛け椅子をわたし用に、腰かけをそれぞれ子供たち用に用意させた。あの女用は、ない。彼女はわたしたちの前に立ったまま、というわけ。「何事も宮廷の決まりに従うのが、イザベッラさま流の美徳と認識しております」と、ピルロ・ドナーティは白い顔を大窓に向けながら、小声で賛成を口にした。

けれども、それは違う。自分の理性に対して屈服する、ということがあってはならないし、わたしはむしろ挑戦しようとしていた。そのことがピルロ・ドナーティにはわかっていない。避けて通るのではなく、あえて戦うことをわたしは心に決めていた。それとも彼は何もかもわかっていて、わたしの力量を試したということかもしれない。

わたしたちは部屋に下りた。ピルロは腕にケープを抱えていた。そのケープはわたしが反抗するときには使われていたのに、今となっては役に立たないもののように脱ぎ捨てられていたから。「イザベッラさま流の美徳」と、わたしは女官たちに手伝わせて紗の衣装を身につけながらつぶやいた。わたしによく似合う、明るい肌色の地に銀をあしらったすてきな色使いの衣装。わたしの真の美徳とはもしかすると敗北を認めることなのかもしれない、という疑いをわたしは抱いた。けれども、わたしは即座にその考えを退け、戦う準備を整えた。鏡がわたしの姿を映し出していた。やはり新しい子が生まれようとしていることはあまりにも目に見えていた。キプロス島の白粉の微妙なぼかしと濃いめの紅がやつれを和らげていたけれど、わたしの顔にはむくみが出ていた。なんとまあ、わたしは本気で鏡がわたしを美しいと認めることを願っていたのか？　すると、襟飾りを縁どっているレースからリボンがはずれていることに、女官たちは誰ひとり気づいていなかった。わたしは床を蹴った。さっと全員がわたしを取り囲む。女官たちはリボンを通したり、ほころびを見つけて繕ったり、黒っぽい靴を履き換えさせたりした。わたしを取り巻いている女官たちが、うわべだけの親切なやり方で、わたしの不安を落ち着かせようとするのがかえって煩わしく、不愉快がつのった。もはや準備は整ったけれど、落ち着かなかった。

半開きの扉越しに、ふたりの小間使い、イザベッタとサビーナが〈凱旋の間〉の窓際に立っているのが見えた。彼女たちの声が丸天井に跳ね返って聞こえてくる。愚かなふたりの女は、宮廷内で起こったあれこれの噂話に夢中になっていて、わたしが呼んでも聞こえず、大声で笑ったり、意味のない考えのくい違いで言い争ったりしている。黙ってわたしの傍にいるように、とわたしは女官たちに合図をした。静かになると、彼女たちの会話がはっきりとわたしに聞こえてきた。

「ねえ、イザベッタ。あんた、フェルラーラ公夫人になって、気取ってみたいと思わない?」とサビーナが言う。

イザベッタは何のためらいもなく、挑むような軽率な笑いを浮かべながら応えた。

「私の髪はあの人と同じ金髪だし、それにもっと長いわ」

「おまけに、あんたの方が若いわね。マントヴァ侯爵さまときたら、金髪には目がないんだから」

ふたりはまたこらえ切れずに笑い声を立て、イザベッタは誇らしげに自慢の髪に手をやった。彼女は、まん中に小さな金色のハート模様をあしらったリボンを額に巻いていた。もう我慢できない。わたしは激しい感情で息がつまった。

「いい加減にしなさい!」と、わたしはその若い小間使いたちに叫んだ。彼女たちはわたしの見幕におびえて後ずさりした。小机の上の鋏を手に取ると、わたしはあっという間に宮廷の中庭に向かって開いたその窓辺に達していた。口をきく暇を与えず、イザベッタの編み下げにした髪をつかむと、ぼってりと重く感じられるその髪の中に、わたしは官能的な興奮にかられて鋏を突き通した。若い小間使いは夢中で暴れたけれども、わたしはできるだけ根元の近くで下げ髪を切る。

「じっとしていないと首を切ることになりますよ」と、わたしは警告した。そしてまさにその瞬間に、編んだ髪がわたしの手の中にあり、悠々たる一匹の生命を持たない蛇に、わたしはなぜか恐怖を覚える。

「さっさと行きなさい！」と、わたしは声の調子を上げて言う。「行って、侯爵さまと一緒に妖精ごっこでもしなさい」

小間使いは泣きながら逃げ去り、わたしは平静を取り戻した。サビーナは身じろぎもしないで、まるで麻痺してしまったように見えた。女官や近習たちが扉に顔を出してがやがやと騒ぎたてた。その声を聞きつけてピルロ・ドナーティが素早く姿を現わした。彼は床の編み毛を一瞥した。

「厄介なことになるぞ」と、彼はいとも簡単に言ってのけた。髪を拾い、みんなを黙らせて、取り乱しているサビーナに、女の髪の毛だからな、とささやいた。それからわたしの方へふり向いて、冷静な態度でルクレツィア・ボルジアがすでに跳ね橋にきていることを告げた。

宝石を飾った晴れ着姿の子供たちが、わたしに向かって駆け寄ってきた。一番小さな子を抱いた乳母が後からついてきた。並んだ子供たちを絵画の間に連れて行き、わたしは高い背もたれのついた肘掛け椅子に腰を下ろした。壁のフレスコ画から賛成の意思のような何かが舞い降りてきた。それは目には見えなかったけれど、確かにわたしの味方をしてくれるふたりの守護神のように、ルドヴィーコ・ゴンザーガと妻のバルバラがわたしを守っているのを感じた。彼らは一族のために苦痛に耐えたり、ときには自尊心が傷ついたり、苦悩したりしてきた。しかし、彼らは悪性の血が肉体を罰することとさえも、いまだかつて決して克服することはできなかった。その血はマラテスタ家からゴンザーガ家へ移された。子供たちの小さな可愛い肉体の背中に大きな瘤ができる奇病の血。だから、わたしは今までエステ家の長女としてのわたしの血の活力によって、ゴンザーガ家の血を引くわたしの子供たちがもつすべての悪い兆を消し去り、美しく清らかで、健康な血にしてきた。胎内に宿している子も、きっとフェデリーコのように雄々しくたくましい子になるはず。予言者のことばがわたしの頭をかすめた。パーリデ・ダ・チェレザーラに秘かに何度も尋ねたところでは、出産の星はわたしにはよいめぐり合わせになっている。

わたしは椅子の背に寄りかかった。この部屋に入るたびに、わたしはそのことを打ち明けていた。マンテーニャは、理性の人らしい誠実な極意の筆致で、真に礼賛する家族を描いている。向い側には武装した歩哨が監視する城の北東部の堂々とした塔があり、マンテーニャはその丸天井の頂点に、軽やかな白雲に映える神の澄みきった青い目を、鮮やかな一筆で見開かせた。丸天井を囲む手すりには白い肌や黒い肌の女たち、花や孔雀、光り輝く子供の一団などが、ふしぎに調和して姿を見せている。丸天井の金色に輝く基部には、古代ローマ皇帝たちの肖像を浮き彫りにした単色の大型メダルが、画家マンテーニャによってはめこまれ、そこから領主に与えられる威光のようなものが降り注いでいた。そして壁には、背景や額縁やリボンなどの色調に変化をつけたり、新味を加えたというよりは典型的な風景画の古さを革新したり、といった控えめな創意が躍動していた。

父、母、子供、孫という、マンテーニャが描いた家族の中で、あらゆることが未来に引き継がれていく。太った人とやせた人、侏儒症または先天的な難病の人、あるいは若くて勇敢な女神の頭に向かって勝利を告げる、空色のリボンを髪につけたアフリカのバルバリア人のようにすばらしく健康な人……。壁から壁へ、恐るべき不運の人さえも締め出したりしない忍耐強い取り決めがつづいていた。家族のその取り決めにわたしは自分を結びつける衝動にかられ、はっきりと心に決めた。わたしは最愛のフランチェスコの肖像を見るために窓の近くの壁の前に行った。大気にくっきりと輪郭を描いて、夢見るような横顔の幼児がいた。そのとき、わたしは自分を抑えた。今では愚かな性格の男になっているその幼児に、優しい気持ちを抱きたくなかったので、わたしはまっすぐ前方に視線を向けた。どうにかその時間になったらしい。

扉が開け放たれ、近習たちが横一列に並んだところへ、ルクレツィア・ボルジアが満面に笑みをたたえ、舞うように軽やかに入ってきた。近寄ってくると、座ったままのわたしに手を差し出した。わたしがその手に口づけし、立ちあがる素振りを見せると、彼女は女性らしい優しいしぐさでわたしに無理をさせないように気づかった。そうしたさりげないふるまいによって、彼女の細身の美しさが、やや衰えたわたしの体型と比べて、より魅力があることを際立たせようとしている。彼女の後を追ってフランチェスコが歩いてきた。満面に笑みを浮かべて。

「すっかりお見せしたよ」と、浮き浮きしながら彼はわたしの機嫌をとろうとして言った。「書斎、地下書斎〈グロッタ〉、キューピッド、ブロンズ像、絵画、書籍」

「ただただ感嘆するばかりでございました」と、ルクレツィアが言う。まるで教科書を暗唱しているように。彼女は言葉に力をこめようとして、華奢な両手を合わせていた。

「弟のシジスモンド枢機卿が一足先に礼拝堂に行って、晩禱のためにわれわれを待っておるが」と、フランチェスコがわたしに告げる。「もちろん、そなたの体調しだいで、出なくてもよろしいが」と、彼は慎重につけ加えた。

「この男は自分の聖なるささやかな祝日が損なわれることを恐れている」と、わたしは胸のうちでつぶやいた。そのとき、コトン、コトン、コトンと松葉杖をつきながら、ストロッツィが前へ進み出た。

「令名高き侯爵夫人さま、一介の詩人にすぎぬ私めが、失礼をもかえりみずかく申しあげますことをお許しください。あなたさまの卓越した事業は、言葉の美しさを高めるような洗練された詩の中の、美しい言葉と相通ずるものがございます。私は目にしたすべてを詩的感興のままに語りたいのでございます。しかしながら、無数に現われるものの中から何を引き出すべきでしょうか？　おそらく、これだけのこと。主題にあまり興奮させられますと、詩人というものはペンが走らなくなります。わが敬愛する友人、ピエトロ・ベンボもまたこのように言うでありましょう。ベンボは一年前にあなたさまに敬意を表するためにこちらへ参上いたしましたが、あなたさまのみならず周囲の方々までも賞賛してやまないのでございます」

わたしは礼を言い、すぐにその珍しい訪問客でしかも比類のない話し相手の、ヴェネツィアの詩人の面影を記憶によみがえらせた。ストロッツィはいい意味で彼と競い合い、韻律といい、言葉づかいといい、きわめて優雅。そして、これらふたりの詩人たちはあの女、ルクレツィアに心酔していた。ベンボは彼の愛についての有名な対話集『リ・アゾラーニ』でそのことに言及している。それゆえに、わたしは微笑みながらうなずき、礼を言った。

一方、フランチェスコは自分の幼時の肖像をルクレツィアに指し示し、幼年時代についての生き生きした冗談を自慢げに口にしていた。彼女はふたたび両手を合わせて、しなをつくっていた。わたしは彼女に固く結ばれたルドヴィーコ・ゴンザーガの家族を説明したけれど、彼女の視線がだれにも、大人物にさえもとどまることなく、壁の上をさまよっているのをわたしは見た。やや落ち着きなく彼女はあたりを見まわし、がらんとした部屋に彼女のためのどのような椅子もないのに気づいた。一瞬の沈黙があった。わたしが何か言おうとしたとき、子供たちが合図した父親の方へ走り寄った。ルクレツィアの瞳が輝いた。彼女はフェデリーコの顔にうっとりし、品の良い子供の容姿を賛美した。エレオノーラがフランチェスコの腕にすがりつくと、彼はルクレツィアに娘を紹介した。

「あなたを存じていますわ」と、ルクレツィアが言った。「絶世の美女と評判になるわけですわ。このようにお美しいのですから」

こうした愚鈍さにわたしは身震いをしたけれど、だからといって抗議するわけにもいかなかった。エレオノーラは学習する必要がある。十二歳になり、すでに婚約しているというのに、自分の父親の栄光を築いたフォルノーヴォの戦いで、激戦地となった川の名前を思い出せなかった。

「そんなの、ぼく知ってるよ」とフェデリーコが叫んだ。「タロ川だもんね」

思いがけないことに、いあわせた人がいっせいに笑った。エレオノーラはいつも通り恥じ入ることさえもせずに、そのことならずっと昔から知っていたと言い張り、父親の方へ顔をあげると、父親はその訴える目にこたえて娘を自分の方へ抱き寄せた。その間にフェデリーコは木製の剣をさっそうと腰に差し、貴婦人の前に行ってひざまづく。すると、ルクレツィアはフェデリーコを抱擁し、あなたのように礼儀正しいといいのですけれどね、と遠くにいる彼女の息子のことを口にした。

エステ家の嫁としてルクレツィアが無用の存在にすぎないことをほのめかす言葉をわたしが投げかけようとしたとき、彼女は自分の席が用意されていなかったことに気づいた素振りをまったく見せずに、なめらかな身のこなしで向きを変え、フランチェスコに手をさし伸べて、ともに礼拝堂へ向かった。フェデリーコはルクレツィアのもう一方の脇に控えめに並んだ。わたしにはいつまでも辛い思いが残った。息子にしつけてきた騎士道の礼儀正しさとは、あまりにもかけ離れている。わたしは、誘惑的なふるまいで大の男も小さな男の子も引きつけてしまう、彼女の魅力のほどを思い知らされないわけにはいかない。

「奥さま、ベルリグアルドへ向かう御座船がボルゴフォールテで待っているのではございませんか。ご夫君があなたのことを心配なさるでしょうに」

フランチェスコが急いでとりなした。

「いや、その、イザベッラ、心配御無用。すべて前もって決められた通りじゃ。アルフォンソ公には使いを出して知らせた。ルクレツィア夫人があまりお疲れにならないように、廷臣とともに今夜はマントヴァでジェロラモ・スタンガ家にお泊まりいただき、明朝早くまた旅の途につかれるようにいたす。と、まあそのようなことだ」

ルクレツィアは金色に輝く髪を優雅に後ろへかきあげながら、その夜アルフォンソはベルリグアルドにいなかったはずということ、もしそうでなければ彼女は美しいマントヴァを見るのを犠牲にして、旅に出るのに遅れないようにしたはずということをわたしに確信させた。

フランチェスコは冷たい目でわたしを一瞥した。飲み物と菓子をたずさえて宮廷の人々がやってくると、絵画の間は女官や小間使い、騎士、近習、それにわたしの子供たちで満員になった。一番小さな子までが乳母に手を引かれながら歩きまわっている。フランチェスコは自分の子供のときの肖像画の方にまわり、何か説明をしていた。それに対して、義妹のルクレツィアは彼らふたりの間だけで通じる考えとも感覚ともつかないことを口にしながら、媚びるように笑みを浮かべる。真昼の光が衰えると、壁の巨大な肖像は壁自身に戻った。わたしは胸の中で大声で問う。家族とは本当にひとつにまとまった力なの？　あらゆる魔力に耐え得るの？

ルクレツィアは幾分はにかみながらも打ち解けたようにふるまい、満ちあふれるような昼の美しさと、夕べの美しさについて、さらにルクレツィアと彼女の女官たちに歓待の一日がマントヴァ侯爵から提供されたことについて、話している。彼女はしきりにシジスモンド枢機卿が待っている礼拝堂へ行かなくてはと催促する。シジスモンド枢機卿が、夕べの祈りのために優れた音楽家のトロンボーン伴奏による賛美歌を、彼女に約束していた。彼女はわたしの夫と息子を魅惑していた。小さな真珠の縫いとられた白いヴェールをとって、首と頭に巻く。丸い肩の上にヴェールをなびかせながら、彼女はわたしにさも親しげに手を振る。彼らが出て行ってしまうと、保身術と厚かましさの鼻につくエルコレ・ストロッツィが、彼らの後を追って松葉杖の音を響かせた。あの女がいかに狡猾に私との距離を保ち続けたか、立ったままでいるようにというわたしの意図にどのように応えたか、わたしは挨拶の言葉もなく、ふり向きもしないで去って行った彼女の行為に思い至る。わたしは言葉を失って、空しくダイヤモンドで身を飾り、肘掛け椅子に沈みこんでいる。かすかな寒気があり、腕と肩が痛む。

⚜ ⚜ ⚜

朝のまだ早い時刻に、わたしは中庭に人を集め、サッケッタ宮の最も古い建物より向こうへ出て行ってはいけない、と全員に対して厳しい命令を出した。わたしたちはマントヴァに吹き荒れるペストの嵐を逃れて、ここに避難してきていた。「このような避難などでなければ、サッケッタはなんてすてきな心地よさでしょう」と、わたしは眼前に広がる田園風景を見ながら思った。周囲の大地は夏の盛りに収穫期を迎えた小麦が黄色に輝き、健康な喜びを何はばかることもなく誇らしげに謳歌している。わたしは塔の最上階の田舎風に装飾された小部屋でひとり、木々の茂みごしに望まれるポー川を見ていた。

太陽の光を受けて小石の多い浅瀬が白く輝き、水の流れは雄大にうねったかと思うと、ときどきひと息吐いて緑と白のまだら模様を呈した。わたしはまるで高い所にいる見張り番のような気分でいた。そして事実、わたしはマンテーニャが絵筆をふるった一階のあの部屋から逃げ出してきていた。あそこは太陽の動きにつれて北側の高い窓からわずかな光が差しこむだけで、景色は見えない。田園からなにやらぼんやりとした物音が聞こえてくると、それが結果的にいっそう静寂を強調する。そのようなあいまいな状態の中で、階段を上ってくる疲れ切った足音がはっきりと聞き取れた。まだかなり遠いけれども、わたしにはその足音がひどく運の悪い弟、ジュリオのものとわかった。衰弱したその足取りはまさに生命の灯が消えかかっていることを告げていた。今はさらに歩みが鈍くなり、ほかのたくさんの大きな足音にまぎれて、もはや聞き分けられない。ジュリオは二階の部屋か、それともふたつの塔の間のテラスで立ち止まったにちがいない。廷臣たちや、わたしの秘書、ジュリオの侍従バルトロメーオ・ピーコなどが追いつき、なにがなんでも言うことをきかせようと口々に説得を試みるけれども、すぐに何の音もしなくなり、あたりは静寂に包まれた。

どのような形相に変わり果てたのか、ひどい無実の罪を着せられたジュリオは、当面の恐怖から逃れようとしていた。わたしは完全な孤独に浸っていた。小机の上には前日、弟のアルフォンソがニッコロ・ダ・コルレッジョに大急ぎでサッケッタまで届けさせた書類の束が置かれたままで、わたしはじっとその書類を見つめていた。わたしはその覚え書きを一晩中かかってくり返し読んだ。フェルラーラが断固として主張する国家的理由からの厳しい要求をはぐらかす言い訳について、わたしは考えていた。けれども、はぐらかすには証拠があまりにも多く、事実はあまりにも明らかで、その冷厳な理由に抗うどのような方法もないことを、わたしは生まれたときからの経験でよく知っていた。必要なのは言い分を認めることだけ。つまりジュリオが、エステ家の守護聖人サン・ジョルジョになぞらえられる兄フェルランテを共犯者として巻きこんで、本当に謀反を企てたという言い分。そのためにジュリオは大逆罪に問われていた。アルフォンソ公と枢機卿を暗殺しようと企んだ大逆罪に当たるという。わたしの兄弟たちは、弟殺しの《カインの憎しみ》によって年少のふたりと年長のふたりが対立し、毒を盛る盛られるの騒ぎになった。後にフィレンツェの誰かが、この事件を《テーベの悲劇》と呼んだ。

耐え難い思いにつき動かされて、わたしはぱっと立ちあがった。階段側の扉を開けて、静寂へ誘うかのようにぽっかりと広がったその空間に肝をつぶした。それにしても、まあ、何という静寂。前の年の十一月から、わたしたちはずっと不安な雰囲気の中で暮らしていた。身の毛もよだつ恐ろしい内容のアルフォンソからの二通の手紙を、フランチェスコがわたしに読んで聞かせたときの、あの冬の朝の場面を忘れることができない。手紙は政治的な内容のものと事件に関するものとに分けられていたけれど、それは今まさに起こっている途方もない悲劇の序章となった。本当に企みがあったとはわたしは認めていなかった。ベルリグアルドの草原でジュリオは馬から引きずり降ろされ、恋の恨みによってほとんど視力を失うまで目を痛めつけられた。兄のイッポーリト枢機卿はその犯行を自ら認めていた。

わたしたちの父エルコレが亡くなった後、アルフォンソの公国に代わった最初の年は、耐え難い緊張の日々となった。フェルラーラの医師団とマントヴァの名医たちが昼も夜もジュリオの治療に当たり、せめて視力を回復させせようと努めていたけれども、かつての美しい容貌は恐ろしげな形相になり、ゆがんで腫れあがり、しかも右目には瞼がなかった。国家としての必要から、アルフォンソは怪我をした者と怪我をさせた者の双方が和解することを望んだ。彼は過ちを犯すことはできなかった。それはさらに大きな過ちを招くかもしれないから。数カ月が過ぎ、仇敵同士となったふたりの兄弟がそれぞれ別のときにマントヴァのわたしの書斎に話をしにきた。弟たちはめいめい姉のわたしに敬意を表し、本当に礼儀正しくわたしの言うことに耳を傾けた。そのような弟たちを見るのが、わたしには辛かった。恐怖の経験を内に秘め、絶望したジュリオは、目がよく見えず平衡感覚がおぼつかない人のように躇いがちな動作で、わたしの前の長椅子に腰を下ろした。わたしは知り得たことのすべてを話したけれど、結局は彼の恨みつらみの壁に突き当たってしまう。

「ご覧のような面相ですからね」と、本当の和解をわたしが口にするたびに、彼はくり返して言う。「私が外に出ると、人は泣き叫んだり、逃げ出したりするのですよ」

彼は何時間も何もしないで、ただムラノ産のワイングラスで白ワインを飲み続ける。音楽も、異性の友達も、大きな声で本を読むことも、彼は嫌がった。弟の絶え間ない悲しみの呻きに、わたしはときどき胸を締めつけられる思いがしたけれど、極端な意志の強さを示す彼の湾曲した鼻が明らかに目立ちすぎ、顔のほかの部分と馴染まないことに気づいてわたしは身震いする。なぜなら、湾曲した鼻の周囲に別の顔が作り直されていたから。誰か他人の顔のその男もまた、わたしの前の長椅子に腰かけていた。父エルコレのエステ家の鼻は、嫡出の息子たちに受け継がれたけれど、嫡出でないジュリオにも受け継がれていたことになる。一族の特徴ともいえる、傲慢な、遠い祖先から受け継がれた鼻。おそらく家系の始祖オットーネ以来の遺伝で、武勇に秀で、戦略に長け、その他のたぶん悪魔に支援されたような実力の行使に優れていることを示していた。

たった今、わたしがその長椅子で再会したのはイッポーリト。まるで甘い歌を歌うような調子でイッポーリトが話すのを、わたしはまた聞いていた。彼は弟ジュリオを失明させたことについて露ほども呵責の念を示さないばかりか、事件は第三者がとやかく口をはさむ余地はなく、起こるべくして起こったものという主旨の説明をした。そして艶のある長い金髪を振って、ポケットから象牙の小さな櫛を取り出すと、髪をとかし始めた。

わたしは彼の恐ろしい話を聞きながら、自分が異常に興奮してくるのがわかった。彼は相手に大怪我を負わせた自らの犯罪を、意図的な悪意によって、あたかも筋の通った行為のようにすり替えて説明しようとしていた。イッポーリトの言い訳は、わたしをすっかり丸めこむには何かが欠けていた。彼の意外な作り話に引きこまれないために、わたしは怒りをあらわにして彼を非難した。わたしの非難は当然すぎるほど当然のことなので、わたしは何はばかることもなかった。

「枢機卿」と、わたしは弟に言った。「このような大それた罪を犯していながら、罪の償いも、苦悩さえもしないで、なぜ自己弁護ができるのですか？　僧が粗衣を着るように、あなたは和解と自制の法衣を着なくてはいけません」

イッポーリトはわたしの言うことに耳を貸さなかった。

「姉上、このような説教はあなたらしくないですね。姉上は物事の真実を理解することをご存じなのに、単なるカトリック要理に固執されるのですか。あなたは説得力がないことに気づくべきですよ」

わたしは大きな声を出した。

「すべての人と同じように、わたしは罪びとです。ですから、わたしにもカトリック要理が必要なのです。

けれどもイッポーリト、もしも、あなたが信仰について話すにはこのわたしが不適当と判断されるのでしたら、政治について話しましょう。たとえば今、あなたが危うくしている、わたしたちの兄弟アルフォンソの公国の平穏について。知っての通り彼は若くてまだ経験が浅く、兄弟の協力こそ必要としているけれど、内輪もめなどはもってのほか。あなたはローマへ駆けつけて、法王ユリウス二世のお怒りを免れましたけれど、究極的にはこの犯罪の真実を証明するものが発見されます。それによって実行を決定できる誰かがエステ家を退け、一族を永遠にフェルラーラから追放します。卑劣な行為の咎であなたを投獄することもできるし、裁判にかけることもできます。でも、わたしには誰があなたを救えるのか見当がつきません。この破滅を前にして、フェルラーラの人々は怯え、あの国を治める人にどう対応すればよいのかわからないのですよ」

イッポーリトはさっと立ちあがると、わたしに近寄った。

「疑わないでください、だいじな姉上。何もかもはっきりしますから。もうすぐ」と、誰でも戦慄を覚えずにはいられない例の不気味な口調で彼が言う。「秩序の破壊者で裏切り者の名が世間に知れわたり、罰せられるべき者が罰せられることになります。では、今からお聞きください。祝福を与えますから。女官たちが一緒でもかまいませんよ」

イッポーリトの祝福など全く役に立たないもので、わたしには神を冒瀆することのように思えた。けれども、広間の奥には大勢の人がいて、彼はそちらへ儀式を始める合図の手をあげた。わたしは心ならずもひざまづいて、頭を下げた。イッポーリトに応えたわけではない。

今でもわたしはイッポーリトに応えることには抵抗がある。机の上のニッコロ・ダ・コルレッジョが持ってきたしわくちゃの書類にわたしは胸を詰まらせた。事前に見通すことはできなかったろうか？　それらの書類からは、枢機卿イッポーリトの何らかの介在が読み取れる。事件のあらましと事件についての冷酷な論理、そして陰謀を企てた者たちの投獄、冷酷な論理が言外ににおわせる暗い結末などが、一歩一歩、謀反そのものの解明に当たっていた人物が存在することを暗示していた。開け放った窓の向こうに地平線まで続く田園が広がり、あらゆるものがはっきりと見えてきた。くる日もくる日も、片時の休みもなく、この場所やあの場所で、その人物がどこかから秘密を探っていた。その人物は、ジュリオの憎しみを和らげることにも、取り返しのつかないことを未然に防ぐことにも努めなかったし、また死ぬほどの目にあったジュリオの狂気と、彼の兄フェルランテ、それに兄弟に耳を貸した不幸な人々によって思いめぐらされたとされる、時間をかけて麻薬を投与し、毒を盛るという陰謀が、実は根も葉もないことを証明もしなかった。ずっと昔からイッポーリトは秘密を探っていたし、動きまわっていた。わたしは、もしかしたらイッポーリトが挑発したのかもしれない、などとは思いたくない。

秘かに脅迫していたことが明るみに出そうに見えたときの話し合いで、わたしがイッポーリトに予見したように、さまざまなことが明白になってきた。彼は、わたしがくり返し口にした、一般の人々という言葉に激しく反応した。そして、ついに謀反が公表された七月、ジュリオたちにとって最初の悲劇の日々がやってきた。フェルラーラ中の人々が宮廷に馳せ参じ、公爵のまわりに集まった。教会という教会は香のけむりに満ちあふれ、神への感謝の鐘を鳴り響かせた。ジュリオにとってそれはただ憎悪をあおるだけで、彼の心から信仰の感覚はことごとく消滅した。

死を意味することばの横溢した書類が、わたしの指の下でぱらぱらと音を立てていた。ふたりの弟たちに絞首台が用意された。もはや普通の状態で生きることが許されるとはとても信じられないけれど、裏切り者として公表されてしまった彼らのために、わたしは何をどこまでしてやれようか？　わたしは少なくとも助命だけは嘆願していた。けれども、誰かがその約束をごまかそうとして、何か方法を考え出すかもしれなかった。そして外出禁止処分になって裁判官の保護下に置かれたとき、ジュリオはわたしが安全を守ってくれると考えてマントヴァ領内に逃れてきた。

わたしとジュリオが顔を合わせる最後のときが近づいていた。彼は階段を上り、ほどなくわたしのこの小さな部屋に達する。成り行きで生きて行くには彼はあまりにも優しく、悲劇を受け入れるにはあまりにも頼りない。あえてもう二度と会うことはないとわかっていながら、どのように弟を見ることになろうか？　一縷の望みを抱かせるにはどのような言葉が見いだせようか？　間違いなく彼はわたしを責めるはず。ベルリグアルドの冷酷きわまる失明事件を思い起こすことになり、迫害され、挑発され、愚弄された者としてわたしの目に訴えかけるか、あるいは悪くすると急に罪を犯していることに動揺して恩赦を嘆願することになろう。

わたしの自尊心は傷ついていた。家族愛の亀裂の中にわたしはあえいでいたけれど、その家族愛の中で意思や魂がすり減っていくのを予感していた。何にしてもわたしは謀反には反対なので、一刻の猶予もならなかった。わたしの胸でさまざまな感情がせめぎ合っていたけれども、もはや悪夢を演じている場合ではなかった。

考えるよりも先に本能が働いた。わたしはフェルラーラからの書類を隠し、階段の方から響いてくるジュリオの野獣のような唸り声にせかされて扉へ走った。何やら励ますような声に対して、絶望的に反応するのが聞こえた。くり返し泣き叫ぶ声がする。階段の踊り場で、小さな秘密階段の扉が開いた。この階段はわたしが庭にすばやく出るために特別に作らせたもの。そこへ機敏に潜りこむと、わたしは馬小屋まで飛び降りた。わたしの馬には毎朝の乗馬用の鞍が置かれていた。テオドーラ宛に、修道女オザンナの田園の修道院に行くので、日が暮れる前にマルゲリータ・カンテルマと一緒に迎えにくるように、という伝言を残しておいた。ずっと昔からわたしに仕えている馬丁が自発的に後に従っていたけれども、わたしがつき従ってくる彼の影に気がついたときには、もうサッケッタ宮殿の塔も見えなくなっていた。

修道院では修道女たちが驚きながらも気を使って出迎えた。わたしはもてなしを断る。抱擁や同情やそのほか、わたしの胸の痛みを慰めようとする一切のものがわずらわしかった。わたしはひとりの弟のために別の弟を裏切った。つまり、強い者のために弱い者を見捨てたことになる。ともかく弱い者が重大な罪を犯していた。けれども彼を反抗に導いたのは、ある冷酷な手。それに対して、わたしは見通しを立てたり助言をしたりする大胆さもなく、戦闘能力もなく、ただ無気力にことの成り行きを見守っていた。ジュリオは罰と軽蔑に直面していたので、ひとりで扉に向かって突き進むしかなかった。それでもなお、わたしが決然とした反抗的な行動をとれば、彼を救うことができた。そして、たとえ彼を救わないまでも、彼がわめき散らすのを嫌がらずに、そばに付き添っていてやった方がよかったはず。

うまく逃げ出しはしたものの、わたしの名誉は失われた。とめどもなく涙があふれ出て、まるで濡れそぼつような感じがした。オザンナの小さな祭壇にひざまづいて、極度の疲労は安らぎを意味するという幻想をわたしは抱いた。

⚜ ⚜ ⚜

魅力的な考えに不愉快な考えが混ざり合うと、不愉快な考えに思いがけない味わいを与える、ということにわたしは気がつく。まるで不愉快が他の心地よさを促すかのように。慎重に深くつきつめれば、不愉快から喜びさえも引き出すことができるということ。不愉快から引き出された喜びがとりわけ発散することのきらめきのおかげで、ほら、わたしはもう笑っている。ところで、この偽りの考えにはもううんざり。

その頃わたしの部屋がいくつも並んだ城内の居館に、遠くの方からときにもの悲しく、ときに鋭く小さな声が聞こえてきていた。それらの夫婦の部屋にいるとき、わたしは妊娠していることにほぼ満足していた。でも自然の成り行きで起こったことについては、不平も言わないで受け入れてもいた。少なくともそうわたしは信じていたけれど、すべての場合がそうとは限らなかった。わたしは腹を立てながら、広々とした田園に馬を駆って、太陽や風、日陰やスピードを味わう季節を楽しめないことにやっとの思いで耐えていた。そして、自分の体力を試すことや、苦痛と戦うこと、体の内奥に忍びこんだ気分の悪さなどにあえいでいた。わたしは嫌がったりはしないけれども、生まれた子が女のときはいつもがっかりしてきた。

フランチェスコの非難のせいでわたしが女の子を喜ばなかったわけではなくて、もしも世の一流貴婦人になれなかった場合に、女の子たちを待ち受けている大きな屈辱を思うと、わたしは恐ろしくて身震いしてしまう。か弱いその幼子たちが、わたしの特権を疑わしくしていた。ほかのすべての女性たちを襲ったかもしれない娘たちの将来の身分や抗えない不幸が、わたしにも降りかかってきているのがわかった。わたしは女の子たちを王女にふさわしく育てさせてきたけれども——わたしは娘たちの無作法や無知をけっして大目に見たりはしなかった——わたしが娘たちの特殊な才能を伸ばそうとしなかったのは、娘たちが教養の範囲からはみ出さないため、そして清らかな純潔を失わないため。以前、娘のイッポーリタの中に天才的なひらめきを発見して、わたしは身震いをしたことがある。幸いなことに、姉娘のリーヴィアと同時に女子修道院がその避難所になった。上品な物腰を身につけたこの修道女たちを、わたしはこの上なく愛した。

男の子たちは、わたしの人生に大きな比重を占めていた。わたしは若いときから、いつも息子たちを最優先させて考えていた。息子たちが成人に達し、経験を積んでくると、それぞれ大切ながらも異質の存在になった。わたしは息子たちの行動を計画し、わたしのやり方に従わせ、わたし流に育てることに熱中した。権力者としての尊敬を得て、わたしの内面が少しずつ成長したときに、初めてわたしは一人前の女性になれた。男も女もわたしの子供たちがみな美しく健康に生きられるように、わたしは願っていた。母親ならだれでもそう望むように。けれども、不可解なこの世は虚弱な嬰児にやさしいものではない。何人かは幼いうちに死んでいき、まさしくその子たちのためにわたしは泣いた。ほかの子供たちはすくすくと育ち、わたしはその面倒を見なければならなかった。人生には自由に休むいとまもない。

子供が乳児の時期を過ぎるとすぐに、わたしは自分で有能な教師(マエストロ)を選び、他人が口出しをするのを許さなかった。フランチェスコはときどき、誰かを保護していると言ってはわたしを非難する。彼の意見では、ヴィジーリオのような教師は他の教師と比べて劣る、という評価。ヴィジーリオは昔のわたしの教師なので、どのような教え方をするのかわたしは知っていた。宮廷人の子弟のために開かれた学校が彼にもたらす収入はわずかなので、彼は貧しくていつも哀れっぽかったとはいえ、わたしはヴィジーリオに好感を抱いていた。すでに円熟の域に達し、年に不足はないけれども、彼の教え方にはいつも熱がこもり、新鮮さがあふれていた。文法や哲学、幾何学、ラテン語——古代ローマの詩人オウィディウスを彼はことのほか好んだ——を超えて、わたしたちがいちばん好きなボイアルドのようなイタリアの民衆詩人についてまでも教えた。彼は古代ローマ史に造詣が深かったので、フェデリーコは福音書を読むように抑揚をつけて古代ローマ史を読んだ。そして、とりわけ散文や詩で演技をさせる能力に秀でていた。わたしの演技にかける並々ならぬ情熱は、古典劇の偉大な復興者となった父エルコレからの影響によるもの。

フェルラーラの宮廷では、学識豊かな研究者によって翻訳された古代ローマの素晴らしい喜劇がしばしば上演された。幼児のころからわたしは口調の変化、つまりせりふのかけ合いや間合いの取り方によって心の内が表現されることを知り、その劇に隠された意味を聞き分けることを習得した。告白すれば、わたしは劇場の中で劇にたずさわって生きていけたらいいのにと思っていた。ヴィジーリオ先生が刷り物を手に取って、めいめいの役を決めながら子供たちに配るとき、わたしは胸をときめかせて、うきうきした気分になったもの。演じた劇のすべてが、聴いただけでは理解できない知識を身につけるのに役立ったし、同じ劇でも演じるごとに新しい真理の一面が発見できる、そのように考えて、わたしは興奮を感じていた。

ヴィジーリオ先生が、わたしの子供たちのために創作した短い劇の中のわずかなせりふを、幼い子供たちが熱心にくり返しているときの陽気さが、わたしには楽しかった。一五〇六年のクリスマスには何を演じたか。先生はアプレイウスの『メタモルフォーセース』（変身譚）からフィリッポ・マントヴァが翻案した『蟻』という劇を準備した。わたしたちは朝から晩まで、絵画の間の向こうの小ホールで過ごした。暖炉では丸太がまるごと燃やされて、灰がそのまま塔のように突っ立ち、赤い火の粉があたりを照らしていた。ひどく寒いある午後のこと、ヴィジーリオ先生が出演者たちのせりふや所作を直していたとき、ピルロ・ドナーティが何か大切なことをわたしに伝えるときの例の物腰で近づいてきた。冬の光の中で彼の顔はいつもより血の気を失っているように見えた。彼がわたしに手渡した手紙は、ローマとボローニャから発信されていた。わたしたちの情報員が不確かさもある最新情報を送ってきたもの。

同盟を結んでいたフランス軍がベンティヴォーリオ家を見捨てると、この一族をボローニャから追放したユリウス二世が、その後ボローニャ入りして二カ月がたった。こうして地味豊かで戦術的にも重要なあの土地は法王の所領に帰した。この企てがあまりにも不測の結末に達したので、法王軍の副官に任命された夫のフランチェスコがボローニャ攻略のために進軍しているのは無意味になった。なぜなら、ベンティヴォーリオ一族は軍隊と対峙するのを避けて逃亡してしまったから。結果がどうかといえば、勝利は何ひとつ解決しなかったし、政治的な陰謀は闇に閉ざされたままになった。フランスからは、フランス王ルイ十二世がイタリアへ南下し、昔の権利を回復するという疑わしい口実でジェノヴァを征服することを決定した、という情報が届いた。

不安をあおるさまざまな親書が、イタリア中の宮廷をかけめぐっていた。フランス王が企みのために戦闘態勢をとらせた軍隊は、軍隊自身の規模よりはるかに強力といわれ、毎日のように事件を引き起こして、ローマ法王とルイ十二世のアルプスを越えた対立を生み出し、ルイ十二世は友人のベンティヴォーリオ一族を犠牲にした償いとして、三人の枢機卿を任命するように、と主張したらしい。

ひどい悪だくみからいえば、フランスがどこまで信頼できるものか、わたしには判断がつかない。けれどもフランチェスコはフランス王から招かれ、もう一方の軍の叙任を受けるためにパリへ行こうとしていた。いったい、どのような叙任なのか？　それは企みを遂行する任務であり、わたしが納得するような正当性はどう考えてもありえない。わたしはピルロ・ドナーティと長い当惑の目くばせを交わしたけれども、彼はそれでも冷静さを保って意見を言わなかった。わたしは手紙の束を彼に戻してわたしの小箱に片づけさせ、それから不安を追い払うように努めた。

いつものように、記憶という恐ろしい雷がくり返しよみがえったけれども、わたしは劇『蟻』の稽古に立ち会うことにした。流れるようなせりふとヴィジーリオ先生の声に、わたしの神経が安らいだ。わたしは彼が前にかがんだり、手を表情豊かに動かしたり、力強い身ぶりでこぶしを握ったりするのを眺めていた。そのようにして彼はイタリア語で書かれた最初の劇のせりふを、演じる出演者たちに思い出させていた。それがすむと、たて続けにほかの劇の別のせりふを暗唱させた。

目を閉じると昔のことが思い出された。もう十年以上も前のこと、一四九四年の謝肉祭のときに、わたしたちは〈凱旋〉の大広間にいた。敷物の上では、出演者たちが古代ローマの喜劇作家プラウトゥスの『捕虜』の稽古をしていた。わたしの父がフェルラーラから送ってよこした新しい翻訳によるもの。部屋には箱や柱、折れた柱、柱頭、それに建築物のほかの部分が、マンテーニャ風に所狭しと散乱していた。波形の縦ひだのある古代ローマ市民の上着トーガを身にまとった詩人ウェルギリウスの重厚な木彫りの立像が、奥の空間をほぼ占領していた。マンテーニャの『凱旋』は品の良い舞台の背景になり、舞台の上では高名な画伯が鋭い視線を飛ばしていた。人々は画伯の指図にしたがってかがり火やろうそく、ランプなどを配置していた。画伯は絵を守るように立ちはだかり、ときどき低い苛立った声を発していた。

片側に窮屈に並んだ捕虜たちは鎖でつながれ、牢獄の獄吏や獄卒に見張られていた。獄卒のエジーオネが囚人たちを鎖につなぎ、彼らを監視しながら、素晴らしいせりふを言う一瞬が、わたしの記憶に刻みつけられていた。

「自由にしてやったら最後、捕虜なんてものは野生の鳥みたいなものだぜ。隙を見て逃げ出したら、二度とだれにも捕まりっこないんだからな」

すると獄吏が哲学的に応じる。

「どんな人間だって、どちらかといえば奴隷であるよりは自由を好むものだ」

「あんたでもそう思いますかい?」とエジーオネ。

「誰よりもな」ともう一方が答える。「おれは捕虜どもの奴隷みたいなものじゃないのかな? なろうことなら、おれだって逃げ出したいよ」

わたしは衝撃を受け、獄吏の言葉の中に有罪判決を受けて投獄されている囚人たちと同じ苦痛の響きがあるのを聞いて、狼狽するほどの驚きを感じた。プラウトゥスは劇中の会話で痛烈な訓戒をいきいきと表現していた。舞台ではユピテル像の台座にだれかがローマ数字で大きく一四九四と刻まれた大理石のテーブルを立てかけた。上演されたものは、昨日のことについてのものなのか、今日のことか、それともことによると明日のことを言っているのか？

稽古がつづけられている二階にはほかの登場人物がおり、ほかの道具類があった。左手に愛神エロスの馬車が現われ、すぐに右手から楽器を奏でながら音楽家たちが登場し、歌い始める。短めの袖に刺繍をほどこした昔風のドレスを着て、バラの冠をつけた少女たちが、音楽のリズムに合わせた足取りで舞台中央に進みながら、花をふり撒くような動作をする。わたしは抑え切れずに、小間使いの美少女リーアに注意を与えた。

「リーア、あなたが愛の神の前に撒こうとしているのは、小石ではなくて、バラの花びらなのですよ」

馬車が敷物の上を揺れながら進む。馬車に乗って嬉々としている若者たちの先頭に義弟のジョヴァンニがいて、道化師メテッロとともに花の鎖につながれ、愛のとりこになったように装っている。愛神エロスに扮しているのは、この宮廷の星で最も美男子の十五歳になるバルデザール・カスティリオーネ。わたしはもう一度、注意のために口を出した。

「バルデザール、愛とは抽象的な神というふうに本気で考えているのですか？　そのように憂鬱そうにまわりを見まわす理由はなに？　愛は征服し、愛は輝き、愛は勝利するものですよ」

それから楽士の方に向きを変えて、

「あなたがたのせいです。この音楽には力強さがない。はつらつとしていない。眠気をもよおします。ティバールド、調子を変えなさい。音楽を変えなさい。何かすてきな音楽を考えなさい」

すると、ティバールドは機嫌よく応じる。

「はいはい、変えましょうとも。お好みしだいで何でもそろえてございますから。どれも侯爵夫人さまのお気に召すものばかり。では、テンポの速い四部合唱にいたします」

二十年もわがままにやってきたわたしのやむにやまれぬ気持ちが燃えあがる。ああ、わたしは何と軽やかに走ることか！　「お待ちなさい」とわたしは叫ぶ。メテッロがキューピッドの弓をつかんで、うつむいている若者のまるまるとした体に矢を浴びせかける場面に間に合い、わたしはじっと見つめる。矢が跳ね返り、彼は怒って悪態をつくけれども、それは笑いの渦に呑みこまれる。わたしは登場場面の舞台効果を判断しようとして、奥のウェルギリウスの彫像近くに引っこむ。そこなら出演者たちはわたしに気づかないのに、わたしには外で銀鈴の鳴る微かなリンリンという音も聞こえてくる。窓がみな開け放たれ、メテッロが叫ぶ。「娼婦だ、娼婦たちだ！」　そして、憂鬱そうなバルデザールまで一緒になって、雪を払いのけながら全員が窓敷居につめかける。わたしは頭を振る。こうして下品に売春婦に見とれて大喜びをしているときの男たちは、本当に単純で愚かなもの。男たちは女が好意を抱いてしてくれるものと思いこんでいて、女たちがある種の奇妙な軽蔑でいっぱいになり、耐えられなくなって愚弄したり、嘲ったりしていることに思い及ばない。はたして、男は女たちを本気で愛しているのだろうか。窓からぶら下がった若者たちが女たちを呼び、雪で凍りついたような大気の中を珍妙な名前が落下していく。ステッラータ、ピチナールダ、フロンティーナなど、なんとなく家畜小屋の雌ろばの名前を連想させる。女たちは特別に行なわれる月曜説教に行く途中で、修道士たちはいつも売春婦に罪を自らあがなうようにと勧めていた。ややもすると、そういう説教はとても煩わしいので、哀れな女たちが教会で眠くなってしまうのも無理はないというもの。

ウェルギリウスの像の陰から出て行ったときのわたしが非難に満ちた態度をしていたことは間違いない。わたしに気づいたピルロ・ドナーティが素早く窓から離れ、用心深い歩き方で舞台の大道具の間に姿を消すのを見てわたしはおかしかった。わたしは彼を見なかったふうに装ったけれども、それでもまさかふり向いたら目の前に現われるとは思ってもみなかった。声がとぎれ、沈黙が忍びよった。広間の中ほどに、とてつもなく大きな馬の骸骨が立ち、大鎌をかついだ巨人の骸骨がそれにまたがっていた。それを着想した巨匠レオナルド・ダ・ヴィンチの一筆書きの設計図をもとに、舞台用の機械でこのように拡大したことをわたしは知っていた。それは戦争の、そして死の亡霊で、前者は一四九四年のことを指しているにちがいない。

国の変革、王国の転覆、町や村の悲惨な荒廃をもたらしたフランス軍が、間もなくアルプス山脈を越えてはじめて南下してこようとしていたころの話。あれから十二年、今やルイ十二世の軍隊が、あのころシャルル八世の軍隊が威嚇したのとそっくり同じように、わたしたちを威嚇していた。軍隊が到着していた。

あれは、あらゆるものが失われる瞬間の到来なのか？　わたしは親戚筋に当たるベンティヴォーリオ家が、宮廷からも領地からも追放されたことを思った。フランチェスコは遠い国から誠意のある言葉で、彼らに救いの手を差し伸べるようにとわたしに勧告してきた。亡命して処々方々をさまよい歩いているベンティヴォーリオ一族を見るに見かね、哀れをもよおしたらしかった。おそらくあの当時のフランチェスコは、ベンティヴォーリオ家を打ち破った側のローマ法王に仕えており、彼らの追放を祝う祭りがマントヴァで催されていた。何もかも混乱しているように思われて、わたしたちの考えは揺れ動いていた。椅子に腰かけて小さな頭を上げ、ぽかんと口を開けてヴィジーリオ先生を見上げている子供たちに、わたしは目を向けた。その部屋には占星術の記号や、花と果物、古代の偉人のメダルなどが楽しげに描かれていた。召使いが音を立てないように枯れ枝をくべたので、暖炉がぱちぱちとはぜた。あらゆるものがひっそりと静まりかえって息を殺していた。わたしの記憶には、馬と騎士のふたつの骸骨の情景が焼きついていた。ふたつの骸骨は、いきいきとした平和のみなぎるわたしたちの国土へ、阻止する者がないままに向かっていた。

運命が決まった。わたしの末の男の子は謝肉祭の間に生まれる予定で、何人をも恐れぬ雄々しい男になるはず。ところが、自然はこの出生をためらい、予定日を過ぎても何事も起こらなかった。気分がすぐれず、体がだるくて、悪寒が走った。わたしは毎日、占星術師のパーリデ・ダ・チェレザーラに疑問を投げかけたけれども、彼の答えは一向にらちがあかなかった。薬師のジウスト・ダ・ウーディネが占星術に関する書物を非常に良く研究していることを知っていたので、わたしは彼をわたしの部屋に呼んだ。彼の恩師筋にあたる人々は、わたしの先生のアブマザールやピエトロ・デ・アバーノ。わたしたちの国の図書館へスペインから逆に伝えられた、ギリシャやエジプト、インド、アラビアなどの神秘的な宇宙論の写本を検討しながら、彼は先生たちの著作について各章節ごとに分析した。彼の論証の一部をわたしは知っていた。曲がりなりにもわたしはフェルラーラで育ち、あらゆる星座の予兆について最高の学識を持つペッレグリーノ・プリシアーノの教育にも接していた。アラビア風の言葉を際限もなく組み合わせて、彼はわたしの未来が壮麗さに満ちたものになると予言した。わたしは五月十四日生まれなので、星座はまさに双子座。それはそうとしてジウストの予言もまたおぼつかなかった。ピーコはまさしく、これらの占星術師たちは科学的に信頼できない、と結論づけていた。

一月の前半はすでに過ぎ去り、法王ユリウスの戦争の準備にかきまわされていた宮廷は、ごった返しの混乱も終わって、今は長い静寂に入っていた。一部の軍勢を引き連れたフランチェスコは、ボローニャからフェルラーラへと駒を進め、そこからフランス入りして王宮へ向かう予定をしていた。ふと理由もなくフランス軍に対する警戒心がわたしの胸の中にふくらんでいた。彼らはあまりにも残酷、あまりにも短慮、しかもフランチェスコを手玉に取る老練さがあった。そして、ルイ十二世の頭は悪だくみで満たされており、ルイ王の悪だくみは誰かを血祭りにあげなければ納まらなかった。逆にフランチェスコは生まれつきの気質のせいで、ルイ王に招かれたのは幸運なことと信じ切っていた。彼は可能性のあるすべてのものそれ自体を評価し、たとえ相手が誰でも相手の気持ちに合わせてしまうようなところがあった。そのうえ恋にうつつをぬかして気もそぞろになっていた。フェルラーラのエステ城で、彼は公爵夫人ルクレツィアと逢瀬を重ねていた。わたしは軽蔑をあらわにして肩をそびやかすばかり。手足が痛み、ぼんやりとして気分がすぐれなかったので、わたしは恋に目がくらんだあのふたりのために割く時間はないと自分に言い聞かせた。それは本心ではなかった。あの女、ルクレツィアにあらゆる策を弄して打ち勝ち、自尊心の傷ついたあの女に頭を下げさせて、そして夫を取り戻し、彼にとっての最愛の人の座を取り戻すことを、わたしは心に描いていた。

秘密情報員がフェルラーラからひそかに送ってきた一通の手紙を読んで、わたしは少なからず動揺した。そこにはフェルラーラの宮廷のにぎにぎしい謝肉祭の模様が記され、そしてスキファノイア宮殿で弟のアルフォンソ公が催した舞踏会のことが書かれていた。金の刺繍や豪華な衣装の間に、赤紫の法衣が目立った。若い六人の枢機卿はアラゴーナ、コルナーロ、ヴォルテッラ、コロンナ、チェザリーニ、メディチ。彼らは公爵夫人に仕える気取った小間使いの女たちを相手に、疲れ知らずに踊っていた。白の上下で一分の隙もなく決めたフランチェスコが現われた。あの女ルクレツィアは銀色で決めていた。彼らはほとんどいつもふたりで組になって、夢見るように微笑んでいた。まさにそのとき、わたしはここ、自分の部屋に閉じこもって、煮え返る思いに耐えている。

彼らの幻影を追い払って、わたしはスキファノイア宮殿の大広間の思い出にふけった。はじめて会ったペッレグリーノ・プリシアーノは、他の人があの大広間に計画していたよりも星座の数を増やして、現在のように描くことを画家たちに指示していたように思われる。占星術師で、ラテン語学者で、ギリシャ語学者のその驚くべき構想は、彼の科学を宇宙科学から導き出そうとするもの。宮廷の画家フランチェスコ・デル・コッサ、エルコレ・デ・ロベルティ、コズメ・トゥーラ、その他大勢の無名の画家たちが、創意をこらして華やかな色彩で飾った壁画の物語を読むことは、とても勇気を要した。勇気は理解したいという意欲から生まれる。わたしはその絵を見て育ったし、ずっと昔からそれを占星図の総括のように思っていた。入り組んでいるけど簡潔、そして古めかしくて同時に未発達といったように、そこには対立する強さが均衡していた。謎は謎として残されてはいるけれど、月名の由来や生命の歴史を語っているその壮大な物語の、理にかなった配列には驚かされる。

四面の壁を、彼は一年の月の数にしたがって十二の領域に分け、さらに各々の領域を水平に三分割した。下段には各月ごとの日常の生活、つまり農作業や、ボルソ公の日々の宮廷生活、町の祭りなど。上段には各月の寓意が、古代神話のミネルウァ、アポロ、ユピテル、ウェヌス、ユノ、メルクリウスなどと結びつけて描かれていた。中段は濃い青色の背景に黄道十二宮と寓意像が描かれ、東方の影響を受けた空想力、つまりアラビア人、エジプト人、ヘブライ人、ギリシャ人の空想力を取り入れて、神秘的な意味の変化を説明している。

わたしは自分の誕生月の神秘的な意味にいつも目をこらしていた。上段では、詩人たちと詩と音楽を象徴する記号に囲まれて、凱旋する戦車の上にアポロがすっくと立ち、そのかたわらに、小さな首飾りとお守りを優美につけた大勢の裸の双子たちがつき従っている。下段では、農民から捧げられた早生のサクランボの籠を抱えて、ボルソ公がにっこりと微笑んでいる。下段では、向かいあった二組の双子が、あたかも神聖な力を伝えるかのように、権限を付与する厳粛な光景が、調和を保って描かれている。わたしにはフルートを演奏する人が何を暗示しているのかがわからなかった。彼の前には裸同然の象徴的な男が胸の上で腕組みをしてひざまづいていた。ペッレグリーノがわたしの星座について総合的な運勢を予言したところによると、わたしは平和な世界を統治することになり、女としては栄光ある多産型になるという。今までのところ予言と矛盾することもなく、わたしの人生は良い寓意から生まれているように思われた。けれども、今は……？　あの区画は、悪魔が現われ出て、古代の神話も現世の生活の輝かしさも消してしまい、その力にそそのかされた画家たちが謎のような像を描いたものか？　暗さと青の混じりあった中段の錯乱した色彩から、どうにも逃れようのないある種の恐ろしさが発散していた。

ふたたびフェルラーラからの手紙に戻ると、そこにはあのふたりのことが記されていた。フランチェスコとルクレツィアはなおも踊りつづけていたけれど、壁面の暗い青色の反射によって、彼らは不吉なものに照らされているように思えた。貴婦人から意中の男性に申しこむことが許される、たいまつの舞踏が告げられた。男はひそかに通じている者のやさしい物腰で彼女の手からたいまつを受け取る。彼らの背後には、ふたりをそそのかした結果を目の当たりにしながら、星の悪魔の発するような作り笑いを浮かべてエルコレ・ストロッツィが控えていた。そこへアルフォンソとイッポーリトが入ってきた。険しい、取りつくしまのない恐ろしい表情を浮かべている。ああ、わたしの胸に燃えあがる炎、わたしだけが感じとれる悲劇の予感。占星術の記号が通告していた。五月の詩は男女の仲をとりもつ詩人の存在によって汚され、ヘロデ王が双子の群れを扇動して、死の前兆を幕のように舞台に下ろした。わたしはすすり泣きながらフランチェスコの名を呼んだ。すぐにピルロ・ドナーティがわたしのベッド近くに現われて、静かに話しかけてきた。フェルラーラから急便が到着し、間もなく侯爵が帰館する、と。

隣りの部屋の方へ扉が開いて、ときどき誰かが顔をのぞかせた。幼いエルコレを子猿のように肩にのせた道化師のフリッテッラが頭をのぞかせた。わたしは離れているようにという身ぶりをしたけれど、理解されなかった。わたしは半ば目を閉じてじっと身じろぎもしなかった。彼らはわたしが寝入っているものと思いこんで、あまり声を低めもしないで話し、わたしのことや、生まれたがらない子供のことを噂していた。エルコレはあどけなく「ターターター」と声をあげながら、小さな手でフリッテッラの頭を叩いた。道化師が目をこする瞬間を、わたしは不意に目にした。明らかに彼は感動していた。それでは、わたしを愛していたのか？　彼が置かれた立場にあるまじき感情を、女主人のわたしに本当に感じていたのか？わたしは今まで考えたことがなかったけれども、これからは彼を別な目で見なければならない。司祭がひとりきたけれど、わたしは目がかすんで、よく見ることができなかった。乳母のカテリーナはひどく心を痛めながら、司祭にささやいた。

「奥様はもう疲れきっています。そっとしておいてさしあげるのがいちばんです」

その一言で、わたしは枕の上に体を起こした。歯切れのよい力強い口調を取り戻して、わたしは乳母を除いて全員が部屋から退出するように命じた。彼らは扉を閉め、あえて入ろうとする者はなかった。

わたしは子供を産むために孤独でいなければならなかった。わたしを圧迫しているずっしりとした塊から自身を解放し、新しい生命に呼吸を与えなければならない。新しい生命に対する最初の愛の行為がこれで、わたしから切り離した後でようやく完結する。押し広げられ、苦しめられ、励まされて、固い塊から解放され、わたしが最も大きな叫び声をあげたとき、産声がわたしに答えた。わたしの最後の男の子、三男のフェルランテがこうして生まれ、行く末は巻き毛で金髪の立派な武将となることが期待された。


真冬のもやもやと重い霧が、木々の間や寒さで凍りついた草の茂みにたちこめていた。裏地は毛皮の、赤い花柄をあしらった金襴の豪華なコートに身を包んで、わたしは葉を落としたポプラのやせた若木が一直線に並ぶ、冷えこんだ細い並木道を進んでいた。わたしはそれらの貧弱な幹を見て言った。

「どの木もみんな根を張っている。それぞれ自分の根を！」


林の外でひとりの若い騎士がわたしを待っていたけれど、その優雅なアレクサンドリア産ヴェルベットのコートが霧に濡れて、小さな水玉がきらきらと輝いていた。彼はエステ家に仕える貴族で、文学に通じており、今は弟イッポーリトの配下に属していて、その日フェルランテ誕生の挨拶のために派遣され、わたしに祝意を述べにきたもの。

「親しい人の思い出に捧げるため、木を植えるという昔の習慣を賢いと思いませんか」とわたしは彼に話しかけた。「わたしはここに真似をしてみました。このポプラの木立は、わたしの空想の中では父エルコレの林になるはずですよ」

「あの方がフェルラーラにいらっしゃればとしみじみ思います」と、貴族は小声で言い、すぐに言い添えた。「しかし、われわれはアルフォンソ公の用心深くてめっぽう手堅い統治に慣らされてきていますから」

「それで、枢機卿は？」と、わたしは笑顔で尋ねる。「あの弟はまだ舞踏会に大勢の枢機卿をお招きする病気が治りませんか」

貴族が丁重で、しかも愛想よく答えた。

「さあどうですか。私は文書係なもので」

わたしは首に巻いた毛皮を締めなおし、満足しながら寒さと霧の大気を呼吸した。

「さあ、戻りましょう。暖炉の火で体を温めなくては」

ポルトの別荘の一階の部屋が、どれほど快適に感じられたことか。唐草模様と紋章を組み合わせた柱頭の波形の帯状装飾（フリーズ）、全面的に渦巻き模様と幾何学模様で彩色された壁、そして燃えている暖炉の向こうにふたつの大火鉢があり、部屋の空気を暖めていた。ひとつの火鉢の近くに、春の風景画を思わせるような、華奢で可憐な若い乳母が腰かけていた。彼女の腕には、二、三日前に生まれたばかりのわたしの息子のフェルランテが抱かれ、目を閉じて顔をしかめていた。わたしは幼子を紹介し、客人は気のきいたお祝いの言葉を述べた。産着にくるまれた幼子は悠然とその言葉を受け入れているかのように見えた。その子がなかなか生まれてこなくて、わたしに大きな負担がかかった話をしたけれども、すでに受けた苦痛を自分から冗談の種にするほどわたしは回復していた。

道化のフリッテッラの帽子の緑色の羽飾りが、暖炉から立ちのぼる煙った空気の中で跳ねて、揺れ動いた。フリッテッラの肩にエルコレが乗っていた。貴族がフェデリーコについて聞きたがったので、いつも長男にだけ感じる感謝の気持ちで、わたしは声を張りあげて長男の自慢をした。フェデリーコは武術の教師とともに、城内ではじめての武術鍛錬を開始していた。わたしはフリッテッラにエルコレを肩から降ろすように命じた。一日中道化師の首に固定されて、子供の足が不自然にねじ曲げられているのが、わたしは気にいらなかった。

「問題はございませんです」と、道化師は嬉しそうに言った。「私めの大事なエルコレご主人様は、いずれ枢機卿になられる運命のお方でございますから、僧衣があらゆる欠点を覆い隠してしまいますです」

暖炉と大火鉢の間の、わたしの真向かいの暖かい席に腰かけるように、わたしは客に勧めた。がんぜない子供たちが退出したとき、取り残された客にまるで何事かを期待しているかのように、自分が震えているのを感じた。わたしたちはフェルラーラで演じられた喜劇や、マントヴァのわたしたちの喜劇についての話に興じた。彼はしばらく前からイタリア喜劇を書き始めたこと、『カッサリア』という題名をつけたけれど、まだ完成していないことなどを、うちとけて話した。

部屋付きの女官が温かい香味のきいたワインを持って入ってくると、その強い飲み物を注いだ。わたしは彼と一緒に飲んだ。わたしはこの訪問客に興味を持ったので、彼の方にやや身を乗り出したけれども、この場の生真面目な雰囲気の中では危うい話題はそぐわなかった。いったい彼は何をしたいと望んでいたのか？　ためらいながらも、彼は率直に答えた。それによると、彼にとってはあまりにも大それた野心的な計画に思えたので、ひそかに心に抱いていたらしいけれども、急に悪魔払いでもするかのように、はっきりと告白することになった。そう、彼は騎士物語詩を書きたいと考えていた。しかも、すでに最初の方の詩章は書きあげていた。わたしはそれを知っていたけれど、何も言わなかった。その代わり、わたしたちが愛好するボイアルドの『恋するオルランド』の続篇を書く気はないかと彼に尋ねた。

「続きを書こうとは思いません。私のオルランドは別の人物になるでしょう。怒り狂います。愛のために狂乱します。美しい貴婦人アンジェリカが彼の分別を失わせるのです」

普通、詩人は自分の作品のいくつかをポケットに持ち歩いていて、乞われるとそれを朗読するもの。ルドヴィーコ・アリオストは詩稿を持ち合わせていなかったけれども、記憶していた詩をすらすらと暗唱し始めた。

私は物語ろう
散文にも詩にも謳われなかった
オルランドのことを
恋のため狂乱したその姿に
賢人ぶりをもてはやされた
男の分別が今どこにあろうか

言葉とイメージの流れが、力強い物語へ人を引きこんで行く。彼の抑揚と声の響きはこの詩の主題をよく伝えていた。

「侯爵令夫人さま、この私の作品を誰よりも先にお聞きいただけまして、たいへん光栄でございます。私のすべてがまさにここにございます」と、彼は言い添えた。そして手を軽く頭と胸に触れた後で、ふたたび朗読を始めた。

遠くはるかな日に芽生えた
麗しいアンジェリカへの想い
恋いこがれ続けたオルランドが
かの人に捧げんとするのは
インドで、メディアで、タタールで
手に入れた
不老不死の戦利品……

「男の思慮分別を失わせる激しい愛についての恋物語になるでしょう。アンジェリカの背信を知ったわがオルランドは、すさまじい狂気にかり立てられます。戦友のアストルフォはシャルルマーニュの十二騎士のひとりで、馬の体にグリフィンの頭と翼を持った怪物ヒッポグリフに乗って、地球を囲む火の輪を越えて月に着陸し、友人の理性を探すのです」
「それでアストルフォは月で何を見つけるのですか。月ってどうなっているのでしょう?」
「理性を狂わせる硬い氷におおわれた、とてつもなく広い大平原です。そこでアストルフォは、人間が失ったり、おろそかにしてきたあらゆるものを見つけることになるでしょう。恋人たちの涙とため息、遊びに費やした無駄な時間、無知ゆえの怠惰な暇つぶし、むなしい計画、むなしい夢、絶たれた希望」

わたしは愛する苦しみや、男や女の背信の喜びを発見することについて考えた。ただひとりで星の世界を飛行し、寒気のはりつめる広大な平原に騎士は降り立った。そこには失われた欲望が亡霊のようにあてもなくさ迷い、近くから大胆な新しい想像力が感動させることを予告して、人間のあらゆる気分をかき混ぜていた。わたしは真向かいにいる穏やかで礼儀正しい人の顔に視線を向けた。ときどき瞬間的に反応して、その表情にさっとひらめきが走るのを除けば、とても革新的な大人物のようには見えなかった。アリオスト一族のこのルドヴィーコとは、いったいどういう人なのか？　優雅で、もの柔らか、そして少しなまけ者で、主人としてのわたしの弟イッポーリトにいつもつき従っている。その人物なのか？　この人はたしかに枢機卿が狂乱におちいったと判断し、命令したりする準備を整えていた。では、彼にとってわたしはいったい何なのか？　マントヴァ侯夫人として、わたしは宮廷のねたみそねみの渦中から彼を保護したり、彼に恩恵を授けたりすることができる女性。おそらく彼はありがたく思うに違いないし、満足するのも確かなこと。けれども、わたしと彼の間には橋のない宇宙のような隔たりの存在するのが感じられ、決して一致することはなかった。わたしは強い女として存在し、彼は一介の詩人にすぎなかった。わたしがなしうる唯一のことは、とわたしは彼に感嘆とかすかな腹立ちをこめて言った。あなたが朗読を続けるのを黙って聞くだけ、と。

⚜

⚜

⚜

オルガンを弾いているのはだれ？　あなたは彼を知らないのに、尋ねもしない。激しい嗚咽は、最高潮に達すると、目にいっぱい涙をためたあなたの忍耐を道連れにして、急速に悲しみの旋律の中に沈みこんでいく。わたしは泣くはずがない。サンタンドレア教会の調和のとれた丸天井の下で、神に召されたあなたの親しい友人を送る聖なる儀式に、わたしは参列している。時おり、祈り、神がわたしに寛大であらせられることを願う。わたしはそのわけを言わなければならない。つい一時間前には不可能と信じていたあることを発見して、わたしは内心ほとんど狂喜している。わたしはあなたを愛している。フランチェスコ、わたしはまだあなたを愛している。あなたが必死で涙をこらえているのを見て、わたしの胸に広がったこの寂寞とした思いがわたしに遠い以前の感情をよみがえらせる。意見や行動を一致させたり、分担しあったりしたあの頃。

フランチェスコ、わたしたちは人生をどのように生きてきたの？　わたしは厳しい沈黙を保ちながら無言であなたに話しかけ、あなたは別のことで苦しんでいる。今でもあなたを愛しているという喜びを発見したので、わたしはその喜びを失わないように秘密にしておかなくてはならない。このような告白をあなたは決して信じないけれども、この奇妙な強い喜びの気持ちは、わたしがいつも疑いを向けていたある人物の葬儀に参列するという喜び以外の何ものでもないことに、あなたは思い至るはず。しかも、ほかの誰が知っていようか、あなたにも原因があったということを。そう、わたしはあなたの大事なエルコレ・ストロッツィを嫌悪していた。あの有名なラテン語詩人、不自由な脚を巧みに引きずって長老委員としての無慈悲な裁判官を務め、フェルラーラ公夫人ながらあなたと愛人関係にあるルクレツィアとは親友の間柄で、あつかましい宮廷人の顔も持っていた。

わたしはいつでも情報員の報告によって、あなたたちふたりのことはすべて知っていた。あなたの恋人の心がどのように変っていったのかをたどる能力さえあった。あのストロッツィという男があなたたちの仲を取り持ち、フェルラーラから使いの者をだしたり、マントヴァからきた使いの手紙を受け取ったりしていた。ポー川のほとりの七つの塔のあるセルミデで、あなたたちの使いの者同士は急いでつかの間の出会いをしていた。けれども、わたしはあなたたちの手紙を手に入れようとは思わなかった。わたしには証拠はいらなかったし、あなたのあの女に捧げる言葉も、あの女があなたに捧げるそれについても、考えてみたくもなかった。

この死者の贖罪と冥福を願う祈りのミサのために、たくさんの大ろうそくが灯されていた。オルガンは死の悲しみを歌っている。今日はサンタ・マリア・デッラ・ヴィットーリアにあるマンテーニャの肖像画のように蒼ざめやつれているあなたの頬を、大粒の涙がすべり落ちた。あなたは乱れた蓬髪を揺すり、怒りもあらわに手袋をはめた手で涙を拭う。とうとう、あなたの矛盾した態度で何もかもはっきりしたわね、フランチェスコ。

この年の前半が過ぎ、起こったことを認めたくないわたしにとって、六月は少しもいいことがなかった。あなたと愛人の関係にある公爵夫人について、わたしは何の関心もないということをいささかの喜びをこめて言うことができる。一方、あなたはわたしの夫で、わたしの子供たちの父親、そして面積は狭いけれども躍進するこの偉大なマントヴァ侯国の名誉ある君主。十六歳でわたしが嫁いできたこの国は、今ではわたしにとって自分の国になり、あなたはわたしを失うことはできない。あなたの感情は目に見えないところでねじくれ、突然、静まったり、また高ぶったりして、揺れ動いている。けれども、あなたはわたしを失うことはできないし、わたしを避けようとする男に対して、わたしははっきりと宣言する。方法はただひとつしかないことに、あなたは気づいていない。愚かにもあなたはわたしを誉めたたえ、敬意を表して心を通わせようとするけれども、わたしたちの間に残された方法は、賛美や敬意などではないはず。自分を守ろうとしている防護柵の陰にあなた自身が隠れる以外に方法はない。

再び聖職者の歌がのびのびとしたリズムで始まる。音楽の盛りあがり、そこへトロンボンチーノの「我をとりまく死の嘆き」のテノールの歌声が仲間入りする。

あなたは音楽に慰められながらも、復讐心に燃え、揺れる気持ちを額のしわに刻んで、わたしには知る由もない幻覚を見る目をしてうなだれている。この教会にもあなたを監視するたくさんの冷酷で、落ち着きのない、危険に満ちた目があることが、あなたにはわかっていない。あれはアルフォンソの密偵の目にちがいないし、離れたところにはイッポーリトの密偵の目がある。アルフォンソがエステ城内の妻の居館と直結する秘密の通路を作らせたことを、あなたは知らないの？　そしてあなたたちを監視する廷臣を配置し、奇人といわれているバローネがルクレツィアの様子を探っている。どのような密かな憶測と疑いが彼、つまりわたしの弟の心に浮かんだことか、あなたにはわからないの？　わたしと弟は文通している。わたしは丹念に行間に隠された意味を読み取ろうとして、弟があなたを疑っていることを確信する。彼はできるだけ感情的にならないように努め、冷静にそして慎重に、疑わしいと思っていることについての証拠を手にする。あなたが熱愛する彼女は、あの国の国母の地位にある。彼女に対してあなたがとる軽率な行動や、奇態な謎めいた短い言葉の中に、弟は裏付けとなる証拠を感じ取って、疑いが正しいことを確かめている。

わたしのふたりの弟たち、あるいは少なくともどちらかひとりが、今、暗殺の犠牲者として神に魂をゆだねたあの男を殺すように、秘かに刺客を差し向けたりはしなかったと本気で信じる？　エルコレ・ストロッツィ殺害で明るみに出た事実の、その裏に覆い隠されている真実を、なぜあなたは調べようとしないの？　どのような場所においてか、彼は九回も刺され、その後サン・ベルナルディーノ修道院の近くに死体となって運ばれた。そして、むしり取られた髪のふさが頭のまわりに丹念に置かれたので、ストロッツィ本人の顔を取り戻した。この芝居がかった恐ろしい事件の中にある皮肉な満足、からかい半分の警告、悪意のある笑いに、あなたは感づきもしなかったの？　エステ家の一族、つまりわたしの弟たちは決して誰のことも許しはしない。弟たちはエルコレ・ストロッツィについて見きわめ、（彼自身がふてぶてしくそう言っていたように）「老練な男女の仲のとりもち屋」との評価を下した。そして弟たちはストロッツィの敵を挑発し、彼らに自由にやれそうだし、妨害するものも止めるものもいないと思わせた。

フランチェスコ、あなたは無防備で、重大な危険にさらされているのに、この考えがあなたをたじろがせたりはしない。あなたが略奪して手に入れたルクレツィアは、彼女の夫と義弟のただならぬ気配を目の当たりにし、見て見ぬふりをしている。カミッロとティグリーノ。実はアルフォンソとイッポーリトのこと。ティグリーノとは小さな虎。その名を持つ男の残忍さをうまく表わした、まさにうってつけのあだ名といえる。可哀そうな弟、ジュリオ卿はあの悲劇の後でほとんど目が見えなくなり、フェルラーラ城内の牢獄で死にかけている。苦い思いの残るあの悲劇や、自分が招いた争いごとの原因をあざ笑いつつ、豪華な仮面をかぶって町をうろついている男こそ、ティグリーノと呼ばれている。

わたしの密偵が各地から送ってくる書簡をどれほどたくさん燃やしたことか。燃やしてくれるように頼みながら、わたしがいかに多くの書簡を送ったことか。あなたはそれを知っていたのかどうか。わたしからそれを口にすることはできない。もしもあなたがそれに気がついたら、それを感じたら、すぐにわたしに挑戦して欲しい。あなたはわたしを裏切り、ほかの女性を自由に愛する力と勇気を取り戻したがっている。

このミサは長くつづいていて、首席司祭はゆっくりと歌われる聖歌や儀式にかなった所作、死者の霊を呼び起こす音楽、光を受けた金製の聖具のきらめきなどを楽しんでいる。もしかすると、司祭は聖なる官能的な逸楽、つまり神がさげすみ給う肉体の喜びの告解を聴いたことがないのかもしれない。そして、フランチェスコ、あなたは今まであなたがおろそかにしたことがない告解の中に、自分の罪を含めて考えたことがないの？　悔悛の秘跡に熱中したのは、たぶん鋭い刺激の感覚を味わうため。あなたの人生において神の役割はいかなるものかをわたしは自問する。そして、わたしの人生においても神の役割がいかなるものかを、自問しない理由はないと思う。

あなたはそこに立っている。儀式は間もなく終わろうとしている。わたしたちはすでに最後の祈り『冥界の門』に応じた。あなたはわたしに立ちあがるように合図する。あなたはわたしに近づきながら手を差し出し、わたしたちは参列者の中からぬけ出す。フランチェスコ、あなたはここにいる。わたしはあなたの指を軽く握りしめて、わたしからの警告を伝える。エステ家に用心なさい。アルフォンソとイッポーリトに用心なさい。弟たちは家名に泥を塗ったあなたを絶対に許さない。たとえ相手がわたしでも許さないはず。ベルリグアルドの復讐のように、草原で刺客に襲われて、殺されるか、まともな体でいられなくなるか。まあ、それがあなたの運命というものかもしれない。

わたしたちは寄り添って歩く。ああ！　もしも声に出して言えるものなら、「フランチェスコ、今あなたを守っているのはわたしですよ」と言ったろうに。わたしにできることは、だんだん険しくなっていく横目でそれと知らせるだけ。あなたの命はわたしの手で守り、死の流れからあなたを脱出させなければならない。どのような犠牲を払っても、このことはやりぬく。子供時代の厳しい北風にも似た、父親譲りの冷ややかな衝動を、わたしは自分の血の中に強く感じる。あなたの情熱や自尊心、品位などをずたずたに引き裂くあなたの敵と、わたしは秘密の契約を交わすことさえ辞さない。あなたとあの女、疫病神のルクレツィアの間には城壁を設けよう。あの女が避けるようになるまでは、破滅に追い込まれることもない。今ならまだあなたは生きのびる。では、わたしは？　わたしはこの先、あなたを愛せないという危機に直面するだけ。

⚜

⚜

⚜

第三の手紙

令名高き華麗なるマントヴァ侯夫人
敬愛するイザベッラ奥方さま

あなたさまのご一族をめぐる噂話が盛んに飛びかっており、各地のできごとや波乱が予想されるあの方の懐妊の話にあなたさまがことのほか興味をお持ちであることを、もし私が確認できなかったとしたなら、二年間もご無沙汰いたしましたあげくに、敢えてふたたびお便りするようなことはいたしません。いささかなりとも、あなたさまにお気づきいただきたいことがございます。おそらくあなたさまはそれをお気になさったこともございませんでしょう。いずれにいたしましても、まぎれもなく苦しさの伴う私の状況では、この糸は不意にあなたさまの王位と私の臣従を結びつけるのに、まさに十分でございます。あなたさまの最も影の薄い情報員である私は、嵐の空に輝く星に、あなたさまの澄みきった瞳を見ているのでございます。

令名高き親愛なる奥方さま、もしもあなたさまから私自身についてほんのわずかでもお言葉をいただいて、それが何らかの方法で私の耳に達しておりましたなら、私はあなたさまにもっと頻繁にたくさんの手紙を差しあげたことでございましょう。そう申しあげても信じてはいただけないと存じますが……。私は祈りによってあなたさまへの思いを断ち切ろうといたしますが、祈りがいつも救いになるとは限らないのでございます。長い間音信がとだえてあなたさまから隔てられておりますと、もしや、いつ、どのように、と取りとめもないある種のなれなれしい妄想にとりつかれるのでございます。

私はあなたさまの人生と絆で結ばれております。私はそう信じております。したがってあなたさまの状況について考えますとき、周囲で起こっておりますことは、私を穏やかならざる気持ちにさせるのでございます（野望に満ちた王や君主たちによって、あなたさまのお国は狭い場所に閉じこめられておられます）。困難な統治をしておられるわがイングランド国王ヘンリー七世が、ヨーロッパの事件にほんの少し巻きこまれたことに対して、私は祝福さえしたのでございます。そのようなしだいで、私たちイングランド人はいま、あなたさまを脅かすいかなる非難や陰謀にも加担いたしておりません。

いつもは、私はローマに居を定めております（今日はローマを離れておりますが、そのことは後で申しあげます）。いずれにいたしましても、私は王の代理人であるイングランド大使の助手として、ヴァチカンから遠い北辺のわが国にまで四方へ広がる外交政策の任務に専念いたしております。ここ、ローマ法王庁において、私たちはユリウス二世が法王の位についた当初から始められた所行の新しい展開についての証人でございます。もしも優れた美術や文学に対して卑劣な影が手を伸ばしていなければ、それはまれにみる法王のお情けでございましょう。地理的な条件によって漠然とした不安を感じている国家が、近隣の国々に対するあからさまな警戒心を表に滲み出させていることは、だれの目にも明らかに見えるものでございます。こうした中では、どのようなことが起こりましてもおかしくはございませんし、どのようなという中には最も悲しいことも含まれております。破壊的な人間たちが善良な人間たちの不意を襲って、私たちの時代を永遠に記憶させるような、称賛に値する事業を妨げてしまうのでございます。すばらしい精神の高揚の中に、同時に言いようのない苦痛が迫っていることを深く確信する私たちのこの現実は、まことに恐ろしいものでございます。発掘された古代の有名な書物が今日の学問の世界を高度に進歩させているにもかかわらず、心はあまりにも不吉な兆候によって傷つき、うめき声を発しないために勇気を奮い起こしております。

敬愛する奥方さま、私はあなたさまが美しいお顔を曇らせたりされませんように願っております。しかしながら、お目の前にある美術品や宝石をお手放しになることには耐えられませんでございましょうと申しあげましたなら、あなたさまはきっとご同意なさるはずでございます。私がローマと申しますときは全イタリア、あるいは全ヨーロッパを指しておりますが、法王庁の私の仕事場から遠く離れて、目下滞在しておりますこの勝ち誇った町はその一例でございます。実を申しますと私はヴェネツィアにおります。さよう、まさにヴェネツィアでございます。いま最も著名な学者のひとりでありますオランダ人、ロッテルダムのデジデリウス・エラスムスの後を追ってここまでやってまいりました。この人のお名前はきっとあなたさまもご存知のことでございましょう。彼のことを若干述べさせていただきたいと存じます。彼は数々の有名な学術都市でこれまでに身につけた広い学識をさらに広げるためにイタリアにやってまいりまして、トリーノで学位を取り、ボローニャをよく知り、パドヴァの旅に憧れ、ローマを訪れる計画をお持ちです。彼はラテン語学、ギリシャ語学の最高権威であり、高名な書物の著者であり、驚くべきことにイタリア語が通じないとわかるとラテン語だけで話します。彼の天才的な著作、彼の限りない明敏な知性は、まわりの人々にとってつねに称賛に値するものであり、さわやかな精神の喜びなのでございます。

ある意味でエラスムスは私とかかわりがあるとも申せましょう。と申しますのは、彼はイングランド王のお気に入りの医師、ジェノヴァ人のボエーリオ殿のふたりのご子息をイングランドから伴ってまいられました。前途有望なその若者たちはボローニャに滞在し、法律学を学ぶことになりました。そして私はトリーノで学位を取得したエラスムスに敬意を表するために会いに行き、彼がかねてから著作を出版したいと希望していたヴェネツィアに私もついてきたわけでございます。彼の著作と申しますのは、ギリシャ詩人エウリピデスの翻訳、およびラテン語の原典から抜粋した格言と諷刺詩による一冊の格言集であり、それらを世界で最も熟練した版元に委ねました。私が存じておりますように、あなたさまの情報員も知っているあのアルド・マヌツィオのことでございます。

あなたさまがアルドを重んじられお目をかけておられますことを考えまして、私がいかばかり感動いたしましたことか、奥方さまにはご想像だになされませんでしょう。あなたさまが彼の本をさほど多くお持ちでないのは当然のことでございますが、本に書かれた彼の言葉は比類のない明快さで厳密に構成されております。あなたさまがローマの修道女のように巧みにお使いになるあのラテン語で、私はエラスムスその人と話をすることを夢見ておりました。そして彼が表情を輝かせて教養のある女性たちを賞賛していたことをお伝えしなくてはなりません。むしろ彼の覚え書きの中で、マグダリアというある賢明な女性と、女性には学問が似合わないと頑なに我を張るある教養のない修道院長との会話の形式をとった著作の下書きを、私は見せていただいたことがございます。友人エラスムスは、その本が完成したら私に一冊送ってくれると約束してくださいましたが、もしお差し支えなければあなたさまにそれを献上いたしたいと存じます。なぜならば、あなたさまこそがマグダリアにほかならないからでございます。残念なことにこの地上の楽園を長く心に描いていることはできません。ヨハネ黙示録の騎士たちに知らせるときのような、荒々しく響きわたるラッパの音が走り抜けるからでございます。

そのようなわけで、私はヴェネツィアの印刷王アルド・マヌツィオの家に滞在しております。リアルト橋に近い彼の家の小部屋のひとつに住んでいるのでございます。このよく整頓された小部屋には、洗練された英知の蜂蜜がいっぱいつまったミツバチの巣が羽音をたてております。エラスムス自身の部屋もこの家にあり、朝から晩まで機械の騒音と印刷工たちの大声がひびく中で、私たちはこの誇り高き都市の偉大な天才や博士たちの訪問を受けております。アルドの仕事ぶりにつきましても、彼の信頼できる古語および現代語の選択能力につきましても、私たちはしみじみ満足しているのでございます。エラスムスは自分の著作に誤植などがないようにと印刷に立ち会い、注意深く賢い友人の助言に耳を傾けております。『格言集』についての思いは、彼がロンドンにいるときから抱いていたもので、私はそのことをイングランドの礼儀正しい学者であり、最も難しい分野において秀でたラテン語研究者である四人の友人たちから聞かされておりました。敬意をこめて彼らの名前をここにご紹介させていただきますことをお許し願えますでしょうか。医学者でギリシャ・ラテン語学者トーマス・リナカー、ウィリアム・クロサイエン、ウィリアム・レイター、カスバート・ダンスタルたちでございます。あなたさまにおかれましても、必ずや彼らとラテン語で話されることをお好みになられましょう。

アルドに話を戻しますと、この質素な建物としては信じられないほど多くの知識と創意工夫で満ちあふれ、印刷工、校正係、意匠図案家、作業現場の親方や師匠が集まっております。彼らの多くはパドヴァの出身で、最新の偉大な科学と文字に接して知性を磨くためにきているのでございます。器械が突然作動し、カチャカチャと音を立てると、職人たちの互いに叫ぶ声がとびかい、まっ白な紙の巻きがほどけて、みるみる本に変わってまいります。一人ひとりの仕事ぶりがそれは見事でございます。活力に満ちたアルドの細君は家にいる三十九人全員の世話をし、幼い子供は長椅子や椅子などの間をぬって走りまわっております。エラスムスはまるで弟子と師匠たちの集団を従えるかのようにして入ってまいります。実際にしばしばそうではございましたが、彼はけっしてさしでがましい人柄ではなく、むしろどちらかといえば控えめな方でございます。深い思考によって刻まれたしわのある顔、機敏な灰色の目、長いとがった鼻などが、すべてを見透かす鋭さと繊細な印象を与えていますが、研ぎ澄まされた声はよく響いて威厳があり、ときには陽気であり、つねに豊かな説得力がございます。潤沢なユーモアのおかげで、エラスムスは彼の話を聞く人々にさまざまな考えを芽生えさせるのでございます。

昼の間は私たちは科学者の仲間に入って過ごします。ジョヴァンニ・ラスカリス、バッティスタ・エニャツィオ、マルコ・ムスクルス、ウルバーノ・バルツァーニといった方々でございます。仲間のうちの誰かが即興的に提案することから会話が始まり、すべてが天才たちの省察の題材になるのでございます。リアルトにあるこのヴェネツィアの質素な家が世界の中心であるということができ、またそのように言われてもおります。私はあなたさまに保証いたします。私たちは穏やかな人間でございますし、そうありたいと思っておりますが、私たちの間では軍隊や政治の狂気に対して、あるいは略奪をくり返す民族や国家の異常な野心に対しては、儀礼的な会話を脱して猛烈な議論や論争を展開いたします。

ヴェネツィアという城壁を持たない都市国家は、実際のところほかのどの国よりも脅威にさらされる危険を感じているのでございます。私は危険という言葉についてよく考えます。そして、崇拝する方々が脅威にさらされていることに、私たちはどれほど衝撃を受けていることでございましょう。さて、その資格もございませんのに、あなたさまにご心労をお与えする結果になりましたなら、私をお許しいただけますでしょうか。と申しますのは、しばらく前から私はあなたさまに対してこの考えを告白しようと心に決めておりましたのに、それをしそびれていたのでございます。現今の、このような混乱した暗い時代でございますから、少しでも可能性を信じたいと存じます。一年前の秋のこと。ローマ、つまり法王庁におりましたとき、マントヴァからきた一通の手紙がたまたま私の目の前に届けられました。写しでしたから署名こそありませんでしたが、法王ユリウス二世宛にマントヴァ侯、つまり令名高きあなたさまのご夫君が発送されたものとわかりました。ご夫君は同盟に対する忠誠心を疑ったり、そのことでくり返しつらく当たるフランス軍を非難されておられました。それを何とかするためには、陰気なパリへ人質を差し出すよりほかに方法はないだろうと侯爵は判断され、お子様方を捨てたくはないし、国を放棄するのも望ましくないというので、わが奥方さま、あなたさまを人質に差し出そうと思いつかれたのでございます。

私がいかばかり血の凍る思いをいたしましたことか、お伝えする言葉を存じません。あなたさまは遠くへ差し出され、もし同盟が破られたり、フランスの意図に逆らう兆しが発覚すれば、お命も危ぶまれる孤独な状態にあって、見知らぬ場所でお子さまたちの命を奪われ、何もかも信じられなくおなりでしたでございましょう。侯爵自身にさえもこのことは途方もないことのように思われたらしく、その不幸な事態を避ける方法をお授けくださるようにと法王聖下に懇願されました。そしてもしも法王聖下が、人質を差し出さなくてもすむようにして、事を丸く収めることがおできになれば、まさに私は天にも昇る心地がいたしましょう、と結んでおられたのでございます。

お気の毒な領主がどれほど絶望的な状況にあるのかが、私にはすぐにわかりました。封建制度の支配者である神聖ローマ帝国皇帝マクシミリアンによっても、負けることも知らずにイタリア征服の妄念にとりつかれたフランス王によっても、教会の敵に対して断固としたローマ法王によっても、さらに自分たちこそ偉大であり無敵であると考えるヴェネツィア軍によっても、しつこくつきまとわれており、そのすべてから面目を失うこともなく逃れようと、マントヴァ侯がなぜこれほど冷静でいられるのか、私にはわかりませんでした。普通の女性とちがって亡命に追いこまれたり、失敗、疑い、敵対などについてスケープゴートにされたりすることもあり得る、あなたさまの面影が私の頭の中を絶え間なくめぐっておりました。

長いながい不安な時間があり、ひとりでむなしくさまざまな策略を調べたり、秋に届いた情報を確かめたり、否定したりして、注意すべきことに細かく気を配った後で、私はようやく安心できたのでございます。マントヴァからだす人質につきましてはこれ以上申しあげることはなく、少なくとも法王庁の書類の中にはもはや何の形跡もございません。

しかしながら……

ずっと後になって。

ちょうど「しかしながら」と書き終えた直後から、何時間かはそのままにしておりました。と申しますのは、あのとき家の中で物音が聞こえ、急に書くのをやめたのでございますが、そのときはすぐに机に戻るつもりでおりました。ところが、新しい情報が私を待ち受けていたのでございます。私たちの仲間のひとりでこの共和国の歴史学者、マリン・サヌード卿が訪ねてこられ、フランスのカンブレーにおいて最もすぐれたキリスト教徒であるフランス国王と神聖ローマ皇帝の間で結ばれた同盟について、とても正確に詳しい内容を知らせてくださいました。その目指すところはヨーロッパの平和のために共同で行動することにあるそうでございます。しかし、宣言の中にある目的のひとつが、征服した土地を返還するようヴェネツィアに義務づけて、さもなければ戦争あるのみと言うのであれば、ここにいかなる平和があると言うのでございましょうか。私たちはこの同盟に期待しておりましたにもかかわらず、誰ひとりとしてこのように早くこの災いのようなものが批准され、一五〇八年十二月十日にカンブレーにおいて布告されるとは、予測していなかったのでございます。威厳に包まれたエラスムスが激怒にかられ、声を大にして冷静に力強く論じはじめたときには、私たちは言葉もありませんでした。

「しかも、これぞキリスト教徒というものなのである」と、彼は感情をあらわにして叫びました。「信義もなければ、平和への本当の願いもなく、どこかの国をねたんでいるにすぎない。仮にある国が繁栄していると、祝福するどころか、逆に互いに相手を八つ裂きにすることだけを考えるのである。人間を戦争の世の中に向かわせる軽薄な、あるいは低劣な言い分にいささかでも荷担したことを思い起こすと、私は恥じいるばかりである。いかなる怨念が、このような毒をキリスト教精神に忍びこませることができたのか。彼らが大虐殺と流血と死しかもたらさない、悪魔のような武器をとり、仲間に襲いかかる準備をするのを、とくとご覧あれ。大砲を発明したのが人間だなどと、いったい誰が信じられようか。自分と同じ人間の肉を切り裂いて虐殺することがこれら邪悪な兵士たちの目的であり、それでも彼らは十字章をかかげ、そしてカトリック教徒としての十字章を彼らの攻撃用の武器にしている事実を、自らに問いかけもしない。大きな声で平和を祈る一方で、彼らは殺りくの道具を準備している。蛇や虎や狼の方が、キリスト教徒と呼ばれたがっているあの者たちよりよほど上等である」

支配者や権力者たちの狂気の非人道的行為によって苦悩させられた賢人の怒りは、威厳に満ちてしかも悲嘆にあふれていました。彼が確信し、悲しんだのと同じくらいに深く、私たちはじっと彼の言葉に聞き入っていました。少し前に私は「しかしながら」と書いたのでございますが、それは宣戦の布告がすぐにもなされようとしておりましたことを申しあげたかったのでございます。おそらく偽装した十字軍によって、あるいは政治的なこじつけの論考によって、トルコを相手にした戦争でございます。私たちは危うい冒険をしておりますが、残虐で傲慢な集団のために、武器を持たずに深手を負わされる不幸な犠牲者が無数に出るでありましょう。そして、あなたさまは？　もちろんあなたさまは他人から保護されるようなお方ではございません。あなたさまは柔軟な性格のお方でございます。もしもあなたさまを遠い国へ人質に差し出そうとしたら、心の広いしっかりしたお方でございますから、申しこみを冷静に受け止め、昂然と胸を張ってご出立なさることができましょう。私が中断しましたあの言葉から危険を感じた理由が、まさにここにあるのでございます。さらに一年前のあの手紙で私が大いに苦悩いたしました理由もここにございます。そして今、エラスムスの一語一語が鋭く私の胸を打ち、あなたさまへの手紙を書き続ける意欲をそぐのでございます。申すまでもなくこれらの言葉によって、繊細この上ないあなたさまのご立腹をいつも以上に招く懸念があるからでございます。

私たちが強く促しましたために、エラスムスはローマへ旅することを決心されました。私はひそかにマントヴァをお訪ねしたい誘惑に辛くも打ちかって、彼と同行することになります。珍妙なことを考えてしまいました。それと申しますのは、〈広場〉であなたさまのお出ましをお待ち申しあげること、しかもあなたさまのお目に留まりますように、馬上試合のいでたちでたくましい馬に乗って行くこと、という思いつきでございます。厳しいお気質のあなたさまがはっとされ、それからお顔に罪をお許しくださるお印がちらっとでもよぎるのが、私に見てとれますかどうか、それはわからないのでございますが。いずれにせよ、私にはあなたさまの何かを盗み見るような大それたことができようはずはございません。したがいまして、私たちの一行はフェルラーラの方へ出て行く予定にしておりますが、あちらの宮廷に近い宮殿に私の若いイングランド人の友人リチャード・ペイスが滞在しておりますので、きっとあなたさまのお噂を耳にすることができると存じます。私は公爵さまの宮殿の大きなアーチの下で、剣の刃のように鋭い視線を向けている利発そうな少女と再会を果たします。しかし、このような甘い回想をもってしても、私の抱いている不安を打ち消してはくれません。なぜなら、起こるべくして起こり得る災いが着々と進行しているからでございます。最も新しい情報によりますと、マクシミリアン皇帝はインスブルックにおいて、単にヴェネツィアだけでなく、全世界を撃滅し得るほどの大がかりな戦闘の準備を整えている模様でございます。

いったい何が起こるのでしょうか？　あなたさまはどこにおられましょうか。マントヴァからお出になってはいけません。あなたさまのご領地内に、あなたさまのお城の内に、あなたさまのお館の内に、お子さまたちとご一緒に安全なところに留まられますように。いかなる場所であれ、人質になることを承諾なさってはいけません。ああ！　人質という言葉にはなぜこのような不気味な響きがあるのでございましょうか。あなたさまにふたたびお手紙を差しあげる勇気が湧いてきますものやらどうやら、私にはわかりかねます。せめて一瞬の間であっても、力づけられることを必要とするような勇気のことでございます。あなたさまが神話に登場する伝説上の生きもの、火の中に住むというサラマンダーのように、熾烈な時代を何事もなく切り抜けられますことを、私は心から悔い改めてお祈り申しあげます。

私はあなたさまを崇拝し、なぜとはなしにあなたさまの寛大さにおすがり申しあげております。ご機嫌よろしゅう。

麗しき令夫人さま

忠実なる僕（しもべ）

ロバート・ドゥ・ラ・ポール

イングランド生まれ
お役に立てればと願いつつ

時計の間　一五三三年

例の癖のある字で書かれた手紙がそこに置かれていたために、石珊瑚の小片で象眼した小テーブルの方へ目を向けないようにするのは、わたしにはなかなか容易ではない。容易でないのは、わたしに読み返したいという気持ちがあるからかもしれない。そう、それは本当のこと。単純な秘め事などではないけれども、多数の訪問客の中のひとりとしてただ一度だけ会ったことのあるこのサフォーク公の遠縁の者から、忘れたころに何度か手紙を受け取っている。合意したことも、許可したこともないのに、勝手に彼は書いてくる。ロバート・ドゥ・ラ・ポール、わたしはいつも偽名のような響きがするこの名を、ぼんやりと口にする。彼が訪れてきたときに示したわたしのなにか不用意な態度が彼を大胆にしたのではないかと、わたしは何回となく自分の対応をふり返ってみた。けれども思い当たることはなかった。彼の手紙に返事を

⚜

⚜

⚜

一五〇八年十二月十二日　ヴェネツィアにて

出したことはなく、彼のことを口にしたこともなく、まして聴罪司祭に告解をしたことなどもない。統治者たちの家族の秘密は、善良な修道士が一生涯守り通すにはあまりにも重荷になったりする。それに、わたしの場合は秘密ではなくて、ただ単に求めもしなかった手紙にすぎない、とわたしは思っている。

ただひとり、なんとなくこれらの手紙の存在を知っているピルロ・ドナーティは、しっかりと忠誠心を仕込まれていて、彼自身の口から洩れたりする気づかいはけっしてない。しかもピルロ・ドナーティは、多くの聖職者か詩人が貴婦人にあてて書く哲学的思想の手紙のようなものと思いこんでいるはず。わたしは、ロバート・ドゥ・ラ・ポールという名前は清廉を意味するものと信じこもうとつとめるけれど、それはかえって逆効果らしい。おそらく彼の方は清廉かもしれないとしても、わたしはそうとは言えない。徳のある行ないから罪深い行ないへと、いともあっさり行動を変えてしまうから。

誠実さ、現実主義、理想の混ざり合ったこのイングランド人は、いつもわたしに感銘を与える。わたしはじっと我慢することには耐えられない人間なのに、それでもイングランド人はわたしにとても忍耐強く、好奇心いっぱいで、情熱的になりやすく、南の国の人間よりもむしろ霧の深い北の国で生まれた人間の方が情熱的のように思われる。きっと激しい情熱というものは、酷寒の地の底から湧きあがるときほど強いのかもしれない。わたしはさらにゴンザーガ家の図書館でイングランドについて書いた本を探すことを自らに禁じた。あたかも彼の面影を追うかのようだから。それから彼は、いつもわたしを中心にした円の内側をわたしに断りもなく歩きまわり、まるで権利を持っているかのようなあけすけな態度がわたしを驚かせる。

ただひとつ確かなことは、わたしが何度もくり返したとおり、わたしが誰にも話さないということを、彼が信じ切っていること。なぜなら、フランチェスコが実際にこれらの手紙を読んだとしたら、途方もない怒りを爆発させ、たぶんあのローマに住むイングランド人をイタリアから追放することを企て、さらに司教に対する日頃の嫌悪をいっそう募らせたにちがいない。一五〇八年のこの手紙で、あのイングランド人は心の内をのぞかせている。「あなたさまは守られておられません」「人質として行くことを断固として拒まれるべきでございます」、「あなたさまの身近な人との会話にもご用心なさいますように」。分別を失ったかのように、あの男はわたしの夫を立腹させる危険を冒していた。フランチェスコがこれを読んだら、わたしへの愛ゆえにでなく、自己愛のために、侮辱されたという幻想を信じこむにちがいない。

わたしはため息をつく。けれども、わたしがとがめを受けるどのような理由があるというの？　フランチェスコはわたしの敵たちと一緒にいて、彼らが想像するあの女と同じ類の女のように、わたしを見る癖がついた。わたしはもう一度、あの外国人の言葉がわたしに何を呼びさましたのかを、自分に問いかける。洞察力のある燃えるような好奇心、せつない思い、身近なものからの感動、鮮烈な興奮、そしてすべてを超越しながら、そうしたものを心に保ち続ける可能性。そう、わたしは人生を始めたばかりの、元どおりのうら若き貴婦人の気分を取り戻していた。

あのイングランド人の言ったとおり、わたしは〝守られ〟てはいなかった。けれども、これまですべてから守られた人なんていたの？　もしも現実にわたしが世間の風の当たらない深窓に生きる身だったら、守られるの？　わたしはいつも現実の事柄に細かく気を配り、精神的なものに限りなく心を引かれ、あらゆる感情を経験して、感情に隠された落とし穴をわきまえている。どのような場合にも新しい考えが生まれ、あらゆることを変更することができる。

時計のチクタクという音や、とりわけ時刻を告げる音によって、どれほど考えがわき出ることか。最も美しい音色の時計が一番目、わたしをいつも驚かせる時計はいま目の前にあって、黄金の小さな礼拝堂が色鮮やかな文字盤を縁どっている。ドイツの高貴な生まれでバイエルンの真珠とたたえられたフランチェスコの母、マルゲリータ・ディ・ヴィッテルスバハがマントヴァに嫁いでくるとき持参したもの。この時計の音には、彼女の温もり、彼女の故国への郷愁、彼女の家族への思いが聞こえる。若くして神に召されるほど極端に人に尽くしたあれこれの彼女の記憶を、わたしは思い起こしてみた。脊椎の変形した、うつけ者のフェデリーコに対してとても優しい妻ではあったけれども、幸運ではなかった。その当時のあの時計の音は、将来の展望もなく、領主の個人的な財産も乏しい国へはるばる嫁いできた王女の悲しみの音に聞こえた。皇后は皇帝領を立脚点にして光彩を放ち、自分を花形に祭りあげて人生の価値を高めることができるけれど、金髪のマルゲリータの場合は、残された命の短かさから、子供たちだけを精一杯愛することしかなかった。わたしの身の上は違う。八歳のときからわたしはフランチェスコを愛してきた。わたしの父が鉄製の篭手を脱ぎながら、フランチェスコの初めての来訪を告げ、彼に愛されるようにしなければならない、と言った。それでわたしはそのように努めてきた。男性に対して、わたしの望みは高かった。子供たちはいつでも夫のものというより、はるかにわたしのもの。父親びいきのエレオノーラでさえ、わたしの機嫌に左右されている。

要注目。すべてのものが鮮明に見えれば罠などはない。マルゲリータの時計は控えめな抗議行動を終え、時は別の時計に反応させることになろう。音響効果の音の対位法においてひとつを別の音に重ねる。そしていつもの青銅の音色を響かせるニュルンベルクの大時計のように、わたしは身震いする。運命の一瞬、あるいは思いも及ばなかった宣告といった、何かが起こったかもしれないことを告げるような、その時を打つ音の響きに。

3

攻撃は最大の防御

ヨーロッパ中にのしかかるふたつの巨人の影が、わたしたちにも及んでいる。イタリアの諸国を征服したいという欲望を公然と主張してきた神聖ローマ帝国皇帝マクシミリアンとフランス国王は、攻撃するふりをしたり、気まぐれな同盟を結んだりして、わたしたちを欺いている。そして、いつも致命的な裏切りによって、初めのうちは幸運を手に入れているように見える。

カンブレー同盟は実行されている。フランス軍、フェルラーラ軍、皇帝軍、それに法王軍はヴェネツィアの国境に向かって進軍している。ペルガモ、クレモーナ、クレーマ、ブレーシャは降伏し、アニャデッロのヴェネツィア軍は壊滅に至る。もう安全。皇帝とルイ十二世はヴェネツィア共和国ばかりでなく、おそらく全イタリアの国土を分割することを決定した。偉大な同盟のもうひとり、法王ユリウス二世はヴェネツィアをさげすんで、各戦勝国に対して公式に祝意を示しはしたけれども、彼に近い人々は彼が顔を曇らせているのにすでに気がついている。

わたしたちはそのとき勝利者側に与(くみ)しており、フランチェスコは法王軍の隊長とフランス国王の副官という肩書きを合わせ持っていた。それでもヴェネツィア共和国はカルロ・ヴァレリオなどの大使を本国へ召還したりはしなかった。名門出のカルロ・ヴァレリオはわたしたちと友人関係にあり、十万ドゥカート金貨を支払うからヴェネツィア軍の指揮をとってはくれまいか、と涙を浮かべて懇願した。ヴェネツィアの将軍たちは子供のように素直にフランチェスコに従いますから、と。ヴェネツィア人たちはかつてどれほど情け容赦なくわたしたちを拒絶したかを憶えていなかった。フランチェスコとわたしはもったいをつけて返事をした。彼らの要求を受け入れる気など露ほどもなかった。彼らの自尊心を傷つけるという、あまりにも途方もない贈り物をしたがために、わたしたちはその後何年にもわたり意趣返しを受けるはめに陥ったけれども……。

そして、嘲りはそれで終わりにはならなかった。フランチェスコは、アニャデッロで栄誉を分かち合うことができなかった。それもそのはず、彼はひどい悪性のフランス病にかかってベッドに臥せっており、しきりに不運を嘆いていた。その上、フランス国王からの冗談を装って臆病者呼ばわりをした手紙を読まなければならなかった。嘲笑がまた始まっていた。けれども、フランチェスコは正真正銘の病気にかかっていた。医師が診断を伝えてきていたので、わたしは病状がどのように進行しているかを知っていた。これは本当のこと。年齢的にはまだ男盛りのときなのに、彼をひどく苦しめている病気が慢性化し、症状も重くなっていた。ウーディネ出の薬師ジウストと一緒に、わたしはフラカストーロの教本を参考にしながら、わたしたちの研究を生かして塗り薬と水薬を調剤した。この調薬は古今のイタリアの薬や外国の薬のさまざまな調剤法を丹念に辛抱強く研究した成果で、間違いなくよく効くという冷静な判断をしていた。エステ家の母や祖母たちのように、わたしも医療の心得があった。

わたしは実験室から出て、侯国の政務に専念することにし、政府の決定がわたしを抜きにしては行なわれなくなったことに気づいて、あらためて驚いた。公文書局がかかえる問題もわたしは手ぎわよく処理し、容易に解決した。つまるところ国家というものは、わたしたちがいかなる悩みもなく、行儀よく和やかに営む大きな家庭のようなもの。七月の暑さが訪れたころ、フランチェスコは快復し、隊長に値する働きを示そうと決意して、ようやく戦闘に加わった。八月に入った。アニャデッロでの勝利は二、三カ月も前のことになるけれども、わたしたちは栄光の余韻になお酔いしれていた。わたしたちの命令によって、わたしたちの宮殿からサン・マルコの紋章が削り取られ、また広場では群衆がヴェネツィアの隊長たちの肖像画を燃やし、またあるものは模造のゴンドラを揺らしていた。ルイ十二世とマクシミリアン皇帝という巨人の影は、脅かすどころか、わたしたちを守ってくれるようにさえ見えた。フランチェスコはヴェローナにいると聞かされていた。フランス国王があの町は敵の攻撃を受ける可能性があると考えて、守備隊を駐屯させるために彼を派遣していた。彼は兵士たちの間を動きまわり、戦争の目的をふくらませるあの好戦的な環境によって気力を回復していた。わたしは神に祈った。思いがけないのろしの煙が、彼の心の平和を狼狽させせたりしませんように、と。

八月八日、何も知らずに、わたしは宮殿でいつもの宮廷の切り盛りに精を出していた。フランチェスコの忠実な隊長、ルドヴィーコ・デッラ・ミランドラ伯の来意が告げられたので、わたしは話を聞くために心をはずませ、彼を迎え入れた。妙な胸騒ぎなどはまったくなかった。彼がわたしの目の前に姿を現わすとすぐにもうひとりが現われ、わたしは胸をしめつけられる思いがした。彼の名はジョヴァンニ・ゴンザーガ。ミラノ軍の大敗を知らせにきていた。敗北を告げる顔というのは決まって灰色を呈しているから、わたしには察しがつく。わたしたちの国の完全な平和を保つため、わたしが四方に気を配って懸命の努力をしている間に、フランチェスコはフランス国王の命令に背くようなことをしていた。ヴェローナの外に出た彼は、レニャーゴに侵攻する目的でスカラ島を目指していた。昔からマントヴァ侯国が野望を抱いていた土地で、一度はゴンザーガ家に従属したけれど、その後ヴェネツィア軍に奪還されている。ここで話は結末を迎えた。意外に夜の訪れが早いことに気づいたフランチェスコは、一軒の農家に普段着のまま武器も持たずに身を隠した。ところが危険を感じて窓から逃げ出した彼は、モロコシ畑に潜んでいるところを捕らえられてしまった。鎖で縛られ、ヴェネツィアに連行された彼を、恨みを晴らす喜びに沸く騒然たる群衆が待ち受けていた。

この不面目なできごとは、わたしに詳しく報告されたけれど、わたしは何ひとつ認めたくない。人をかつぐ悪ふざけの過ぎる夢を見ているだけ、とわたしは自分に言いきかせる。そのくせ、すでに彼の報告を信頼し始めている。すべては不可解、驚き、不安、絶望のきわみ、反逆。フランチェスコが捕虜になっているなんて。ヴェネツィア人は捕虜になったあの人をひどく憎んでいるなんて。なぜ彼はヴェローナを後にしたのか？　そしてなぜ彼はレニャーゴへ向こう見ずな企てをあえてしたのか？　このように不意に運命に逆らうというのはいかにも彼らしいし、番兵の見張りもなしに敵の歩哨から数歩のところにいたというのも彼らしい。そしていっぺんに取り囲まれたとき、なぜ戦わなかったのか？　わたしにはもうわかっている。彼は軽率にも剣を持たないでいるところを発見されたはず。どうしてかというと、女と一緒にいたから。しかも、ああ、泥棒のように逃げ出したなんて。わたしは奈落へ落ちるような気分。けれども頭は冴えているし、足は大地を踏みしめている。そうしている間にも、ルドヴィーコ・デッラ・ミランドラはわたしたちの財産のすべてが略奪されてしまったと言い添える。馬、銀製品、武器、大砲、宝石、最高司令官および法王とフランス国王の副官としての衣装道具一式のすべてを。

議論の余地はない。わたしが怒りで分別を失えば、わたしたちの不名誉が増すばかり。わたしたちは、まるで何事も起こらなかったように、あるいはわたしが夜中に悪夢に襲われ、推測と幻想の間でじたばたしているように装うことにした。何よりもまずわたしたちは自分自身を守り、子供たちを守り、市民を守らなければならない。ここの大広間に町の有力者を呼び集める。何と言おうか。打ちひしがれた妻を演じ、涙ながらに懇願することになるのか。わたしはアマゾン女族の剣を振りかざしたいほど、反乱の衝動につき動かされる。わたしは作り話をする必要がある。こんなふうに話そうと思う。侯爵は三千の兵による奇襲を受けたけれども、戦いの最中に怪我をしたということについてはまだ確認できていない、と。虐殺、裏切りのために殺された歩哨たち、攻撃してきた兵士の大群など口からでまかせに話すことになろう。わたしはこの卑劣な話を、不運な戦闘の話にすり替えようと思う。わたしを傷つけるこれ以上に苦々しい不運はない。

元気を出して。わたしはまず村々の行政長官たち、とくに国境の村々の長官たちに話をしよう。パニックが広がらないように気をつけなさい。そして、フェデリーコは？　子供たちはとても幼いので見るからに同情を引き起こすはず。わたしはフェデリーコを呼びに行かせる。あの子には新しい肌色の上着を着せよう。わたしのそばにいさせ、わたしはその肩に手を置こう。言ったとおりに実行する。一分も無駄にはしない。決意の炎がわたしの行動と言葉に生命を与える。わたしは眠らずに、もの静かながら驚いているピルロ・ドナーティに、夜を徹して次から次と手紙を口述筆記させる。フランス国王への手紙は死にもの狂いの調子で。フランス王妃への手紙は悲劇的な調子で。マクシミリアン皇帝への手紙は哀願する調子で。義弟のシジスモンド枢機卿には命令の手紙。法王の指示をもらって滞在中のマチェラータからただちに出発し、わたしのもとにかけつけ、枢機卿の地位によってわたしを守りなさい、と。

朝、わたしは鏡に映った自分を注意深く見たけれども、心に抱いている強い情熱のせいで疲れは見えなかった。たくさんの命令を発したけれど、とてもてきぱきしていた。わたしはあっさりしていながら気品あふれる、軽い琥珀織りで仕立てた明るい灰色の衣装を慎重に選び出した。乗馬服に近い色彩感覚がある。そして髪には羽飾りをつけた浅いつばなし帽をのせると、たとえ何が起こっても用意おさおさ怠りないという雰囲気にわたしは包まれる。幼い男の子たちは乳母と一緒におり、その後ろに娘たち、わたしはフェデリーコとともに最前列にいる。わたしたちは大広間に入る。そこに行政長官たちが全員顔をそろえていて、一様に取り乱し悲嘆にくれた様子が見られた。わたしたちが姿を現わすことが結束の第一の合意となる。わたしはフランチェスコが剣を手にしたまま生け捕りにされたいきさつを、彼らが納得するまでくり返す。わたしは事件の陰謀に対して憤慨し、心を乱す。ところが、わたしの話の下に隠された作り話よりも情けない真実に対して、わたし自身が憤慨し、心を乱していることに気がつく。

「わたしが落胆しているなどと思わないでください」と、わたしはきっぱりと言う。「侯爵が間もなく自由の身になることを皆様にお約束します」

どこからこの確かな証拠を得たかは言えないけれど、わたしの口調には彼らを納得させる勢いがある。セルミデの行政長官があわてた様子で進み出る。彼の村人は避難するために荷物をまとめているし、ヴェネツィア軍はいつでも侵入できる状態にある。レーヴェレの行政長官も同じような情報を報告する。ボルゴフランコの行政長官は、農民たちが敵に残すよりはましとばかり、畑で穀物を焼きはらっていると言う。

わたしは威厳をもって彼らを迎える。全員村に戻り、仕事に戻って、人々を説得しなければならない。わたしたちの護衛兵や城の守備隊を移動させ、国境の村々の防衛に当たらせよう。戦略はわたしの目の前で手ぎわよく練られるけれど、いたって単純でそれだけに明快なものになる。ボローニャ方面の南部のすべての要塞にいる守備隊を撤退させ、最もヴェネツィア軍の脅威にさらされている東部のそれぞれの城塞に武器と兵力を投入する。どのような状況になっても不足が起きないように、あらゆる物資を蓄える。お金に困ることはないと思う。わたしの宝石は金庫の中に全部きちんと整理され、いつ担保に入れられてもいいように光り輝いている。

「落ち着いて、わたしを信じて」と、わたしは力強く主張する。「すでに昨夜、わたしたちの使節が各方面に旅立ちました。フランスのルイ王は、同盟を結んでいるわたしたちに対して、援助を断るわけにはいきません。マクシミリアン皇帝も同じこと。法王聖下の足下に身を投げ出してもいい。必要というのなら、世界中を動かしもしましょう」

マントヴァの行政長官が発言を求める。この人は何を望んでいるのか。わたしは彼を扇動者として疑惑の目で見ている。この男はどのような場合でも混乱を引き起こす。見せかけは丁重にしかも傲慢な態度で、わが国の平和が保証されなければならないとか、人々は動揺しているとか、わたしが子供たちをつれてフェルラーラに行ってしまうという噂が広がっている、などと彼は言う。彼はわたしの帽子に素早い一瞥を投げると、一呼吸おく。彼は自分がきわめて頭がいいと思っているので、フェデリーコがひとりでマントヴァ中に馬を走らせてはどうか、とわたしに求める。そうすれば人々は国を安全と思い、見放されたのではないと確信するかもしれない。

一瞬の不安が過ぎて、わたしはほっと胸を撫でおろす。優柔不断な彼が霧の中で誰かを逆さまに落としても、だれにもわからない。（馬に乗ることはすでにわたしの計画のひとつにあったから）わたしは即座に同意し、ちらっとフェデリーコを見る。九歳という年齢のわりには子供っぽいけれども、息子は礼儀正しく光り輝いていて、何も恐れない。わたしの心の中で、虜囚の辱めを受けているフランチェスコの面影が、いかに遠くて、哀れなことか。正面にいるこのすばらしい少年は、姿を現わしただけで臣下の忠誠と合意を呼び覚ます。わたしは息子の存在に感謝する。わたしは家庭教師のロッツォーネに合図して息子を託す。フェデリーコはわたしに、可愛らしいやや生真面目な挨拶をする。心の中にはいくらか遊びの気分もあると見えて、目の奥に微笑をたたえている。その瞬間、わたしは興奮する。人々が広場に集まり、息子の名前を呼んでいるのが聞こえる。彼らはまさに理解を示した。何が起ころうとも、マントヴァの侯爵はマントヴァに在る、と。

この混乱した最初の日々、わたしには希望と絶望が代わるがわるに訪れた。警戒網をかいくぐって使節と密使が持ちこんできたたくさんの手紙に、わたしは気分の新鮮な早朝のうちに目を通す。名宛人ごとに手直しを加えながら、わたしは一通について二十部の写しを作った。政治的立場がどち寄りであれ、すべての枢機卿に宛て、フィレンツェ、ナポリ、スペイン、イングランド、それにトルコにまで宛てて書いた。どの君主にも、言っていいことといけないことが、いろいろとあった。間違いのないように区別する必要があった。フランスのルイ王にはいかなる些細な失礼もあってはならなかった。もしヴェローナに留まるようにという王の命令にフランチェスコが背かなかったとすれば、惨めな捕虜になるようなことはけっして起こらなかったはず。そのことは、わたしを慰めようとした彼の手紙の中にちらつく高飛車な態度からも、わたしにはすぐにわかった。本当のことは思い出すだけでも辛い。マクシミリアン皇帝に関しては、批判や侮辱よりひどい嫌がらせを受けた。彼は代々のドイツ皇帝が何世紀にもわたってわたしたちの領土で行なってきたように、あらゆるところで口実をもうけて、イタリア内に駐屯する皇帝の軍隊のために金銭と食糧を要求していた。彼の言い分によれば、それはわたしたちを守るためということになり、皇帝の書記局はカンブレー同盟の正当な義務として強調していた。けれども、わたしはお金をほとんど持っていなかったし、食糧はわたしたちの侯国民のために蓄えておく必要があった。したがって、要求の大きさが仮に二十分の一ということでも難しいと思われる、とあいまいに拒まなければならなかった。

ヴェネツィアとの戦争には、休戦がもたらされそうな希望がかいま見えていた。法王はフランチェスコが捕虜になったという最初の知らせを受けたとき、あの意気地なしめが！　とののしりながら帽子を床にたたきつけたけれども、怒りはもうほとんどおさまって、すでに共和国の破門を解いてくれるようにと懇願にきたヴェネツィアの使節たちを迎えていた。そしてときどき法王は、とくに国境の各要塞に軍隊を配置していることについて、わたしにねぎらいの言葉をかけてきた。ようやく一撃をかわしたと思うと、つぎの一撃に見まわれ、さらに別の困難が加わった。フランス国王はわたしたちの重臣に本心を打ち明けていた。アルベルト・ピオ・ダ・カルピがはっきり言っているのは、マントヴァ侯は性格的に信頼できないところがあり、あっさり負けて捕虜になったことについては、ヴェネツィア軍と示し合わせて裏切った可能性がある、とフランス国王が言ったらしい。わたしの自尊心はずたずたに傷ついた。しかし、さらに悪いことに、フランス国王はマントヴァを防衛するためにアレーグル閣下の指揮する百人の部隊を派遣したいと通告してきた。わたしは警戒心をつのらせて、ただちに返信した。人々は平穏に仕事に精を出しており、わたしたちは兵士を必要としていない、と。わたしたちはフランチェスコが帰ってくることだけを必要としていた。その一方で、わたしはフランス王妃に美しい絵を送った。その絵は、彼女がことのほか賞賛するコスタ画伯の名作の中の一点に数えられている。ルイ王には、この国の何人かの帽子職人の作ったものの中から上等なしゃれた帽子を探していた。わたしは、王がくしゃくしゃになった〈ハゲ隠し〉をかぶって歩きまわっているというのを聞き知っていた。笑い上戸のわたしの女官たちが、フランス国王のその〈ハゲ隠し〉について大笑いをしたことがある。使い古したフェルト帽の下に命令に明け暮れる頭があると考えて、わたしは皮肉っぽく微笑んだ。

ローマからは、法王が人をいらいらさせる独特のほめ言葉だけを送り続けてきていた。マクシミリアン皇帝はというと、政治を行なう上でわたしの助けとなる信頼のおける人物を差し向けると言ってきた。わしはもの柔らかにではなく、断固として拒んだ。皇帝からは善意なら受けてもいいけれど、政治へのよけいなお節介はいらない。わたしには義弟のシジスモンド枢機卿で十分にこと足りている。このような状況のまま秋が過ぎ、冬を迎えたとき、わたしは少なくとも法王ユリウス二世をのっぴきならない気持ちに追いこもうと、しっかりと心に決めた。その方法はあった。わたしたちにとって幸いなことに、しばらく前にわたしの長女エレオノーラと法王の甥フランチェスコ・マリーア・デッラ・ローヴェレとの婚約が整っていた。彼はグイドバルドが亡くなった後にウルビーノ公となり、勇敢な君主として、戦いの場では剛胆さがきわ立つけれども、病弱なところに不安があった。

わたしが妹と呼んでいる義妹のエリザベッタは、高貴な心で三十五歳という夫の早過ぎる死に耐えてきた。だれにも彼女の心を慰めることができなかったのは、彼女たちの愛があまりにも特異なため。わたしはこれまでエリザベッタのことをいつも心にかけてきた。親しく心の通い合うつきあいの快さを、わたしは彼女によって味わった。彼女はほかの誰にも真似られない物腰、それは心のこもった小さな微笑、穏やかな冗談、それに微かな諦めと同時に諦めを超えた、そうした物腰で、わたしの活発さに対応する術を心得ていた。彼女はその澄みきった心をけっして失わず、自分の苦しみを押し隠して、人の気持ちを思いやった。そして、あの床入りのすんでいない彼女の結婚さえも、兄フランチェスコに許容させてしまった——もっとも彼はそのことを知ってたえず首を横に振っていたけれども——彼女に限っては、正しく神聖なことと言えるのかもしれない。心の広いエリザベッタは、伝説になるほどすばらしい清純さをほめそやす詩人や宮廷人たちの執拗な賛辞にも、さらりとした態度で寛大にふるまった。

息子として養子にした甥と、わたしの長女エレオノーラとの婚約を望んだのは彼女。彼女はエレオノーラが生まれたときから大のお気に入りで、フェデリーコよりもずっとエレオノーラを可愛がった。洗礼に連れて行くために、わたしの部屋の揺りかごから赤子を抱きあげたエリザベッタの繊細な手の動きを追うグイドバルドの不安げな視線が、わたしの目の前にあった。彼らの間には少しずつ似たようなうつ病が芽生えていた。チェチーリア、パオリーナ、ドロテア、ルドヴィーコ、そしてフランチェスコの父フェデリーコといった人々が、ゴンザーガ家の名前を与えられたときからうつ病に苦しむことになった。

若くてきらきら輝いていたわたしは、エリザベッタが最も可愛がっているエレオノーラのその暗い性格が好きではなかったことを白状しなければならない。おそらく幼い頃からこの娘は、なんとなくわたしをとがめるような目で見ることがあるのを、わたしは感じていたように思う。深刻ぶった顔、抑揚をつけた声にときに思いがけない冷たさがあり、取りつく島のない沈黙を守っているかと思うと、音楽の練習のときだけ声を張りあげたりして、エレオノーラの心にはちぐはぐな揺らぎがつくり出されていた。ほんの少し叱っても不意に涙を流したり、もっと困ったことに、素直に見せかけながら、敵意の殻に閉じこもることが多かった。その代わりに、嬉しいという感情のほとばしりは内に秘めてしまう。田舎の、とくにカヴリアーナでの祭りのとき、良家の令嬢や田舎娘たちと一緒になって娘が踊っているのをわたしはしばしば見たけれども、そういうときの娘の顔には純真な光があふれ、のびのびとしていた。もしもわたしが見つめていることに気がつけば、たちまち顔を曇らせるに違いなかった。娘は優雅に花開き、すてきに成長した。年頃になるかならぬうちに、どこの宮廷でも美しいあの娘がもっぱら評判になっていた。けれどもわたしは娘がそれほど魅力的とは思わなかったし、評判が評判を呼ぶということがいいことのようには思えなかった。評判になることは、大きな価値があると同時に、結果としてあの娘を傷つける可能性があった。このようにして、ほめ言葉をたっぷり聞かされて娘の肖像画を欲しがったフランス王妃に、申し訳ございませんが、わたしどもの娘は世間さまに肖像画をお見せできるほど美しくございませんので、とわたしは弁解につとめないわけにはいかなかった。

間違いなく言えることは、エレオノーラは父親を敬愛し、父親を目にすると表情を和ませた。父親のほうも目の中に入れても痛くない可愛がりようでそれにこたえた。わたしのそばにはけっして寄りつかなかった。わたしの最も美しかった時期でさえも寄りつこうとしなかった。あの娘がなぜ反発するのか、わたしには今もってわからない。けれども、エリザベッタがあの娘を愛しているからには、あの娘にも愛すべき何かがきっとあるにちがいない。それで、わたしは義妹への愛の形で、遺言の中に、あの娘に遺す高価な遺産をすでに選んでいた。

まだ十二歳のエレオノーラのために、フランチェスコが愛情をこめて話を進めていた法王の甥との婚約は、あらゆる点で厄介なことが多かった。法王は、わたしがマントヴァに持ってきた以上の法外な持参金を要求してきた。三万ドゥカートを次のように分割して払うことになった。結婚式のときに二万——内訳は、現金で一万五千、衣装と宝石で五千——残りの一万は、のちにエリザベッタが指定する日時に支払うことになった。結婚費用を出すのには本当に悪い時期にあたったけれども、取り決めに従って持参金、衣装、家具などを受け取りにきたウルビーノの者たちが、高価な織物や金色の毛織物や金銀の布地などのいくつかのロールに、唇をすぼめたり、陰口をたたいたりしたとしても、わたしはそうしようと心に決めていた。端的に言えば、王女としてはやや物足りない衣類一式が構成されていた。娘が今持っている衣装のすべてを持参させることとし、そのうちの何着かは持参金に数えてもいい豪華な衣類にもかかわらず、なお十分とは言えなかった。すぐにも結婚しなければならないと聞かされると、エレオノーラはすっかり落ちこんでしまった。あの娘は喜びの言葉をいっさい口にすることなく、目にハンカチを当てたままだった。そのうえ、自分は見すぼらしい格好で嫁がされようとしている、とあの娘は態度で不満をにおわしていた。

こうして正装した従者の一行を引き連れたエリザベッタがやってきた。彼女は花嫁に礼をつくすために、亡くなったグイドバルドのために着ていた喪服を脱ぎ、美しい衣装をアクセサリーで飾りたてていた。娘の不服そうな顔にもう我慢がならなかった。その涙と反抗を前にして、わたしは冷静ではいられなかった。エレオノーラは、祝福し、自信を抱かせ、そばにいるだけで心温められる父親の存在を望んでいた。そのことがわたしにはわかっていた。けれども、わたしがどれほど多くのさまざまな難題をかかえて疲れ果て、どれほど家族のため、宮廷のため、侯国の人々のために、なんとかお金を節約しなければならないかが、娘にはわかっていなかった。城内に立ちこめた霧がカーテンのように揺れていた冬のある朝、娘はまた不幸についての泣き言をくどくどとくり返していた。

「いやよ、いやよ、お父様の祝福のキスも受けないで結婚するなんて」

わたしは自分を抑えながら、キスを受けられる時節ではないのですから、と諭した。すると娘は大声で叫んだ。

「いいえ、大好きなお父様がヴェネツィアから解放されてお戻りになるまで、結婚なんてしないわ。私はそう決めました」

「わたしが決めたとおりにしなさい」と、わたしはきっぱりと言った。「あなたの夫になる人は、ずっと昔からあなたと結婚することが決まっていた人です。美男子で、とても若くて、あなた好み。あなたはいつもそう言っていたでしょうに」

「いやいやながら従っただけです」と娘は低い声で逆らった。「だから、こんなことと関係ないじゃないの。お父様のいない結婚式なんて、私はいやよ」

わたしはもう我慢できなかった。

「わからず屋」と、わたしは大きな声を出した。「どうしようもないわからず屋ね！　泣くことしか知らないの。あれほど噛んで含めるように話したのに、言って聞かせたことがまだわからないのですか。あなたの夫は法王の実の弟のご子息なのですよ。いいこと、私たちには今、法王が必要なのです。どうしてかと言うと、あなたのお父様の解放をヴェネツィアに命令できるのは、法王よりほかにいないのです。あのような輩（やから）は破門を解かれるためには、どのようなことでも受け入れるに決まっています。わたしたちが上手にお願いすれば、ユリウス二世ならすぐにもお父様を取り戻すことができるでしょうよ」

「でも、私はお父様が戻られたとき、ここにいないではありませんか」

「あなたはいなくても、わたしたちはみんないますよ。わたしも、あなたの兄弟も、国中の人たちも」

「でも、私はいないのですもの」

「あなたはウルビーノにいるでしょうね。敬愛され、賛美されて。若い夫と、あなたを心から愛している、わたしたちの大好きなエリザベッタと一緒に、イタリア中で一番美しい宮殿の中ですよ。あなたにはそれが不幸せな運命に見えるというのですね」

ひとりの女官が真珠の飾りをちりばめた金色の織物を抱えて、衣装箱に納めようとしているのにわたしは気がついて、素早く指図を投げかけた。

「それは違いますよ、ヴェナンツィア。それはわたしのものですからね」

エレオノーラは激しくしゃくりあげた。

「どうせ私は役立たずですから、何もかもいただけないのですわ」

ちょうどそのとき、エリザベッタが姿を現わした。彼女はわたしと娘を見比べる間も微笑みを絶やさなかった。彼女はその場をとりなすように、金色の織物をヴェナンツィアから取りあげた。

「イザベッラ、お姉様」と、彼女が言った。

「ところで、これは法王の使者が婚約を整えにまいられたときにお約束された織物ではございませんこと？　真珠の縫いとりをほどこした錦糸の織物というのは、まさにこれでございましょう。エレオノーラが初めてローマの宮廷に参内するときふさわしい衣装がなかったとしたら、どういたしましょう？　娘から母の恩をあまり受けたことがないと思われることは辛いことですわ。この織物は私たちがいただきましょうね、ねえ、エレオノーラ。あなたはきっとヴァチカン中を呆然とさせてしまいますよ。それからお姉様には別に真珠の垂れ飾りとルビーをあしらった錦織を私からさしあげますわ。私がグイドバルドから贈られた品です。でも、私にはもう衣装に仕立てるだけの時間がございませんもの。私は新しいウルビーノ公夫人のお世話をいたしますので」

それから彼女はいつもの笑顔をわたしにふり向けた。

「イザベッラ、昨日から私たちの大臣が分割の持参金五千ドゥカートを首を長くしてお待ちしておりますわ」

「取り決めですからね、取り決めは守りますわよ」と、わたしは歯を食いしばってこたえた。「あなたの衣装担当や大臣たちはいつも差し出がましいことね。あの者たちときたらいつだってこうなのですからね」

「イザベッラ」親しみをこめてエリザベッタが言った。「このような些細なことにこだわらない方がよろしいのではないかしら。私たちはローマであなたの女性大使をつとめ、フランチェスコを解放するようヴェネツィアに圧力をかけてくださるまで、法王をせきたてるつもりですわ」

彼女がエレオノーラの肩に腕をまわして部屋の外に連れ出し、穏やかな中にも熱意をこめて娘に言い聞かせるのが聞こえた。

「お父様の手首から鎖をはずすのは、いいこと、あなたなのですよ」

一日おきに降ったり晴れたりする日々が過ぎて、義妹エリザベッタが持ち前の陽気さを発揮しながら事を運んで（でも、わたしには少なからぬ物入り）、結婚式に参列する一行の出発準備が整った。霧の深い朝、エレオノーラが去って行ったとき、子供たちと宮廷の人々はあふれる涙をとどめることができなかった。城門の橋には花嫁との別れを惜しむ人々が、ひとりまたひとりと、あちこちの物陰からまるで芝居を演じている役者のようにたち現われた。花嫁の行列はたちまち灰色の霧の中に吸いこまれ、もはや何も見えなくなった。

花嫁のために祝宴と舞踏会の日々がぬかりなく用意されていた。ボローニャで、イーモラ、ファエンツァ、リーミニ、最後はウルビーノで。クリスマスの夜、占星術によって定められた時刻に、新郎新婦は結ばれた。次の朝、はしゃぎながらエリザベッタがふたりの部屋に入ってきて、エレオノーラをとがめるふりをした。エレオノーラはやや口をとがらせて、言われたとおりにいたしました、と応えた。わたしは初夜が無事だったかどうかを案じていた。そして遠い昔、フランチェスコのあまりの攻撃に激しく燃えてしまった、あのわたしの初夜を思い起こした。

どのような問題でも解決するには時間がかかるけれども、わたしに窮乏生活を強いるこのたびの結婚が、すべてを素早く解決するものと望みをかけていた。法王は新郎新婦をエリザベッタとエミーリア・ピオ、それに従者の一行とともに招いた。堅信の秘跡を授ける式典が盛大に行なわれ、引き続いて舞踏会、演劇の上演、コンサート、広場では水牛の競走などが催された。わたしのもくろみに忠実なエレオノーラは、叔母の助けを借りながら、父親のことでユリウス法王に懇願しはじめた。それに対して、法王は何となく気をもたせるようなあいまいな返事をした。

まだまだフランチェスコの解放は覚束なかったので、彼からくる手紙はますます哀れっぽく、ますます頻繁になった。彼はトルレセッラに幽閉されて、ヴェネツィア軍の非道な扱いによって鞭打たれ、悲嘆にくれていると率直な告白をしていた。わたしは彼の主治医を派遣しようとしたけれども、それさえも拒絶された。クリスマスを祝うために、彼がひいきにしている歌手のマルケット・カーラを送りこんだときは、主君の悲しみを慰めるということで三回だけ面会が許された。その結果、わたしは奇妙なことに気がついた。フランチェスコはすばらしく健康で、必要なものはすべて備えられているという。そのことをマルケットから知らされて、わたしはすっかり鼻白んだ。いい状態も嘆かわしい悪い状態も共にあったというのは、本当のことに違いない。牢屋の番人どもは、彼をもっと悲嘆にくれさせようと、遊び半分にいじめることを楽しんでいた。

ある日、わたしはあの連中をさげすんで肩をすくめないわけにはいかなかった。ヴェネツィア共和国の総督が満場の議会で、自分は相手の首根っこを押さえることを道楽としていると発言した。ということは、わたしの夫の運命などに気を配ったりはしないということになる。わたしは侮辱を感ずるよりも憤激を覚えて、悔し涙を流した。弟のイッポーリトが直接にわたしの行動を見てから助言するつもりでマントヴァを訪れ、ヴェネツィア人は冷酷で厳しい主人となったり、寛大な実力者となったりして、順々に哀しみか、あるいは望みを与えるのを基本的なやり方にしていると言う。交互にしつこくこれをくり返し、彼らの敵をやきもきさせるらしい。

フランスとの同盟について以前にもまして忠実なフェルラーラには、国境沿いにヴェネツィア共和国の要塞が集中していた。アルフォンソは自分の考えでカンブレー同盟に加わっていた。彼はわたしたちの父がヴェネツィアとの戦争で失った領土を取り戻すことをねらっていた。それはロヴィーゴの美しいデルタ地帯ポレージネで、エステ家にとっては返すがえすも残念な土地にほかならなかった。イッポーリトがわたしの様子を探るために城に到着したとき、革の鎧に身をかため、剣を佩いた彼には、枢機卿らしい徳は微塵もなかった。

「祈ればことが足りるという時節じゃありませんからね」と、彼はいつも手入れの行き届いている長髪を揺らしながら、にべもなくわたしに言い放った。彼は帽子の内側に小さな鎧を縫いつけていて、それのおかげで頭をいつもきちんと整えていた。対照的に彼の軍人らしい、粗野な、活力に満ちた態度が信じられないことのように思えた。近いうちにヴェネツィアの大艦隊がポー川からフェルラーラまで侵入してくる、そして彼自身、つまりイッポーリト枢機卿が防衛作戦の指揮をとることになっている、と彼はわたしに打ち明けた。ヴェネツィア艦隊の壊滅的な大敗と、攻撃するフェルラーラのポー川大追跡、完膚なきまで自尊心を打ち砕かれたヴェネツィア人逃亡者への追撃……。そういうことを予言して、彼は獰猛と言ってもいいような決意のほどを誇らしげに示した。

満月の蒼白い光のもとで、夜通しアルフォンソ軍の大砲が、大きな川を上ってきたサン・マルコの艦隊に向かってとどろいた。またイッポーリトは一晩中その蒼白い光の下で馬にまたがり、防衛軍の行動を機敏に指揮し続けた。フェルラーラの人々は敵に大打撃を加えたわたしのふたりの弟たちの勝利を称賛し、わたしは喜びと怖れとのスリルを感じた。

あの敗北はヴェネツィア人に何を示唆したのか、彼らは無防備のフランチェスコを手中にしているけれど？　彼らは哀れな捕虜に対して恨みを果たすのか？　彼らの報復の可能性を考えると、わたしは締めつけられるように胸苦しく、わたしたち小国の均衡政策にとって、あまりにも独裁的にすぎるヴェネツィア共和国の権力に対して、積年のわたしの怒りに火がついた。しかし、人質としてのフランチェスコは同盟の運命を左右するほどの影響力があり、一服の毒薬で消してしまうにはその代償はあまりにも高くつく、わたしはそう考えて、むしろほっとするような気がした。現実的な政治の教訓をよりどころにして考えながら、自分の本拠地に敵が攻撃してくるかもしれないと予想されるときに、やり手の隊長ならどう防衛するかを想定してみた。わたしはヴェネツィアで捕虜になっている隊長のひとりに、フランチェスコの寛大な心を刺激するように仕向けた。はたして彼は、マントヴァに拘束されていたヴェネツィア兵捕虜を全員返還するという命令を出した。この行為はロレダン総督を満足させたけれども、何ひとつ新しい展開をもたらさなかった。

クリスマスが過ぎ、年が変わってすでに数カ月になるのに、依然としてフランチェスコはトルレセッラの鉄格子の門の内側に閉じこめられたままになっていた。あるとき捕虜を交換することが考えられた。アニャデッロで捕らえられた有名なヴェネツィア軍のバルトロメオ・ダルヴィアーノ隊長がフランス軍の手中にあった。けれども、この申し出に対するフランス王ルイの反応は、尊敬に値する将軍と比べたら、フランチェスコなど取るに足らない小者と見下し、フランチェスコへの軽侮をあらわにしていた。屈辱に煮えたぎる涙がわたしの頬を伝い落ちた。涙を乾かすと、わたしは法王に頼るしかない、たとえどのような犠牲を払ってでも助けてもらえるのは法王以外にない、という考えに究極的に帰りついた。

捕虜になっている人にいつも心を痛めていたわたしは、ローマにいる情報員からのごく断片的な報告にも目を通し、しだいに同盟から距離を置いて別の考え方に向かい、侵略者たちからイタリアを解放したいと望みだしたユリウス二世の変貌を、わたしはずっと追っていた。ヴェネツィアとの和解の第一歩として、法王が破門を解くと表明しようとしている明白な証拠もあった。けれども、なお待たなければならなかった。

⚜　⚜　⚜

この当時、わたしは情熱のおもむくままに生きていては時間はいくらあっても足りないように思われ、青春時代の初めにそうしていたように、ふたたび一日の時間割を定めて行動するようにした。ヴェネツィアとの和解を待っている間に、わたしには宮廷の士気が衰えることのないようにする必要があった。わたしが明るい顔をしていれば、きっと士気が衰えることはないと思われる。今は友人の誰もが、わたしを助けてくれるべきとき。わたしは友人たちの中からわたしの性格に合った人たちを選び、それぞれの気質にふさわしい役割を振り当てた。わたしは心の中で彼らを〈最愛の人たち〉と呼んだ。才能も身分も異なるこの人たちの中で、まだ枢機卿になる前のベルナルド・ビッビエナが印象深かった。エレオノーラが嫁いで行き、いるはずのないあの娘があちこちの部屋を歩きまわっているような、虚しい錯覚におちいっていたとき、わたしを慰める彼の手紙が届いた。この友人はウルビーノの宮廷にいて、そこからわたしたちの気分を引き立てるたくさんの愉快な機知に富んだ内容の手紙を、わたし宛てに書き送ってきた。たとえばエリザベッタにとがめられたことに対する猛烈な反駁といった、愉快な作り話の気のきいた展開が、わたしたちの元気を回復するもとになった。その話によると、エリザベッタは仲間の結婚式に参加しなかったことで彼を叱りつづけた。そのとき彼は哀れにも痛風の発作が起きてベッドから這い出すこともできなかったらしい。しかも彼自身のお国言葉なのかもしれない達者なトスカーナ訛りを駆使して、全体に気障（きざ）にならない警句をちりばめ、とても奇抜な辛辣な調子で書きつづっていた。わたしは手紙を読んでしまうと、今度は女官や小間使いたちに、とりわけ彼がどうやら憎からず思っているらしいアルダ・ボイアルダも含めて、声に出して手紙を読んで聞かせた。あっという間に、わたしたちの国で言う〈のろま〉のような意味の〈あなたの鼻たれ小僧〉という差出人の署名のところまできてしまった。しばらく意味を考えたり意見を言ったりした後、夜の精がよりよい気分を整えているそれぞれのベッドについた。その日から〈鼻たれ小僧〉の手紙は、城内のわたしの部屋で話題を独占した。

わたしは音楽家たちを呼び集め、一緒に民衆詩のストランボットを習った。可愛いフェデリーコ侯爵はみごとに最も得意な歌『そうかな、どうかな』を歌い、わたしたちの合唱を先導して、和声の練習のために出だしの音を決めるのに役立った。〈敗残は過酷なわが鎖／われは獄舎の囚われ人〉ではじまる和声的な有節歌曲フロットラは、わたしたちみんなに良い前兆のように見え、ヴィオールの伴奏で活発なリズムにのって、わたしたちは四部合唱をした。

城の役人たちとともに、わたしは朝のうちにミンチョ川とポー川の付近を視察に出かけた。わたしがデザインした、銀色のモールで縁どりした紺のラシャ地の飾りけのない乗馬服の上に、わたしはフランス刺繍をほどこした空色のスカーフを肩から斜めにかけていた。もしもフレアスカートをはいていなければ、わたしは部隊長のような感じだったかもしれない。そのスタイルを思いついたのは、今の流行は女性を美しくみせるよりも男性に適したものが優先していて、ときには一見しただけで衣装を作るのには重過ぎる布地が流行しているから。そういうものに比べると、わたしたちの服はもっと軽快にできていた。わたしたちの服は、気品のある洗練された雰囲気を持っていると思うこともあるけれど、体の大きさと服地の質や裁断との関係については、もっと研究する必要がある。

ある朝、わたしたちはゴヴェルノロの水門まで足を伸ばし、そこでわたしは血の凍るような光景を見た。ミンチョ川の対岸に沿ってフランス軍とドイツ軍の警邏隊がそれぞれの大砲を牽引しながら通過していた。その向こうの高台には野営テントらしいものが見え、たき火のまわりに兵士たちが休んでいて、テントにはそれぞれフランス王室の白百合紋が輝いていた。憂鬱な顔をした見すぼらしい農民たちが、不承不承の態度をあらわにしてソーセージや、あひる、鶏、袋に入った穀物などを手渡していた。兵士たちはあざ笑いながら、手当たりしだいに分捕ろうとしていた。ともあれ、ほんのわずかの距離まで彼らは接近しており、わたしたちが包囲されているのは明らかなこと。ゴンザーガ家の旗を掲げた先遣隊の誘導で、わたしたちは水門に到着し、明るい顔をしたマントヴァ人の管理技師に迎えられた。小さくてよく動く青い目を輝かせて、わたしに機械装置を説明し、軽やかに操作して見せた。技師の声には人を励ますようなものがあった。

「恐れることはございませんのです。侯爵夫人さま」と彼はわたしに言った。「マントヴァは難攻不落でございます。あなたさまのご命令一下、たちまち水を張りめぐらせますから、いかなる者もこの街を侵害することはできませんのです」

わたしは了解を示すために微笑んだけれども、悲しい気持ちで城をふり返った。そしてそこにフランチェスコの信頼厚い相談相手、トロメーオ・スパニョーリがわたしを待っているのに気がついた。キツネのように抜け目のない彼の顔には、いつも服従を表わした仮面のような表情が張りつき、その胸のうちを読み取ることはできなかった。彼はヴェネツィアから戻ったところで、向こうで塔の中に入ることを許され、主君と話をしてきていた。わたしは彼の方へ近づきながら大きな声で話しかけた。

「フランチェスコはどうなの！　夫は元気ですか？　何と言っていますか？」

「お加減が良くありません」と、スパニョーリがわたしに答える。「しかし、だんだん楽になっておられます」それから彼はとつぜん嬉しそうにしながらふたたび話し始める。

「重大なお知らせです。侯爵夫人さま。重大なお知らせがございます！」

何か新しい希望があるのか、わたしは尋ねる。

「もちろん、希望がございます。ヴェネツィア人はわが侯爵さまを最高の敬意をもって、ヴェネツィア共和国総司令官に任命したがっております。侯爵さまは釈放され、あらゆる人に敬服されましょう」

不意に頭の中に、ここからきわめて近くに張られているフランス王室の百合の紋章をつけた野営テントが思い浮かぶ。それに堂々たる大砲の行列も目に焼きついている。

「釈放ですって?」わたしは叫ぶ。「何からの釈放だというの?」

「侯爵さまはマントヴァにお戻りになられましょう。わが国をお守りになるために」と、スパニョーリは大げさに答える。

「それは途方もないこと」と、たちどころに状況を悟って、わたしは激しく大きな声で叫ぶ。「それは破滅を意味します! フランス軍や神聖ローマ帝国軍が、マントヴァをほんとに占領しないとは思われないし、マクシミリアン皇帝にとっては、裏切り者のフランチェスコから封土を召しあげたと宣言することぐらいほんの些細なことですよ」

「私はあなたさまに嬉しい知らせを運んできたつもりでございました。侯爵さまが釈放されるなどというのは、あなたさまにとって重要ではないことを思い知らされました」

「いったい、あなたの頭には考えというものがないの? ヴェネツィア人は総司令官を彼らの監視の下に置こうとしているのですよ。形こそ違え、今よりもっと厳しく監視される捕虜ですよ。しかも、わたしたちはあらゆる報復にさらされるのです」

スパニョーリはわたしの目の前にぬっと立った。敬意の表情が彼の顔から仮面のように脱げ落ち、彼は無礼な態度でわたしに話しかけてきた。

「奥様、お気をつけなすってくださいよ。しばらく前からヴェネツィア人はこう言ってますからね。夫を家から遠ざけているのは、あなたが統治なさりたいからだって。侯爵さまもそうおっしゃってます」

「ばかなことを！」わたしは怒鳴った。「だけど、そんなことはどうでもいい。フランチェスコがわたしを非難しているのですね、わたしを侮蔑しなさい、愛をなくしなさい、もしもそのような恥ずべき申し入れを断らないつもりならば。わたしは彼らに抵抗し、何としてでもこの国を守りぬきます。彼がカンブレー同盟を裏切ったり、誓約を破ったり、わたしたちの敵の雇われ者になったりすることはあり得ません。あなたも気をつけなさい、トロメーオ殿。このばかげたもくろみの話を漏らしてはいけません。人々は自分たちの主君が公明正大な人間ということを確信していなければならないのです」

あの頃、東部方面に備える各要塞の隊長と協議するために東奔西走していたわたしは、猛々しいほどの活力にあふれていて、イタリアおよびヨーロッパ全般を視野に入れた命令を発した。わたしは隊長たちに、ヴェネツィア軍を一歩も踏みこませないように、全力を尽くして国境線を守ることを命じた。彼らは忠実にわたしの命令に従った。たとえヴェネツィア軍が城壁の下までマントヴァ侯を引きずってきて、要塞を明け渡さなければ侯爵の命はないぞと脅したとしても、隊長たちが心を乱されることも、門を開くといったこともあるはずがなかった。わたしがこのことをフランス国王に伝えると、極端にかしこまっているわたしを見て感動したのか、憐れんだのかは定かではないけれど、国王は目に涙を浮かべた。ある人は、わたしを残酷な心の持ち主ときめつけ、ほかのある人は男まさりの女という評価をした。そういうことについては一向に気にならなかった。

春になると大きな心配事が起こった。マントヴァ領内の反逆的な都市ヴェローナが食糧を蓄えているとして、ロレダン総督が抗議してきた。ユリウス二世はヴェネツィアの破門を一向に解こうとせず、マクシミリアン皇帝はわたしの息子フェデリーコを名指して、人質ということを言い始めた。皇帝の権力を笠に着て要求してきたので、十歳になったばかりのひ弱な子供を家から出さなければならないいかなる理由もない、とわたしは突っぱねた。長男を奪われたりしたら気が変になる、あの子がいない生活など想像できないと言うわたしを、法王は抵抗するようにそそのかした。

一ヵ月後に、フランス国王が有無を言わさない調子の手紙で同じことを要求してきた。胸にのしかかる鉛のような重さを押しのけようとして、わたしは両腕を高く伸ばした。かたわらのピルロ・ドナーティが心配そうな弱々しい声で、フランス語で書かれた国王からの手紙を翻訳しながら読んだ。強大な権力を持つフランス国王の意思に逆らう言葉を吐くことは、わたしにはできなかった。弟のアルフォンソはフェデリーコを引き渡すようにわたしに勧め、ジャンジャコモ・トリヴルツィオからは、今のヨーロッパがフランスに支配されている以上、それに従ったほうがいいと説得する手紙がきた。すべてわたしが予想していたとおり、ヴェネツィア軍がフランチェスコを彼らの司令官に任命するというばかげた提案のせいにほかならない。もはや誰ひとりとしてマントヴァ侯を信用する者はなかった。

わたしはただちに最も有能な外交官のひとり、頭脳明晰で知られたソアルディーノをフランスへ派遣した。彼が携行した八ページにおよぶ弁明書は、わたしが要求に応じられない理由について説明し、彼にまとめさせたもの。言葉の中に感情的な乱れもなく、わたしの変わらぬ忠誠を確信させるよう誓約し、言明した。フランチェスコをわたしのもとに取り戻すことができるのは、フランス国王をおいてほかにない、ということを理解してもらうため、わたしはすべての事実についてはっきりと述べた。それというのも法王は、破門を解くためにヴェネツィアに課す条件の中にフランチェスコの解放を入れていなかった。そうしてわたしはフランス国王ルイの絶大な権力を認めないわけにいかなかったけれども、まだ女官たちに養育されているか弱い子供にすぎない息子に関しては、色好い返事をしなかった。わたしはけっして要求に応じたりはしなかった。気候や、食べ物、習慣が変われば息子は死んでしまいかねなかったし、息子が死ねば、わたしも生きてはいられなかった。

三月から五月へ時が過ぎた。目に見えない射手が弓に矢をつがえ、フェデリーコにねらいを定めていた。わたしの息子をこんどはヴェネツィアが人質として要求してきた。しかも、ヴェネツィア共和国に引き渡すように求めてきたのは、なんと父親にほかならなかった。フランチェスコからの手紙を届けにきたピルロ・ドナーティは、いらだたしげな笑みを浮かべて手紙を読むわたしを愕然として見つめた。わたしはまるで場面ごとに役者が入れ替わる芝居を見ているような気がした。そのすべての登場人物が、それぞれ自分こそが手に入れる権利があると思っているただひとつの目的に心を奪われていた。わたしは途方に暮れ、心が揺れ動いた。ある夜、わたしは苦しそうにうめく声を聞いたような気がしてはっと目を覚ました。部屋の中に夫がいる感じを抱いて、わたしは声に出して話しかけた。

「フランチェスコ、あなたはご自分が誰なのか覚えていないのですか？　わたしたちが何者かも？　大勢の人と一緒にいる日常から隔離されて牢獄にいる間に、あなたはすっかり変わってしまったのですね？　あなたは敵を信頼して、わたしたちの息子を引き渡せとわたしに命じる。あなたたちふたりとも敵の手に落ちることにも気づかずに。わたしや幼い子や娘たちのことは眼中にないのです。国の人々には何と言うおつもりですか？　人々はサン・マルコの共和国ヴェネツィアを打ち破った記念にわたしたちが催した祭典について、欺かれたと考えるでしょう。もしもあなたが、自分はヴェネツィアの同盟者であると宣言するようなことがあれば、フランス軍と皇帝軍に侵略されることになります。耐えることです。もう少しの辛抱です。わたしは並みはずれた敵に囲まれて、あなたも知ってのとおり悪戦苦闘しています。理がわたしにあることはおわかりですね。あなたが自分を大切にする以上に、わたしはあなたを愛しています。そして、もしもわたしがヴェネツィアを信用できたとすれば、フェデリーコも、エルコレも、フェルランテも、息子たち全部をあなたに預けることになるのは確かです。けれども、わたしはあなたの獄卒のいかがわしさや、彼らの酷い遊びを知っています」

わたしには彼が近くにいて、わたしの言葉を聞かせることができたように思えた。不意に悪寒に見まわれて我に返ると、わたしは独りぼっちでそこにいて、心地よい風の薫る五月の夜なのに、私の胸には突然怒りがこみあげてきた。わたしがこれほどはっきりと彼らの政治的な相関関係の全容を説明してもフランチェスコがわからないということが、わたしには何としても許せなかった。釈放の見通しが立たない捕虜として、ただトルレセッラの塔から脱出したいという思いのみで何も見えなくなっていることにわたしは腹を立てながらも、哀れみを感じないわけにはいかなかった。わたしの考えをそのまま言葉にして総督への手紙を書いた。

早朝、ヴェネツィアにその手紙が届いたとき、上院の議員たちは武装した兵士の一隊を塔に送った。フランチェスコは不意に起こされ、彼の妻がどう決定したかを知らされた。彼は手紙を読むなり口汚くののしり、泣きわめき、大声で自分を哀れんだ。そして、わたしを売女と決めつけ、彼が死ぬのはわたしの責任とののしった。あらゆることを自分の思いどおりにしたがる女を妻にしたことが最大の不運と嘆きながら、彼は、もしもフェデリーコを差し出さなければ、わたしの喉をかき切ると脅していた。ピルロ・ドナーティは内に秘めた憤激で声を途切らせながら、目を伏せたまま、トロメーオ・スパニョーリが直接に届けてきた手紙を通読した。わたしはもう少し別のことを考えていた。

わたしは椅子の肘掛けをじっと握りしめていた。指の下にすべすべしたサテンのようななめらかなその丸い形を感じる。予測されるどのような変化にも備えておく、そういうわたしの性格が、思いきった発想の転換を招くことになった。もしもフランチェスコのその反応が見せかけだけのものなら？　もしかすると、あの途方もない頑迷さは、わたしに「わかった。私は、君が意図したとおりに、我らが敵を欺くための役割を演じ、大げさにふるまうことにする。ところで、君は君の役割を守ってくれ」と伝えるための工夫かもしれない？　以前にもわたしたちのめいめい勝手な行動が、結局は同じ結末にたどり着くといったことがよくあった。わたしはわたしたちの間で互いに元気づける秘密の暗号を取り決めておかなかったことを、今になって悔やんだ。わたしは渦巻きの中にすべり落ちる危険を感じ、考えられる手がかりなら何でもがむしゃらにつかんだ。どれほどかけ離れていても、わたしの助けになるかもしれなかった。フランチェスコ自身はおそらく気づいていないけれど、彼の心の内のぼんやりとした真実、言い表わそうとしても彼にとってもあいまいな真実を、彼はわたしに伝えようとしていた。そう考えることに、わたしはすがりついた。彼は今でもわたしの夫、わたしの結婚相手。わたしを侮辱したり、わたしの行動をとやかく言ったりする人ではなかった。わたしは彼を失いたくなかったし、同時に彼が敵に降参したことを考えると、強い憎悪を覚えた。

嫁ぐ前のエレオノーラが、片意地を張って結婚を嫌がることに悩まされ、いらいらする日々が続いていた一日、わたしの心に短い会話の言葉が浮かんだ。ある朝、ようやく服装を整えて、いつもの激しい怒りを鎮めると、供の者をひとりも連れずに公文書局のほうへ向かった。わたしが信頼している秘書、ベネデット・カピルーピとピルロ・ドナーティが机に向かっていた。ベネデットは外国人の貴族と話をしていた。見たところ研究者か書記官らしく、バラ色をしたラシャの簡素な服を着ていた。背丈も体型も普通で、頭はやや小さめ、顔は長めの顎のせいで細長い。黒い目は洞察力をみなぎらせていた。カピルーピと一緒に彼はテーブルの上の金貨を数え、同じ高さに積みあげていた。わたしを見て、ふたりは手を止めた。その貴族は共和国の名において皇帝に届けるべき合計四万ドゥカートの金貨を、フィレンツェからわたしたちのところへ持参してきていた。皇帝の軍隊がトスカーナに入りこまないように、フィレンツェはこのように納付金を払っていた。わたしはそのニッコロ・マキャヴェッリ殿に言った。なんてフィレンツェの人々は幸運なのでしょう。戦争を避けながら協定を結んでいるのですから、と。その逆に、わたしたちは納付金を払うだけでなく、ドイツ軍の食料を供給しなければならず、その上さらにフランス軍や、フランスと同じような軍隊がみな、わたしたちの農村で盗みを働いたり、収奪したりしていた。

それはともかく、カピルーピはわたしに一通の書簡を示した。それはヴィチェンツァがフランスに謀反を起こし、ヴェネツィアに寝返ったという好ましくない知らせを伝えていた。たまたま起こった特殊な事件と考えればいいのか、それともほかの都市も自らの意思でヴェネツィアに戻ろうとしているのか、とわたしは問いかけた。

「市民というのはときどき後のことを考えないで欲望を満足させるものです」と、フィレンツェ人がまるで本を読んでいるかのようにゆっくり答えた。彼の目はわたしの顔に向けられていたけれども、けっして不快な思いを抱かせるものではなかった。

「皇帝とフランス国王は」とわたしはふたたび話しかけた。「ヴェネツィアを破滅に向かわせることに、さほど身を入れているようには見えませんね」

「そうかもしれません。しかし、すでにヴェネツィア共和国本土の国力はこなごなに壊れてしまっています。一方、同盟国側はどうかというと、互いに相手を見張る遊びに興じている。奥方さまはどのようなことになっているかをご存じでございましょう。フランス国王は大がかりな戦争を引き起こすことができるけれども、その気がない。マクシミリアン皇帝は戦争したいが、できない」

「マキャヴェッリ殿」と、わたしは自然な衝動にかられて言った。「ところで、もし王や皇帝がわたしの夫の釈放に手を差し伸べてくださらないとしたら、いったいどなたが助けてくださるでしょう？　わたしは法王さまを頼りにしております。何か別の差し障りがあるとお考えになりますか？」

「それは誰にもわかりません。この切り札をお持ちなのは、侯爵夫人さま、あなたさまだけでございます。それを無駄に使わないことです。法王ユリウス二世は、ルイ王がイタリアを支配し、また法王領をも支配したがっていることについて、懸念しておられます。けれども、ヴェネツィアが東の回教徒に対する偉大な砦になっていることも、けっして忘れてはおられません。間違いなく法王はヴェネツィアと手を結びますよ」

「そう願っていますわ」と、わたしはため息をもらし、そしてめったにないこととはいえ、初めて出会ったばかりのその人に、わたしの本心を打ち明けた。「わたしは嫌がる娘を無理に結婚させ、ローマに行かせ、そこで父親の弁護をさせました。十六歳の娘の望みを踏みつけにするのは、とても辛いことでございました」

「強い人物に命令するには、奥方さま、強くなくてはなりません。あなたさまはそのようなお方なのです。人間性というものは、私的な生き方にとってのみ価値があります。偉大な心を持たない人物には、国を治めることはできないものでございます」

あのときの短い会話をすべて憶えているわけではない。けれども、あのフィレンツェ人はあのとき遠回しにひとつの答えを出してくれた。温和なるより明快なれという彼の言葉は、わたしの求めにふさわしい回答といえた。もはや弱さゆえの甘い期待や、従順な妻としての妄想によって衝き動かされることはなかった。わたしは自分の権利が正しいということを理性によって裏づけられた。フランチェスコにどのように返事をすればいいかも、どのような方法で息子を人質にとられないようにするかも今のわたしにはわかっていた。誰にも頭を下げずにやってみるつもり。わたしが願いごとをするとしたら、それは神様だけにする。

うわべだけの平穏な日々が一段落すると、わたしの期待を揺さぶる思いがけない（まったく予期しなかったわけではないけれど）突発的なできごとがその後にやってきた。わたしたちの使節、ルドヴィーコ・ディ・カノッサがローマから到着した。彼は何でもないことのように、法王ユリウス二世が彼を派遣した理由を説明した。それによれば、ヴェネツィアとの確約にしたがって、フェデリーコを法王聖下の人質としてローマへ伴うようにと彼は命令されてきていた。

「フェデリーコ、かわいそうな息子、世界中から標的にされてしまって」と、わたしは不憫に思う気持ちに耐えながら、誇りを失わずにつぶやいた。法王こそ唯一の切り札とわたしにそれとなくほのめかしたのは、あの謎のようなフィレンツェの書記官。それでも、わたしは彼をあざけることなく、その忠告を実行に移した。

ローマでのフェデリーコは、法王の甥に嫁いだ姉のエレオノーラ、叔母のエリザベッタの客として、世界の倫理の最高権威のもとにある巨大な法王の宮廷に迎えられ、仮にフェデリーコがドイツとか、フランスとか、ヴェネツィアなどにいるより心配のない立場にいた。けれども、息子はすっかり遠くに離れてしまい、もはや昼も夜も見守ることはない。ローマには、わたしのためなら犠牲をいとわないとまで言ってくれる親しい友人たちがいたけれど、ヴェネツィアの権威者はその全員を踏みつぶすことだってできた。ローマは束縛のない都市なので、毒薬があたりまえに出まわっており、すべての小道からは不意に殺し屋が飛び出すと、間髪を入れずに目的をとげた。わたしは信頼しなければならなかった。でもどのくらい？そうは言っても、わたしは拒否することがもはやできないことに気づいた。フランチェスコはトルレセッラの牢獄から、意地っ張りなわたしを口汚くののしっており、ヴェネツィアではわたしの冷然とした統治欲という耐え難い中傷が渦を巻き、ユリウス二世までがわたしの夫はヴェネツィアの捕虜ではなく、売春婦のひもになっていると怒鳴る始末。今ではひどい悪口も聞き飽きて、わたしはもう心を乱すことはなかった。

夏の暑さは壁や天井にどっと押し寄せ、城の連絡壕にむんむんたちこめていた。わたしたちはいつも塔の屋上に強い日差しをさえぎるためにロープで日よけを張り、その下で観葉植物や花の鉢に囲まれて過ごす。そして湖から吹いてくる微かな風を胸に吸いこむ。情報員や使節が息を切らして上ってきた。頭の良さでは右に出る者がないルドヴィーコ・ディ・カノッサ、厄介なわたしの要求にていねいな態度で機敏に対処するルドヴィーコ・ブロニョーロ、パリからやってきたヤーコポ・ダトリ、四方八方からこまめに情報を集めるカピルーピ、難問の手紙を届けにくるフォレンギーノ、ときどきは精神障害者を装った男までもくるけれど、彼らは一様に注意深く、利口者なので、立場をわきまえた控えめな態度をとった。わたしは最終局面では譲る気はない。フェデリーコがローマに行くことまでは受け入れるとしても、フランチェスコがマントヴァに戻らないかぎり、実行はしないと心に決める。そのゆえに、領主としてのわたしは、この無礼で疑り深く挑戦的と思われる条件を、自国と自領民の平和のための基本的な安全策と位置づけた。断固、わたしは屈しない。

七月九日、鐘の日にピルロがブロニョーロからの手紙を届けにくる。わたしは全戦線において勝利した。本当に勝った。不満は残るけれども、ヴェネツィアはフランチェスコを送還し、無条件で法王の権力にゆだねる。フェデリーコはヴェネツィアではなくローマに行く。息子はヴァチカンの丘の最も快適な場所、ベルヴェデーレに暮らすことになる。エレオノーラとエリザベッタ、つまり姉と叔母が訪ねてきたり、楽しく招いてくれたりもするはず。息子がボローニャに向けて出立すると間もなく、そこには法王ユリウスが待っており、フランチェスコもヴェネツィアから帰還の途につくことになる。わたしはもうひとつ望みがあり、これも達成した。法王はフェデリーコをヴェネツィアに引き渡すいかなる理由もまったくないと請け合った。わたしはすべてにわたってよく考え、証拠を確かめ、署名した。

わたしは政庁に人々を集め、満場の嵐のような拍手喝采を浴びた。わたしはぎっしりとつめかけた群衆を眺めた。彼らはいっせいに市民集会所の窓に向かい、純粋な感動をもってじっと熱い眼差しをわたしに注いでいた。微笑みながら、わたしは自分の姿勢を直した。わたしは皇帝、フランス王、ヴェネツィア、法王に敢然と立ち向かう一方で、公文書局や宮廷のどのような小さな仕事もおろそかにはしなかった。わたしはルドヴィーコ・ブロニョーロ宛てに謙虚さと傲慢さをないまぜにした手紙を書いて雪辱を果たした。法王がいまだに怒り狂っている夫との間をわたしのためにとりなすという知らせがあり、そのようなご迷惑はかけられないと夫に頭を下げさせた。わたしの行動は公けのもの、わたしの判断はいつも公正。良心に照らして考えてみても、わたしのしてきたことは国家のため、家族のためによかったと思う。わたしの人格を判断できるのは、人間の心について熟知している法王よりほかにはいなかった。こうしてフランチェスコの行く先はわたしのもとしかなく、わたしは晴ればれとして彼を待った。

第四の手紙

令名高き麗しきわが敬慕する
マントヴァ侯令夫人　イザベッラさま

奥方さま、あなたさまに混乱と情熱のきわみに悶える私でありますことをお伝え申しあげます。むなしい愛情の告白のように思われ、もうこれからはあなたさまにお手紙を差しあげますまいと考えたのでございましたが、そのあとで私自身が私のそのような頑なな気持ちを追い払いました。言葉や空想や物語よりもずっと活気に満ちあふれた、この楽しさの中に身を投じたのでございます。あなたさまの罰を賜わりますことは覚悟しております。私が手紙を書くことを諦めれば、情熱の火はいずれ消えてしまうでありましょう。そして、おそらくそのことが私の現状にとって得なのか、損をすることになるのかという、心の葛藤が始まりましょう。しかし、理性によってのみ生きよというのは、私たちのようなものにとって、あまりにも過剰な要求というものでございます。

ここローマではすべての人が、令名高きご夫君がヴェネツィアの捕虜になっておられた間の、あなたさまの鮮やかな変化に目をこらしておりました。そして、夫を、さらにマントヴァの国家を守り抜く、新しい女丈夫としてのあなたさまの凛々しさに感嘆いたしたのでございます。あなたさまの才能の偉大さは、さながらウルビーノのラファエッロが魔法の手を用いたかのごとくに、発揮されたのでございました。ラファエッロは彼の人物像に命を吹きこみ、人々の心に永遠の寓意の世界をつくり出しました。あなたさまの指によって多くの結果が形成されました。法王庁には、悪習と怠惰のために多くの不都合を生んでいる今の法王を敬愛しない者も多くを数えます。それで、そうした中の何人かは、あなたさまの防御の反撃を痛快に思って、トランプ遊びの点数のように、その回数を数えて記録しておりました。私はそのような仲間には加わりませんでした。あなたさまは妻として、貴婦人として、とてもしっかりと立場を守っておいでしたので、誰もあなたさまを同盟各国を打ち破るほどの敵と決めつけるわけにはいきませんでした。それは公開された本の物語として読まれております。その物語の中で連鎖的に事件が起こり、それらの事件を通じて、周到なもくろみをさらに強固にするためには、いかに誠実な心が役立つかが明らかに読み取れます。小さなノートに書き写しましたので、ここに引用させていただきたいと存じます。ゴンザーガ家の忠誠の証しをたてさせるため、あなたさまに息子を人質として求めていたフランス国王宛てに、あなたさまがお書きになられた文面でございます。

「わたしどもの領主たる夫が哀れむべき状況にありますときに、何と申しましても心が和らぎますのは、この最愛の息子の存在でございます。また、この存在は領民や臣下の者にとりましても、大きな慰めと希望をもたらすものでございます。わたしから息子を奪う人は、わたしから心を奪うことになります。わたしからフェデリーコを奪うことと、わたしの命と国家を奪うこととは、何らの違いもないのでございます」

抜き書きいたしましたこの言葉の、なんとすてきな喜びを与えてくれますことか。高貴にして秀麗な奥方さま、この言葉の中には確固としたものがあります。この言葉によって恥ずかしい思いをしなかったり、心を打たれないほど神経の粗雑な人間はいないということでございます。究極的にあなたさまが法王を適切な解決へと誘導されたことは正しかったのでございます。あなたさまのもとには、あらゆる権力を回復したご夫君が送還され、あなたのご子息は人質というより宮殿に光彩をそえる人として、ローマの宮廷において丁重なお世話を受けておられます。

何も求めない一方的な私の献身（とは申しましても、私はあなたさまのお足もとに広げられる東方の絨緞になれたら、という誘惑にかられるのでございます）を必要となさいますならば、私はこうお伝えしたいのでございます。奥方さま、フェデリーコさまがご到着なさいましたとき、ローマの身分の高い方々は皆さま、夢を見ているのではないかと思われたのでございました。フェデリーコさまがあなたさまとよく似ていらしても驚くには当たりませんが、ただ口論や議論のご経験を多くはなさっておられませんでしょうのに、まさに理にかなった判断をされるところが、あなたさまの柔軟な賢さにそっくりであることに驚かされます。あのお方はものを注意深くご覧になり、判断されたことを話されますが、とても鮮やかな個性的な批評の感覚がすでに輝きを放っておいでございます。着衣に飾りをつけて、この上なく愛らしい流行に身を包んだあの小さなお方は、生まれながらの主君であり、何かがまったくお気に召さないときの反抗には、あなたさまが何かを決断される瞬間に見せるきびしさのきらめきと、同じきらめきがあります。家庭教師のマッテーオ・イッポーリティはこのことをよく知っておりまして、ときどき教師としての義務から大きな声を出したり、何度かは平手でたたくとか、叱責するといったことまでもございました。教師が暴力行為を必要と判断することについて、あなたさまが的確な非難をされていらっしゃることは存じあげております。あなたさまのご子息は敢然と立ち向かわれるには、あまり年端もいかないので、たたかれたことを忘れておしまいになります。子供らしい恨みは元気の後ろに消えてしまうのでございます。ほかのときにあの方が表立って反抗することはほとんどございません。むしろ大部分の時間はあの方の年齢にふさわしく、とても陽気にふるまわれておられ、礼儀正しくさわやかな笑顔で挨拶されて、最近生まれ変わったとおっしゃられるのでございます。私はベルヴェデーレ宮で何度か、また饗宴の催されている場所ではいつも花形になっていらっしゃるフェデリーコさまをお見かけいたしました。日々の生活で消耗している男たちの間にいて、あの方は恐れ知らずに活発に動き回っておられます。あの方は、まことに天性の素質と、あなたさまのお躾けが育んだ奇跡でございます。

法王とフェデリーコさまは大変に仲がおよろしいということをお知りになれば、あなたさまはお喜びになられましょう。少年のほがらかな笑い声とユリウスさまの大きな歓声に包まれて、ご一緒にふざけ合ったり、カード遊びをなさっておられます。とりわけ素晴らしいのは教育的な散歩で、ほとんど毎日、学識のある人々の集団に加わります。カンピドリオの丘やティトゥス帝の浴場、それにチビタヴェッキアから十マイルほどのところにある法王の明礬(みょうばん)山にほど近いアゴスティーノ・キージの別荘にも行かれました。緑豊かな森と牧草地に囲まれたところでございます。あの方のまわりには、優しい好奇心が風のようにそよいでおりました。ことさらあの方のお名前には人質という修飾語がつけられることはほとんどなく、先述いたしましたとおり、捕虜ごっこに興じる小さな王様といった感じでございます。

ご子息と離れて暮らされる奥方さまのご心痛をお察しいたします。早速ご安心いただくためにあえて書き添えました。こちらにはフェデリーコさまに対する陰謀も危険もございませんし、マントヴァのご自室以上に安全にお過ごしでございます。法王はあの方をとても可愛がっておられます（妬みからの中傷はご心配には及びません）。法王はウルビーノの画家ラファエッロに、この生まれながらの鬼才が超人的な筆さばきの跡を残しているアトリエで、フェデリーコさまを描かせたいと望まれています。さまざまな情報によれば、法王はヴェネツィアのトルレセッラにいる父親のもとへ少年を送り出すつもりだとにわかに公言されておられます。しかし、それを実行なさるのは、あなたさまのご夫君に仕える行政長官が、今や教会の敵となった同盟側のフランス軍と戦う決断を下すときでございましょう。私はあなたさまに少年が送り出されるべきいかなる理由もないことを保証いたします。

あなたさまはご子息についての詳しい近況のご報告をけっして十分に得ておられないのでないかと考え、私の手紙をお読みになってご満足いただけたらと存じております。ご子息が住んでおられます、法王の宮殿の中で最も優雅なベルヴェデーレのお部屋をお訪ねいたしましたときの様子を、もう一度お伝えいたします。あの方は美しい涼み廊下でお食事をなさいます。そこからは宮殿の草原が眺められ、緑におおわれた起伏のここかしこに林が点在しております。ここにはアカデミア・ロマーナのあなたさまのご友人たち、ご家系の方々、令名高き大使、詩人、ラテン語の著名な学者などが集まってこられます。最も洗練されたヴェネツィア礼拝堂の聖歌隊員や、ご存じのあの機知が楽しいフラーテ・マリアーノのような変わり種も参加いたします。お集まりの重要人物としては、たとえばあなたさまの親友ベルナルド・ビッビエナや、驚くべき器用さで即興曲を作るベルナルド・アッコルティ、ただし彼は拍手喝采を求める嫌な癖をお持ちでございます。こうした中で最も素晴らしいことは、あなたさまのご子息が片時も忘れずにあなたさまを思慕し続けていらっしゃることでございます。数日前のことでございました。私たちがラオコーンの群像彫刻を見直しておりました折り、あの方はお母様のためにあれを手に入れたいと真剣におっしゃいまして、法王におねだりをなさいました。

極端な明暗の差がありながらも、ローマは永遠にローマであり、この時代のローマは、筆舌に尽くしがたい民衆の悲惨な状況とは対照的に、世界中のすべての富と浪費があふれる川でございます。娼婦たちは金色の衣装をきらめかせ、一列になって大きなラバや立派な馬にまたがって練り歩きますが、それはもう輝くばかりの美しさでございます。彼女たちの多くは、サン・セバスティアーノで虚飾に満ちた派手な暮らしをしており、中には流行そのままに男装している女もおりました。数日前の晩、格式の高い夕食会に、お名前は申しあげかねますが、ひとりの枢機卿がたいそう若い娼婦を伴って現われました。ブロンドの髪を長く伸ばしたアルビーナという名前のその娼婦は、堂々としていて、しかも活発であり、頭の変な首領に扮したフラーテ・マリアーノと一緒に、とても趣味の良い甘美なイカサマ師に扮して喜劇を演じ、みんなを笑わせました。フェデリーコさまも意味はわからなくてもお笑いになり、次々にほかのものが演じられると、楽しさはいやがうえにも盛りあがったのでございました。奥方さま、あまり重大なことに役に立たない私が、余計なことをお伝えしたのではないかと存じます。むしろお子様がいらっしゃることに、私がもっと気をつけるべきでございました。なぜかと申しますと、このことで私が叱った何人かの者が私に答えますには、フェデリーコさまには悦楽と豪奢な日々が待っているのだから、早いうちから必要なことを知っておくのも悪いことではない、と申すのでございます。

喜劇、喜劇、喜劇……私たちの日常は新作喜劇と、人間味あふれるラテン語学者による新訳古典喜劇で満たされております。カンピドリオの丘では、ローマの役人たちが古代ローマの喜劇作家プラウトゥスの、複雑な筋のおもしろさが魅力の「ふたりのメナエクムス」の公演を認め、円熟した役者たちが模範的な発声法で優雅に演じたものでございます。テーヴェレ川沿いにあるアゴスティーノ・キージの別荘では、シエナの一座が完璧な言葉づかいで洗練された演技を披露いたしました。ローマは、遠い古代の紫色の光の投影の中から生まれる、終わりのない上演の劇場でございます。法王はお買い求めになった彫像や発掘された遺物などの大事な品を私たちに自慢なさいます。昨日はふたつの新しいローマ法王の三重冠を私たちに見せましたが、カラドッソ作のひとつは想像を絶する豪華さで、市価二十万ドゥカートの宝石と黄金で飾られておりました。きどったデザインのもうひとつは、十万ドゥカートに値する真珠と金細工におおわれておりました。ユリウス二世は喜色満面で、これらは勝利の教会を象徴するものであるとおっしゃいました。そうおっしゃるからには、法王の血の最後の一滴までも注がれたのでございましょう。それは疑いのないことでございます。

今、私はあなたさまを思い、不安に打ち震えております。以前、あなたさまに対する私の思いを告白した手紙を差しあげてしまい、その後あのようなことを自らに禁じておりましたのに、今がその禁止を解くまたとなない好機と判断いたしましたことについての不安でございます。ご子息についていろいろ申しあげてまいりましたが、ご子息の若い優雅な容姿をお慈しみになる方にお伝えするのは無上の喜びでございます。しかし、この隠しだてのないご報告が、鋭い洞察力をお持ちのあなたさまを当惑させるでありましょうことに私は心を痛め、お心の準備をなさっていただきますよう、切にお願い申しあげたく存じます。鋭い洞察力によって、しばしばあなたさまはご自身を自由に客観視なさいます。奥方さまは今、どのようなことをお考えでございましょうか？　先見の明をお持ちのあなたさまの勇敢な、しかも平和を好むご気質からしますと、法王が突然の衝動にかられて政策を変更し、フランス軍に対して「出て行け、野蛮人！」と怒鳴るような気持ちになった状況の推移に対して、あなたさまはどのように反応なさるのでございましょうか。法王ユリウス二世がボローニャへ行かれ、あなたさまの、いえ私たちの、フェルラーラに対する戦争が間近になったとき、あなたさまはいかがなさいましょうか？

ほかならぬフェルラーラでございます。それ以上の説明は要しません。私はふたつの相反する恩義の矛盾にさいなまれております。あの地にある母校で、私の思考の扉は開かれ、あの地で初めてお目にかかったときから、あなたさまの永遠の謎が私を虜にいたしました。この恩義と、私たちイングランドの外交術とを調和させるのはなかなか面倒なことでございます。フェルラーラに潜んでいるフランス軍と戦争状態になった法王を、イングランドは支持しているのでございます。なぜなら法王はフランスをイタリアの支配者にしたくないとお考えですし、私たちもその考えです。なにしろ何世紀にもわたってフランスとは敵同士でございますから。私はあなたさまの弟君アルフォンソ公の決断、および宗教的理由によって、いっそう強く弟君イッポーリト枢機卿の決断を弁護いたします。彼らは同盟に忠実であるあまり、フランスがいかに信義にもとる相手であるかという認識がないのでございます。もしもヴェネツィアと法王領が取れれば、フランス軍はエステ家を容赦せず、イタリア全土を彼らの王家の支配下に置くことでございましょう。フェルラーラというこの豊かな空想力を生み出す都市には、知性を高めるあらゆる分野の学問、絵画や建築の卓越した創造、品格のある裕福な暮らしがあり、ヨーロッパの文化の中心地として知られていて、数世紀にわたる独立国家としての主要な都市の自治を保存したいと願う正当な理由がございます。しかし、どうすればそれが可能なのでございましょうか？

あなたさまの弟君たちはすでに答えを出されました。もっと正確に申しますなら、弟君のうち年長のおふたりが答えられ、ほかのおふたりは生きてはおられますが、お城の牢獄にあってお声はございませんでした。ありのままに申しあげますことをご寛恕くださいますように。あの方々を思い起こされるのは、あなたさまにとってお辛い行為でございましょうが、おふたりが存在することは紛れもない事実であり、表に勝利、裏に悲嘆と屈辱を表現した理想のメダルに、おふたりは彫りこまれていらっしゃいます。法王はすでに何度も彼らを釈放するように主張されましたが、そういう気配はまったくございません。法王の主張をあなたさまが不公正ときめつけられたことも存じあげております。きわめて誇り高いあなたさまには、王国の主権に対する侵害と映ったのでございましょう。戦争という悪い方向に進むとすれば、私はどうしたらよいのかわかりません。これからは私は理性に逆らうことができるのでしょうか？　奥方さま、どうかお聞きいただきたいのです。おみ足のもとにひれ伏し、一目だけお目にかかるだけで、私はあなたさまのお味方につきましょう。

鈴をうち振るような美しい声であなたさまは私にお尋ねになります。

「わたしの味方につくことが、あなたにとってどれほどの意味があるのですか?」

事実、それはどうでもいいことなのでございます。しかし私には、あなたさまが破滅のときに向かって進んでいるのがわかるのでございます。あなたさまとエステ家との同盟がいかがなものかは知る由もございませんが、ああ、なんと申しましても、あなたさまはエステ家の花。どのような犠牲を払ってでも傲慢で反抗的なアルフォンソ公を廃し、その後のフェルラーラを法王領にしたいと望んでいるユリウス法王の野望を、あなたさまなら打ち砕くことができましょう。あなたさまのご夫君はいつまでも不遇をかこつことはございません。動き出さざるを得なくなるはずでございます。私は知っております。あなたさまも含めて女性は、男性がひきおこす災難を避けて通ることがおできにならないのでございます。そうでございましょう?それでは、いかなる理論で武装し、推し進められるのでございましょうか?わが崇拝する奥方さま。私は身を引き裂かれる運命にございます。何にもまして私は、小さいながらも賞賛に値するあなたさまのお国で、あなたさまが苦しみつつ危険にさらされるさまを見守る危険を冒すでありましょう。しかしながら、忠誠を尽くして力いっぱい生きたことが罪になるのでしたら、人生とはいかばかり荷が重いものでございましょう。この忠誠のために、私は偉大な法王ユリウスの絶望的な遠征に自発的な意志で従うことになりましょう。ただ、あなたさまの下僕であることを諦めることはできないのでございます。

しばらく前から、私は心象に幻惑されておりました。あなたさまに心酔するひとりの男がおります。私のすべてでありますあなたさまの次に、私が愛する賢人でございます。以前にお伝えいたしましたので、あなたさまもご存じのロッテルダムのエラスムスでございます。彼は最近とても素晴らしい本を書き、世界中に熱狂と非難の嵐を呼び起こしております。この『痴愚神礼賛』の噂がお耳に達しておりますかどうかは存じあげませんが、大胆不敵な寓意の中に現実主義的な傾向があり、辛辣さが鳴り響き、皮肉な笑いが人間の愚かさをえぐり出しております。この著述や他の論文で、私の師はみごとな毒舌を法王に投げつけているのでございます。「法王は白髪頭に兜をかぶり、司教杖よりも剣を重んじ、平和よりも戦争を欲する」。エラスムスを誇りに思っております私ですが、ユリウス法王の偉大さやたぐいまれな寛大さとは訣別することができません。法王の場合は征服者としての強い願望ではなく、教会という精神的な権威としての構想で平和な世界を長続きさせようとしているのでございます。

このあたりでペンを置かせていただきます。おそらく私は近いうちに遠い祖国イングランドに帰ることになります。新しい国王の宮廷に呼ばれているためでございます。昨年ヘンリー八世が王位につかれたという知らせを受けておられると存じます。あの方は、長い年月にわたって私たちの怨恨を深くしてきたフランス人に対して、激しい憤りをお持ちでございます。十九歳の若いこのイングランド国王は、天賦の才、美丈夫、知性、繊細、豪胆のすべてを備えておられ、歴史に名をとどめることは確実でございます。法王ユリウスはヘンリー王に親書を送り、結婚式に招くような調子でフランスと敵対する同盟への参加を呼びかけたのでございます。しかしながら、王のカテリーナ・ダラゴンとの結婚に関する最も新しい情報では、王の情熱はすっかり冷めてしまったようでございます。わずかな期間のご経験ではございますが、新しく結ばれたばかりの親戚との関係や、そのためのがんじがらめの制約に嫌気がさされたのでございましょう。そのようなわけで、燃えるような若い王は用心しながらも興味深く法王の声に耳を傾けておられます。私はあなたさまの情報員が知らない極秘の事柄をあなたさまにお伝えすることができます。法王庁の中におります私たちは良く存じていることでございます。去る二月にユリウス法王はヴェネツィアの罪を許されて破門を解かれましたが、わが祖国イングランドは強く支持いたしまして、国王の個人的な成功とみなされております。法王の代表団がヘンリー八世陛下に感謝と祝意を表するため、先月、黄金のバラを捧げ持ってローマを出立いたしましたのも、理由のないことではないのでございます。

隠れ家に戻る時間がやってまいりました。あなたさまの魅力的なご子息に対して、しきりに私の羨望をかきたてるものは何だとお思いになりますか？　宝石をA・C・T・Vという文字の形にあしらった金のプレートつきの、あなたさまがご子息に贈られたあの白いビロードの帽子でございます。何を言いたいのかを解読してみますと、"*Amore caro torna vivo*"（いとし子よ、生きて戻れ）――ここにはそれとない警告があります。この文字を私向けに当てはめてみるというのは、もちろん荒唐無稽の夢でございます。何にせよ私ごときがあの帽子をかぶることが許されるはずもありませんから。しかし、もし私があの帽子を持っていて、あのような豪華な飾りはなく、単に金属のプレートに文字が刻まれていたとすると、このように解読したかもしれません。"*Andate contro tutto voi*"（一騎当千）。愛情豊かな励ましでしょうか、峻厳な忠告でしょうか。

書いておりますうちに、内心の厳しい痛みのために、私の胸はすっかり空疎になり、私は救いのない悲しみの中に崩れ落ちたのでございます。帽子の引用句で陽気さを取り戻したかったのですが、かえっていつもより心が暗くなってしまいました。私は自分自身を改革しようと力をふり絞っております。なぜなら、あなたさまの御前では完璧であろうとする私の流儀では、いかなるものも不完全ではなく、まして皮肉でもないのでございます。しかし、いくら努力しても報われないことが多々ございます。このようなときに、生きる望みが遠くなり、神の加護を求めることもなくなり、私はただあなたさまのお名前に悲しく癒されて、生き永らえているのでございます。

こうした見捨てられた中で、後悔しつつ、自分を責めつつ、できればあなたさまに対して考えることをお許しいただけますようお願い申しあげます。神の加護なき身には罪人の意識もいっさいございません。もし悪魔に赤熱された槍で襲われても、私を絶叫させてくれた悪魔に感謝の念を抱くと存じます。しかし、悪魔さえもまた私たちの望みに知らん顔をしているのでございます。

ロバート・ドゥ・ラ・ポール
口外しないあなたさまの
永遠の奴隷

頓首再拝。奥方さま、ごきげんよう。

一五一〇年十月二十日　ローマにて

時計の間　一五三三年

わたしはいまだユリウス二世にお目にかかったことがない。彼が巨大な体をしているかどうか、私自身と比べたこともない。わたしのほうが三十一歳も若いので、いつも彼を残忍でしたたかな老人と思いこんでいた。けれども、彼があの地位に登りつめたときから、果てしなくもめ事がつづき、彼は絶え間なくわたしにその償いを求めはじめた。初めはそれとなく、後には自制心を投げ捨てて彼の気質そのままに、長年にわたって彼は悪態をつきつづけてきた。彼はイタリアとヨーロッパの政治の上に君臨し、万策尽きた敵にも容赦なく厳しく追い迫った。

わたしはいまだに彼の声を聞いたことがないし、彼がわたしと対立する動きをしたとしても、わたしはまったく気がつかないはず。これは他人に気構えで勝つ最高の要点。彼はわたしを『売女』呼ばわりした唯一の敵で、しかも彼は、わたしの夫にも同じようにわたしを『売女』と言ってのけた。もしわたしの面前でそれを言ったのなら、切れ味鋭い一言を投げ返すことができ、ちょっとした幸福のようなものを味わったかもしれない。それとも、わたしたちの上に天罰が下るように祈願することのできるただひとりの人、その地上における神の代理人としての最高権威に屈服させられて、わたしは法王の許しを乞うことになったろうか？

わたしはユリウス法王と戦った。戦わなければならなかった。わたしは多くの強国や友人にさまざまな方法で助けを求める呼びかけをし、さらに占星学にまで救いを求めた。そしてこのとき、わたしは恐怖の日々を体験することになった。ときどき熱を出すわたしを診察するためにいつも城にきていた占星術師パーリデ・ダ・チェレザーラに、ユリウス法王は聖ペテロの玉座にいつまでとどまることになりそうか、とわたしはくり返し尋ねた。すると、占星術師は狼狽の色を見せる。天の周期についての彼の予測では、どうしても食い違う答えが出てしまうというのがその理由。法王の頭上の星群にはもつれがあった。それはある恐ろしい驚くべきできごとによって法王は死ななければならず、しかも生き返ると告げているように見えた。法王には内緒にしておきたいことを、天空がはっきりと告げていた。気をつけろ、彼をそそのかすな！

なぜ、気をつけるのか？　有能な占星術師たちは、大きな《合》——太陽と惑星の黄経が等しくなる時刻——が必ず驚天動地の事件を引き起こし、混乱をきわめた変動は避けられない、と予言していた。わたしがまだ幼児のころ、フェルラーラ人の予言者ジェロラモ・サヴォナローラは黙示録、つまり世界の終わりのような大破壊の日が近いことを予言した。この火の海になる予言には、ものに動じないわたしの父さえも愕然とした。最もうら寂しい光景は、ヴァチカンの丘の遺跡の中に草を食む野生馬の群れが姿を見せる予言。けれども、予言者たちは逆に黙示録の至福千年を見透すことができる。

わたしは恐怖を先送りすることにし、アラブ神話アブマシャールの祈禱を唱えることを選んだ。神話は、恩寵に浴した誠実で清純な少女を、聖なる乙女マリアの星座に昇天させるというもの。わたしは、月の満ち欠けによっていつも戻ってくる白い星が女性たちの受胎作用と結びついていること、また十二の各月の移ろいが女性たちにはっきり示されることを、月によって知る。正確か不正確かはともかくとして、ここにあるこれらの時計のチクタク音に、わたしは絶え間ない流れのような宇宙の鼓動を感じる。星座はつねに変わらないと信じられる確証があるから、わたしはその方位と動きを星座から推し測る。

⚜ ⚜ ⚜

午前中は、ランプと燭台のろうそくがともされている。十一月の霧のせいでこのところは日中の光が乏しく、冷たい霧はいきなり肩をすっぽりと包みこむ。夜が明ける前から召使いたちが持ち場を分担して、すでに各部屋と大広間の暖炉には勢いよく火が燃えている。わたしは部屋係に広間の薪を二倍にするよう頼んだ。そこにマントヴァ領主の健康状態を確認するため、法王に派遣された医者がフランチェスコを往診にくることになっている。ユリウス法王はフランチェスコを戦場に赴かせたくて絶えずいらいらしている。

こちらは戦いに参加できないという口実をひとつまたひとつと、ついに使い果たした。最も良かったのは、マクシミリアン皇帝の権力に伝えたこと。皇帝はわたしたちに、フェルラーラを相手取った戦闘を企てるなと命じ、どこまでも限りなくフェルラーラを支援すると表明した。ヴェネツィアも法王を盛んにあおり立てていた。その後、ヴァチカンの尚書院が介入し、皇帝がさらに新しい考えを打ち出して、数え切れないほど何度も事態は変転した。わたしは自分の運を試すために、カンブレー同盟の協定にもとづいて、アゾラ、ロナート、ペスキエーラ、シルミオーネの返還を求めることにし、その結果、わたしたちに引き渡されることになった。しかし、ヴェネツィア人たちはわたしたちに耳を貸そうとしなかった。彼らは傭兵隊長としてほとんど無礼とも言えるあまりにもわずかな報酬の提案だけをしてきた。侯爵が赤子のときでさえも受け入れなかったに違いないそのような提案は一顧だに値しない、と応じるためのわたしにとっての絶好の口実になった。ヴェネツィア人たちは飽くことなく高官たちの派遣を続け、その人たちは歌手のような朗々たる話しぶりで、美辞麗句をつらねて、イタリアの古くからの自由の復興者フランチェスコの武勇を長々とほめたたえた。

わたしは彼らをいつも言葉で満足させようと心に決めた。けれども、ユリウス二世がボローニャに腰を据えてわたしたちに対して残忍にふるまう準備を整えており、事態はたやすくはない。その一方、弟たちは秘密裏にわたしを味方につけようと働きかけてきた。そのような状態がつづく十一月のこの日、城の中のすべての人が固唾を呑んで法王の医者の到着を待っている。周知のとおり、彼はボローニャ人で、名前はザンネッティーノ先生。わたしは朝早く、わたしの部屋の階下に特別にしつらえたフランチェスコの部屋に下りた。部屋の中央に垂直の棒と棒の間に張られたテントのようなものを透かして、ものの輪郭が見えていた。その輪郭は横になった人間の形のように見てとれる。それはフランチェスコ。こちらのほうにイタチのような厚かましい態度のトロメーオ・スパニョーリ、すぐそこには陽気なガッビオネタ副司教がいる。医者が到着する前に、わたしはテントを巻きあげ、キャンプ用ベッドに横たわったフランチェスコの方へ身をかがめる。彼の機嫌を取ったり励ましたりするために、わたしは気がかりな風を装う。それは彼が少しも病人の顔つきをしていないから。奇跡の起こる芝居を演じても、策略はうまく成功できるかどうか疑わしいとわたしは口に出す。わたしは話題を変え、このザンネッティーノ先生は教養のある人で、診察代も高くないらしいと説明する。ガッビオネタ副司教が、診察代として医者に二十ドゥカートを支払うことになっている。

フランチェスコは大きな声でしゃべるなとわたしに合図する。立ち聞きされないようにするのは分別のある行為といえるけれど、彼を悩ませているのはこのことだけではなくて、心配で落ち着かないらしい様子がありあり。脱ぎ捨てられていた彼のシャツを手にしながら、わたしは彼のまわりを歩く。櫛を取って、わずかに白髪の混じりだした彼の長髪を丹念にきちんと整える。女性らしいしとやかなふるまいをしている自分にわたしは気づく。

「フランチェスコ」とわたしは呼びかける。わたしの声はためらいがちのせいか、妙にぎごちない。

「フランチェスコ、今夜、わたしの部屋にきていただけますか？　お待ちしていますわ」

「侍女たちが一緒のところへ？」と驚いた彼が言う。「あの途方もない連中と顔を会わせる約束なんか金ばずれ娘が！」

輪際せんからな。そなたのお気に入りのボイアルダは私の部屋にきて、私を挑発したのだからね、あのあ

「アルダ・ボイアルダはもういませんよ。あの娘はスカンディアーノの両親のところに帰りました。ビッビエナがお気の毒。彼女を愛していましたから」そして、軽い調子でわたしは言い添える。「あの方がマントヴァにきても、もうあの娘に会えません」

わたしはすぐに甘い調子を取り戻す。「ご心配なく、あなたとわたしのほかには誰もおりませんの」

フランチェスコは上半身を起こし、思い違いを恐れるかのように用心深い疑いの目でわたしを見つめる。「わたしたちだけよ」と、わたしは無知な女のようにちょっと蓮っぱに言う。「とっても長い間お互いに独りぼっちでしたわ、そう思いませんこと？」

今度は意図が通じたらしく、彼があいまいな笑顔を見せ、わたしたちは合意に達した。彼がわたしを抱こうとするけれども、わたしは逃れ、彼に耳打ちする。「今夜まで、おあずけよ」わたしは壁と扉の間に設けられた、わたしの部屋に通じる小階段へ逃れる。階段を数段のぼる。忍び足で下に戻り、じっと部屋の中のごった返しに耳を澄ます。何にしても妻として夫の健康が診断される様子をうかがうのは当然のこと。ザンネッティーノ先生が到着した。わたしは小さな扉に耳を当てる。決まりきった挨拶と歓迎の挨拶を交わすいろいろな声の中に、ボローニャなまりの声がはっきりと聞き取れる。それから副司教が愛想よく声を張りあげる。

「まずまず、このでき物を診てやってくださいよ。いえ、隊長、あなたに話してるんじゃなくて、

私はザンネッティーノ先生に申しあげているんです」

　明らかに副司教は精密な診察を避けようとつとめており、法王の侍医を護衛してきたヴェネツィアの隊長が離れたところに控えているのが感じ取れる。その直後、不意に大きな声がした。またしてもガッビオネタ副司教の声は、ほかの声よりもひときわ、はっきりとしている。

「共和国議会にこのでき物をご覧になっていただきたいものです。侯爵さまはそれでも立ちあがろうとなさるのだから、あきれるばかりでございますよ」

　また、ごった返す音がし、静かになって問診があり、そして声がしなくなった。洗面器に水が注がれ、医者が手を洗う音がする。診察が終わったらしい。副司教と隊長の間で念入りなひそひそ話が交わされ、彼らはわたしのいる小さな扉の方へ歩いてくる。しばらく物音が途絶える。

「侯爵さま」と医者が見解を述べる。「フランス病はかなり進んでおります。これらのでき物を治療する必要がございます。まず第一に重要なことは、この塗り薬です。ご用意した蒸留水で、何回も何回も洗い落としてください」

　そこへ副司教が割って入る。

「法王さまも、塗り薬を塗ることは病気を悪化させると言っておられました。それでは法王さまとヴェネツィアの政庁には何とご報告申しあげるべきでしょうか？」

　わたしは息をつめる。

「私の所見では」とザンネッティーノ先生がはっきりと告げる。「この病状では侯爵さまが馬に乗ってフェルラーラとの戦争に赴かれるのは無理でございます。法王聖下には私自身が診察の結果をご報告いたします」

「侯爵さま」と、ヴェネツィアの隊長が抑揚をつけた声で口をはさんだ。「戦闘にご参加くださるのを全員がお待ち申しあげております」

短い沈黙があって、それから副司教が抗議しはじめる。

「では、隊長、あなたは今の診断を聞いていなかったんですね？」

「塗り薬に代えて、この小瓶の水銀溶液をつけます。すると、奇跡的に効きます」

あわてた様子でボローニャ人の声が注意事項を伝える。「そして洗うこと、よく洗うこと、忘れずに！」

隊長の声がふたたび聞こえる。

「でも侯爵さま、お見受けしたところ、とても病気とは思えませんね」

「この病気は」と、医者が説明するために応じる。「いつも外部に明らかな症状が現われるとは限らないのです。たくさんのでき物がありますが、侯爵がよく治療なされば、必要な戦いのすべてに参加できましょう」

わたしは十分に聞くことができたので、狭い階段を飛ぶような速さで寝室に駆けあがった。部屋付きの女官たちが大儀そうにリンネルや錦織の刺繍をしていた。彼女たちは用心して、わたしに何も尋ねなかった。その日は時間のたつのがいやに遅かった。フランチェスコが今は戦争に行かないらしいという噂は城内に乱れ飛んだ。わたしに言葉をかけてきそうな誰にでも、ピルロ・ドナーティに対してさえも、わたしは石のように固い表情を向けた。食事はひとりだけで自分の部屋でした。日暮れに小間使いたちを下がらせた。わたしは敢えて夢うつつの気分から抜け出そうとせずに、ムーア風のシャツと白貂の毛皮で縁どりされた白いビロードの部屋着を選んだ。髪を梳かしはじめ、ゆっくりと櫛を動かしながら、朝からのできごとについて自分の胸に問いかけた。わたしは満足しなくてはいけなかった。それなのに不安に満ち、まるで良心の呵責のような訳のわからない心の痛みをひそかに感じていた。フランチェスコは医者が診察する間けっして口を開こうとしなかった。確かに、ガッビオネタ副司教やトロメーオ・スパニョーリのような人々にまで詐欺師のように見なされるのは不愉快なことに違いない。あの彼の沈黙は、憂鬱を示している。そしてわたしも、わたしたちの企てとフェルラーラのわたしの兄弟の領土を防衛するために、あらゆる手を尽くすうちにとっさの判断で嘘をついてしまった。どうやらわたしは彼を裏切ったことになるのか?

わたしは鏡に向かって髪を梳かしつづけながら、四カ月前に夫が帰ってきたときのことを思い出していた。蒼白い、肩を落とした彼がヴェネツィアから戻ってきた。あらゆる人にはっきりと敵意を示した。たとえわたしたちが彼の不運を深く悲しんだとしても、マントヴァに居続けて自由を得ていたわたしたちに対しては恨みを抱いていた。けれども、彼が捕虜になっていた間のわたしたちの悲しみには測り知れないものがあった。彼はすすり泣きながらわたしを抱きしめ、涙を流したことを恥ずかしがった。田舎風の宴を催して、彼に祝意を表したけれども、その場では主役としておおむね楽しんでいるかに見えても、すぐにひとり離れて不運を嘆きつづけた。この四カ月間に彼は夫婦の部屋への階段をのぼってきたことは一度もなかったし、わたしの誘いの合図にも乗ってこなかった。まさにわたしの言葉が彼を驚かせてしまったため。

そのとき階段をのぼってくる足音が聞こえ、ついで来訪を告げる軽いノックの仕方から、まぎれもなく夫のそれとわかる。わたしは素早く髪を梳かし終え、その間に、合わせ鏡で丹念に観察して、自分の姿に見とれた。部屋に入ってきた彼を大喜びで迎え入れ、銀製の枠をはめた真新しいぴかぴかの純度の高い鋼の鏡を彼に見せた。それらの鏡は、この種の工芸品の職人で名高い巨匠アンジェローネにもらったもの。フランチェスコは目利きの鑑定眼で鏡を調べ、とても優れたものと認めて、わたしにそれを返しながら、わたしをウットリちゃん、ワクワクちゃんと呼んだ。それはずっと昔からわたしたちの愛撫のさなかにささやく愛の言葉。彼は今日一日のことを話しはじめ、法王の侍医の診察について要を得た批判をし、顔を曇らせて黙りこんだ。いら立ちのあまり胸苦しくなったかのように、彼は体を折り曲げた。渋面をつくった彼はせかせかと動きまわった。明るい話題にしなければ、とわたしは思った。シルミオーネから戻ったわたしが、いきなり馬からすべりおり、大きな声で叫びながら大急ぎで階段へ走り寄った、あのときのことを彼に思い出させた。

「すてきな田園！　すてきな空気！　すてきなぶどう畑！」それから、そっとささやいた。「すてきな、あなた！」

彼は笑って、とうとう最後にわたしたちは互いに相手のものになった。彼はゆっくりと進み、自分を映し出した鏡に素早い一瞥を投げた。明らかに彼は自分に問いかけていた。自分自身はどうなのか、今でもまだ美丈夫なのか、わたしが彼を愛しているかどうか、彼とベッドを共にしてわたしが幸せを感じるかどうか、銀色のカーテンのそばにバラが咲いているこのような名もない田舎で……。それからふたりは一気に燃えあがった。自分の意思にあおられて起こった欲望のせいで、わたしは胸が張り裂けそうになった。わたしたちは夢のような、熱烈な夫婦の夜を過ごした。

その夜からわたしは勝者になった。今ではもう、わたしに同調するようになったフランチェスコと、なんでもなく話ができるようになった。情熱の激しさを取り戻したあまり、わたしたちはふたりとも、とりわけわれを忘れる性格があるのを感じた。フランチェスコは朝の身支度をしながら歌を口ずさみ、階段をおりて行く前にわたしに何度も口づけをした。もはや意気消沈しているようには見えず、ヴェネツィアで捕虜になっていたときのことを口にしなくなった。わたしたちはしばしばふたりだけですてきな食事をした。侍女たちは宮廷から離れたここでの夕食に驚いて、あいた口がふさがらなかった。宮廷にはいつも大食い向きの食事が用意されていた。なぜなら、あのきざな若者、ベルナルド・ビッビエナが言うような〈愛らしき健啖家〉の食欲が、わたしにはいつもあった。主君が活力を取り戻したために、すっかり影の薄くなったかに見受けられるトロメーオ・スパニョーリ、その他の連中に、わたしは小気味よい仕返しをとげていた。

わたしたちは一緒に音楽を聴き、夫のためにわたしはヴィオールで流行曲を演奏した。フランチェスコは、わたしの演奏にのって『麗しきフランチェスキーナよ、なにを涙で嘆くのか』を歌った。ときどきわたしたちは詩的感興で熱くなった。わたしたちの博識な書記官でラテン語学者のエクイコーラに関して、わたしたちは感動を共にした。けれどもエクイコーラはやや詠嘆に流れすぎるように思われたので、アントニオ・テバルデオの洗練されたソネットを鑑賞した。かつてフランチェスコは、わたしの枢機卿の弟に仕える貴族ルドヴィーコ・アリオストが書いた詩について、わたしが何を思い起こすかを知りたがった。ほんとうのことを言うと、その『狂乱のオルランド』という作品はまだ完成していなかったので、わたしはほとんど読んでいなかった。人を侮蔑し愚弄するアンジェリカが、兵士たちと共に逃亡するときの揺れ動く光だけが記憶に残っていた。あの兵士たちは、大帝シャルルマーニュの十字軍の兵士か、それとも強力なイスラム軍の兵士だったのか。アンジェリカは負傷したイスラム兵士メドーロを小屋にかくまった。同情が愛情に変わったとき、この若者のブロンドの巻き毛に彼女の髪を絡ませる。わたしはフランチェスコに引き寄せられ、またも官能をそそる熱い口づけを受けた。

静かなときが流れ、わたしたちは子供たちのこと、とくに遠く離れてすこやかに成長しているフェデリーコのこと、使用人たちのことや尊大で不誠実な親戚のこと、さらにまた自分たちの気まぐれについても話し合った。きらきらするカーテンと銀色の天蓋の中で、わたしたちは静かにぴったり寄り添って長い時間を過ごした。気ままにくつろぐとき、そしてわき出る愛が和合の湖に注がれるとき、夫と妻のそれにまさる親密さなどあり得ない。あるとき、彼の悩みの種の持病が再発し、彼は衰弱していった。わたしたちは恥ずかしがらずに薬や治療法について話し合い、秘法の塗り薬を持っている調剤師で錬金術師のジウスト・ダ・ウーディネを招いた。わたしのために彼は、フランス病の感染に対して最も強い免疫をつくる塗り薬を用意していた。けれども、わたしが軽い淋病にかかるのは避けられなかった。わたしはじっと辛さに耐え、愛によって発した病気について冗談を言えるほどにまでたちなおった。めくるめく快感の代償として肉体の上でもまた償いをしなければならないのか、と自問しつつ。

「わたしをひどい目に遭わせた悪竜は聖ジョルジョが退治してくれるはず！」わたしがこうささやくと、フランチェスコは心底から感動をほとばしらせた。「そなたは本当に世界中で最もすばらしい女性で、最も勇敢な妻だよ！」

わたしたちはふたりともユリウス法王を恐れてはいなかった。けれどもわたしたちの状況は、皇帝、法王、ヴェネツィア共和国のすべてから敵視される危険をはらんだわたしたちの陰謀を隠しおおせないほどに緊迫していた。それでもわたしの弟たちに対する忠告や取り決め、助力などはけっして十分ではなかった。アルフォンソは、法王軍がもしセルミデ地点でポー川に船を並べて橋を造ったらという危惧を捨てていなかった。けれども、法王の息のかかった男たちから厳重に監視されている身としては、その監視をどうしてかいくぐれようか？　家の中にいてさえも、わたしたちが変わった動きをしないかと細かく観察している物陰の目に、わたしたちは用心しなければならなかった。トロメーオ・スパニョーリの属するカンポザムピエロ党員のヴィーゴは、法王やフランチェスコに対する忠実な支持者のように装うわたしの難敵で、わたしの不利になるあらゆる場、わたしの名声を蝕むあらゆる機会を探して嗅ぎまわり、スパイを働いていた。

フランチェスコとの同盟によって、わたしは弟イッポーリトとの継続的な関係を保つことが、専用の馬丁を利用して自由にできるようになった。わたしはイッポーリトから、わたしたちの支配者で主人という立場のマクシミリアン皇帝が、多くの軽率なもくろみの中から、よりにもよってマントヴァとヴェローナをフランス王に売り渡すというもくろみの実現に動き出したらしいという、確かな証拠を受け取った。わたしはこれに最も強く抵抗するための決め手として、虎の威を借りる手段を選び、虎にはフランス軍を選んだ。ヴェネツィアの敵マクシミリアン皇帝はいまだにフランスにつくのか、法王につくのか、態度がはっきりしなかったので、少なくともフェルラーラの戦争がふたたび激しくなるまでは、わたしたちは皇帝を気にしないでいることができた。マントヴァのよき領主として、皇帝に対して忠誠と服従の言葉を捧げるだけで十分な効果があった。このような使い古された言葉が、日増しに複雑にこんがらかっていく諸々のもくろみに対して、もつれを解きほどいてすっきりさせるのに役立った。

わたしはさらに挑戦しなくてはいけなかった。わたしたちは大胆にもフランスと秘密協定を結ぶことに成功した。フランス軍が疾風怒濤の勢いで国境線まで攻め寄せることになった。それはわたしたちを敵とした戦争を偽装する行動にすぎないので、これによってマントヴァ侯は領土を防衛するためにこの地に踏みとどまるという口実ができた。安閑とする間もなく、わたしたちの領土内にさまざまな変装をして忍びこんでくる、ヴェネツィアや法王の密偵がますます多くなった。不安と警戒と反発に満ちた生活の中に、毎日なにがしかの新しい警報が伝えられた。故郷を遠く離れた横暴なフランス軍の兵士たちは、わたしたちの協定があるのをいいことに、城壁外の村々を襲って当然のように強奪し、略奪していた。フランチェスコは全損害をすみやかに賠償してもらいたいとわめき散らした。そのように激昂している夫に対して、わたしは忍耐強くくり返した。「様子を見ましょう。わたしたちが損害や国境侵犯について公然と不平を言うことがあればあるほど、あなたはこの家にいつまでも留まれて、わたしたちふたりだけの戦争と平和の日々を過ごすことができるのですから」わたしたちは夜通し激しく愛をむさぼり合い、この世のものとも思われぬ陶酔にひたって、限りない甘い疲労にうっとりと包まれた。

十一月が終わろうとしていた。法王の病気は医者もさじを投げるほどに重く、わたしたちは例の戦争の解決の仕方をあれこれと模索していたけれども、法王は奇跡的に回復したように見えた。今は彼はすこぶる元気にしていた。それどころか、彼の行政長官フランチェスコの病気が長引くのなら、七十歳になろうかという老人ながら、法王の彼自身がフェルラーラの遠征に乗り出すと断言していた。たったひとりで法王軍の先頭に立ち、《黄金にはめこまれた宝石》といわれたミランドーラの堅固な要塞を攻撃しようとしていた。その一方で、わたしがフェルラーラの行動を黙認しているという噂によって勇気づけられたエステ家の多くの隊長たちは、彼らがフェルラーラを防衛している間、力ずくでも夫をマントヴァに引き留めるようにと、わたしに嘆願する伝言を送ってきた。この類の手紙はフランチェスコには見せない。なぜなら、彼の誇りや昔日の勇士としての情熱を辱めるにちがいなかったから。

一月にユリウス二世は吹雪にさらされながらはしごをよじ登り、ミランドーラの要塞に突入した。このことが多くの枢機卿にはきわめて邪悪な行状と映り、また法王を崇拝する枢機卿には燃えるような勇気の証しのように思われた。後者の枢機卿たちは、この老いたリグーリア人の勇気をたたえてやまなかった。

法王は、見習水夫のように船のマストに張られた綱の上で平衡を保ちながら、高いはしごに飛び移って征服する要塞に登ったという。

二カ月後、休戦の可能性が伝えられ、曙光がさしはじめた。フランス、スペイン、イギリスなど各国の大使がマントヴァに集まった。そしてもうひとり、皇帝の腹心をつとめるグルクの司教マテーウス・ラング。これは恐ろしい、傲慢で、尊大な男で、法王の面前でも頑として頭にかぶった物を取る気はないと言い張り、誰に対しても侮辱をあらわにして接した。わたしは最もむずかしい敵グルク人の駒に向かって、わたしのチェス盤の上に注意深く駒を動かした。彼を釣り針にかけるのも、こちらに有利に話を仕向けるのもなまやさしいことではないけれども、わたしの女官たちの働きによって思惑通りにことが運んだ。彼女たちの持って生まれた花の盛りの美しさと、その美しさをわたしが教えた通りに生かしたもてなしのおかげで、本当にわたしは助けられた。その慎み深さゆえにかもし出されるきわどいふるまいのために、男たちはすっかり興奮してしまった。多くのものが望み、しかも多くのものが望むふりをしているヨーロッパの平和についてと銘打った、その面白味のない集まりを好機として、わたしは自分たちを有利に導くために忙しく動きまわった。わたしの夫は、政治問題でわたしに欺かれているのではないか、わたしの判断のままに行動しているのではないか、とユリウス法王がカンポザンピエロに対して尋ねた、という報告が届いた。カンポザンピエロは喜んでいるように見えた。彼は法王にはっきりと言った。ゴンザーガ家ではズボンをはいているのは侯爵で、侯爵夫人はたしかに女王として尊敬されているけれども、女性に課せられた仕事をしているだけです、と。そして、フランチェスコが女性の口出しを好まないのは、法王聖下がやはり好まれないのと同様です、と言い添えた。わたしは生まれつき執念深い性質ではないけれども、折を見て攻撃するのにすべてを役立てるため、これらの中傷を覚え書きに控えておいた。

会議では、グルクの司教が皇帝の信任状をたずさえて、国から国へ平和を嘆願しに行くことが決められ、スペイン、フランス、イギリスの各大使からの心のこもった親書によって支持されるものと思われた。ある時期、法王はサン・ピエトロ聖堂を新しく建設するための十万ドゥカート金貨と引き替えなら喜んで戦争を中止するはず、と言われていた。けれどもその後、このばかげた憶測はいつの間にかほかの多くのことのように忘れられた。平和が打ちのめされ、見捨てられていることが、あらゆる議論の中でくり返されたけれども、それはいつも虚しかった。

マントヴァの会議はなんの結果も出せずに終わったけれども、フランス軍が彼らの軍事行動の基本的な安全を確保するために、わたしたちの領土内を通過したいと求めてきたのに対しては、わたしはひそかに応じた。ことが長引くにつれて、ユリウス法王はフェルラーラを攻めつづけることに自信を失ってきていた。フランス軍総司令官トリヴルツィオは、好機と見るや敏速な動きでボローニャを包囲し、奪還に成功した。法王はもっと安全なラヴェンナへ撤退、これはわたしにとって高い価値を意味していた。フェルラーラの上にたれこめていた暗雲が遠のき、ほとんど消え去ったといってよかった。

わたしたちは二日の間、勝利の喜びに酔いしれた。愚鈍で癇癪持ちの娘婿フランチェスコ・マリーア・ローヴェレはラヴェンナに向かう途上、法王の寵臣アリドージ枢機卿と渡り合った。「裏切りものめ！思い知れ！」と叫びながら、娘婿は相手の胸に剣を突き立てた。それは自分の狂気に打ち克つ唯一の手段にほかならない。彼の言い分によれば、アリドージは彼を、なぜボローニャを死守しなかったのかと責めたてた。そのくせアリドージ自身は、娘婿が防衛戦で苦闘している間に、自分の軍隊を引き連れてボローニャの町からさっさと撤退していた。ともかくイタリア中がこの殺伐とした事件に拍手を惜しまなかったのは、アリドージが並はずれた搾取者で、野望・悪癖の持ち主、そのうえ凶暴ということで、ひどく嫌われていたため。だからフランチェスコ・マリーアが勝ち残ったことを人々は大いに神に感謝した。けれども信仰の厚い娘エレオノーラは、あっという間に夫が法王から破門されてしまったのを知って途方に暮れていはしまいか、とわたしは考えていた。

その五月に、性格的に冷淡で軽率なエステ家の枢機卿の弟に対して、自分の力を試さなければならない事態がわたしの身にふりかかった。弟はわたしにマントヴァの大聖堂の扉にピサで行なわれた公会議の声明文を掲示するようにと命じてきた。声明文には、法王を追放しようというフランス国王の呼びかけに呼応して集まった、何人かの教会分離派の枢機卿のグループが署名していた。イッポーリトは単に声明文を貼るように強要しただけでなく、夜中に公証人と立会人の面前で貼るようにわたしに強く求めた。弟が生きているのは、この常軌を逸した行動を生むような恐ろしい時代なのか、とわたしは自分に問いかけた。ローマで人質になっているフェデリーコや、法王の行政長官をつとめるフランチェスコのためにも、かわいそうな息子を恐ろしい危険にさらしたり、わたしたちも領民も破門される危険を冒すことなしに、どのようにしてわたしがローマ教会とあからさまに敵対し得るというのか。わたしは女性には違いないけれども、彼らの強さも弱さも見きわめがつくので、議論をすることは恐れない。ところが、生まれ落ちたときからカトリック教徒のわたしは、祈りを唱えることによって慰めと希望が与えられるところに、この宗教のすばらしさを感じる。破門されるということは、ほぼ確実に教会の外へ追い出されることを意味し、教会に見捨てられるという感じをぬぐい切れなかった。どのような祭壇にひざまづき、誰に祈ればいいというのか、どのような司祭が祝福を与えてくれるのか。教会分離派の声明文はマントヴァではいっさい貼られなかった。ユリウス二世は七月末のローマで、殉教者の血によって神聖化されたローマ教会は、過ちを許さず、すべての教会同士でまず第一にいかなる教会分離であれ、反対しなければならないと宣言し、一五一二年四月に全教会の公会議を開くことを告知した。この席で彼は、異端と闘い、風紀の取り締まりを促進して、キリスト教徒の心の安らぎのために闘うという決意を述べた。

わたしが禁じられた瞑想にふける場所からはきわめて遠く離れているにせよ、イングランドが新しい敵として立ち現われ、威嚇してきた。わたしのイングランド人情報員の手紙の中で、闘志を燃えあがらせたと伝えられているイングランド国王ヘンリー八世は、ボローニャを征服した法王に味方し、あまりにも背徳的な行動でキリストの衣を汚したフランス軍に対して大いに憤慨した。ひどくうしろめたい記憶だからこそ、わたしはロバート・ドゥ・ラ・ポールの手紙を目の前に広げてみたくなる。彼にはイタリアの侯爵夫人とイングランドの国王の間を仲介する用意があるという、まさにその選択がわたしに期待を抱かせるところで、その手紙は終わっていた。わたしの生活の中に不意に転がりこんできたあの男は、面と向かって会ってみると、透き通るような肌をして、耳までたらした北ヨーロッパ的な明るい艶のある髪が、美しく冷静な顔を縁どっていた。でも、冷静どころか、彼の何通かの手紙には燃えるような言葉が書かれていた。そのためわたしは必要以上に用心深くなり、彼に依頼することはなかった。ある夜、ベッドの銀色のカーテンの内側にフランチェスコと寄り添って寝ているときに、わたしは彼の夢を見て、あたかも婦徳を汚す過ちを犯してしまったかのように、ぞっとして目を覚ました。実在しない場所でふたりが待ち合わせた、他愛もない夢にすぎなかった。わたしたちは、そのときに入手していた新しい事実を伝え合うために、互いに相手に向かって走った。わたしは恐怖で顔がほてっていたのに、なぜか奇妙な喜びがわいてきて嬉しさいっぱいに叫んだ。「会った、会ってしまった」と。フランチェスコがはっと目を覚まし、わたしが悪夢にうなされていると思いこんで抱きしめ、わたしが震えている間じっとわたしを胸に抱きかかえていた。落ち着きを取り戻してからも、わたしには二重の裏切りをしているように思いながら、同時にわけもなくうっとりとしていた。

思いがけず、夏の真っ盛りに不意に法王が倒れた。いわゆる暑気あたりという。ローマからの知らせでは病状は重いとのこと。城内では、暗い考えにとりつかれたフランチェスコを除いて、誰もがほっと安堵の吐息をついた。わたしはずいぶん長い間祈ってきたこととして喜んでいいのか、それとも手放しで喜んではいけないのか、どちらとも確信がもてなかった。法王の死を祈ったことについてわたしの気持ちに嫌悪と勝利の思いが入りまじり、どのように感情を律したらいいのかわからなかった。わたしはいらいらと歩きまわり、落ち着きなく情報員からの報告に目を走らせた。報告によれば、八月十六日、ユリウス法王は彼の財宝が隠してあるサンタンジェロ城に行った。そこにはすでに五十万ドゥカートも貯めこんであり、さらに合計三万ドゥカートの金貨を加えようと運んで行ったらしい。その晩は、いつもの相手役としてわたしの息子フェデリーコを夕食に招き、息子とトランプ遊びをしているうちにソファで眠りこんでしまった。翌日、法王は重病と診断され、もはや食事を受けつけなくなって、呪いの言葉を吐き、荒れ狂ううちに、突然、昏睡の発作に見まわれた。法王の甥デッラ・ローヴェレは法王が目を覚ます好機をうかがい、フランチェスコ・マリーア・デッラ・ローヴェレの破門を解くようにと迫った。いまわの際に法王は免罪の宣告に署名した。ローマは混乱をきわめ、騒然としてきて、ついに暴動が発生した。枢機卿たちはすでに次の法王選挙枢機卿会議の準備を始めていた。けれども驚くべきことに、ユリウスは魚とスモモをたくさん食べた後で、深い眠りからするりと抜け出すと、回復してしまった。フェデリーコは誰もが認める優しさで法王の看護を続けていた。親類縁者が大きな寝室にユリウスだけを置いて立ち去ったときも、フェデリーコは法王のそばに残っていた。まわりでは侍従官たちが重要資産の目録を作るという口実で、盗める物はすべて盗んでいた。

十月四日、ライオンのような勇猛な活力をみなぎらせたユリウス二世がサンタ・マリーア・デル・ポポロに姿を見せ、法王、ヴェネツィア、スペインが、ローマ教会に反逆するフェルラーラとフランス軍を敵として手を結んだ。さらにピサの公会議に出席した教会分離派の枢機卿に破門の鉄槌を下した。ただただ願わくば、彼らの中に弟イッポーリトが入っていませんように。今や情報が気になって仕方がなかった。ローマ教会の庇護者という称号のわりには特別の関心もないスペイン国王フェルナンドは、ムーア人と戦っていたアフリカでの戦争を急いで一時中断し、軍隊をイタリアへ向かわせた。総司令官には、シチリア総督ライモンド・ディ・カルドーナを任命し、派手に着飾った大軍を指揮するライモンドは、南から攻めあがって、フェルラーラに駐屯しているフランス軍を攻撃する手順を整えた。わたしの弟アルフォンソはわたしに心配しないようにと知らせをよこし、敵軍は大砲を持っていないけれども、アルフォンソは強力な鉄製の大砲と銅製の大砲を工場で溶かしたものの、大砲がないわけではなく、実はユリウス二世の銅像を溶かしてつくった二門の臼砲があるという。銅像はミケランジェロの作品で、法王のボローニャ攻撃に怒った民衆が引き倒してしまったもの。

　わたしが生きてきた年月を第三者的に見れば、ひとりの女性としては満足していいはずだし、ヨーロッパ中からちやほやされていると言っていい。最近、后に先立たれた皇帝は、わたしに恋心を抱いていると言い、わたしたちの大使ジェロラモ・カッソーラに、わたしとの男女の仲を取り持つようにという命令を与えた。厚かましい男がよくいるけれども、この大使もまたかなり厚かましいことがわかった。彼はわたしの耳元で、マクシミリアンに請け合ったことをささやいた。請け合ったことというのは、わたしが期待以上にマクシミリアンの欲望の言いなりになるとか、もしもフランチェスコが持病のせいで死んでしまえば、わたしは皇后の玉座につくものと予想されるというもの。フランスからは、騎士道精神に富んだ王とうぬぼれるルイ十二世が法王に信書を送って、フェデリーコをただちにわたしに返すように求めたと言い、この求めは彼が敬慕するある貴婦人に感謝の気持ちを抱かせることが目的とはっきり言い切っていた。そうは言っても、パリからわたしに宛てて書かれた王のその手紙は、無礼とは言わないまでも不愉快なところが多々あって、わたしの夫を卑劣漢という蔑称で呼んでいた。夫をよく知っていて書き加えたのかもしれないけれど、もしルイ王がフランチェスコを嫌うほどにわたしが王のことを知っていたら、わたしが王に抱いているように見えたほどにはわたしは王に好感を抱きはしなかったろうに。このような冗談めいた考えにも、わたしは苦笑する気さえ起こらなかった。フランチェスコは怒りをつのらせていた。彼は卑劣漢と呼ばれたことに我慢ならなかった。その言葉を仮に法王聖下が冗談で言ったとしても、彼は許さなかったはず。皇帝や王にわたしはもちろん惑わされたりはしなかったけれども、彼らの手紙はわたしの返信を促していたので、彼らを都合よく利用するために、わたし流の言いまわしで、それとなく彼らを引きつけておけるような返事を書いた。

⚜　⚜　⚜

この数カ月、わたしの生活も、領民の生活も波乱に富んでいた。犠牲者をなるべく出さないように、フランチェスコとわたしは献身的に救済に当たったけれども、わたし自身はまだ幼い娘のイッポーリタを手放さなければならなかった。性格が良く、父親に似て美しい顔だちの上に父親よりも愛想がよかった。姉のエレオノーラが美人で名をはせたけれども、それ以上に美しかった。わたしは娘たちにあまり接してやれなかった。国のさまざまな仕事は、よく考えないと判断を誤りかねない複雑な世界なので、政治の定まりや領民の要求を検討したり、上流社会の人々や大使たちとの文通などに明け暮れていた。そうして宮廷内の仕事をしている間に、わたしは一日の時間を一分残らず使い果たしていた。でもフェデリーコを思うときだけは、わたしがほとんど放心状態になるのを認めないわけにはいかない。今、自分の胸に聞いてみれば、娘たちに何もしてやれないために、あるいは娘たちに力を尽くしていると言いたいために、わたしはねじれた愛情で娘たちを愛していたように思う。けれども、すべすべした初々しい幼女の肌ほど、母親に甘美な喜びを与えるものはないのも本当のこと。

　自分の意思でサン・ヴィンチェンツォの女子修道院に隔離されたのに、イッポーリタはほぼ六カ月の間、反抗し続けた。いとこのイザベッラやエレオノーラ・ベンティヴォリオもこの修道院で教育を受けた。聖フランチェスコの祝日前夜、唐突に父親は娘たちがドメニコ修道会の法衣をまとうことに同意した。興奮のあまり震えている三人の少女は神の花嫁の衣装に身を包んでいた。儀式の最中にフランチェスコは、情愛の深さからこらえ切れずに涙を流した。もしも、わたしがあの屈辱的な詳しい情報について思いをめぐらせていなかったら、わたしにも涙が訪れたかもしれない。そのときわたしに届いた情報は、枢機卿殺しを犯した隊長で頭の足りない娘婿、フランチェスコ・マリーア・デッレ・ローヴェレに関するもの。わたしは娘婿のことをあしざまに言っていたので、城内にわたしのあの皮肉がぱっと広まった。「少なくとも今度の新しい娘婿は、わたしに何の気苦労もかけないでしょうね」

　サン・ヴィンチェンツォ教会での儀式のおかげで、わたしは家族とわたし自身の生活に対する心づかいを取り戻した。ときどきわたしの手のすいているときは、身のまわりのことに注意を払った。わたしはフランチェスコと一緒によく馬に乗って出かけた。一度、トスコラーノの司祭長が作るガーリックソースを食べにガルダ湖まで足を伸ばしたこともある。フランドル地方出身の若い歌手の歌を聴きに行ったり、フランチアアが記憶だけでわたしの肖像画を描いたという話に興味を持ってボローニャへ足取りを追ったりもした。ビアジョ・ロッセッティという、昔わたしの父が後援していたフェルラーラの技師によって建てられた奇抜な小屋に、わたしは強い関心を抱いていた。ロッセッティと一緒にわたしはポルトの宮殿に近い湖に面してそびえるその優雅な建物を訪れた。花の咲き匂う林と茂みの間の、光と風が走り抜けるひらけた場所に出ると、長い年月のほとんどいつも有利なことと不利なことを秤にかける城内の生活から、今わたしは甦ろうとしている。望んでいたとおり、わたしがそこで新しい夢に出会うための小さな小屋は間もなく完成するところで、すでに草花や樹木が育っていた。遠い戦闘の響きがかすかに聞こえ、戦いがよその国へ移ればいいと思う。そうすればわたしたちには穏やかな生活が戻ってくるのに。

ルイ王の総司令官ガストン・ドゥ・フォワがフランスから到着したとたんに、戦闘の口火が切られた。シャルルマーニュ皇帝の十二騎士にも比肩し得るこの卓越した勇敢な戦士は、なみはずれて戦略にたけていた。彼はフランチェスコとわたしに簡にして要を得た手紙を送ってきて、わたしたちの領土内に軍事基地を設けたいという。これに対してわたしたちはセルミデでポー川を自由に航行することを認め、しかもヴェネツィア軍の動きを逐一彼に知らせた。司令官はブレーシャを占領し、ヴェネツィア共和国の思いあがりをいさめるためという司令官の言い分通り、略奪をほしいままにした。これでよかったのかどうか、わたしにはわからなかった。兵士の残虐行為で数千人の市民が命を奪われ、街中のどこもかしこも血に染められた。「俺たちを殺してるのはマントヴァ侯だ」とヴェネツィア人たちが草原で泣き叫んでいた。その夜フランチェスコはわたしのそばでまんじりともしなかった。わたしは身じろぎもせず、平静を装いながら心の中でくり返していた。「フェルラーラのため、フェルラーラを救うため」と。

チェーザレ・ボルジアの得意とした奇襲戦法にさらに磨きをかけたみごとな早わざで、ガストン・ドゥ・フォワはロマーニャをめざして南下し、ラヴェンナから二キロ地点の小さな川の近くでスペイン・法王連合軍と遭遇した。そこには彼に負けず劣らずの敏腕の戦術家として有名なライモンド・ディ・カルドーナの姿があった。ライモンドはスペイン軍がたくさんの食糧と武器を調達してきたこの街の占領をぜひとも阻止しなければならなかった。ガスコーニュ地方とピカルディ地方出身のフランス兵が猛烈な攻撃を開始した。フランスの若き司令官は朝の八時から夕方の四時まで、えんえんと大がかりな戦闘を指揮した。スペイン軍は総崩れとなり、弟アルフォンソの砲兵隊も数え切れないほどの犠牲者を出した。一万人を超える兵士と数多くの隊長が命を落とし、ガストン・ドゥ・フォワ自身も帰らぬ人となった。

勝利がなぜ勝った方の軍隊に滅亡をもたらすのか、それはすべての人に驚きを与えた。フランス軍のイタリア進攻は、新しいフランス軍総司令官ラ・パリスが態勢を整えて、日に日に崩壊しながらミラノから遠ざかって行ったときに終結したものと、わたしたちは理解した。では、なぜわたしの弟は同盟に対する忠誠に縛られる必要があったのか? わたしたちの上には過酷な現実がのしかかっていた。フェルラーラの城壁の中に閉じこめられて、殴る蹴るの暴行に痛めつけられたアルフォンソは、破門された上、ただ独り放り出された。

こうした日々の間に、あのリグーリア出の巨人はわたしに狙いをつけた。法王は時宜を得た敏捷さで、アルフォンソがローマ教会に従うように、わたしに仲介の労をとって欲しいと親切ごかしに求めてきた。わたしは引き受けた。わたしたちエステ家にはほかに打つ手がなかった。わたしたちは平和を目指す必要があり、その平和はわたしが心の奥でいつも力の限り願っていたもの。ガストン・ドゥ・フォワが出現したほんの短い期間を除けば、わたしは本当にいつも平和を祈っていた。ガストンは戦いの倫理的な価値を彼なりに意味づけながら、天与の才能に恵まれた人らしく昇天した。今度は免罪もまた厄介な言葉になった。ローマに君臨し、自分が神に選ばれたと信じているユリウスの条件が、いったいどのようなものになるのか？　教会分離派の枢機卿たちが挫折したことについては、ピサでは子供でさえも笑い者にしたし、法王大聖堂のあるラテラーノでの公会議の威厳が高まると、分離派の枢機卿たちはイタリアから逃げ出さざるを得なかった。その勝ち誇った法王の姿が、権威をひけらかしながらわたしにつきまとった。

いまだにローマで人質になっているわたしの最愛の息子フェデリーコもまた、狡猾なユリウスが楽しむチェスの駒にすぎなかった。ただし、法王は本当にフェデリーコを可愛がり、寵愛のすべてを注いでいた。法王はフェデリーコがわたし宛ての手紙を書くことを妨げず、とても愛らしい小さな手紙はわたしが法王のために役立つように求めていた。わたしは息子に愛をこめて返事を書き、その中に格言を引用した。

「よく走る馬に拍車はいらない」それが法王庁には好ましい。わずか十二歳の少年が、わたしたちの陰謀に巻きこまれて囚われの身となっていることに、わたしは心乱れ、返信に真実をこめて署名した。

「母はあなたを愛しています。命にかけて」

自分で手に入れたり、周囲の人から得たりした詳細な情報によって、法王のいくつかの重大な秘密にわたしを精通させたのは、ほかでもないフェデリーコ自身。ある朝、息子はフランチェスコからの手紙をヴァチカンに持参したわたしたちの優秀な使節スターツィオ・ガディオと一緒にいた。手紙はフランス軍を排除してクレモーナを奪取したことについて報告していた。手紙を持ったふたりが法王の部屋に入ると、法王は窓を開けさせ、ベッドから飛び起きて素足のままふたりの前に歩いてきた。法王は急いでフランチェスコの手紙に目を通すと、一行も読み終るか終わらないうちに、どっと抑えがたい歓喜がわきあがり、大声で叫んだ。「教会、ローマ教会だ！　ユリウス、ユリウス法王だ！」それから法王は、イタリアから追い出されるフランス軍を見るぐらいこの世で素敵なことはないと言い、歌を歌いはじめた。

フェデリーコはその日一日中、気が狂ったようにはしゃいでふざける法王と共に、よく笑った。ヴェネツィアに関するかぎり、ユリウス法王は征服されたクレモーナはさしあたりヴェネツィアが掌握することを容認するけれども、あの都市をずっと彼らの支配下に置くつもりはなかったし、ヴェネツィアが力を誇る態度をとったり、イタリアの平安を脅かしたりするようなのさばり方をするのを見過ごすつもりもなかった。そのような中にも気の利いた情報があり、息子の言葉には、心から悔い改めたアルフォンソが法王に謁見して許しを乞わなければならないとする法王の頑固な意思がくり返し現われていた。

わたしは希望を持つように努め、細かく気を配って行動した。六月の半ばにわたしはマリオ・エクイコーラを伴ってフェルラーラに向かった。彼は法王の発行する安全通行証をたずさえてローマから戻ったばかり。田園の中にあるステッラータ宮殿で、わたしは弟に会った。弟は法王の足下にひれ伏すつもりになっていた。ラヴェンナに収監されている囚人たちがただちに釈放されるかもしれない。彼らの中でまず一番目はファブリツィオ・コロンナ殿。彼はいつもフェルラーラで彼の個人的なお祭り騒ぎを催して、公爵夫人の女官たちになりふりかまわず言い寄っていた。わたしは公爵夫人ルクレツィアに会わなかった。彼女はそのとき体調を崩して病床に臥せっていた。わたしは弟にローマへ赴くための通行証を手渡し、弟の命と自由が保証されていることをふたりで何度も何度もくり返し読んで確かめた。けれどもその許すにあたっての寛大さというものは途方もなく重かった。

自分の部屋に閉じこもり、わたしはローマでわたしの弟と息子が、悔悛者と人質として出会う場面を心に描いていた。ユリウスの善意によってアルフォンソの免罪が認められ、すべてが保証される、という伝言を伝えるフェデリーコの優しい話しぶりを想像して、わたしは胸をときめかせる。コロンナとオルシーニがポポロ広場の門からヴァチカンへわたしの最愛のふたりを護衛したけれども、アルフォンソの入場の仕方はまるで勝利者のように見えた。考えて行動してもなかなか希望どおりに事は運ばないもの。わたしがものの道理から考えて疑わしかったことが、早くも明らかになってきた。破門を取り消す晴れやかな儀式のあとで、法王がフェルラーラへの熱望は断念しないという態度を鮮明にした。アルフォンソにフェルラーラ放棄を求めた後、ユリウスが公国に対して封土の譲与を追認するかどうかはまったくわからなかった。この点で弟はひどく追いつめられた気持ちになり、耐え切れずにローマから逃走、コロンナ家に近いマリーノに身を隠した。

服従しない領主に恨みを晴らしたいという法王の果てしない復讐心は予測されていたけれども、そのほかにアルフォンソは何を恐れていたのか？　そしてユリウスは、ラヴェンナの大砲のように恐るべき果敢な人間としてのアルフォンソの何を恐れ、あるいは恐れていると見せたのか？　たとえ不意打ちでも確実に完璧な謀反をするということか。ふたりとも心の奥底から互いを永遠の敵と意識していた。わたしは法王の力を認めていたので、わたしひとりで武器をとらずに、目に見えない戦いを法王に挑み、勝利するつもりでいた。わたしはまったく遜色なく対決してきたし、自分が劣っているとは認めたくなかった。

日ごとに陰謀がうず巻くようになり、互いに手を結んでイタリアの現状に秩序を回復しようとする人々が、マントヴァの同盟会議に集まってきた。少なくとも秩序回復を目指す人々の集まりのように見えた。わたしは会議の中心人物たちの身近かにいる必要があった。シチリアのスペイン総督でスペイン軍総司令官のライモンド・デ・カルドーナや、グルクの司教でマクシミリアン皇帝の情報使節マテーウス・ラング。この人とはすでに面識があり、四十歳ぐらいの金髪の美男子とはいえ、しばしば粗野で下品な顔をのぞかせた。わたしたちの宮廷では行儀や服装などに過度の自由が権利として認められており、司教は言論の自由を正しいと思いこんでいるドイツ人のひとり。ライモンド・デ・カルドーナはこれとは反対に、やや大げさとも言える美しい洗練された態度と趣味の良い服装、そして魅力的な言葉を巧みに操って人をひきつけた。

法王の代理であの機知に富んだきざな若者ビッビエナが会議に出席した。ヴェネツィア人もフィレンツェ人もやってきた。メディチ家をフィレンツェの統治に復活させ、フランス軍を引き入れてメディチ家を追放した執拗なフランスかぶれの共和国を罰することが議題になった。そして同様に、あるいはもっと素晴らしいことに、マクシミリアン皇帝の宮廷に十三年間も亡命していたミラノの公爵が戻ってくることになった。わたしの妹ベアトリーチェとイル・モーロとの息子マッシミリアーノ・スフォルツァ。この甥とともに昔が今によみがえってくる。

この復位によって、新しい同盟がアルフォンソを救うために結束できるかどうかという気がかりがわいてきた。そのときアルフォンソは反逆のかどで窮地に追いこまれてローマを脱出した後、イタリア各地を逃げまわっていた。わたしはアルフォンソのためを思って活動していた。まったく平常心を失うことなく、むしろ弟の公爵領をいっさい削らずに完全なまま保たれるように鮮やかに立ちまわった。この大仕事では、どのようなときにもわたしは忍耐と陽気な微笑みを絶やさなかった。そうすることで誰もが前向きの考えをするようになり、他人の情にすがるのではなく、好意に頼ることができた。わたしの万全の戦闘態勢が整った。

城を飾りつけることから宴が始まり、それと同時にわたしはマントヴァの主要な家系の人々を呼び集めて、それぞれに宮殿で歓待する賓客を割り当てた。マテーウス・ラングだけは宮廷にとどまり、いわゆる白亜の間という、いつもわたしの監視下にあってきちんと整えられた部屋にいた。わたしが創作した気品のある豪華な衣裳を取り出し、美しく磨かれた宝石がまばゆく光る飾りをつけた。それから、わたしの髪を金髪にするために調剤師のウンブラーシアが一日がかりで調合したポマードを塗った。そうしている間に、侍女たちに接客にふさわしい話し方を仕込んだ。わたしたちは国を守るのに、男性たちのように武器など持たなくても、頭を使うという手段があるのですよ、とわたしは彼女たちに言いきかせた。侍女たちは同盟国を代表する客たちの接待につとめて浮かれ気分を盛りあげようとしていた。男心をくすぐる妖精のような戯れと、どのような誘惑もさらりとかわす賢明さ。最後の一線は越えないようにと、わたしはいつも彼女たちを厳しくしつけていた。

宮廷には当時、色事の手練手管にたけ、物ごとをわきまえた、ひときわ華麗な美女が数多くいた。その前年に宮廷で、わたしはすばらしく和やかな忘れがたい一夜を彼女たちと共にし、盛んに冗談を言い合ってはお腹を抱えて笑いころげたことがあった。あのとき、わたしたちが歌った歌の中に「手で我慢するわ」という歌詞をくり返すところがあり、それを聴いたグルクの司教が歌詞と同じことをしたいとわたしに誘いをかけてきた。侍女たちは、みだらな押しつけを愉快な楽しい話にすり替えることがいかにむずかしいことかを記憶にとどめることになった。わたしの教え子の中でずば抜けているのはイザベッラ・ラヴァニョーラ。踊り手としての優雅さからつけられた愛称は〈バレリーナ〉。そして最も初々しいのがエレオノーラ・ブロニーナ。彼女はいつも〈はつらつブローニャ〉の愛称で呼ばれていた。そして優雅なカテリーナは若くして亡くなった。けれどもまだまだ他にもたくさんの名前や顔があり、いずれ劣らず美しく、あるいは誰よりも美点を持っていた。はつらつさだけが取りえの可憐な少女を一人か二人侍らせて満ち足りているのは、貴婦人にふさわしいとは思えない。そうかといって、容姿がどうであれ女官を使うのもいただけない。わたしの場合は、わたしの許す範囲内で激しく燃えて男性をその気にさせる美女集団を抱えていた。美しくなければ美しくする、さもなければわたしの友人のエミーリア・ピオに倣って、言葉を交わした相手を誰彼なく魅了してしまうような才女に仕立てる。宮廷に最も大きな信頼を与えるのは、近習でもないし、貴族でもない、制服を着た馬丁でも、道化師や音楽家でもない、いわゆる女としての手管に精通した若い女性の集団に勝るものはない。

マントヴァ会議のこれらの日々は、グルクの司教とスペインの総督と神聖ローマ帝国を味方につけるために最も気を使い、フェルラーラに対する支持をとりつけることに成功した。すべてが最高潮に達したのは、八月の暑いさなかに涼しくて気持ちのいいポルトの別荘に客を招待した晩餐会。テーブルには塩味や甘味でさまざまに調理されたキジ、肥ったヤマウズラ、子ウサギなどがひっきりなしに運ばれ、ほかにも侯爵が太鼓判を押した料理の名人マンテッリーナの采配のもとでわたしの料理人たちが腕をふるった創作料理が盛大にふるまわれた。軽い病気という口実でフランチェスコは自室に引きあげて休んでいた。彼はその次の日、シナノキの森近くの宮殿で大宴会を催す計画を立てていた。

その晩は穏やかで心地よく、湖を渡ってくる軽やかなそよ風が美しい楽の音を運んでいた。フルートとヴィオールによる演奏と、夜空をめぐっていく月と、わたしたちみんなの突拍子もないはしゃぎぶりとがひとつにとけあっていた。若い女性たちの中で立派に見えたブロニーナが美の栄冠を獲得した。彼女の片方の手袋を盗んだ男、別の片方の男、それに扇を盗んだ男たちは、果報者と呼ばれた。あふれるほどのお世辞をわたしに浴びせていたふたりのスペイン貴族は、わたしのサテンの衣裳につけた飾りの金の燭台を七つとも手早く盗み取ってしまった。わたしは明るい声で時刻を尋ねた。ふたりはわたしに答えた。「夜中の三時ですよ」「まあ、不思議ですこと」とわたし。「わたしはてっきり略奪をする時刻になったのかと思いましたわ」誰も吹き出すのをこらえることができなかった。中でも帝国の代表たちは体をゆすって大笑いをした。目を閉じると、ジャスミンの花をまき散らした新しいわたしの休憩用の隠れ家があるポルトの庭園でくり広げられた場面を、頭の中に再現することができる。侍女たちはメロンを食べたり、男性たちをじらしたりしていた。使節たちは依怙地なフィレンツェとヴェネツィアの使節を除いて、全員がその場にいた。わたしの正面にいるマリオ・エクイコーラは、ほら話でラヴァニョーラを口説いていた。はっきり言えることは、彼女が彼を毛嫌いすればするほど、彼はなおさら思いをつのらせ、言葉がしきりにとびかった。わたしが目をかけている変わり者のベルナルド・ビッビエナは、若い女は愛することを望んでおり、しかも自分が望んでいることが何なのかを知りたがっているもの、ということをブロニーナに納得させようとして苦心していた。

「皆様がたの中のおひと方の、と申しますよりむしろ皆様方すべてをひとまとめにしてひとつのお口を望んでいますわ」と、この機知に富んだ女性は謎のようなことを口にした。

答えとしてはなかなかのもの。エクイコーラはしたり顔で、愛というものは男を抹殺し、よみがえらせる火のようなもの、ともっともらしいことを言った。すると、ビッビエナが即座にやり返す。

「愛は死者を復活させる！　わがブロニーナよ、あなたを愛しています。たとえ、あなたを愛するということが、影法師を抱きしめたり、風を網ですくうことを意味するとしても」

ライモンド・デ・カルドーナはむさぼるように若い女性の手に口づけをしていた。ふたたびきざな若者ビッビエナが声をあげた。

「総督閣下、女性を呑みこむ方法をご存じですか？」

総督は唖然として、しばし口をきけない。そこへビッビエナが追い討ちをかける。

「さてさて？　シチリア総督はそれをご存じない？　男子たるもの、女性に口づけをするときに、吸ってはいけませんよ。よろしいですか、呑むときには、吸ってはいけませんね？　あなたがたスペイン人の中には、女性が指にはめている指輪を吸い取ろうとして、わざと手に口づけをする男さえいるのをご存じありませんか？」

「熱に浮かされたみたいになぜそのように夢中になっているのですか、鼻たれ坊や君」とわたしは陽気に叫んだ。「さあさあ、おしゃべりを止めてお酒を召しあがれ」

衣裳から飾りの金の燭台が剥ぎ取られたことでわたしの気持ちは沈んでいたけれども、つとめて表に出さないようにしていた。わたしを見つめるビッビエナには冗談を言う雰囲気が消え、彼はすっかり別の調子になって、笑顔がフェデリーコとそっくりですね、とささやきかけてきた。息子は十歳のときから遠く離れているので、どのように成長したのかは知る由もない。あの年頃の少年は急に大人びてくるもの。わたしはもっと詳しく教えてくださいなと促す。

「美男で、背が高くて、色白ですよ」と、ビッビエナがわたしに言う。「フェデリーコ坊ちゃまは乗馬がすばらしくお上手ですし、フランス式のダンス、マントヴァの歌、スペイン式の乗馬など何でもこなされ、ラテン語はお母様そっくりに話されます。法王はもう坊ちゃまのことしか目に入らないのです。『アテネの学堂』の壁画のある部屋でラファエッロに肖像画を描かせているとき、法王は窓のそばで背後の大きなフレスコ画をじっと見て、自分のポーズがエピクロスとアベロエスの間に顔を出しているフェデリーコ坊ちゃまの頭を見ている方がよかったのにと望まれました」

「辛いことです」と、わたしはつぶやいた。「小さな息子のことを考えるのは、他人の手にゆだねて、あのようなところで」

グルクの司教が冗談を装いながら、かなり現実的なものの見方で武骨に応じた。

「奥方のご子息はローマで奥方の援護をされています。あの方はマントヴァ一の傑物大使ですよ」

「わたしたちが決めたことについて、皇帝はお認めくださるとお思いでしょうか?」と、わたしは低い声で司教に尋ねた。

「心配しなくてよろしい。スペイン軍と皇帝軍はフェルラーラ遠征には加わりません」

「では、法王は?」

「鬨の声をあげて攻め寄せましょうとも!」

銃を発射する音が聞こえ、急にみんな口をつぐんだ。黙って控えていたピルロ・ドナーティは、あれはスペイン兵が射撃競技と称して食器棚の銀の皿を標的にして発砲しているのです、とわたしに告げた。わたしは唇を尖らせて、いいからやらせておきなさい、と彼に言う。総督が表情を曇らせた。

宴の進行につれて大きな笑い声が何度も何度も起こるけれど、それと反比例するように急速にわたしは憂鬱な気分に襲われた。わたしは背筋を伸ばし、滑るようにテラスに歩を運んで、白い大理石の床に衣ずれの音をさせながら独りぼっちでいる客のところへ歩み寄った。大理石のベンチに腰かけた客は、白黒と灰色の規則的な市松模様の背もたれに寄りかかっていた。月明かりがそのデザインの幾何学的な美しさをひときわ目立たせていた。小柄で細身の容姿と禿げた形のよい頭が、その男性が持つ卓越した創造力を感じさせた。彼は星がまたたく空をじっと見つめていて、わたしが近づくまで気がつかなかった。

「ポンポナッツィ先生」と、わたしはその学者に声をかけた。わたしの声はいつになく丁重に響く。

「先生は人間をお忘れになるために星をご覧になっておいでなのですか？　そうに違いございませんわ、先生のようなお偉い哲学者にどのようにお楽しみいただいたらよろしいのか、わたしの侍女たちは考え及ばないのですから。おそらく先生は心のうちで女とは愚かなもの、とくり返しておいでてございましたでしょう」

「滅相もございません。あなたさまを前にしてそのような大それたことがどうして申せましょうか、侯爵令夫人さま」と、微笑みを浮かべた彼はマントヴァ訛りでこたえた。「とはいえ、令名高いあなたさまのような典型的な稀なる例外を除きますと、実を言えば女性は賢明とは言えませんね。生まれながらにではないのですが……。しかしながらまた男というものは、人間というよりも動物であり、理性的と思われている男といえども、他との比較においてのことにすぎず、きわめて動物的でございます。ただし、これはつまらぬ哲学の余談でございます、奥方さま。そして今宵にふさわしくございません。このような夜中に起きているのなら、誰でも人生の神秘を大空に探し求めるべきなのでございます」

豊かな含蓄のある彼の気取らない声をわたしは聞いた。彼が打ち切った哲学のほかの話題を取りあげることも、彼にとっては容易なはず。

「先生は人間を評価なさらないという、それは本当でございましょうか？　ペロッティーノ先生。先生はジョヴァンニ・ピコ・デッラ・ミランドラのように、人間というものは神の想像にして象徴というふうにはお考えにならないのでございますね。そして人間の選択によっては、まさに堕落するかもしれないし、また逆に天使か神になるかもしれないとは」

明らかに彼は考えこみながら、わたしを見つめていた。これからの議論にひらめきを感じると、彼は明るい顔になった。

「私の考えでは」と、彼は穏やかに、それでいて大胆なことを言う。「もし仮に知能が肉体から独立できるとしても、人間はやはり感覚を通してしかものごとを理解することはできないのです。したがって、魂は不滅ではありません。ゆえに精神の調和によって成り立つ完璧な徳もまた、不滅ではないのです。では徳というものが何によって報われるかといえば、人間に幸福をもたらす徳そのものによってなのです」

「けれども、魂は不滅ですわ。わたしたちは信仰のおかげで魂の不滅を確信しておりますのよ」

「信仰をお持ちの方はその確信を変えなければ、救いがございます」哲学者がゆっくりと言った。

「人間は証明できないことを信ずることについては大目に見るのでございます。その中には欲望、不安、不滅のように思われるものなどが含まれましょう」

彼の声はうつろになっていた。わたしたちは月の光を浴びた白い大理石のテラスの上にじっと立ちつくしていた。

ローマとロマーニャを隔てている無数の山また山、深い森の数々、そして果てしない草原を難渋しながら放浪したすえに、アルフォンソはほとんど奇跡的にフェルラーラに帰りついた。それは全領民に強い感動を呼び起こした。わたしは老練なカピルーピを派遣し、わたしがアルフォンソのためにとった行動についての全体の詳細な内容を知らせた。さしもの不屈の弟がその知らせには涙を流した。わたしが命がけで危険な役割を果たしたことを秘書は弟に報告したけれども、それはまさに勝者なき闘いと言えた。もしユリウスがサン・ピエトロ聖堂の玉座に座り続けたとしたら、呪われた時代になっていたかもしれない。

十一月に城内の跳ね橋の上にわたしの若い甥マッシミリアーノ・スフォルツァが姿を見せた。ミラノ公国の領土を受け取りに行く前に、もっぱら敬意を表するために、大勢の従者を引き連れてわたしに挨拶をしにきたもの。何という奇跡のような信じられないできごとに出会うことか。城の中心の見張りの塔で勝利を祝う叫び声があがり、その叫びが来訪者をモーロと告げていた。「スフォルツァ！　スフォルツァ！」華やかな飾りつけが甥を歓迎するにはまだ足りないような気がするけれども、豪華な装飾と優雅な宴会は、フランチェスコがサン・セバスティアーノに近い彼の宮殿で準備していた。わたしはそこでいくつかの新しい部屋をちらっと見る機会があり、華やいだ快い空間と優雅さがとても素晴らしかった。それはフェルラーラが降伏したあの不幸な事態に際して、わたしの義妹に当たる公爵夫人のために用意されたもの。わたしは思わず手首につけた魔よけに触らずにはいられなかった。

甥はドイツ風の服を着て、訛りの混ざり合った言葉で話したけれども、ミラノを統治する喜びと、わたしが彼のためにしたことについてわたしに感謝する気持ちが、彼の若者らしい風貌に好ましい表情を与えていた。ときどき彼の身のこなしの中に母親を想わせるものがあり、わたしは胸のうちに妹ベアトリーチェを思い起こした。道化師と踊り子が跳ねまわって宴が最高潮に達したとき、いつも傲慢な態度で嫌われる弟のイッポーリトの来訪が告げられた。弟の無分別にかんしゃくを起こしたフランチェスコは、マッシミリアーノのために整えていた饗宴を憤然として中止してしまった。これ見よがしの教会分離派枢機卿の来訪は、ユリウス法王の疑いを招く恐れがあった。わたしはのちに、甥が法王に手紙を出して大目に見てもらえるよう釈明したことを知った。つまり、他人の館にいたのでエステ家の枢機卿が入ってくるのを妨げることはできなかったけれども、枢機卿とは一言も口をきいていませんというもの。

まさにこのことで、わたしは表面的にも内密にもすべての支えを失った。フランチェスコは疑いもなくわたしを避けるようになり、法王に対して、わたしがフランチェスコに隠れて弟たちと度重なる内通をしていると告発していた。ユリウス二世が、夫を大切にしない妻をうまく手なずけられないフランチェスコを叱責すると、こんどはフランチェスコがわたしを非難した。わたしはつい悲しみが先に立つのを抑えようもなかったけれど、必死になって弁明した。それなのに彼はわたしの悲しみそのものを無視し、悲しみを拒絶することさえしないと気がついたときに、わたしは落胆のあまり、もはやこれ以上は彼が望むようなことは一切しないと心に決めた。

今やわたしたちの愛は冷えきって、ふたたび燃える望みはなかった。恐ろしいことに、夫の持病はますます頻繁に症状が出るようになっていた。もはやわたしの部屋に上がってくることもなくなり、彼はすさんだ顔つきで歩きまわっていた。彼がわたしの関係するあらゆることから逃げ出そうとしているのをたびたび目にして、わたしは夫婦の営みをするために夫を部屋に誘いこむ気持ちをもはや持ち合わせていなかった。病気のせいで、彼は残酷にも現実から遠ざけられていて、そのことは哀れをもよおさせる。まだ男盛りの年齢なのに、フランチェスコは新しい時代の息吹から取り残され、大砲という残虐な破壊道具を使う戦争は兵士の勇気を失わせるといって、たびたび罵詈雑言を吐くようになった。そして明らかにイタリアにおける砲術戦の発明者としてのわたしの弟アルフォンソを念頭に置いて、自分の否定的意見をわめきたてた。

また国の領主としての管理をわたしの手から引き離した。十二月にわたしたちの冷えきった関係にうんざりした法王は、マントヴァは宗教的にも世俗的にも落雷に見まわれることになろうとはっきり警告する通達をたずさえたフォレンギーノを派遣してきた。それまで神聖同盟に加わっていなかったマクシミリアン皇帝が騒々しく参加したことで、自分たちがいかに忠誠心の厚い領主かをしめすチャンスがやってきたとフランチェスコが判断したとき、事態はさらに悪化した。今や夫は日ごとに法王への傾斜を深めており、絶え間なくわたしを非難していた。孤独な戦いをしていることを思うと、わたしは激しい怒りを感じないわけにはいかなかった。用心深さというわたしの守護神のことさえ忘れるほどで、わたしはユリウスをののしり、神がユリウスに死を与え給うことを祈って、一日も早くそうなることを待ち望んだ。

正常な判断をする能力は大事にしまっておいては役に立たない。甥のマッシミリアーノ・スフォルツァから、わたしの宮廷の者たちと一緒に招かれたときに、わたしはそのことにすぐ気がついた。ミラノの謝肉祭が間近に迫ったころで、甥は祭りのにぎやかさや美しく飾り立てた女性たちを自慢したがった。わたしがそのことをフランチェスコに話せば、わたしがミラノの祭りに行くことを彼が否定するのは確実なこと。ところが彼は暗い表情でわたしの話に耳を傾け、それから自分の感情を抑えた冷ややかな態度でしばらくの間わたしがマントヴァを留守にするのも悪くないと言い、ここではわたしは彼の名誉の汚点になったからと説明した。エルコレ・デステとエレオノーラ・ダラゴーナの娘のわたしが、夫の名誉の汚点！当代の詩人や学者たちから女性の中の星にたとえられ、君主や国王たちに敬慕されてきたわたしなのに、今度はうめき苦しむ番なのか。わたしはフランチェスコ・ゴンザーガの妻として、つねに勇敢さという誇りを満足させるために、激動の人生を彼と共にたどってきた。けれども、今やわたしは脇に押しやられたばかりでなく、悪口雑言を浴びせかけられ、自尊心を傷つけられていることに気づいた。

わたしは自問自答する。どこが痛むのか？　わたしは答えられない。ただ怒りと憐れみがわたしの心をむさぼるようにして満ち満ちて行くのみ。それではこれから先、わたしは怒りと憐れみで生きていくのか？　わたしは挫折感を味わっていた。けれども感情が静まるにつれて、夫の辛辣な言葉のひとつひとつに挑発されるように、わたしは少しずつ行動する意欲がわきあがってくるのを感じた。しだいにわたしは、誰かがわたしのために極秘の行動計画図を描いているかのように、自分の行動を取り戻した。わたしの標的も見えてきた。征服すべき標的のひとつがミラノにあった。その当時ありあまる権力を持ったその重要人物ライモンド・デ・カルドーナ総督は、わたしの侍女ブロニーナにますます強く執心し、自分のすべての行動にこの恋慕の情を優先させることこそ騎士道精神にかなうものと勝手に判断してしまった。フェルラーラ攻撃に向かうはずの軍隊を指揮していた彼は、まさにわたしたちが征服すべき男。わたしたちの企てが成功すれば、恋愛の神エロスが軍神マルスに勝利したことになる。

気をとりなおし、活力を得たわたしは、ただちに精力的に準備にかかった。金箔や銀箔の装飾で色調を多彩にし、レースと刺繍で華やかさを強調して、部屋の模様替えをした。わたしの宝石類は美しく磨かれ、宝石箱の中で輝いていた。わたしは何度も香料調剤室に下りて行き、辛抱強く化粧水を調合した。香水を蒸留し、紅の鉢を用意して、顔を美しく見せる化粧水を何種類もつくり出す。新しい衣装と飾りのついたケープと裏地付きの毛皮のマントを注文した。当節流行の短めの若々しいマントは、真っ白なロシアギツネ二頭分を使ったもの。わたしはうまく取りしきっていたので、この気まぐれも満足できるものになった。マントヴァきっての腕利きのお針女たちが、衣装部屋で働いていた。

一月八日、わたしたちは深紅のサテンで華やかに飾られた三台の二輪馬車に分乗して出発した。刺繍のほどこされた天蓋はすき間風を防ぐために二重になっていた。わたしたちは毛織物やビロードの衣装に身を包んで、手を温めるために温湯を利用したマフに手を差し入れていた。わたしたちがこれ見よがしにつけていた最も優美なものは、目が見えるように二本の切りこみを入れたサテンの仮面で、これによって鼻が赤くなったり、目から涙が出たりするのを防ぐはず。仮面をつけた女性たちの顔は一変し、空想上の猛禽類のように見えた。わたしたちの旅立ちは、色とりどりの衣装、肩かけ、マントなどでごった返していた。道化師たちがとめどもなく行ったりきたり走りまわり、神経質になった馬やラバが蹄で地面をかいた。下僕や馬丁はしばしばちぐはぐな命令を課せられていた。わたしたちの籠など馬車にあふれるほど積みこんだ荷物は、前日のうちに先行し、わたしたちはそれをミラノで受け取る手はずになっていた。ユリウスの恐ろしいにらみが最後の瞬間までつきまとってきた。また新しい陰謀を企んでいるのではないかとわたしを疑って、法王はその旅行にずっと異議を唱えていた。あわただしく挨拶をしにきたフランチェスコがそのことをわたしに伝えた。そして費用がかかりすぎているという言葉をつけ加えた。それから宮廷の前でわたしたちは楽しそうに装って、人に見せかけの抱擁をした。

わたしたちはひどく寒い道をいそいそと進んで行った。わたしの後ろの馬車に乗った若い侍女たちは低い声で話したり、笑い合ったりしていた。あたりに平原が広がってくるにつれて、しだいに沈黙が漂いはじめ、笑う回数が少なくなって、ついには誰もが黙りこんでしまった。凍りついた植物と、葉を落とした樹木の繊細な細工との間に浮かんで、じっと動かない冬のせいか、わたしの胸の中で何かが断続的に鳴っていた。わたしは二十年前の若く幸せな花嫁のわたしを思い浮かべた。脇にはわたしの立派な母がわたしのただひとりの妹ベアトリーチェと一緒にいて、わたしたちが水路を通ってパヴィーアに向かう御座船には、フェルラーラの女性たちも一緒にいた。パヴィーアで、ベアトリーチェはルドヴィーコ・イル・モーロと結婚することになっていた。若過ぎるための頑なさと悲しみの深さによって妹自身が萎縮し、彼女は途方もなく大きい冒険を前にしたような恐れをひそかに抱いていた。その頑なさと悲しみに対して、母は不安に震えながら、胸の張り裂ける思いで妹を見つめた。わたしたちのまわりの女性たちは雪と寒さにうめいたり嘆いたりし、人けのない真っ白な川岸の間をのろのろと進む御座船や、空腹についても泣きごとを言った。見失った食料運搬用の小舟が、どこかで障害に遭遇したかもしれなかった。わたしは、自分がしたたかに成長したのを感じた。くどくどと言う不平はわたしを激励する言葉のように思えた。何事にもわたしは弱音を吐かなかった。もちろんマントヴァに残してきたフランチェスコへの思いについてさえも。

遠く離れていても彼の激しい生き方が大いにわたしの血を騒がせる。けれども、わたしたちが離れ離れでいることは、正しくない行為か、あるいは生きる権利に対する罪のように、わたしを責め立てた。では、今は？　わたしはすべての答えを拒んだ。あの幻想によって呼び覚まされた情熱がわたしをとらえていた。そして、わたしはあの懐かしい幻影たちに別れの挨拶を送り、わたしがダイヤモンドのように鮮明に生きていたあのころの人々の声をふたたび耳によみがえらせた。雨の中を行く馬車の快い振動に揺られて、わたしはいつしか眠りに落ちた。

二月、わたしはミラノにいた。二十二日にスペイン人の急使が、ユリウス二世が突然、逝去したという知らせをもたらした。わたしは雷に打たれたようになった。もしわたしがそれを望んでいたとしても、あのどっしりした樫の木が折れるとは、不屈の情熱に支えられたあの精神がこの世から消えるとは、途方もない冒険を執拗に思いついたあの頭が今は横たわって動かないとは、とても信じられなかった。奇しくも法王が、スペイン軍に対してフェルラーラに向けて進軍を開始すべしと命じる予定をしていた、まさにその週にこの結果となった。一方、豪華に盛装したわたしの女官たちは、遠征隊総司令官ライモンド・デ・コルドーナを恋のわなにかけようと死に物狂いでつとめ、彼の心を戦争からそらそうとしていた。計り知れない肉体的な苦痛が和らいだことで、わたしはほっと安堵の吐息をついた。フェルラーラも、エステ家も、わたしも、もしかするとフランチェスコも、みんなが救われ、もはやわたしを敵視するあの不当な忠誠とやらにしつこく悩まされることもなかった。わたしは女官たちと握手を交わした。彼女たちも楽しげにささやき合ったり、歓声をあげたりすることができるようになった。彼女たちを静粛にさせる方法などはあり得なかった。

わたしはすぐにフェデリーコのことを考えた。じきに帰れるはず。きっと枢機卿たちは息子をローマに引き留めはしないと思う。法王に縛られていたあらゆる結び目がほどかれるようになり、わたしは明日の知らせを恐れなくなった。わたしは浮き足立ち、自分のしていることがわからなかった。信じられないほど虚しいわたしの一日を歌いはじめる音符が、わたしの手からこぼれ落ちていた。夜は遅くまで眠らずに、もはや怖いものはないとくり返し自分に言い聞かせた。乳母カテリーナの妙薬がなくても眠れるようになった。わたしが気に入っているあらゆるものについて考えられるようになり、ユリウスについても考えた。死んだ法王は短い夢の中でわたしにつきまとった。わたしが理由もないのに激しく彼の死を神に祈ったり、地獄に落ちることを願ったり、呪ったりした、と法王はわたしを非難した。わたしは彼の許しを乞うことができなかった。けれども、法王とのかかわりに深入りすることを避けて、次なる敵を秤にかけてみると、わたしの前にいるのは手ごたえのない男や取るに足りない男ばかり。わたしは勝つか負けるかの大勝負をするにふさわしい偉大な敵を失ってしまった。

わたしはどのみち遭遇するはずの人生の荒波に結局は巻きこまれ、甥のマッシミリアーノの運命やミラノ公国の再建に情熱を傾けることになった。謝肉祭は大がかりなだし物や華やかな宴がくり広げられて最高潮に達したけれども、ユリウスが亡くなった今になって、さらに矛盾した事件が続けざまに起こった。ピアチェンツァは自由を取り戻すと、領主としてミラノ公を選び、マッシミリアーノを招請して歓呼とともに迎えた。わたしも歓迎されているような気がした。三月二日にわたしがなぜ勇気のある決定をしたかを考えても、あの気まぐれな決意をするにいたった衝動についてはどうしても説明がつかない。わたしたちの馬車をきちんと整え、わたしは女官たちに旅行中の座席を割り当て、わずかな供回りを従えて、公爵の軍隊とライモンド・デ・カルドーナ率いるスペイン軍の行進の列に加わった。参加した最大の目的は、味方の兵士たちにはかない期待を抱かせ、気をもませて疲れさせることなので、わたしたちの馬車のかたわらを騎馬で進む兵士たちは、勇壮な叙事詩の中の主人公の気分になってひどく興奮していた。わたしは侍女たちに勇ましく見せるのではなく、あたかも飾りつけた大広間か、緑豊かな庭園にいるかのように、嬉しそうに見せるようにという指示を与えた。

わたしを招待したり、しかも祭りでにぎわう町に彼と一緒に入るようにというマッシミリアーノの招待を、わたしが何かの心の弾みで受け入れた、その理由はわからない。ともあれ、わたしは招待を受けたし、それなりの盛装もしていた。そしてある種のひそかな願望に導かれて、公爵の天蓋の下で甥の右側に並び、ピアチェンツァの入口にいた。わたしは自分の気持ちを確かめようとし、それによって願望はいっそう熱烈なものになった。本能的な不思議な喜びが何の脈絡もなく不意に胸にわきあがった。そのときフランチェスコが手厳しくわたしに家に戻るようにという指示を伝え、フェデリーコがローマを発ってマントヴァへの途上にあることを知らせてきていた。日数を数えて、息子の到着は差し迫っていない、とわたしは判断した。

わたしがいつマントヴァに帰るか、フランチェスコはわたしに自由に決めさせるものと期待していた。

今はもう、フェルラーラと一緒に陰謀を仕組んだことで、わたしを憎悪していた法王を恐れる必要がなかった。すると逆にフランチェスコが悪意のある苛立たしい命令によって、わたしに苦痛を与えはじめた。わたしは彼にはっきりと説明した。どれほど多くの友人がわたしたちの国のために尽くしてくれたか。どれほど多くの好意をわたしが得たか。また、わたしたちの一族に守られていると感じて、助言を求めている甥の限りない感謝の気持ちが、この先どれほど役に立つことか。けれども、それは虚しかった。わたしには気晴らしさえなかったのに、まったく何ひとつとして。わたしは人生をまさに戦場で費やしてしまった。彼はそれをまったく無視して、いい年をして唐突に気まぐれな行動をすべきでないことがわからないのかとわたしに怒鳴り、それから領民の間や宮廷の中にひそかに広まっているうわさ話を抑えなければならない、とわたしに命令した。最後にはもっとはっきりと、妻として夫に対するきちんとした敬意を払うよう要求する、と彼はわたしに言った。おそらくわたしは叱責されることに慣れていなかったので、このような命令はわたしを侮辱するものと受け取った。けれども、敵方がフランチェスコの誇りを傷つけながら浮かべる冷笑や、侯爵の通達を書簡控え帖に控えているときの彼の書記の唇を閉じたせせら笑いを考えて、わたしは眉をしかめた。

わたしはきつい、しかも情緒的な弱さをできるだけなくした冷淡な手紙を書いた。けれども、長年にわたるわたしの服従と忍耐、それとがまん強い愛を彼に思い起こさせることも忘れなかった。まさに、愛。わたしはこの言葉を強調するために痛烈な皮肉を惜しまなかった。「閣下」と、よそよそしく呼びかけて、「貴下は領主として、本来は夫が妻に義務づけるべきでなかったはずのあまりにも多くの義務を、わたしに義務づけてきました。今後もしも貴下が誠心誠意わたしを尊敬し、愛するとしても、決してわたしの愛と誠に十分にこたえることは到底できません」手紙に封をしたとき、わたしはこれで自由を得たという解放感と平和のために力を尽くしたいという熱い思いを感じ、その夜は粗末な宿で屋根を打つ雨音を聞きながら、やっと感情に支配されなくなったせいか、薬に頼らずに眠りについた。

その翌日、わたしは彼にわたしの権利を求め、わたしの妻としての誠実を主張して、その結果、彼はわたしをいっそうほっとさせると同時に用心深くもさせた。あらゆる努力をしてわたしは自分の帰国を遅らせることに決めた。夫と顔を合わせることに慣れなければならなかったし、また垂直の石の壁の間にわたしを閉じこめるという考えにも慣れなければならなかった。わたしの若い日々を送った城が、わたしの愛さないものの象徴に変わることをわたしは望まなかった。わたしの部屋、わたしの書斎、わたしの地下の小部屋〈グロッタ〉、レオナルド・ダ・ヴィンチの部屋、そして絵画の間が、いつものようにわたしを迎え入れ、考えたり想像したりする気持ちを刺激しなければならなかった。そのようなことから、わたしは二回目の手紙を書いて、わたしの帰国を三日間延期できるようにていねいに頼んだ。そして総督と甥の公爵に希望されて断わり切れなかったためと説明した。

「願わくば閣下がわたしの心の奥底までお見通しくださらんことを!」と、手紙をしめくくった。そこに偽善はなかった。フランチェスコの非難するとおり、わたしはいつも自分のやり方で自分の頭を使って行動したがる女性のひとりかも知れなかった。けれども、いつもはっきりと国家のために行動しており、感謝されてもいいと思っている。

今や情勢は沈滞して、スペイン軍は賃金が支払われないことに反発し、パルマ付近に野営した。わたしはさらに三日間延期したけれども、それらの日々はそれまでに体験した日々とはまるで違った。野営地という男ばかりの奇妙な村を知った。ただ肉体の必要に応じて食べたり、飲んだり、眠ったりすることだけに専念している兵士たちの、無味乾燥な生活。武器をとって訓練したり、いつも道具を相手に格闘していた。わたしはといえば、野営という名称から、愛と美の女神ヴィーナスと戦いの神マルスの、アーサー王の妃グイネヴィアと円卓の騎士ランスロットの、アーサー王伝説のイゾルデとトリスタンの、きらきらした優しい世界のように想像していた。よく晴れて山おろしの北風が肌を刺す朝、わたしたちはクレモーナを経由してマントヴァに帰り着いた。北風が赤い城壁を震わせているように見えた。輪郭をくっきりと強調した巨匠マンテーニャの透視図法による光沢のある絵画が、どれも新しい作品のように書斎でわたしの目をとらえた。フランチェスコは宮廷のすべての人々にわたしを出迎えさせたけれども、くり返し襲ってくる持病のせいで、本人は自室に閉じこもったままでいた。しばらくたって夕食を共にしながら、彼はわたしたちの手紙のことを話題にしたけれど、なぜか彼はそのときうわの空といった様子で、わたしが落ち着いて明るくふるまうのを目にすると、ひどく怯えたように見えた。夕方近くになって、わたしがなんとなく階段を下りて彼の部屋に行くと、扉に錠がかかっていた。

けれども、わたしの生活は、今までの苦労を帳消しにするほど好ましい状態には戻らなかった。ミラノできらきらと輝いていた衣装と装飾品をわたしは籠や箱から取り出してすべて元のところに納め、部屋をきちんと整理した。何となく気分がすぐれなかった。わたしは優しい人柄で人に知られているのに、何か秘薬が作用しているかのように、わたしに話をしにくる人々に対して、わたしはその優しさを失っていた。わたしはライモンド・デ・カルドーナ総督に〈むち〉を送った。それは罪人が自らを悔い改めさせるためにむち打つときに使うもの。この象徴的な贈り物によって、わたしは熱烈なあの色男のあまりの無我夢中ぶりに皮肉をこめて忠告したつもり。その瞬間にわたしは、イタリアの半分を統治しているあのスペイン男に、ブロニーナへのこれ見よがしの熱愛に対する代償を支払わせたとひそかにほくそえんだ。彼の混乱した手紙が後を追いかけるようにして続いて届き、その最初の手紙はいんぎんな調子で〈仲介者〉を依頼していた。むしろわたしが仕向けた恋の丁々発止について彼と言葉のやり取りをしていたので、聖女のような恋しい人との仲を取りもってほしいという、はっきりしない言いまわしでの彼の頼みを禁ずる権利はわたしにはなかった。彼は柔軟な対応で行動し、痛手になるようなことも好意として受け止めたようなふりをして受け流していた。わたしもまた腹の立つやり方をされても、さまざまな事件の行方を左右できるこの権力者を直接に敵にまわすことはできなかったし、満足が行くまで大小の有益なことを彼に依頼した。

わたしがしつこく焦らせば焦らすほど、あのスペイン人総督はブロニーナへの恋に身をこがす始末。これほどの熱い想いを寄せられた彼女は愛の光りに照らされているのを感じたけれども、それを自慢するようなことはなかった。わたしはブロニーナについて考えてみた。彼女は本当に美しかった。背が高く、ほっそりとして、白い肌はくすみも染みなく、光の方向によって緑色や金色に変わる青い目はとても大きく、とてもきらきら輝いて、誠実な顔に人の心を奪う魔力を与えていた。その笑顔にはいやおうなしに引きつけられる魅力があった。ミラノで、宵祭りの後、総督は彼女に洗練された細工の宝石類と、深紅と黒の二巻きのヴェルベット布地のロールを贈った。深紅は受け取ってもらえたときの歓喜の口づけ、黒は受け取ってもらえなかったときの悲哀の口づけを意味していた。彼女は恥じらいのあまり小さな両の手で顔をおおってしまった。わたしは侍女たちの間で評判にならないようにブロニーナと距離を置くことにした。そのことは、わたしに彼の愛する女性をよく面倒みてほしいと懇願してきたときに、総督にはわかっていたはず。想像を絶する不器用さで、彼はわたしに取り入ろうと考えて、手紙にブロニーナがわたしをたいそう敬愛し、尊敬と愛をもってわたしに仕え、うっとりと見つめている、と書いてきた。わたしは冷ややかにその文章をブロニーナやほかの女官たちの前で声を出して読むように、トリトリーナに指示した。そうすれば繊細な感性をもつブロニーナは衝撃を受け、彼女の身に起こったことにわたしを巻きこまないように気づかうことになると考えてのこと。

いつもわたし個人に対して献身的なピルロ・ドナーティは、わたしが帰国してから明らかに動揺していた。彼は女官たちの色恋ざたも、わたしが彼女たちに仕込んでいるきわどいやり方も気にいらなくて、こうしたわなに掛けるわたしを見るのは耐えられないらしかった。おなじ秘書でもベネデット・カピルーピはこれとは反対に、たえず人妻としてのわたしの生活について口を出していたので、城内の持ち場にいるわたしを見てたいそう喜んだ。わたしがミラノにいたとき、フランチェスコがフランス病の痕跡を示して、病気は治ったので完全な結婚生活ができるようになったとカピルーピに保証したという。わたしは笑うのをやめた代わりに、扉に錠がかかっていたことについても何も言わなかった。ピルロ・ドナーティは、女神としてのわたしに仕える人物がそのような打ち明け話をしたことを非難した。わたしはピルロのそういう慎み深さに救われる思いがした。彼がいつもわたしに尊敬の気持ちを抱いて細やかな心づかいをしていることが嬉しかった。内緒話や気まぐれな思いつきに耳を貸すには、あまりにもわたしは気高いと彼が判断したことに、わたしは喜びを感じた。このようなときに宮廷の穏健な勢力と反対する勢力の耐えがたい対立に巻きこまれることは、わたしを苛立たせた。

憂鬱の泥沼に呑みこまれようとしているわたしを頼もしく救ってくれた人、そしてわたしにそのときの未来を構想するあらゆる能力を取り戻させてくれた人、それはほかでもない息子フェデリーコ。息子はローマから疲れ切って帰ってきた。医者がしたり顔でこの子はひどく衰弱していると言うので、息子は何日かはベッドに寝たきりになっていた。けれども元気を回復すると、わたしが夢に描き、そうあって欲しいと願っていたとおりの息子がそこにいた。もはや少年ではなく、透明なバラ色に輝くような十三歳の魅力的な青年になっていた。礼儀正しくしつけられていただけでなく、感情をこめたり呼びかけにふり向いたりするときの顔の動かし方など、まねのできないほど立ち居ふるまいが軽快で洗練されていた。男性的なフランチェスコの長髪にそっくりの赤銅色をおびた栗色の長髪をふり動かすとき、最も端的に息子の若さが示された。また、抑揚をつけて話したり、確かなことを示すために左手をまっすぐ上に伸ばしたりするのが、わたしとよく似ていることを発見して驚きを感じないわけにいかなかった。やや左に傾いたフェデリーコ独特のもの憂げな姿勢から優雅さを漂わせながら、まるで良識を備えた女官のように歩いた。息子は毎日、自分の部屋で宮廷音楽師たちと一緒に、あるいは甘いきれいなソロで歌ったり、注意深く武器をとって鍛錬したり、悪竜を退治する聖ジョルジョのように馬で出かけたり、よく話をした。息子の言葉からは二年余りの間にマントヴァ訛りがほとんど失われていて、おそらく息子はローマ・アカデミアの先生たちから学んだいい発音をするように心がけているのがわかった。息子はあらゆることに興味を持った。わたしたちがバルデサール・カスティリョーネ伯に教えられた以上か、あるいは少なくともその程度の宮廷人の作法を、息子は本能的に心得ていた。必要に応じてわたしから学んだ行儀ではなく、息子はわたしの手に口づけをするためにわたしの席の前でひざまづき、しばしば長時間、わたしの足もとの踏み段の敷物に座ったままでいた。わたしたちの話し方は短期間に打ち解けた調子になり、心が通じ合うようになった。女官や侍女たちはあの子を戸惑わせることもなかったので、臆することなく彼女たちとふざけたり、気のきいた冗談を言ったりした。

驚くような偏愛がわたしの心のうちにわきあがっていた。この息子は、荒っぽい遊びや格闘技にうつつを抜かしている弟のエルコレやフェルランテとはまったく違っていることが、今になってはっきりとわかった。フェデリーコは人に愛されるようにつとめ、すすんで試練に身を捧げた。女の子しか産めない母親という屈辱的な疑いをかけられて、わたしの面目をまるつぶれにしたふたりの女の子の後にフェデリーコが生まれたときから、わたしはいつもこの子に夢中になってきた。けれども、今、わたしはあの子に百点満点をとる生徒のような素直さ、国を強くする可能性というより、むしろ国力を倍にする可能性を信じさせる素直さがあると思う。わたしは心ひそかにあの子の後見をすることに決めていた。あの子は、領土を広げる能力、政治的なかけひきの能力、理知的および感情的な珍しい楽しみを選ぶ高度でしかも研ぎすまされた能力などのすべてを備えていた。あの子を王子として、時代の手本となる男性として、人間の幸福の典型として、わたしは心を配っていた。

奇妙なことに思えるけれども、ゴンザーガ家のだれもと同じように、フェデリーコも湖を特別に好んだ。ほんとうのマントヴァらしさとして、あの子が何よりも愛した気晴らしは、湖に小舟を浮かべること。生い茂る葦の緑におおわれた無数の小島の間に枝葉に隠れて潜んでいる狭い水路を進んで行く。あの子は広々とした鏡のような静かな湖面に集まってくる水鳥たちの哀愁をおびた歌声や感動を誘う鳴き声を訪ねて、舟を走らせる楽しさに魅せられていた。わたしにとってこうした場所は人を不安にさせたり、元気づけたりできる神秘的な魔法を隠しているように思えたけれども、何にもましてマントヴァの人々が偶像崇拝をしているのではないかと疑った妄信的な総督によって湖に沈められた、古代ローマの詩人ウェルギリウスの白い彫像についての言い伝えに、わたしは思いをはせる。フェデリーコにとっては、どの湖もオオバンやカモ猟の、ときにはカワカマスやコイ釣りのとっておきの穴場となった。そうして、ときどき二、三隻の舟に何人かの漕ぎ手が分乗して、わたしたちは何時間かを色の変化する水鏡の上で過ごした。わたしたちは楽士や歌い手、息子の仲間などを何人か連れて行った。息子の仲間は世間知らずの厚かましい若者たちなので、わたしの侍女たちは彼らを鼻先であしらい、相手役を小間使いに押しつけた。歌と釣りの後で（わたしは、しばらく前から流行しているラッパ銃という猟銃を使った、騒々しい上に残酷なオオバン猟は拒否した）、わたしは長い時間フェデリーコとふたりだけになれるように仕組み、あの子の関心を引いたり、好みを呼び覚ましたりできるさまざまなことや、わたしの知っている芸術のことなどを話した。弟のアルフォンソに話がおよんだとき、フェルラーラ公爵の爵位を守るために彼が発揮した優秀さ、勇気、不屈の魂についてかいつまんで話して聞かせた。

「策士です」と、息子がわたしの話をさえぎった。「アルフォンソ・デステは策士のフェルラーラ公、法王さまはいつもあの人のことをそう言っていました。フェルラーラは法王領なので、教会はあの領土を取り戻さなくてはならないのです」

　わたしは息子に、何世紀にもわたって封建領主をつとめてきたエステ家が、公爵として都市国家の名と共にその名を揺るぎない栄光で包んできたことについて説明した。あの子は注意深く聞いたけれども、ほとんど納得はしなかった。あの子の心の奥を細かく探りたいという興味にかられたわたしは打ち解けた態度で、ローマでは法王とどのように暮らしていたのかを尋ねた。フェデリーコは若々しい体をきちんと伸ばし、目をきらきらさせてわたしを注意深く観察した。

「ああ、お母様、ほんとうに法王さまのことをお知りになりたいのですか？　ほんとうにそうお望みなのですね？　お望みならローマのことをすべてお話しします。ローマは素晴らしい大きな都会で、ほとんどが生い茂った木の葉におおわれています。植木や森や彫像でいっぱいの別荘がとてもたくさんあるのですから。それに小高い丘の上にあるほとんどの教会が樹木に囲まれ、ローマの中心には古代ローマの遺跡がたくさんあって、街を貫く川がローマを二分しています。宮殿では黄金が衣裳にも、馬飾りにも、饗宴のテーブルにも雰囲気を添えています。ヴァチカンは広大無辺の宮殿、私が住んでいた別荘は法王さまのお邸のすぐ近くの、笠松におおわれた丘の上にあります。法王さまについてもお知りになりたいですか？　あの方は私にとっては偉大な師友でした。ゲームに負けたり、怒ったとき、大仰な言葉で私を笑わせました。私が笑うと法王さまも笑って、そのあとで私を、すてきなフェデリーコ坊やと呼びます。エレオノーラ姉さんの夫はやきもちを焼いていました。本気で！」

息子はおとなのようなため息をついて、さらに続けた。

「お母様、法王さまはひとことで言えば、立派な方でした。いつも私に贈り物をなさり、テーブルの上からワインや肉を私に取ってくださいました。激怒することもありました。それは本当です。しかし、すぐに冷静にかえられ、みんなに許しを請われました。教会について議論されるときは熱がこもり、聞いている私たちも興奮させられました。神を敬っておられました。私はいつも、たった今も、あの方を目に浮かべています。お母様。夕べにはあの方のために私は祈ります。するとあの方は私のそばに姿をお見せになり、私に挨拶をされ、私を祝福されるために手を上げられます」

息子はあたかも重圧から解き放たれたかのように息せききって性急に話した。わたしは何も言わなかった。わたしの宿敵が勝利したことをはっきり悟った。彼はわたしの未成年者の息子の心に入りこんでしまっていた。フェデリーコの短い無邪気な話は、あの子が体験した日々の暮らしを想像させた。感情を察するよりもやさしくしてやることが大切な少年特有の扱いにくさを自然に示唆していた。あの子が夕べの祈りのときに呼びかける人物は、わたしでも、あの子の父親でもなく、守護してもらいたいあの法王ただひとり。横暴なその法王の面影を拭き消さなければならなかったけれども、命令したり、言い争ったりしないで、根気よく薄れさせる必要があった。フェデリーコの教師ロゾーネに、エステ家の素晴らしい歴史をわかりやすく、できれば古代ギリシャの伝記作者プルタルコス風の書き方で、急いで書くように指図しようと思う。ユリウス二世はずる賢い策略で優位に立つ醜い本音の姿をさらすことになる。それでも、すべてのことを未来に託すのは後味が悪いし、わたしが多くの争いをしたあの人物の、その生きた亡霊と後々まで正面から向き合うのは苦々しかった。わたしは刺すような心の痛みを隠すためにに頭をめぐらし、あたかも湖底を向こうへ逃げて行く黒い魚影のかすかな動きか何かを見分けるかのように、水面に身をかがめた。

「お母様、お母様」と、フェデリーコが叫んだ。「何をご覧になっていますか？　ウェルギリウスの像が見つかったのですか？　どうぞ、私にも見せてください、私にも！」

4

捲土重来

時計の間　一五三三年

気質の合わないもの同士は何でもないことで矛盾することを言い合う。けれども、この時計の間ではそういうことはない。どの時計もみな時を刻みながら、全宇宙の休止のようなものを引き起こす方法を探しているように見える。調和への切ない思いが光と影の間に入りこむ。わたしは独りで長い年月を、言い換えれば、降りかかった運命にすっかり逆上したときのことどもを思い出している。この瞬間に幸福の鼓動のようなものを、わたしは微かに感じていると言えるかもしれない。人間は生まれながらにして幸福の権利を持っていることを確信して、それを主張するために幸福という言葉を頻繁に使う。けれども幸福などというものは、まさに一瞬の閃光にすぎないもの。体中から発した熱い幸福感は脳に達するまでに消えてしまう。その反対に、不幸の熱はもっとしつこく人を悩ませ、なかなか消えないもの。その上、思っている以上にしばしば現われる。わたしにとって、これこそが唯一の日常。わたしは手を置いた木製のテーブルに視線を落とす。一つまたひとつ物をかき消すのろのろした波に気がついて、わたしは恐怖心をあおられる。波は洪水を起こした瞬間に世界をかき消し、テーブルの端にぎざぎざの形に泡を生じて止まる。さらに波はそこから後退し、消え果てる。わたしが立ち向かっている幸福とか不幸といったものは、奇妙な手に負えない不可解なもの。

手の届く黄色い大理石の棚の上に、貴重品箱があり、その片隅に癖のある字で書かれたロバート・ドゥ・ラ・ポールの何通かの手紙が隠してあるけれども、今ではもう昔のように用心もしなくなった。この秘め事にぐずぐずと拘泥することをわたしは好まない。あるいは好まない方がよいけれども、ここには多くのことが含まれていて、その事実をわたしは拒むことができない。わたしの耳の中には、数年前にエミーリア・ピオと交わした会話が残っている。わたしたちは共通の友人に当たるひとりの女性に同情を寄せていた。彼女はひどく陰鬱な人生を送っていた。エミーリアは友人の女性が無意識のうちに隠している勇気を表に出すように、そしてそれだけの知性を備えた女性と判断して、考え深い厳しい言葉を投げかけた。それは未知の領域ともいうべき心の奥にあるときだけ、勇気はよみがえる力を持つというもの。わたしのかけがえのない義妹エリザベッタでさえも、この言葉に大賛成した。忘れたころにわたしを驚かせるイングランド人からの例の手紙は、わたしが刺激に慣れるだけの時間をたっぷり見計らって、間遠に話しかけてくる。まったく思いもかけなかったこの外国人がわたしの前に現われた意味は、百回自分に問いかけてもわたしには答えが見つからない。わたしの人生にとって必要な人間とは思わない、と言いながらも、わたしがそのことを一語一語言いよどむのは、そのようにすっきりとは割り切れないから。

彼の話題には、かっとさせたり、元気づけたりする言いまわしがある。けれども、わたしが知らない事実を説明しているときは、わたしは素直にそれを受け入れる。それはたぶん、彼の視点がわたしとは異なった角度からものをとらえているため、しかも彼なしには知り得なかったことに光があてられる。彼の手紙の一部にはわたしに関心を抱いているという表現があり、詩人ベンボのきどった文体よりももっと想像力豊かなたくさんのお世辞にくすぐられた。けれども、このような手紙についての倫理はどうか。そうではなく、手紙を受け取ったことについての倫理はどうか。わたしにはわからない。それらの手紙を目にしたときに、わたしはすぐさま破り捨てなければならなかったのか？　ロバート・ドゥ・ラ・ポールという人間は、罪のないもののように見えるけれども、もしかすると悪魔的な存在かもしれない。彼は初め、司祭としての身元を明らかにしないという罪ならぬ罪を秘めて独りで現われた。彼の孤立した状態が強さになっていることを、わたしはすぐに気にとめたりはしなかった。わたしは自由な人間という幻想を抱いていた。良識における自由。決して返事を出さない手紙を読む自由。けれども、手紙はわたしという人間のすべてを見透かしていた。わたしは返事を書かなかったことによって、彼が自由に空想をふくらませるに任せてしまった。当然のことに彼は、親密な関係にいるのは厳しいとしても、決して軽蔑的でないわたしの返信を勝手に想像することができる。それでも、ほんとうのことを言えば、彼がわたしを怒らせないかぎり、わたしはこの秘密がとても気に入っている。もし彼がもう一度、わたしの前に姿を見せるとすれば――彼の友人エラスムスがイタリアに戻ったかのように、未知のことや、燃えるような空想や、熱烈な信仰との出会いなどについて、わたしたちの間で話題にすることができるかもしれない――もし考え深げな黒い目をした明るい顔の彼に会うとしたら、わたしは戦う気持ちになるのか、それとも握手を求めるのか。おや、わたしは何を言っているのか？

⚜ ⚜ ⚜

銀と深紅の縞柄のボディスと組み合わせた黒いサテンの衣装は、大胆ながらも世間に通用するぎりぎりの線を保っている。優美な宝石と、フランス風に精密に細工された二重の金の細い鎖と、そして留め金にルビーをあしらった真っ白な真珠の首飾りで調和をとる。わたしはこの衣装を軽快に着こなす。こうしてふくよかなサテンの花冠をつけたわたしは、メディチ家出身で大ロレンツォの息子にあたる新しい法王レオ十世の玉座の前で、私的な謁見にくつろぎ、しっかりと楽しんでいる。わたしは法王の足もとにうやうやしく、うち解けた身ぶりでひざまづき、丁重に歓喜を示しながら聖なる指輪に口づけをした。わたしのくだけたふるまいと比べて、彼はややぎこちなく見えたけれども、そのあと彼は立ちあがって、わたしに手を差しのべ、とても優しく金の飾り鋲のついた赤い革製の肘掛け椅子へ導き、自らも同じ型の別の肘掛け椅子に腰をおろした。ほほえみも浮かべず手短かに慶賀を述べて、わたしは自分の限りない敬神を法王に語る。すると法王は大いに歓迎し、わたしの夫がわたしのローマ滞在をクリスマスまで許したことについて祝意を述べた。

「サン・ピエトロ聖堂の私のミサにてお待ち申しあげます。侯爵夫人」もの柔らかな命令のような調子で彼が言う。

「法王聖下」と、わたしはこたえる。「楽な気持ちで、つつましい歓喜に包まれて、聖下にお返事をすることができます。実は、わたしの夫の侯爵は、わたしがローマでクリスマスを過ごすことに同意し、さらに今また親戚筋に当たるアラゴン家の王妃たちのご招待を受けてナポリへまいりますことを了承いたしました。けれども、わたしがとりわけ嬉しく存じますのは、夫の健康が回復に向かったと知ったことでございます。ずっとこの街の教会という教会にわたしはろうそくを捧げて祈りを続けてまいりました。たった今、法王聖下にわたしのナポリへの旅をお許しいただけますようお願いいたしとう存じます。必ずやローマに立ち戻りまして、クリスマスの夜のミサの聖なる儀式に参列させていただきます。わたしにとりまして、これ以上のありがたい贈り物はございませんから」

トスカーナ人のレオは、わたしの言葉を注意深く聞きながら、ていねいにうなずいた。ふたりの女官と共にわたしに随行してきたガッビオネタの副司教は広間の隅にかしこまり、喜びにひたりながらフランチェスコをほめていた。フランチェスコの協調性豊かな明るい性格、そこから生まれる寛容さと優しさについて、またこの度のことも最愛の妻に対する、つまりわたしに対する思いやりがすてき、と副司教は言う。法王の肘掛け椅子のうしろに、少しぼんやりした弟の（イル・マニーフィコ）ジュリアーノ・デ・メディチと、凛々しいけれども冷たい従兄弟のメディチ家枢機卿ジュリオが控えていた。

わたしはこっけいきわまりない奇妙な瞬間の中に身を置いていた。わたしが要望したこの新しい謁見は、偽の土地台帳によって実現した。ローマ滞在とナポリ滞在をそれぞれわたしに許したフランチェスコの寛大な人物像に、誰もが心にもない敬意を払うということで同意しているように見えた。わたしたちの会話に隠された意味を考えようともしない、四角ばった性格の法王さえも、このうやうやしい一か八かの大勝負に巻きこまれていた。真実は法衣におおい隠された。

　フランチェスコのほんとうの腹のうちをわたしは知っていた。ヴァチカンの中でもつれ合う多くの陰謀のうち、ゴンザーガ家としてはアーゾラ、ロナート、ペスキエラの領土を切望している。法王にその譲渡を決定させるについて、これが最もよい機会とフランチェスコが思った理由はわたしにはわからない。けれどもわたしたちの計画がうまく運べば、他人を気にしないで、身内同士で話をまとめて封土が授与される。実際にわたしは法王レオにその領土の公認を求めた。法王はいつも通りの物腰でしばらく考えた後、ヴェネツィアと神聖ローマ帝国皇帝の間の平和がまだあまりにも遠いことを法王の重々しさで非難しながら、わたしに答えた。事実、平和の間にのみ、法王はあの土地に関して決定することができたはず。けれども、もし神が平和の恵みを法王に授けたならば、法王は法王の玉座を意識すると同時に、マントヴァを思い出したにちがいない。なぜなら法王はマントヴァをとても愛していたから。決して、と法王はつけ加えた。決してゴンザーガ家を守り損なうことはない、と。やや誇張して、納得のゆくように、彼はすべてのことに言葉を尽くして語った。

「この希望だけが、わたしの生きる喜びでございます。主人の喜びが目に浮かぶからでございます」とわたしは話をしめくくり、ほっと一息つく。そして優しい穏やかな表情を法王聖下に向けながら、あらん限りの賞賛を献じ、夫のために、そしてアラゴン家のために、必要とあればわたしの命を捧げますと言上します、と。

た。さらに、わたしがローマで想い描いた幸福は、クリスマスの夜にサン・ピエトロ聖堂でお目に留まり

　わたしが説明したこれらの事柄の一部分は真実になり、サン・ピエトロ聖堂で挙行されたクリスマスのミサによって、わたしは心の中の信仰の深い側面に熱い刺激を受けた。宗教はさておいて、わたしはまるまる一カ月の自由な日々が目の前に開けたのを感じて喜びを抑えることができなかった。遠い幼女時代の幻想の中のわたしは、王都ナポリでアラゴン家のふたりの王妃に抱擁され、歓迎され、ふたたび母エレオノーラのもとに戻っていた。法王は今しがたガッビオネタの副司教と話しこんでいた。イル・マニーフィコ・ジュリアーノはぼんやりした状態から抜け出して、わたしに敬意を払うため、ペトラルカの作風に倣ったソネットを何篇か朗読した。彼はそれらの十一音節の詩句にトスカーナ語の美しい響きを注ぎこんで、大仰に朗読した。ある一節をわたしは耳ざとくとらえた。「疾風（はやて）もはばかる早足ならば」、わたしはひと通り適切な言葉で賞賛しながら、法王レオをちらりと目の端にとらえた。法王は弟の朗読にうっとりと耳を傾けていた。最高権力の座にのぼりつめたこのメディチ家のジョヴァンニは、絶えず別人に変わったように見せかける巧みな能力がある。その影響のすべては推し測れないけれども、それらの行動の本質は自分自身の安全を守るためではなく、他人の不意を襲って横取りする確実な方法のためにあった。いつに変わらぬその愛想のよさの下に隠された法王の消えることのない心の不毛と生来の冷淡さを、わたしはふと感じた。法王はどのような場合でも相手を詮索し、話しかけてきた人の感激のひとときに冷水を浴びせた。四十歳以前の若いころの彼は、ラテン語とギリシャ語の学者らしい控えめな生活をし、気前よく寄進し、

キリスト教徒として厚い信仰を持っていた。でも、わたしをよぎったあの冷淡さが彼には本当にあったのか？

わたしはイル・マニーフィコ・ジュリアーノのソネットで巧みにくり返しほめそやされた。広間は大理石の白さが輝き、壮麗に光り輝く錦織で飾りたてられていた。わたしは詩の抑揚で頭をいっぱいにしてそこにいた。無自覚なフランチェスコに対して、わたしの気持ちの中に寛容さがわきあがってきていた。フランチェスコは早くもわたしを通して法王の手から彼に譲渡される領土を夢見ていた。この社会秩序の打ち壊された時代に、ひとつの都市、ひとつの村、ひとつの要塞を手に入れようとすることがどれほどむずかしかったか、フランチェスコにはまるでわかっていなかった。今やあらゆるものが誰にでも欲しいという気持ちを抱かせ、恥も外聞もない野望が横行していた。このことには法王といえども例外ではなく、彼は用意周到にそうしていたらしいけれども、法王庁内部の信頼できる目撃者の証言をつき合わせてみると、法王はとても縁者びいきの人で、一日中、多くの実例と人物をはかりにかけて過ごし、自分の弟と甥のロレンツォのために王国や君主の支配する領土について策をめぐらしていた。わたしたち封建領主は、法王の気持ちが万一変わったら、ということを恐れはじめていた。まずナポリ。いかにも彼が目をつけたとおり、王国。ついでモーデナ。彼は四万ドゥカートを払って皇帝から手に入れた。そしてレッジョ。さらにその他と合わせてルッカ。また一時期はフェルラーラやウルビーノ。つぎつぎと都市が貪欲なメディチ家の目標になった。これが法王にいきいきとした活力を与えていた。法王は身内の人々のために、権力と指揮権を思いのままにできる場をつくろうとしていた。どこまでやれば気がすむのかしら、とわたしは心の中で問いかけた。

　四頭の馬が引くアラゴン家の枢機卿の二輪馬車から少し距離を置いて、女官や男たちを乗せた数台のわたしの宮廷の馬車が従い、十一月の朝の大気を分けて快い速度で進んで行く。街道沿いに笠松や糸杉が一列に並んでいて、草が風にそよいでいる大地に柱頭や台輪が転がっているのを見て、わたしは馬車がアッピア街道を走っていることに気づく。微かに紫がかった冬の濃い黄土色に染められている広大な田園の中に、道は投げ槍の軌跡を追って突進するかのようにまっすぐに伸びている。暁を映した薔薇色の霧の中に円形の遺跡がぬっと現われ、ぽつんと離れた円柱は大声で呼びかけているように見えた。もともとローマはここから発展したけれども、すでに荒れ果てて人は住めない。白い遺跡は重大な破損をこうむって粉々になっている。絵に描いた風景ね、とわたしはつぶやき、すぐにフェルラーラで子供のころ何回もくり返し目を通した挿絵付きのローマの本を思い出す。ページごとに時間をかけて、できるだけ詳しく、できるだけ余すところなく、この都市の全貌を読み取ろうとした。マントヴァでは絵画の間の窓の近くに、想像の丘を主題にして、人々によく知られたローマの象徴をマンテーニャが幻想的に描いた作品があり、コロセウム、都市の城壁内外を結ぶティトゥス帝の門、ヴェネツィアの高い台座の上にそびえるヘラクレスの巨大な像、赤いノメンターノ橋、鮮やかな三角形を描き出しているカイウス・カエティウスの鋭角のピラミッドなどの、その精密さをわたしは格別に愛していた。

　わたしの乗った新しい皮革の匂いがする馬車には数人の侍女が同乗し、ペルシャ猫の毛を使ったふかふかの毛布を膝にかけている。これは、大切な親戚としてことのほかわたしに親愛の情を抱いているアラゴン家の枢機卿からの贈り物。古代ローマの板石の上を走る車輪の振動に身を任せる。あのすべすべした石の上をネロ皇帝はいつも自分自身から逃亡するために馬を駆り、ティベリウス皇帝は生きるための納得できる理由を求めてカプリ島へ走った。わたしはかつて学んだことを思い出し、それが喜びに溶けこむまでのしばらくの間、記憶を旅の道連れにした。

準備を整えるために、わたしたちは数時間も早く真夜中に目を覚ます。まだ睡魔が瞼に重くのしかかり、わたしはけだるいまどろみに引き戻される。一時間後にわたしは目を覚ます。女官たちは眠っている。アッピア街道はまったくの静寂の中にえんえんと続いていた。馬の早足のリズムに合わせて、馬の飾りにつけた鈴の音が響いている。道の両側にそれぞれの活動の歴史を秘めた遺跡が多く見られるようになった。白くなったり、灰色になったりしたそれらの遺跡は、悲しみを誘うこともなく、神話的な孤独へと退いて沈黙の中に息づいている。アルバーニ丘陵の稜線上にくっきりと輪郭を見せる、遠い昔からの大いなる静けさの中の古代の風景が、わたしをほっとさせる。突然、その何世紀にもわたる静けさを破って、わたしが自分の国からはるばる親戚筋に当たるナポリのアラゴン家へ向かう事態が発生している。

この一五一四年という年は、とても多くの争いごとや不快なことが続いた。一月一日を期してその陰謀がはじまった。そして、あの五月がやってくることが予告された。そのときわたしは四十歳になっているはず。それからは一日一日が駆け足で過ぎた。鏡の中の自分を見ても、まだ年齢を感じさせるものは見えず、わたしの髪はきらきらと金色に輝き、手入れのよい肌は染みもなく真っ白、二十歳のときから目立たない程度に紅をさしているだけで充分。このごろやや手足が肥り気味とはいえ、美しく軽やかに歩くことで逆にそれを長所に変えた。わたしの宮廷の女官たちは熱心にわたしを真似ていた。わたしには熱烈な感情を失った経験がまったくない。

あの五月十七日がやってきた。つまり、あの職務停止の日が……。わたしはあらゆることを見守った。女官たちは古参のヤーコパを含めて、その日付けを忘れているふりをした。フランチェスコはその日をほんとうに忘れていたし、いつも文学の出る幕をうかがっているエクイコーラは賛歌や愛に関する十戒、独特のまろやかな文体を生かした詩などで、わたしの引き出しを満杯にした。わたしは誕生祝いの席につかなかったし、音楽界は翌日に延期した。ただピルロ・ドナーティからだけは趣味のよい贈り物を受けた。アルド・マヌーツィオが印刷したペトラルカのさわやかな詩の一節で、それはわたしがもう一度鏡の中の自分を細かく観察しながら、変わったかしらと問いかけでもしたかのように、答える意識もなしに答えた。その気取らない祝意をわたしは受け取った。「奥方さまはご自分を見つめる理性をお持ちです。しかも、今までにないお麗しさを薫らせて」

それでも、四十という数字の音の響きは、ほとんど死の宣告のような執拗な悲しみでわたしを苦しめた。わたしは修養と義務的な力で自分に打ち勝とうとした。ギリシャ語の本を手に取って、そこに人間の内面的なものを探し、神の言葉を学ぶことを試みた。かつて恐れを知らなかったわたしが、ゼロで終わる数の鐘の音に震えた。わたしは夕べの祈りに出かけた。そして夜になって、わたしは心の動揺しているときこそ、強い精神が宿す能力と活力を大いに発揮すべきではないかと考えた。ついに神聖な反抗という考えにたどりついたわけ。わたしは自らに恥じ、ほかの誰にも真似のできない四十歳になろうと決心した。わたしは悩みごとを捨て去り、妄想をあざ笑い、勇気をもってそれを究めるつもり。わたしは自分の支配権を取り戻し、神がわたしの生存を許す年齢の期限というものに、澄みきった心で耐える練習をした。

五月は戦闘の状態にあった。わたしはいつもフランチェスコの健康の良し悪しに生活を左右されていたけれど、今は彼のやっかいな病気の頻発という暴虐に耐えていた。フランチェスコはすっかり衰弱し、そのために政治のすべての責任がわたしの肩にのしかかり、対外政策もわたしの手腕に任されていた。一日のうちの大半をさまざまな書類について考え、返信をまとめ、確認し、読み返すことに費やした。わたしは宮廷生活や気晴らしをする余裕がなくなり、鍛錬のために侍女たちを刺繍の仕事につかせた。毎日フランチェスコの様子を見に行き、緊急の情報を彼に報告した。そばに控えている彼の大切な相談相手トロメーオ・スパニョーリは、わたしの姿を見るといつもぱっと逃げ出し、フランチェスコをさえも苦笑いさせた。フランチェスコはわたしに適切に答えるために涙ぐましいほど力をふりしぼった。彼は集中しようとして眉をひそめ、それから疲れ切った頭を枕の上に投げ出し、苦しそうな微笑みを浮かべてわたしの手に賛美を示す口づけをした。わたしは考えていたより強い愛のこもった哀れみを覚えた。かつて彼と交わした熱烈な愛とはまるで異なった愛情が、わたしの胸に芽生えていた。わたしは仕事の明確な領域を考案した。わたしの仕事は、政治に必要な見通しや対策について正確に判断すること。もはや四十歳という自分の年齢について考えるのをやめた。ほんの微かに、嫌らしいスパニョーリの影と、ヴィーゴ・ディ・カンポザンピエロの名を持っていた男の霊が廊下をさ迷っているのに、わたしは気づいた。

その辛い生活が一カ月余り続いた。誰に派遣されたのかわからないけれども、不意に立派な修道士でしかも勘の鋭い医師セラフィーノ・ダ・オストゥーニが宮廷を訪れてきた。プーリア人にしてはまるでイタリア南部の人のようには見えない、侵入してきたノルマン人のような青い目をしていた。献身的で上品な人柄のこの修道士は、フランス病の特効薬を持参していた。彼はこの薬の調剤法を決して教えてくれようとはしなかったけれども、薬はみごとに効いた。フランチェスコは本当に回復し、体力、快活さ、あらゆることへの好奇心を取り戻した。ある朝、ピルロ・ドナーティは公文書局にいつも通りに出かけ、公文書がなくなっているのに気がついた。トロメーオ・スパニョーリが、一刻も早く読みたがった侯爵の命令でそれを持ち去ったものとわかった。こうして何の予告もなしに、扉はわたしの鼻先でぱたんと閉ざされ、夫が回復したからには、わたしは女性としての分に安んじるべきという、夫の考えが伝わってきた。

わたしは馬車の背もたれに寄りかかり、延々とアーチを重ねた壮大な水道橋が出現したのを見て思わず息をのむ。水道橋はここかしこで崩壊し、古代ローマの広大な平原に消えて行った水路を偲ばせる。わたしは苦悩のために冷たくなった手を温めているマフに目を留めた。わたしを見まった本当の苦悩は、わたしがたどる人生に意味を与えてきた仕事の場を取りあげられてしまったこと。では、わたしは何をしようとしたの？　そのことがフランチェスコの不利益にならなかったのは確かなこと、少なくともわたしは彼の不利益になることなど考えたこともない。けれども、よく考えてみれば、わたしたちの絆がもっと強く結ばれるように望んでいるつもりで、わたしは単純に強情を張っていた。その絆は、偉大な第三の国家の名において共に遵守する政治的な同盟のようなものでなければならなかった。わたしはあの朝かためた決心を回想しながら、マフの中で手をいらいらと動かす。わたしは急に立ちあがると、わたしたちだけの秘密の階段を下りて小さな扉を押した。扉はきしりながら開いた。フランチェスコは起きていて、機嫌が好かった。わたしは才知をしぼって、彼の健康を話題にし、尋ねたり答えたり、推測したりお祝いを述べたり、とめどもなく話し続けた。ひと言も話さずに、部屋の一隅でトロメーオ・スパニョーリが耳を傾けていた。わたしが彼を見ると、肩をすくめて何かはっきりしない合図をした。それはフランチェスコが机の上の書類の中から大急ぎで何かを探していることを知らせたらしかった。フランチェスコは何通かの手紙を選び出し、わたしに手渡した。

「イザベッラ、これはそなたへの手紙だ。私への手紙と一緒にあったので開封したが、よろしいね。そなた宛てだろうと私宛てだろうと、どのみちわれわれ宛てにきたのだから、宛名は重要ではあるまい」

わたしは返事もせずに、ぱらぱらと手紙をめくった。わたし宛ての手紙は、ローマ南東のコルトーネの侯爵からの秘密書類、ナポリとウルビーノふたつの宮廷からの報告書、甥のマッシミリアーノ・スフォルツァからの親書、私信、秘密の細かい状況報告、あるいはわたし個人への極秘情報など。手紙を手にしてわたしは窓辺に近づく。このような残忍性と侮辱に怒ってわたしはぶるぶると震え、震えがおさまるまでの時間を稼ぐために手紙を読むふりをする。あの薄汚い卑劣漢スパニョーリは皮肉な笑いを隠そうとして隠しきれない。何もかも、もう後の祭り。権威も、令名も、尊敬もありはしない。

「フランチェスコ！」と、わたしは大声で叫びたかった。「フランチェスコ、あなたは何ということをなさるのですか、妻のわたしに！　わたしがなぜ涙をこらえているのか、わからないのですか？」懸命に涙をこらえながら、わたしは手にした甥の手紙の数行に目を走らす。「侯爵夫人さま、伯母上にして、かつ母上さま」と甥はわたしに書いていた。

「真実、ご想像なさいますよりもはるかに切実に伯母上さまを希望の光としてミラノより仰いでおります。多くの敵が私を圧迫しておりますのに加えて、さらにまた各方面から報告されている新たなフランス王の襲来が私に絶大な脅威を与えております。この混迷した状況の中にあって私の方針を定めますには、伯母上のお力添えがなければ道を過つ危険がございます」

わたしは威厳をもって静かにふり向き、漠然と笑みを浮かべながら歩いて、スパニョーリの面前に立ちはだかるように足を止める。「あなた」と、わたしはそれとなく軽蔑をにじませて話しかける。「今は体調がよくなって、神に感謝しておられましょう。わたしの甥の公爵殿にどのようなことが起ころうとしているのかを確かめに、わたしがミラノに行くときがまいりました。しばらく前からあなたとわたしの間では、ただちに近くからミラノがいかなる状況にあるのかを把握しようと決めておりました。そして彼が陥っている状況に対して助言し、わたしたちの防衛に留意する。必要なことはいち早く予知することでしたわね。あなたはわたしの出発を何度もせきたてましたけれども、あなたの病気のせいで今まで足止めされていたのですわ。こうなれば一刻も早く出かけます。あなたがお読みになったはずのこの手紙がわたしを促しています。わたしの地位にふさわしい従者をふさわしい人数そろえてくださいな。こんどは謝肉祭ではありませんから」

フランチェスコは黙ったまま、スパニョーリの目をのぞこうとして、わたしの背後を盗み見る。「今晩、あなたと相談しにきます」とわたしは言う。「あなたが薬を飲む前に。セラフィーノ修道士ともう一度挨拶をしなくてはなりませんから」断固とした足どりで、わたしは彼の肘掛け椅子に歩み寄り、彼の額に口づけし、いつものように顔を近づけて彼に微笑む。ふたたび断固とした足どりで、手には手紙をもって大階段を上る。左腕を曲げてウェストに添え、できるだけ威風堂々と。

あの手紙をいまだにつかんでいるかのように、マフの中で同じ左手をわたしは発作的にぎゅっと握りしめる。わたしは二輪馬車の外に少し身を乗り出す。空はアルバーニ丘陵から下りて低くたれこめた雲におおわれている。それでもローマの寒さはわたしたちの住む北国の容赦ない寒さからすればものの数ではない。せいぜい毛皮のマントでおおった肩のあたりに漂っているだけ。わたしは首を振って心に浮かんだ悲しみを追い払おうとするけれども、ままならない。ほどよい大きさの丸い黒貂のマフをじっと見つめる。濃い黄褐色の飾りリボンと、ギャザーをつけたベルベットのまわりに一列に並んだ金の飾りボタンが、優雅さと豪華さをかもし出している。

心のこもる親愛のそのぬくもりを
汚れなき御手に捧げんとす

この大事な言葉は、レオ十世の秘書ピエトロ・ベンボが、ヴェネツィアへ使節として旅立つ前に書いた、わたしへの献呈詩の巻き紙に書き添えたもの。彼のように有名で、しかも控えめな性格の洗練された人は、宮廷では数少ない華の存在。彼は女官好みの人気者になり、ほかの紳士がほとんど知らない、たぶん想像さえもしない、限りなく細やかな好意を寄せられていた。けれども、こうした愛はときには強い感情の平衡感覚がはたらいて、熱意の欠けた分別に行きつく。あのヴェネツィア人の詩聖に熱烈に愛されたフェルラーラの公爵夫人は、このことをよくよくわきまえる必要がある。こう考えて、わたしは彼女の身に起こったことへの好奇心にかり立てられる。あのふたりがいまだに文通しているかどうかはわからない。けれどもあの詩人のわたしに対する献身的な親愛の情は長い年月にもけっして風化することはない。ベンボというマフは、この冬の間じゅうわたしの気まぐれな旅のよき道連れになるはず。わたしは身近な人のぬくもりを心から喜び、義妹に当たる公爵夫人が抱いたはずの嫉妬を、女性ならではの快感とともに想像しないわけにはいかない。

女官が次々に目を覚ますと、もうじきヴェッレトリに着くという噂話に花が咲く。その地にはあらかじめ、わたしたちを歓迎し、食事をふるまうようにという法王の命令が届いていた。それはそれとして、わたしたちは葡萄とチーズのおやつを食べ、軽い白葡萄酒を飲む。そのあと、トルトリーナがリュートを手にして、ミラノで新しく覚えた有名なフランキーノ・ガッフーリオの弟子が作曲したカンツォーネを歌う。

甥の公爵と共に過ごしたあのミラノの夏の間、わたしたちは音楽を楽しむどころではなかった。わたしはさながら亡命者になったような気分でいた。わたしたちにとっては、天に巨大な白い雲、地に陰険な黒い影のある季節で、無数のもくろみが交錯して、危惧すべき事態を執拗に悪化させ、また新たな事態を引き起こした。わたしはマッシミリアーノに対する幻滅に打ちのめされ、悩みを深くしていった。公爵という血統の重責を負わされたこの若者は、優しい性格はいいとしても、最初に見せたようなのんきさや大胆さはすっかり影をひそめ、一国の領主としてのたくましい資質の片鱗さえ示すことがなかった。気持ちの上では、彼はあらゆることに機敏に対応し、関心を抱いているつもりでも、実際には無駄なことに動きまわり、ほとんど眠らず、気まぐれに食事をした。いまだにためらいがちの重臣たちの助言を彼は重んじなかったし、重臣たちも彼に慣れていなかった。彼はいろいろな話題の中で自分を有利にするものはどれかの見分けがつかなかった。彼のぎごちない善良さとわたしへの献身的な敬愛のゆえに、わたしは彼を愛しく思っていた。彼はあたかもわたしを世の中で一番大切な人のように信じ切っていた。そしてわたしはマントヴァで身に受けた大きな苦悩からまだ血をしたたらせていたので、その治療になるような彼の愛情を喜んで受け入れた。彼がわたしをお母様と呼ぶこともわたしの心をなごませた。彼がいつもひどくおびえていたり、彼の支配下にあるようには見えない国の中で彼が孤立しているのを知って、わたしはしばらく滞在しようと心に決めた。わたしが憶えているミラノ公国は比類のない華麗な都市国家のはずなのに、今は衰微していた。みごとな手工業、活発な商業、最高に働き者の市民であふれていたあの都市は疲れ果てていた。救援の勢力がなければ、おそらく外国の統治のもとにあらゆる富と希望を奪われ、滅亡は避けられないとわたしは予測した。フランス軍、皇帝軍、スペイン軍が、代わるがわる法外な要求をしてきた。マクシミリアン皇帝は、皇妃ビアンカ・マリーア・スフォルツァの亡き後、マッシミリアーノを庇護しようという気持ちを時に応じてちらつかせていた。

わたしは、姻戚関係によって王子としての彼の運命を強くすることのできる女性と結婚するように、とマッシミリアーノに勧めた。わたしは花嫁にふさわしい名を思い浮かべようとしたのに、うまく思いつかなかった。けれども同時に、この考えを諦めないように心に誓った。ミラノではさしあたり、わたしは甥に対して気軽な楽しみで慰めることぐらいしかできなかった。ここでもまた慎重さが必要とされた。わたしには昨年催した大がかりな宴についての後味の悪い思い出があった。侍女や宮廷の貴婦人たちの度を過ごした淫らなはしゃぎぶりを、わたしはそのままにさせておいた。中でもブローニナはわたしの宮廷にかつていたことのない妖艶な女性で、そのふるまいも際立っていた。ひどく気まぐれな彼女の気質だけが、男のとげとげしい性格を束縛して政治的な摩擦を抑えようとして、わたしが考えた計画からはみ出していた。今日のわたしの同行者にはどのような種類のものにしても危険な行為は許されなかった。それでもリーヴィアをはじめ、バレリーナのラヴァニョーラ、ルチーア、デーリア、テオドリーナ、ペドーカといった美しい侍女たちの存在に、わたしは助けられていた。ベンボのプラトニックな心情のこもった賛辞を、マントヴァ言葉の大胆な表現に置き換えるこつを、わたしは彼女たちに教えていなかった。けれども、思いどおりに操れば、それがいかに危険に満ちた武器かということにわたしは気づいた。今回はフランチェスコも異議を唱える理由がなかったにちがいないけれど……。

夫は早くも主人風を吹かせて、わたしをマントヴァに呼び戻そうとしはじめた。でも、少なくとも今は、わたしは帰らないつもり。わたしは彼の命令に背くという快感に酔いしれた。自分の心にきくために独りで滞在したロンバルディーアの蒸し暑い夏の夜、わたしは長々と自分に問いかけた。わたしは許すわけにはいかなかった。それどころか、許すという言葉をどのように言えばよいのかもわからなかった。わたしの心は深く傷ついていた。時間だけが、寄せる波のように絶え間なくこの悲しみの岩を侵食していく。時間をかけるよりほかに、わたしを回復させるいかなる治療法もなかった。わたしの反抗は、きっぱりとした拒絶。曖昧ではなく、明瞭に拒否する理由は、フランチェスコにもはや何も望まなかったし、また、わたしは彼の病気を治療した上に、女性としての真の英雄的行為によって愛の交わりまでした、今はそういう自分に嫌悪を感じていたから。わたしは逃げ出し、そのまま逃げていた。わたしが考え方を変えて、新しい生きがいを見出すまで、わたしはこの逃亡を前向きに進めなければならなかった。フェデリーコやほかの子供たちのことを考えると胸が痛んだけれども、ミラノからマントヴァに戻るつもりはさらさらなかった。それでも、九歳の無邪気な目で見たエルコレの、お母様の「すぐ戻ります」という言葉は「忘れたころに戻ります」と同じ意味だね、という冗談をふびんに思った。

逃亡を意識するときに、わたしがいかに深いため息をついたことか。現実的なことをあれこれ細かく考え、わたしの衣装と宮廷人を数え、わたしたちの衣装一式は十分と判断した。現金はあまり持ち合わせていなかったので、友人に借金を申し込むつもり。わたしはフレーゴゾ殿の招待を思い出した。取り壊される前のジェノヴァ港の灯台を見ておきたいとわたしは言った。ジェノヴァの人々がすでに豪華な歓迎会や晩餐会の準備に取りかかろうとしてわたしを待ち望んでいるのが、わたしには嬉しくもあり、同時に気の毒にも思えた。わたしはそれを断ったので、こっそり行かなければならず、不意に役人に見とがめられて拘留されないとも限らなかった。こうしてわたしは出かけるという意識もほとんどないままにジェノヴァに着いていた。この都市の大きな海はわたしに宇宙の必然性を考えさせた。わたしはイカロスの翼をつけて宙を飛翔したいと思った。書斎でイタリアの地図を見ながら何度となく空想したことのある正確な道順に沿って、わたしは渓谷や平原、川の流れ、城塞を頭に描いた。ジェノヴァでは助走しただけ。わたしはもっと力強くなると思うし、わたしをローマに招いてくれた大勢の友人の中でも、今は枢機卿になり、新しい法王の宝物管理人で顧問をしているベルナルド・ビッビエナの意見に耳を傾けるつもりでいた。あの前の年にグイード・ポーストゥモの手紙に書かれていた「黄金の世紀を迎えたローマにご光栄あれ」という心に響く言葉で、わたしの意欲はかきたてられた。リグーリアから、穏やかながら厳しくもあるトスカーナの田園の方へ下るつもりで、一夜ピサに立ち寄り、そのあと標的に食い入ろうとする矢のように、あの大都市を目指してまっしぐらに突き進んだ。例のきざな若者とメディチ家のイル・マニーフィコ・ジュリアーノなどといった彼の友人たちが、あの思いがけない旅の成り行きに興味津々でいるのを、わたしは直感的に推測した。フランチェスコが非難するのは目に見えていた。彼らのすべてを興奮させる不思議な不安にわたしはじっと耐えていた。

護衛兵たちが馬車に寄り添って、山賊の襲撃からわたしたちを守っている。厄介なことに、わたしたちの馬車は深い谷あいの灌木の茂みをかき分けている。馬車はたえずジグザグに谷あいを進みながら、ヴェッレトリに通じる急勾配の斜面に近づいている。ヴェッレトリには用意が整えられていると内密に告げられていて、わたしたちはそこで法王が命じてあったぜいたくな正餐を楽しんだ後、夜の眠りにつくことになっている。傾斜した道を通って丘の上に登るとき、トルトリーナはすっかり気分が悪くなったと不満を口にする。頭の中を情熱的な思考がいきいきとかけめぐっているときに気分が悪いと泣き言を言われても、どうしてやればよいのやら、わたしにはわからない。わたしの旅をふり返ると、ローマに滞在した一カ月足らずの間に、数々の歓迎の宴がわたしのために催されていた。毎日、前日完成した自分の肖像画を跡形もなく消し去り、さらに別の肖像画を描くように暗示する、この不可解な法王レオの行動はわたしを少なからず興奮させる。十月のローマに着いたとき、わたしはナポリの親戚については何も考えていなかったか、あるいは考えたとしてもかなり漠然とでしかなかった。けれども今、馬車は南をさしてひた走り、午後の太陽が傾いてくると少しずつ自然の色や形が変貌していくのを目にする。わたしは歓喜のあまり震えてくるのを、じっと自分の体の奥深くに閉じこめる。ナポリという言葉を発音してみると、青と金色の、光のふたつの要素に支えられた何かが広がる。優しくいきいきとした昼間の海辺の光は、起伏に富む美しい海岸や宮殿、それにアーチ型の小さな高窓のある四角い形の白い家々などを包み、ゴシック式の教会と紡錘形の鐘楼とによって途切れる。やがて、ほのかな光と数多くのたいまつと大燭台が夜のとばりが下りるのを告げる。

カプアーナ門付近でふたりの王妃と宮廷の人々がわたしたちを出迎えてくれた、あの巨大なアラゴン宮殿に足を踏み入れた感激は忘れられない。威厳に満ちたひとりの人物がわたしたちのほうへ近づいてくる。その人はフェルランテ王の二度目の夫人で、今は未亡人となった老ジョヴァンナ王妃。彼女はわたしに腕をさしのべ、居合わせた人々の喜びの歓声の中でわたしを抱きしめる。フェルランディーノ王の未亡人、若いジョヴァンナ王妃が同じ抱擁をくり返す。マントヴァでトロンボンチーノが何度もわたしたちのために歌った人気カンツォーネ『悲しき王妃』は、ナポリ王を奪われた母と娘が主題。実際には、ふたりの王妃はひどく悲しんでいるようには見えないし、少なくとも名誉にかけて悲しみを自制していた。厳かな老ジョヴァンナは、三十歳を過ぎたばかりの若いジョヴァンナが見かけは落ち着いているのにすぐにはしゃいでしまうのを楽しんでいる様子。ふたりともたいそう裕福で、優雅にふるまう。彼女たちのまわりを貴族や、貴婦人、騎士、イタリアおよびスペインの名門の人々の一団がとりまき、朝から晩まで情事や媚態の手のこんだ戯れ以外のことは一切しない。そのコントラストの中に、この宮廷の何とも不思議なリズムがある。音楽だけが目立つ長たらしい陰鬱な宗教儀式のあと、激しい馬上競技、猛牛狩り、舞踏会、工夫をこらした最高の料理が並ぶ歓迎と宴の催しなどが相つぎ、蜂蜜のたっぷりかかった甘い菓子と東洋風にバラとバニラの香りをつけた高原牛乳でしめくくられた。

到着した日は、一時間あまりの儀礼の終わったあとで、わたしは部屋に案内された。中はとても広い四つの部屋に仕切られ、すべて織物や、金色に染めた皮革、絨緞におおわれていて、壁も床も見えない。ベッドには飾り天蓋と高価な布地のカーテンがついている。必要なものはすべてそろっている。わたしたちは洗練された気のおけない部屋の提供を心から喜び、少女のように満足して楽しんでいる自分たちに気がつく。トルトリーナが針や、金、銀、絹などの糸巻き、新しいナイトキャップがいっぱい入った小袋などを収めた箱を見つけたときには、侍女たちはすっかり感嘆して浮かれ気分になり、体が疲れていることも忘れている。わたしは詰め物入りの肘掛け椅子にゆったりと掛け、手を肘掛けに置いて、自分のまわりをとりまいている彼女たちを見ながら、その快いくつろぎに身も心も休まるのを感じる。

わたしは少女時代の羽目をはずしたある喜びに満ちた想い出に戻っていく。そのときわたしと妹のベアトリーチェは、母に連れられてナポリにきていて、王家の一族が生活する信じられないようなすばらしい場所を探険するために、真新しい城の中を疲れも知らずに走りまわった。わたしも王家の一族に連なっており、そういう血筋の生まれと聞かされて育ったけれど、それを知っていてもいなくても、わたしの生きかたには何の影響もないとわたしは信じていた。十五日間継続して催された宮廷の威厳に満ちた行事で、わたしは王の権力が授けられている身の責任を感じた。わたしは奇跡を行なう人に対しても、奴隷の親方に対しても、狼狽しなくなった。わたしたち北の地方の人間は、スペイン風の大げさな感情表現や、ナポリ風の誇張したふるまいには違和感を覚えたもの。けれども、わたしは勇敢さと祝う心の調和した儀式によって心が磨かれ、王家の人間らしい雅量のある分別を与えられて、絶え間なく襲ってくる激しい怒りの感情をいつもなんとか抑えるようにしてきた。

ナポリでの日々は飛ぶように過ぎていく。わたしは絶えず馬に乗って外出し、あらゆるものを見てまわる。わたしに敬意を表しにきた淑女や紳士であふれるほどの部屋にふたたび上がる。年配の人たちはわたしをエレオノーラ・ダラゴンの娘としてよく知っている。ヴェナーフロの侯爵夫人と一緒に、わたしのために計画されたサン・ジェンナーロの奇跡を見に出かける。時期はずれかもしれないけれど、想像しているだけではなんとも物足りない。わたしは聖人像にひざを折って拝礼し、像から血がふつふつと沸き立つのを見て、これは崇敬するに足るものという予感を持つ。宮廷の詩人が、天国にいる聖人たちをも感動させるわたしの能力を世の中に広めようと、ソネットをつくる。ある朝、若い王妃ジョヴァンナはわたしを座り心地のよい馬車でサン・ピエトロ殉教者教会に案内し、その神聖な場所で、きっとわたしが驚くはず、とささやく。

実際、サン・ヴィンチェンツォ・フェルレル礼拝堂に入ると、古い板のパネルに昔のフランドル派の手法で描かれた何人かの人物の中でも、主として前景のひとりの貴婦人をわたしに指し示す。それはイザベッラ・ディ・キアロモンテ（スペインのイザベル王妃）つまり、わたしの母の母、この世に存在した最も美しい女王。すらりと背が高く、血色の良い色白の肌、澄んだ目をして、髪はブロンド、そしてブリアンヌ家、デルバルゾ家と並ぶフランスの三大名家のひとつ、キアロモンテ家の血を引いていた。わたしは彼女のことなら何でも知っていた。わたしの母は機会あるごとに何度となく、イザベル王妃がアラゴン家の手にナポリ王国を渡すことを潔しとしないアンジュー家との激しい戦闘の中で生きなければならなかったことについて、わたしに話して聞かせた。夫は戦場をかけめぐり、王妃はナポリを統治していた。彼女はこのサン・ピエトロ殉教者教会に集まった群衆に話しかけ、自分の子供たちを人々に示して、頭のてっぺんから足の先まで正真正銘のナポリ人なることを保証した。そして決して外国の風習を押しつけるつもりはなく、むしろ皆で富を分け合って貧しい人々と共に平凡な生活をし、貪欲で尊大なアンジュー家のようなことはしないと言って人々を安心させた。

イザベッラ・ディ・キアロモンテの昔話には、信じがたいけれども同時にとても現実に即していて、妙にわたしを引きつける部分がある。それは彼女が一度だけ貧乏状態におちいったときのこと、変装した彼女は教会の入口で物乞いをはじめた。たちまち彼女は変装を見破られてしまったけれど、市民はことごとく感動を禁じえなかった。貴族や商人、それに一般市民までもが、贈り物を持ってかけつけた。このようなことがあって、彼女は新しい軍隊の装備を整えて、アンジュー軍に立ち向かわせることができた。彼女の摂政期間は、夫のフェルランテ王が戦いに勝利するまでの六年間にもおよんだ。年代記作者や詩人たちは、彼女の高貴な情熱のこもった謙虚さと自制心、美徳だけでなく、政治的な才能を誉めたたえた。

黒いヴェルベットの衣装に身を包んだしなやかな肢体は、それだけで十分にどのような相手にも打ち勝つ活力を備えていた。わたしが思い出したこの昔話には、ただひとつだけ腑に落ちないことがあり、たった今なにか秘密の話が脱け落ちているのに気がついた。イザベル王妃は六年間善政をしいて、この都市に平和ないきいきとした繁栄をもたらした後、夫の手に政治を返還した。でも、彼女はどのような気持ちで返したのか？　感謝や敬意が彼女の足もとに投げられたに違いない。でもどのような調子で？　残忍で、傲慢で、邪悪な君主のフェルランテ王が、どのように彼女の功績を認めたのか？　イザベッラ・ディ・キアロモンテがアラゴン軍の大勝利の翌年、夫に権力を返した後に他界したのは、たまたまの運命か、それとも残された何かの手がかりなのか？　これらの疑問と呼び出された死者の霊によってつなぎ止められたわたしは、サン・ヴィンチェンツォ・フェルレル礼拝堂の中に身動きもできずに立ちつくし、激しい耳鳴りを感じる。わたしは自分の感情を抑え、祈ることに余年のない王妃ジョヴァンナに微笑みかける。わたしはふたたびパネルの絵を見つめる。そこには先祖のイザベッラが姿勢よくまっすぐに立って、祈禱書を読むために頭に飾った白いヴェールを横に動かしている。祈りのほかに、彼女がどのような言葉を胸の奥深くしまいこんだものか、わたしたちには知る由もない。

わたしはなおその絵の情景に目をこらす。中心の人物から右に少し離れて、後にアルフォンソ王になる息子の姿が見え、やはり彼も本を開いている。その後方に少しおびえたような、それでも白い羽の髪飾りをつけて自分の場所にじっとしているエレオノーラの少女姿が見える。すべての礼拝者と祈禱している三人は、輪郭の上の方がすぼまり色が薄れているスペインの聖人に一心に祈っており、そのときカーテンから頭を突き出した執事が女王に気配りをしてじっと目をこらしている。穏やかな平和の情景。その情景がわたしに、女王を尊敬するように、そしてわたしの悲歎の鏡に昔の別の悲歎を映すことで故人をそそのかさないように警告していた。わたしは沈黙するよりほかなかった。でも、どうして彼女にそれを尋ねてはいけないのか？　女王になるべくして生まれた女性が、六年間におよぶ統治活動を通じて危険な決断を伴う激務に耐え、権力者として勝利のときめきを経験した後、つまり苦悩と戦闘と勝利の後に、イザベッラ・ディ・キアロモンテに一体何が残ったか？　たとえ、打倒され、消滅するとしても、彼女は政治への情熱のために死ぬこともできたのに。わたしは刻々と彼女の足跡をたどって終焉に到達できたかもしれない。そう、できたかもしれないけれど、彼女はわたしを拒み、祈りの中に、そして沈黙の世界に閉じこもる。

氷のように冷たい床の上に、わたしとジョヴァンナ王妃は間近に並んでひざまづき、十字を切ってから立ちあがる。礼拝堂から戸外に出ると、わたしと血のつながりのある王妃はわたしを驚かせたくて大はしゃぎをし、あの絵の模写をわたしに贈ると約束する。わたしは、期待していたとおりの限りなく優しい彼女の目に、人を和ませる親切の輝きを見て心を打たれる。三十六歳という彼女の年齢で再婚する考えがないのは本当のことかもしれないけれど、彼女の人生を呼び戻す意思が萎えてしまったのか？　不意にひとつの考えがわたしにひらめき、だんだん頭の中でまとまって、老ジョヴァンナ王妃の賛同を得たときには、考えはすっかり整っていた。その考えというのは、若い王妃がわたしの甥のマッシミリアーノ・スフォルツァ公と結婚し、ミラノ公夫人になるというもの。彼女は夫のもとに莫大な持参金を持って行くことになるし、甥にとってはとりわけスペインが後ろ盾になり、マクシミリアン皇帝や血縁関係の庇護もまた強化されることになろう。

若いジョヴァンナ王妃はその考えを拒絶しなかったので、たちまちこの話は人の口から口へと明るく陽気に伝わった。もし問題があればたちどころに解決され、宮廷では大がかりな結婚祝いの宴をすることが予告されたので、誰もが結婚という言葉には敏感になっているように見えた。でも、どうして誰も年齢という実際の障害について関心を持たないのか、それがわたしには気がかり。わたしの甥は二十三歳、それに対して仮想花嫁は十三歳も年齢が上。ただ、マッシミリアーノが一見してさほど若く見えないのとは対照的に、ジョヴァンナは容姿がはつらつとして、顔は明るく輝いていた。わたしの親族同士のこの結婚話をまとめることに、わたしは大いに乗り気になっていた。彼によって王妃を、彼女によって公爵を、親族全体とふたりによってミラノという国家を、もっと元気にする。けれども、自分自身の想像のせいでわたしは不安になり、結婚の条件に関する不可解な謎について考えるうちに自己矛盾に陥った。わたしが根回しをしたこの結婚で誰が得をするのか？　誰が不幸になるのか？　ふたりは温和な人たちと思ってわたしは安心していた。でも、温和な人とはいっても、愛を失うことによって堕落することはないのか？

わたしはナポリから贈り物を受けた。ある土曜日の午前中にファブリツィオ・コロンナ殿から招待されていた。厳格な戦士と情熱的な夢想家の顔を持つ彼とは、ラヴェンナの戦闘の後、彼がアルフォンソの捕虜となっていたときに、フェルラーラで知り合った。わたしたちは朝早く小さな馬に乗って出かけた。カルトジオ会の修道院への道筋にあたるコロンナ家の別荘は、街から二マイルという手頃な距離の郊外にあった。わたしたちは時間を間違えて、予定より一時間も早めについてしまった。計算していなかった自由な時間が急にできたので、わたしはだらだらと時間をつぶしたりしないで、カルトジオ会の修道士たちがいるサン・マルティーノまで山を登ることに決めた。わたしは前からそこがすばらしい場所と聞かされていたけれど、まさに聞きしにまさる美しさ。かつて味わったことのない爽やかに澄んだ空気の中で、わたしたちの眼下には青い海と白い街並みが広々と展望され、わたしは世界一美しい風景を上から眺めた。わたしは馬から降り、その場の魅力に夢中になった。言葉で表わせないほど肉体的にも精神的にも強い歓びがあった。何もかも忘却の彼方へ去ってしまったように感じて、甘い風のそよぎを胸いっぱいに吸いこんで目を閉じると、目を開けたときにこの美しい風景が色あせ消えているかもしれないと心配になった。わたしがあの楽園にふさわしく生きて行動したと証明するためには、呼吸することがただひとつの方法のように思われた。

その日は恵まれていた。陽気なカンツォーネと民俗舞踊が演じられて饗宴に華を添えた後で、わたしたちは遅くなって帰館した。あの日はまったく自由な時間ができたために、サン・マルティーノ山のカルトジオ修道院で過ごすことができ、一日じゅうほぼ完全な喜びが持続したということにわたしは気づいた。わたしはその日のことを事細かにフランチェスコに書き送った。それは、心を開くようにというわたしの訴えをフランチェスコが受け入れること、つまりせめてわたしと一緒にあの聖なる場所に行きたいと彼が胸をふくらませることを期待してのこと。さらにフランチェスコの理解を助けるために、カピルーピ宛てにわたしがまるで神の使いのようにすべての人々から崇拝されていると書き送った。わたしが外出するときはいつも何かの行事のようなものものしさになった。馬か馬車に乗るためにわたしがカプアーナ門に近い宮廷の表玄関に姿を表わすと、礼砲がとどろき、ナポリの人々が大きな歓声をあげた。その中には喉からしぼり出すようなサラセン人の特徴のある歓呼も聞き取れた。

ほとんどの人が深く体験していないことのひとつは、手の届くところに子供たちがいないという寂しい思い。母親なればこその、この心配の種をはらんで心に重くのしかかる、耐えがたい虚しさをわたしは体験していた。わたしは一人またひとりと子供たちを頭に思い浮かべた。エルコレ、フェルランテ、幼いリーヴィア、若い修道女イッポーリタ、そして誰よりもフェデリーコ。わたしの遠縁にあたるキアロモンテ家の若い王子とフェデリーコがよく似ていることにわたしは気がついたけれども、その王子が彼の宮殿でわたしをぜひ歓待したいということになった。年のころは十二、三歳か、挨拶に現われた王子は少しも生意気さがなく、誠実そうな微笑みをたたえ、立派な態度でわたしを賓客として迎えた。彼は伝統的な作法を愛想のいい伸びのびしたものに変えたと言ってもよかった。成熟した精神をもつ王子は、頭脳のすばらしさにひけをとらない肉体的な活発さを示した。とりわけ、彼の並みはずれた早熟さに魅せられたわたしは、彼から目をそらすことができなかった。豪華な食事の間も、彼はずっとわたしの相手をつとめ、わたしは彼から優しい言葉とともに、エジプトの香水を積みこんだ大型ガレー船の模型を贈られた。わたしたちは一緒にダンスをしたけれども、王子はみごとな踊り手といえた。さらにわたしたちがスペイン風の大胆な色事の笑劇を一緒に観たときには、彼は笑うべきところでぴったりわたしとともに笑った。宮殿を辞するときわたしは、彼の年齢から考えて子供として彼の額に口づけをしたけれども、愉快な失態を犯したという思いを抱いた。

　わたしはすぐに自分の手書きでフェデリーコ宛てに、若いキアロモンテについての手紙を書いた。そしてあの王子が女官たちにかしずかれている宮廷の様子について長々と書いた。年若いナポリ人と比較してのことになるけれど、フェデリーコは子供じみたふるまいが多くて、まだ母親離れをしていないように思えた。美男子で頭もいいのに、今や十四歳に達したにしては男らしい自信が足りなかった。「あの子はしっかりしなくては」とわたしは考え、キアロモンテ家の王子のしぐさの一つひとつを賞賛しながら、彼がわたしを歓待するために見せたちょっとした巧みな冗談を書き添えた。そして、息子に控えめに助言するつもりで、陽気にしめくくった。数日後にフェデリーコからの返信が届いた。息子は若い王子を手本にすることに決め、手はじめにマントヴァに残っていたわたしの女官や侍女たちと晩餐会を催し、ラウラ、インノケンティウス、イザベッタなどが大喜びで遅い時間まで伴奏に合わせて踊り、歌い、ふざけて楽しんだという。フェデリーコの言葉には、愉快で気楽な、いささか厚かましい雰囲気が表われていて、わたしは安心した。あの子の性格が気むずかしさで台なしになるようなことはなかった。いくつかの名前と新しい計画がわたしの胸に浮かび、ナポリはいい刺激になった。きっといい結果が訪れるに決まっている。

⚜　⚜　⚜

第五の手紙

令名高き秀麗なるマントヴァ侯夫人
わが女主人イザベッラさま

どうか奥方さま、卑しい思いあがった態度で一連の私の不幸な手紙の最後にしたいと考えましたこの数枚に、よろしくご寛恕のうえ、お目通しいただきたいのでございます。マントヴァまで警戒を要する手紙を、ひそかに心配しながら馬丁に託しておりますが、信頼できる馬丁をなんとか捜し出しまして、今後はつねに用心しなくてもよくなる、と独り言を言えたらよろしいのでございますが。あなたさまへの私の封書は馬車の荷物袋に入れて運ばせております。イザベッラさまの貴重な私的時間、一日の中の大切なひととき、あなたさまが引き起こす事件についての瞑想を運命づける夜の充実した時間を損ねますことを、心苦しく存じております。実を申しますと、あなたさまがはっきりとそう求められた通りに、まったく一方的に希望もなく抱いてきました狂おしいばかりの思いをいかんともしようがございません。本当にいかんともいたしかたがないのでございます。しかし、お手紙を差しあげねばならないきちんとした理由が私にございます。せっぱつまった理由でございます。これまでとは異なるのでございます。私はいつも通りの、いえ、このたびはすこぶる厄介なお許しを願わなければならないのでございます。

十二月の末に私が書きました手紙は、途中で紛失することもなくすでにあなたさまのお手もとに届けられていることと存じます。ちょうどそのとき、私は滞在中のロンドンからパリへ向けて出発し、今はそこで、法王の使節であなたさまの信奉者でもございますルドヴィーコ・カノッサ伯の従者に加えられております。私はあなたさまにお手紙を差しあげましたことをけっして後悔することはございませんし、これからもそうでありますことをお認めいただきたいのでございます。私はあなたさまの寛容さにお訴え申しあげたのでございましたが、今また懇願いたしておりますのは、ローマにおいでのあなたさまが法王をはじめあらゆる人々に敬愛され、称賛されているということを、ルドヴィーコ伯が話しはじめるや否や、たぎるような情熱の中に逃げこんでしまったおのれの愚行を、もし本当に評価しなければならないとしたら、私は震えおののくほかないからでございます。私はあなたさまをマントヴァで怒っておいでのお方に対して、翼を広げて威嚇する白い鳩にお見立てしたのでございます。奇妙な刺激のある喜びがわき、私には自由が羽ばたいているように見えたその白い鳩に対して、心のうちで拍手喝采をいたしました。ローマでは、あなたさまはアラゴン枢機卿が管理する宮殿の特別室にお泊まりになっていらっしゃると知って、私の喜びはどっとあふれ出ました。私はあなたさまのお姿を思い描きました。あなたさまは廊下の角の窓から、連禱を唱えながらサン・ピエトロ聖堂に向かっている巡礼者の行列を見下ろしておられます。妄想の中で私自身は向い側の宮殿の五階にある私の書斎におりました。五番目の窓でございます。奥方さま、あの美しい宮殿は私たちの法王代行の広大な宮殿の建築様式を真似て設計され、イングランドにおけるローマ教会の撤収役、アドリアーノ・カステッレージ枢機卿のために建設されたものでございます。あの建物には私たちイングランドの大使や使節をはじめ、法王庁で働く人々が住んでおります。どうかお顔をお出しになって、私がお示し申しあげた窓をご覧になり、憐れんでやっていただきとうございます。と申しますのは、勝手な妄想が生み出したこの親近感のために私は動転して、手紙を書かずにいられなくなり、私が使った言葉、とりわけ文章の中ごろに使った「重大な疑惑」という言葉が私の心を責めさいなむのでございます。漠然とした想像や、愚かな夢、非常識な憶測が手紙の中に侵入して、人を迷わす考えがございましたが、幸い単にほのめかしたにすぎず、罰せられることもなかったため、今になってその考えを私は後悔しないわけにはまいりません。

なにとぞご容赦くださいますようお願いいたします。罪をお許しくださるあなたさまの寛大なお心は、また私が今まさになさんとしております懇願をもお受け入れくださるでございましょう。その十二月末日付の私の手紙ははるかロンドンから送らせていただきましたので、あるいはまだ到着していない場合もあり得ます。どうか、奥方さま、私のこの手紙の後にお手もとに着きましたなら、お読みにならずに封をしたまま火の中に投じていただきたいのでございます。いかがわしく、乱雑というだけで、いかなる価値もございません。ロンドンで書きましたことは、今日パリから否定いたします。考えが変わったからではなく、感情にかられて無作法なものになっておりましたためでございます。実は聖職者の私には禁じられております空想によりまして、今世紀スペインの騎士道物語を代表する『アマディス・デ・ガウラ』のアマディスや、『アーサー王伝説』の円卓の騎士のひとりトリスタンといった、騎士道物語の中の登場人物にでもなったような錯覚をいたしておりました。なにもかもすべてについて、もう一度お許しを乞い願うばかりでございます。

なにやら希望の香りが漂いますこの手紙のペンをおくことができない私でございます。まだ、この手紙を丸めておしまいにならないでください。すぐに話題を変えます。私の周辺でくり広げられておりますあれこれのことを順を追ってお知らせいたします。あなたさまのお気持ちを和らげることができますればと願っております。くり返しますと、私はイングランド国王に派遣されて、法王の名においてときどき監視にこられるルドヴィーコ・ディ・カノッサ伯の仕事に協力するため、現在パリに滞在しております。さまざまなできごとについて旺盛な好奇心をお持ちのあなたさまでございますから、私のこれから申しあげることをお読みくだされば、少なくとも私の手紙の最初の部分で不愉快になられたでございましょうほどの大きさの、大きな愉快を感じていただけると存じます。ご存じのように、フランス国王ルイ十二世が逝去されてから、ヨーロッパの事情は日に日に変化してまいりました。ふたつの偉大な玉座には、今や若いふたりの王が座ることになりました。わがイングランドのヘンリー八世と、フランソワではじまる名前のフランス王でございます。おふたりとも、ご立派で、勇敢で、才気煥発、何世紀にもわたって互いに宿敵でありましたそれぞれの広大な国家を統治したいと望んでおられます。数カ月前に私が勇敢な企てに対して援助と助言を与えられるかもしれないということで、ひそかにローマ法王の大使に随行して、私はここにやってまいりました。南から北へとイタリア侵略の野望を絶えず広げつつあるスペインを半島から追放するための、フランスとイングランドの同盟でございます。まずは、すでに下準備の整っておりましたスペイン王フェルナンドの孫のカルロス王子（後の皇帝カール五世）と、ルイ王の娘ルネとの結婚を破棄する必要がございました。そしてカルロス王子に対して、ナポリ王国への権利を永久に放棄することという条件が突きつけられました。これにはフランス王が反撥されましたが、たまたまそのときヘンリー八世がとっさに妹のメアリー・チューダーを当のルイ王自身に嫁がせたものですから、歓喜したルイ王はおそらくその若い妻にあまりに夢中になりすぎてしまい、それで命を落とされたのだという噂でございます。

王位につかれた当初から、すでに新王フランソワ一世は挑戦的に頭を高くあげておられました。この若い王はミラノの昔からの権利や当然ナポリの権利も放棄することはなく、むしろ彼の勇敢な性格からロンバルディアに素早く攻め下る企てをふたたび気ぜわしく強引に進めておられます。フランスの貴族たちは王を支持していますし、万力で締めつけるようなスペインのやり方にひどく恐れを抱いておられる法王も、フランス王にはっきりと敵対はしておられません。この火のついた企てが消し止められないのなら、私たちはここにいてそれを抑止することになりますが、その任務はとても困難でございます。私たち一行の使命はこの点にあり、ロンドンからの指令に従って、私はまだいつまでともなくパリにとどまらなくてはなりません。

あなたさまのご気分をよくしていただくことだけを願いましたこの長々とした話題で、お気持ちを和らげていただけましたでしょうか？　一方、私は北方での錯綜した政治の渦中に巻きこまれることには嫌悪を感じます。激しく苦悩に満ちた私の心の中でもがいている思いのあまりの大胆さゆえに、私は罰するに値しましょうが、今、私の身に荒っぽい懲罰が起ころうとしているのでございます。わが崇拝する奥方さま、あなたさまは今、ローマにおいでございます。護衛を従えたあなたさまが白い門から出てこられ、人々の賞賛を浴びるお姿が私の目に浮かぶのでございます。人々は、令名高き賓客を一目見ようとボルゴ通りにやってきて、あなたさまが鮮やかに、にこやかに、いわゆる古代ローマの聖なる場所に向かわれるのをじっと眺めております。私も普通の旅人としてあなたさまを自由に拝見してもよろしいものかどうか、私がローマに戻れるとき、はたしてあなたさまはまだアラゴン枢機卿の客人でいらっしゃるかどうか、といったことはわかりません。ただ、私はその誘惑にかられるのでございます。しかも、その誘惑は私が、あなたさまの寛容さにふさわしい人間ではないかもしれないことを暗示しております。それにもかかわらず、哀れな独りぼっちの人間として、途方もない夢を見ている乱れた生活から私を引き離してくださいますように、あなたさまにおすがりするばかりでございます。

神のご加護があらんことを！

あなたさまの忠実な下僕

ロバート・ドゥ・ラ・ポール

一五一五年一月十九日

追伸　十二月三十一日の手紙は必ず燃やしてくださいますよう。お読みにならないことこそ神の思し召しでございます。

⚜

⚜

⚜

ポルトの別荘にひとり、わたしは鏡のような湖に向き合っていた。傍若無人な五月の風のせいでとり乱した木々や草の茂みのざわめきの中に、わたしは何か言葉のようなものを聞いて衝撃を受け、白と黒の市松模様になった大理石の椅子から思わず跳びあがった。見わたすかぎり誰ひとり人影は見えなかった。天空で白く輝く巨大な雲を吹き飛ばし、わたしのまわりにきて戯れる突風の中に、人間とおぼしい動く影はなかった。言葉ははっきりしていて、あまり穏当でない「翼を広げた鳩」、「重大な疑惑」、その他のことをしきりにささやいた。疑うまでもなく、誰かがわたしに警告を発している。その警告をはねつけることは間違っており、明らかに重要人物の誰かを追放する必要があった。

パリから発送され、わたしがローマで受け取ったイングランド人ロバート・ドゥ・ラ・ポールの手紙の哀願的なしかも偽善的な文面は、わたしの記憶にしっかり刻まれている。実際のできごとでわたしを案じてしきりに許しを乞い、ことの成り行きを例の癖のある文字で知らせてきた。それにしても十二月三十一日にロンドンから出したというもう一通の手紙はどこにあるのか？　わたしはローマでもマントヴァでもその手紙を受け取っていないというのに、月の代わりを告げる鐘の音があれからもはや五回も鳴った。もしもはるか遠方から届けられる手紙の大多数が散乱したという結果にでもならないかぎりは、「長い道のり」をたどるあの至急の手紙は今、あちらこちらを彷徨(さまよ)っているかもしれなかった。あのイングランド人男性に対してわたしが何の反応も示さなかったとしても、それでもわたしにかかわるスキャンダルと判断されるかもしれない不安と恐れが、わたしにとっての暗い状況を生み出していた。わたしは身分を偽って後に詐称を告白した数年前の彼の来訪をかろうじて思い出した。

ここには重要人物の敵意がある。わたしは露ほどのやましいところもないけれども、明日あのロバート・ドゥ・ラ・ポールの手紙が宮廷中に知れわたったら、わたしに何が起こるのか？　フランチェスコが何と言うか？　子供たちやイタリア各地の友人たちはみなどう思うか？　そして敵対するものたちは？　領主の地位にあるわたしたちが享受し、わたしたちの権威を支えている自由というものは、中傷したり裏切ったりすることの得意な各部所の宮廷人の横暴なふるまいによって潰えてしまう。とくに謎に包まれた「重大な疑惑」という言葉が、わたしをいら立たせる。ああ「重大な疑惑」！　なぜ彼はあえてわたしに疑惑を抱き、わたしを「重大な」と呼ぶそのことの共犯者に仕立てるのか？　この男は向こう見ずな奇術師のうえに、人を欺くいかさま師なのか、もしかすると十二月三十一日の手紙は実は書かれていなかったと考えてもいいかもしれない。わたしは顔がほてるのを感じ、すべてその通りに違いないとほぼ確信する。もしかすると、今度こそはわたしの反応が得られるのではないかと、彼はひそかに賭けを（他人が賭けをしているなどと憶測したくはないけれど）したのかどうか？　反応とは、承諾を意味するはず。憤慨したわたしが厳しい叱責の手紙を彼に送りつけるかもしれない。叱責にもかかわらず、それは反応ということになり、彼は賭けに勝つことになる。

ああ、わたしは何を言っているのか？　わたしの指はすでにペンを探していて、あのずる賢い男が勝利する結果になるのか？　それは違う。彼の手紙の言葉づかいは、わたしには真実にあふれていたように思える。多少の過剰な表現があるのは、重要な表現のし方は知っているとしても、たぶんわたしたちの言語の知識が不十分なためにちがいない。ふたたび考えを手紙が遅れていることに戻して、わたしはしばし熟考する。失われた多くの書簡や、世の中のどこかの片隅に置き忘れられて何年も後になって届けられた他の書簡について、情報が得られないということがときどき起こる。ほかの状況を考えておかなければならない。ローマからマントヴァまで運ばれたその手紙は、尚書館の書類の中にまぎれこんでいるのかもしれない。わたし宛てのものなので、だれも開封してはならないのは当然のこと。けれども、もしもトロメーオ・スパニョーリやカンポザンピエロといったわたしの敵か、あるいは悪意のある彼らの仲間の手に入ったら、その封印をはがすことをためらったりすることがあり得ようか？

こう考えてみると、なにか恐ろしいことが起こりそう。わたしは耐えられない。なにか手を打たなければ。わたしに何が起ころうとも、絶対にわたしを裏切らない誰かが守ってくれることが必要と、とっさにわたしは悟った。ずっと以前だったら、まっすぐフランチェスコのもとに駆けつけて、何もかも話したかもしれない。でも、わたしはいま何を話しているか？　わたしは知らず知らずに、夫をゆがんだ目で見てきたのか？　「わたしたちが愛し合った、あのころ」を思い浮かべながら、このごろの彼の行動が理不尽なのはすべて彼が変わったから、とわたしは考えている。けれども実は、彼はあのころも今もほとんど変わりはなく、もし彼がわたしを愛していたとしても、単なる友人としてにすぎなかったかもしれない。彼はなによりも自分の名誉を損なうことに神経をとがらせ、領主や国家のことは二の次にしている。フランチェスコが考えを改めない限り、彼の立場はない。彼を排除するしかない。

わたしは宮廷内外の男女、わたしに対して献身を公言している多くの人々や、損得ぬきで衝動的にわたしが助けた多くの人々をつぎつぎに思い起こし、天秤にかけてみる。わたしに手を差し伸べるために危険を冒すような人はいるはずもなく、荒涼たる世界がわたしのまわりに広がっている。その灰色の空虚の中に忽然とひとつの実感がわき出る。わたしは独りぼっち。宮殿の秘書ピルロ・ドナーティと顔を合わせたときも、わたしはまだこのことを彼に話していなかった。なぜ、もっと早くそこに思い至らなかったのか？　ピルロ、いました、いました、ピルロ・ドナーティが。彼こそは何も言わずにわたしの心配事を片づけ、宮殿内も館の中も自由に歩きまわって、あらゆることを知っているにもかかわらず口が堅く、聡明な近習のころからわたしに若々しい助言をし、賢い大人になってからは物ごとを見きわめる知恵でわたしに仕え、わたしを敬愛している。彼がくれば、彼がくれば、わたしはすぐに彼に話すつもり。

さらば、暗雲よ。わたしは女官たちを呼び集め、馬と馬車に分乗して城へ急がせる。呼びにやろうとした矢先に、穏やかな当のピルロ自身がわたしに顔を見せにくる。柔らかい栗色の厚手の布地をつかい、サテンの縁どりをつけた、仕立てのよい上着を身につけている。いつもの身を守るような、いぶかしげな微笑みを浮かべている。わたしはその微笑みを決して信じたことはなかった。憶病のマントがわたしの背中にかかって、わたしは彼に怪しまれるような命令を与える考えを捨て去る。彼の分別がわたしを憶病にし、わたしは正真正銘の憶病の危機を乗り越えなければならない。わたしは彼に「ピルロ、あなたの助けがぜひ必要です。あなたがいないと、わたしは破滅するかもしれない事情があって」と言いたかったのに、それに反してわたしは言う。

「ピルロ、ローマからの手紙は？」

手紙があった。ピルロの手からわたしの手に渡される。ペトルッチ枢機卿から一通、アラゴンの枢機卿から一通、ポールティコのサンタマリアの枢機卿から一通、友人ビッビエナ、ローマ滞在中の仲間たちなど。わたしは器用に開封してすばやく手紙に目を通しながら、頭の中ではロバート・ドゥ・ラ・ポールの手紙が敵方の手で封を切られ、あざけりと笑いが響きわたる場面を想像する。とうとうわたしは口にする。

「ピルロ、ローマからわたし宛てに手紙が届くはずです。わたし宛ての手紙が、ロンドンからローマの住所に送られたようです。わたしを途方もないいざこざの渦中に巻きこむかもしれない手紙です。あらぬ疑いをかけられる弱みになって、わたしに災厄をもたらす手紙です。おおよそ五カ月の間、その手紙はどこかで迷子になっています。誰かの手中にあるのかないのか、それもわからないので、あなたに調べてもらいたいのです。頼りにしています、ピルロ、あなたなら見張ることができます。そしてこの危険きわまりない書類を、絶対に敵の手に入らないようにするのです」

やや髪の後退した額の大きな彼の顔がゆっくりと赤く染まっていく。重苦しい心配事にかろうじて耐えている人間のように見える。彼は簡単に問いかける。

「その封筒を運んだ馬丁の名前はわかっているのでしょうか?」

「まったくわからないのです」と、わたしは自分を励ますために、顎をしゃくって言う。

「尋ねる必要もないでしょう。わたしたちがすることは防衛だけです」

親しい詩人がわたしの中に強い個性を発見し、身を守る盾だけで武装したアマゾネスと表現したけれども、今回はあの表現のようなわけにはいかない。ピルロはすぐにわたしの冗談に同調して、笑いながらちょっと手を広げ、それから言う。

「私は逃げ出したりはいたしません。奥方さま。どのように網を張ればいいかもわかっております。馬丁と名がつく者はひとりも網の外には出られません」

誰かがわたしの体重を減らしてくれたかのように、わたしは元気を取り戻す。わたしは集会室に行き、女官たちを仕事につかせる。最も若い女官たちは庭園で戯れている。イザベッラ・ラヴァニョーラはポナッタを追いかけ、大声で言う。「無駄よ、私をだまそうとしたって。私はローマで暮らしたのよ。あなたは行かれなかった」ローマ! 心象風景の中でなら、雑踏の響きに満ち満ちたあの場所にもう一度立ち戻ることができる。ピルロが置いていった友人たちからの手紙を読む。彼らと一緒に夢うつつで過ごしたあのころは唯一の特別な時期のように思う。知的な訓練によって刺激を受け、さまざまな不安でさえも、自然に自由で楽しい状態と感じることができた。それにしてもローマの謝肉祭とは何だったのか。いつ果てるともない歓声がうず巻く、乱痴気騒ぎと呼んでもいいほどの独特の目まぐるしいあの祭りは、はるかな昔から伝えられてきた自然発生的な勝手気ままなもの。

法王がたいそう気まぐれに、謝肉祭が終わるまで滞在するようにとわたしたちを引き留めたその真意のほどは、わたしにはわからない。ともあれ、フランチェスコがわたしに滞在を許すまで、本当に法王は落ち着かなかった。反対にわたしはかなり気ままに条件をつけて、出発の日どりを二月二十八日と定める条件を受け入れた。そのようなわけで、わたしは一カ月以上も、けなげで活発な侍女たちとともに、個性こそがローマの楽しさということを発見するためにはしゃぎまわった。ローマはわたしたちの一生を教え導くきわめて想像力に富んだ舞台の巨匠のように思えた。案内をするのは、いつも枢機卿や貴族、詩人、学者などで、フラ・マリアーノのようなラテン語の道化役者が陽気に雰囲気を盛りあげることもあった。わたしは朝は馬に乗って名所旧跡を訪ねることにしていた。コロセウムに着いたとき、わたしは地上に現われたその圧倒的な巨大さ、力強さを見て、危うく失神しそうになった。わたしたちに刻みつけられた皇帝や剣奴や殉教者の記憶ではなく、人々の力強い生きかたが構造物の力に結晶した建築の形態の美しさを見きわめようと、わたしは何度もその巨大な建造物を訪れてデッサンや絵画に描きとめた。パンテオンでは初代ローマ皇帝アウグストゥス時代の重厚さと、さまざまな反響との調和をはかって表現したみごとさに、わたしたちは感動のため息をついた。古代の広場には、アーチ、柱、玄関、神殿、塔、宮殿などが、黄土色の家々や教会の背景から離れて、孤立した感じでわたしたちの視野の中に位置を占めていた。ローマの歴史と聖人伝に登場する人物たちの名がわたしたちの胸に浮かんだ。セルウィス・トゥリウス、ハドリアヌス、ネロ、コンスタンティヌス、それに十二使徒のペテロやパウロなどが、まるでわたしたちと同時代の人々のように思われた。わたしは自然な感情に導かれて、それぞれの教会で馬から下り、神と守護聖人に奉納するろうそくをともすために祭壇に近づいた。

　アラゴンの枢機卿は、わたしたちが去ってから毎日が虚しい、と手紙に書いてきた。彼はわたしたちと一緒に宴や音楽会や喜劇を楽しめなくなったことを悲しみ、もはや会話や祭りが嫌いになったと嘆いている。そうはいっても、ローマの宮廷と比べられるものなどどこにもありはしない。高潔さが息づく大広間では壮麗な紫衣をまとった若い枢機卿たちが、金や銀をあしらった幻想的で優雅な浮き織りの縞模様や、円模様や、幾何学模様の錦織やサテンの衣装で身を飾った貴婦人や令嬢たちとペアを組み、軽快な音楽に合わせて洗練されたステップで踊っている。ひとかどの人物らしい威厳のある人のゆったりとした動きで、並みいる衣装やマントが揺れ動く。彼らがほんの少しでも動き過ぎると、その人は誇り高くリズムの速さを制止する。

　ラ・マリアーナでの狩り、競馬、古代の競技場アゴーネでの競馬や凱旋車の縦列行進、テーヴェレ川でのボートレース、テスタッチョでの牛狩り、ペトルッチ枢機卿の軽妙さも忘れがたい思い出。ローマ市民よりも活発な自由思想の諷刺をわたしに聞かせたのは、友人たちでもないし、まして例のきざな若者でもない。ペトルッチ枢機卿は、パスクイーノ（古代ローマの像）に諷刺詩を貼りつけた古代ローマの習慣にならい、彼自身の言葉で、あえて若い枢機卿とすっかり打ち解けたわたしの侍女たちについて諷刺詩をつくった。わたしたちにつき添ってきたガッビオネタの副司教は、月日がたったのでフランチェスコに弁解をしなければならなくなり、「ローマが女性にとってふさわしい場所ではないといたしましても、奥方さまの穢れのない生きかたはたいへん際立っておられ、尊敬されるべき他のすべての方々の影を薄くしておしまいでございます」と、彼の君主に報告した。あの街ではすべてがのびのびしていて、わたしが銀行家のアゴスティーノ・キージやカエタニ・ディ・セルモネタから現金を借りることも何ら不自然ではなくなった。それでも、わたしたちの莫大な日常経費は、法王からの二度にわたる巨額の金貨の贈り物に助けられた。この莫大な借金がいつ返せるのか、皆目見当がつかない。

またバルデザール・カスティリオーネからの手紙もあり、彼もローマの派手やかな祭りにわたしを引き戻す。彼は、ラファエッロがわたしの依頼した絵を描くことを知らせている。わたしはヴァチカンの中でこの美術界の巨匠に会ったことがある。彼は優しく穏やかな人柄のように見えた。確かに彼の冷静な表情は、伝えようのない心象をともなってはるか遠くにあった。彼は生活の場では孤独を愛し、あるいは愛しているように見えるけれども、そのことを自分では気にもかけずに人々に勝手に判断させておき、彼はひたすら完璧を追求するために妨げとなるすべてのものを避けている。ときどきわたしが住んでいる宮殿の下の広場を横切って行く彼を、芸術家たちとともに、あるいはラファエッロの姿を見るだけで満足する名士たちと一緒に、わたしの部屋の真四角の窓から目で追った。ほっそりした身に極端に短い上等なヴェルベットの黒いマントをはおり、彼は気持ちを静めているように見えた。群衆は彼のために道をあけ、挨拶の言葉を投げた。

わたしは窓から呼んだ。それでも、パリから届いたあのイングランド人の手紙が示す向かいの宮殿の五階の五番目の窓を一瞥もしないようにしているけれども、うまくいかないことは口に出さなかった。ごく小さなその窓は、上の部分に曲線を取り入れた設計になっていて、わたしはこっそり盗み見られていることが気になり、微笑まずにはいられない。わたしがたまたま目をあげたとき、軽やかな気持ちで窓際から離れ、その日は一日中、心さわやかに過ごしたことを、わたしは彼に告白しなければならない。ああ、すぐにカスティリオーネ様にラファエッロの絵のことで返事を書かなければ。どのような大きさの絵にするか、光はどの方向からきてキャンバスのどの部分に当たるかを彼は問い合わせてきている。わたしが、もしも主題を提案できるものなら、筆舌に尽くしがたい感動を与える彼の聖母マリアを描いた作品の中の、あの小さいながらも画家にとって重要な意味を持つ絵画がいいと思う。できれば何人かの人物、たとえば神の御子や幼い聖ヨハネや聖アンナなどのいることが望ましい。冷たい光を発する霧がうっすらとかかる古代ローマの遺跡を背景とした広い場所で、ぜひともそれらの絵を見たいもの。遺跡は、力強い列柱によってパンテオンと見分けられたり、巨大な弧を描いた壁からはディオクレティアヌス皇帝の浴場、コリント様式の柱廊からはウェスパシアヌス帝のバシリカとわかる。背景には古代ローマの情景を、そして永遠に荘厳な調和のとれた前景にはわたしたちの宗教にかかわる人物を配したい。

⚜　⚜　⚜

新しいフランス王のばかげた野心を、皮肉たっぷりに軽蔑したわたしたちの判断が誤っていはしないかと、わたしは一カ月余の間、疑っていた。その疑いは、わたしが何も気づいていないふりをして隠し通した。彼の企てはさほど急いでいるとも見えず、いずれ潰え去るものと思われていたので、そのときフランソワ一世が国境に大胆な姿を現わすことはまったく予期していなかった。つぎつぎに気がかりな情報が飛びこんできた。三万五千人の精鋭部隊と六十門の大砲、百門のカルバリン砲を擁しているといわれていた。当然ながらヴェネツィア共和国とフランス王国は同盟関係にあった。では、あれは何を意図していたのか？　彼らが敵視していたのは、おそらくわたしたちマントヴァではなく、神聖同盟軍にちがいなかった。なぜならフランチェスコの衰弱はますますひどくなって、彼が何もできないことは誰の目にも明らか。そして神聖同盟軍ではスペイン王、皇帝、法王、シチリア総督ライモンド・デ・カルドーナ、有名な隊長プロースペロ・コロンナなどが手を結んでいた。さらにアルプスの峠には高給取りで、折り紙付きの実力を誇るスイス人傭兵隊がいた。

フランス王が断崖を爆破し、大胆不敵にも絶壁からストゥーラの谷に下りる橋をかけ、すばやくミラノに向かって進軍したために、スイス隊の警戒が役に立たなかったことがわかった。プロースペロ・コロンナが捕虜になったときも、市街の防衛に当たるべきスイス人傭兵隊はスフォルツァ城内に閉じこもってしまった。それでも、わたしたちの上にほんものの激変が降りかかることはありえないと思われた。わたしたちは互いに思い違いをしていて、わたしは先を読む能力に乏しいマッシミリアーノに自信を抱かせようとしていたけれども、彼は勇敢なミラノ市民が死んでいくのを目の当たりにしており、彼の敵と実際に対決するにはあまりにも若く、また経験もなかった。わたしは日ごとに憂鬱になった。わたしの構想は、甥とナポリの若い王妃ジョヴァンナ・ダラゴンとの結婚という最新の構想に至るまで、ことごとく粉々に砕け散った。フランス王がきわめて近くに迫っていて、考える余裕もなかった。

あの日、つまり九月十三日、朝早く悪い予感にせきたてられて尚書館に急ぎ、大至急の使いの者からその前日の細かい状況について知らされた。それによるとフランス軍が正面に進んできて、彼らの前進を阻むことはできそうになかった。季節はもはや晩夏。黄褐色の太陽が光のマントで城を包み、ロンバルディーアの田園の緑を鮮やかに見せていた。フランチェスコ、シジスモンド枢機卿、最も経験豊かなふたりの顧問らとともに、地図や親書、書類などを広げた大テーブルを囲んで腰かけた。このところ小康を保っているフランチェスコは、攻撃戦略や防衛戦略、さらには敵対する者たちの間へ割って入って世界平和の計画を説く新しい方法までも空想してみせた。わたしたちはいら立ちのあまり顔をひきつらせ、かろうじて相づちを打った。わたしは最近の報告によって知った、ある辛辣な内容のことを心配していた。それは夫について、今では彼の良いところは役に立たないこと、つまり病気のせいで無害になり果てたとヴェネツィアで言われていること。たとえそのことを知ったにもせよ、わたしは頭からそれを否定しようという気にはならなかった。

それからは知らせが相次いで届いた。それらの書簡は、同盟軍の兵士たちが野営しているミラノ近郊の地域から発送されていた。正午の鐘の音が停戦の破られたことを告げ、各部隊がすばやく動き出すのが見える。集団が激しい戦闘の場へ突き進んでいく。スイス人の傭兵とドイツ槍兵の部隊が優位に立ち、フランス軍はくじけて破れたように見える。戦線にいるわたしたちの情報員ボナヴェントゥーラ・ピストーフィロは敏速に戦況報告を送ってくる。わたしたちが希望に胸を躍らせた勝利は、けれどもたちまちその輝きを失う。一夜が明け、最後の情報を持った最後の使いの者が到着したときは、朝も過ぎていた。フランス王が騎兵隊とともに正面から敵と対峙しているところへ、彼らの援護をするために突然ローディ街道からアルヴィアーノ指揮下のヴェネツィア軍精鋭部隊が現われた。大物同士の戦いはそれで終わる。悪魔のような男という名が、フランソワ一世の人生を飾る栄光の名前として献じられた。

わたしたちに災厄をもたらす知らせや詳細な情報をたずさえた使いの者が現われる日が多くなり、ときに途切れることがあるものの、こうした日々がいつ果てるともなく続く。不運に耐えている強い人間の心にわたしはもう一度感嘆する。わたしは疑いなくミラノから逃げたマッシミリアーノ・スフォルツァを気づかっていた。おそらくチロルに向かい、皇帝の雇ったスイス人傭兵に保護されているものと思われる。すべてがわたしたちの近い未来にとって恐るべき事態になっていた。勝利にのぼせあがった軍隊にとっては、相手が予期せぬ瞬間に不意を襲ったり、マントヴァに向かって進撃することはむずかしいことではない。ゴンザーガ家の血筋を判断したヴェローナの占星術師が予言した通りに、わたしたちが土地を追われて放浪の暮らしをするということが現実になるかもしれないのか？

この問題をはっきりさせれば、わたしの意思は活力を取り戻す。もし理屈を並べるとすれば、あらゆる星占いは覆すことができるとわたしは確信している。わたしはカードを調べて、確実なカードだけを厳正に選り分けた。一枚は弟アルフォンソ。彼はフランス軍とは忠実な友という強みがあり、すでに堂々とわたしたちの立場をフランソワ王に対して弁護している。もう一枚は甥。夫の姉キアラ・ゴンザーガ・ドゥ・モンパンシエの息子に当たるブルボン王家の総指揮官、若い高官ながら文句なしの権威者になっている。さらに別のカードは法王。レオ十世はわたしたちの悩みについて心配している様子を示した。その上わたしたちはポー川の自由な通行を求めるスペイン軍とフランス王の双方から、荒々しく圧力を加えられていたので、フランチェスコは人を驚かすほど無遠慮な嘆きぶりを見せて大げさにふるまっていた。アルフォンソはこの嘆きを非難したけれども、フランチェスコのわめきはいや増すばかり。「もしも君のあの弟がわれわれの状態なら」と、彼は目に涙を浮かべて抗議する。「私のように病気で寝たきりになって、武装した兵士もなく、わずかの守備隊と共に攻撃にさらされたら、何ができるというのか?」

灰色の制服を着た強力な軍隊を引き連れ、勝ち誇ってミラノに入ってきたフランソワ一世は、忠実な同盟国フェルラーラの言い分をよく聞き、イタリアの宮廷について興味を持って、他の人々の話にも耳を傾けた。そうした中で王が気に入った侍従のガレアッツォ・ディ・サンセヴェリーノは、わたしの衣装に至るまで、わたしについてのさまざまな語りぐさを王に話した。王はフランス式の最高に粋な歓待をしようとわたしをミラノに招待し、パリからはご母堂と妹君を呼んでイタリアの高名な貴婦人たち、とりわけマントヴァ侯夫人を紹介する手はずを整えていた。

わたしは我を張った。良識のある人間なら誰でもそうするように、わたしはわたしの人生を曲げなかった。わたしたちが経てきた道のりには、いつも何らかの良識がにじみ出ている。ミラノにとって大切なことは、わたしたちのスフォルツァ家を取り戻すこと。スフォルツァ家の不在は、ミラノの大地から天地を支配していた巨人族の神ティタンの子孫が永遠に滅亡したことを意味する。つまり異邦人に侵略されるという恐怖のはじまりを意味し、略奪され、追い払われ、あらゆる権利を奪われるということに絶え間なく怯えなくてはならない。さらにスフォルツァ家の没落は途方もない苦難を味わうことを意味し、わたしたちの生活も同じように急速に変化をとげる。ごく最近ミラノは、マッシミリアーノというスフォルツァ家の人物の登場によってわたしに幻想を抱かせたばかり。この人物はわたしを〈母として〉やさしく愛し、つかの間のピアチェンツァ領主を返還した後、公爵の天蓋の下にいたあの日のように、いつもわたしがそばにいることを望んでいた。もうひとりのフランスの征服王ルイの宴に出席したときのことをわたしは思い起こした。あの宴がわたしにどれほど大きな犠牲を強いたか、またあのときわたしたちの国々を滅ぼそうとしていた新顔の連中の与える恐怖に、わたしがどれほど耐える力をふりしぼったか、誰ひとりわかってはいなかった。もうたくさん。残念ながら、わたしはもはや好奇心を持ち合わせていなかった。重要な刺激を得るために自分をひけらかそうとは思わなかった。世に知られたわたしの賢明さはフラ・マリアーノのだし物とは違う。フランス王の再度の名指しの招待にもわたしは出かけるつもりはなかった。たとえ王が巷で言われているように、男性として好ましく、洗練されているとしても。

まわりの人々はわたしを説き伏せようとするけれども、夫は明日をも知れぬ重い病の床にあり、わたしはこのような病気の夫を置いては行かれないと言い張った。でも、わたしたちの大使には、わたしの声望にふさわしい衣装を整えるには三、四千ドゥカートの金額が不足している、と本音を漏らしさえした。これほどの借金をするのは、わたしたちにとって空を飛ぶぐらいむずかしいことに思えた。ただし、この打ち明け話の後で、王の財産をねらっていると思われては困るので、このことは王に話してはならないと大使に堅く口止めをした。結局、わたしはマントヴァにとどまった。フランソワ一世は当てが外れて何かぶつぶつとつぶやき、わたしが断ったことに対して不快感をあらわにした。もしかすると、愚かものも賢いものも、わたしたち人間というものは、大きな災難がふりかかろうとしているときは、つまらない勝利を祝福するものなのか。

使節や情報員からの連絡によると、フェデリーコをフランスの宮廷の客として、なぜか人質といわずに送り出すことを、わたしたちが耐えなければならないことがはっきりわかった。フランス国王陛下は、フェデリーコを情愛をこめて手厚くもてなすべく、優しい誠意のある態度で迎えたがっていた。王は自分を偽ったりはしない人。ただ、結果的には王が、わたしたちに保証した以上に大切に手もとに置いて、将来イタリア全土を支配するときに忠実な下僕になるはずの弟子を、手塩にかけて育てようとしていたことは明らか。わたしの息子は、フランスであの半ば神格化された若い王の身辺に暮らす可能性に魅力を感じていた。わたしは息子を見送る前に、あの子がほんの子供のときに捕虜になっていた父親が解放されるための人質としてローマに暮らしたことを思い出しながら、ふたりだけの話し合いをして勇気づけた。わたしは息子にかつてローマに出発したあのときとまったく同じような思いをしている。ただ、今度は異郷のフランスでこの国の安全のために行動する息子を、はるか遠くから想像するしかないことなどを話した。息子は落ち着いた大胆不敵な気力をみなぎらせて出て行った。わたしは息子に、大人になればきっとこの上なく誇らしい思い出になるし、慰めになるはずと約束した。

「お母様」と、息子はいつものようにまだ子供らしさの残るしぐさで答えた。「ご期待に添って、ご満足いただけるように、そういたします」

そして宮廷婦人、とくに王のご母堂や王妃、さらに若い女官たちに対して、息子はどのようにふるまえばよいかをあれこれとわたしに尋ねた。息子はローマ法王の人質になった経験はあったものの、このたびの君主は多少なりとも息子をおびえさせていた。息子はウエストのきっちりした、斬新な裁断と色彩の美しい厚手の上着を派手に着飾って大いに満足していた。それに合わせた、フランソワ一世の栗色のビロードの服は、供をする貴族や名門出の一行の中でひときわ目立った。このようにしてミラノの後、フェデリーコは王に同行してボローニャへ行った。そこには世界平和をめざす大々的な会議を開催するために廷臣を伴った法王が滞在していた。けれどもほかのすべてのことよりも、騎士道を標榜して勝ち誇った王が、平和の旗を高く掲げながら、今をときめく花形の身を誇らしく見せつける場になった。この旗が神聖なものなどと言えるはずもなく、わたしは今や平和の旗などというものが欺瞞にすぎないことを直感的に見抜いていた。ふたりの中心人物から周囲に広まった話の中に、支配の計画や征服する地域の指定などについての権力者同士の腹黒い交渉を、わたしは勘で見破った。恒久平和のためには、彼らは国家の領主たちが連帯するより不和なほうが都合がいい。

十二月最後の日が終わると、あの年はわたしがナポリとローマに行くことを許され、秘められた自由が無数にきらめくのを発見したことから始まった。無情な別れの時が不意にやってきた。フェデリーコはフランソワ一世に従って、尖塔を空に突き出した大聖堂がたくさんある寒いあの国へ行くことになっていた。わたしたちはたった今、王がフェデリーコに挨拶のために許した、最後の束の間の面会をしなくてはならなかった。

許可。わたしは息子やわたしたちに対して用いられるこの言葉に我慢ならなかった。わたしはソアルディーノを呼び、簡単明瞭に話した。わたしはもうフェデリーコに会いたくなかったし、わたしに、いいえ、わたしたちに加えられる忍従の苦しみを味わいたくなかった。フェデリーコはすでにマントヴァを離れ、ミラノの宮廷に向かっていた。わたしはそのとき反抗したいという気持ちを必死に抑えていた。何時間かのあまりにも短いフェデリーコの一時帰還はいったい何を意味しているのか？ 病気の進行ですっかり衰弱したフランチェスコは泣いていたかもしれない。感情が抑え切れなくなって誰もが泣いていたはず。息子や娘たち、フェデリーコを敬愛していた女官や侍女たち、おそらく宮廷の男たちも。そして、わたしの元気は別離の悲しみに打ち砕かれていたので、もしそうできるのなら、わたし自身も泣きたかった。フェデリーコ、あの子だってどれほど力を落としていたことか？ 「あなたは元気に出かけましたね」と、わたしはローマ人のような勇気をもって、息子宛てにわたしたちの日常の会話の調子で激励の言葉に満ちた手紙を書いた。十六歳というあの子の年齢の明るい気分に自分の身を置き換えて、わたしは息子に何事も前向きに考えるように仕向けた。わたしがその手紙をフランチェスコに読むようにと言うと、彼はうなずいたけれど、わたしが案じていたように、彼はわが子への愛情と自分の誇りゆえに涙を禁じ得なかった。ただ、宮廷にいるときの彼はどのように心の痛むことがあっても、他人に涙を見せることはなかった。もちろん、息子を追い返すには想像を絶する精神力を必要とした。

「法王は嬉しそうに首を振って、つぶやきました。『あの不届き者めが！』やや考えた後で無愛想につけ加えました。『あの不届きな裏切り者！』と。それきり黙りこんでしまいました」わたしはその手紙をそっくり読み返した。ビッビエナはもはやわたしを元気づけたりはしなかった。わたしの娘婿フランチェスコ・マリーアに有罪の判決が下った。望みはなかった。レオ十世は彼の態度を採点しているうちに怒りにまで達し、温和な状態に戻った後も、決してわたしの娘の夫を罰するという目的からは気をそらさなかった。フランチェスコ・マリーアが当てにならない人間ということはわたしも知っていた。いまだかつて彼は戦闘の場にいたことがない上に、指揮官の作戦には反抗するし、誰の命令もききたがらない。けれども、彼は若いので、まだ変わることができる。彼の過ちがいかに重大なものとしても、彼をウルビーノから追い出して、領主の権力をモンテフェルトロ家からメディチ家へ移すだけの正当な理由は成り立たない。今、イル・マニーフィコ・ジュリアーノはフィレンツェで人生最後の日々を迎え、兄の法王がジュリアーノのために考え出した領地計画上の立場から抹殺されようとしている。彼の病気は人々を驚かせた。彼は非常に人から愛され、女性には親切、文学的教養が豊かで、詩才に恵まれ、トスカーナ語を優雅に話した。教養人ニッコロ・マキャヴェッリや〈俗語〉の偉大な守護者ピエトロ・ベンボなどとは鋭い機知に富んだ交わりを続けている。巨匠レオナルド・ダ・ヴィンチの助言に霊感を得て、マラリアの汚染地域ポンティーノ湿原を乾燥させる計画に積極的に挑戦したりもした。ジュリアーノは長い間ウルビーノに亡命していたことを忘れず、彼自身がもらい受けるためにメディチ家が公爵領を奪い取ることには断じて与したくなかった。ところが、その彼が亡くなりかけると、代わって美男子なのに横柄で皮肉を言われても動じない甥のロレンツォが、この舞台にしゃしゃり出てくる。ヴァチカンに君臨するこの若いメディチは、大使たちが訪れるときまって姿を現わし、謁見の間じゅう、ずっと法王の耳にひそひそとささやき続ける。彼が政治に適していないのは、フィレンツェから追放された父〈不運なピエロ〉の無精者の血を濃く受け継いでいるため。それなのに、法王はロレンツォを偏愛し、ウルビーノの運命を彼の手に握らせようとする。メディチ家が公爵領を押収する策さえ見つかれば、彼があの領土を横領することになる。

自国の必然性と肉親への愛情との板ばさみになったわたしは、二者択一の決断を迫られている。好き嫌いの感情に支配されない選択を探し求めて、わたしは娘婿に直接には救いの手を伸ばさず、弟のアルフォンソに託してフランス王の庇護を求める。その一方で娘婿には法王に対して恭順の態度を示すように助言するけれど、彼はローマに行くことを忌避して、自分の身にいま何がふりかかろうとしていて、その結果がどうなるかはわかり過ぎるほどわかっていると言う。確かにそれは一理ある。彼はむっとして意味のない言葉を口走り、心痛のあまり衰弱してしまって今や力なく祈り続けるほかに何があるのか、とわたしの娘に怒りをぶちまける。では、娘が法王に対して何ができるというのか?

二月は日が短い。ちょうど今、わたしのたったひとりの妹エリザベッタは、ビッビエナの勧めにしたがって、ローマへの旅の途上にある。彼女はわたしたちの最後の砦になるはず。レオ十世は彼女を尊敬していると明言しており、かつてレオがフィレンツェ共和国から追放されてイタリア中を放浪していたときに、ウルビーノですばらしい厚遇を受けたことを憶えていた。じっとしていられなくて、わたしは城内の部屋から部屋へただわけもなく歩きまわるかと思うと、一転してレオナルド・ダ・ヴィンチ風の飾りのついた小部屋に引きこもり、顔を出して真っ白な白鳥の群れが漂う寒そうな緑色の堀を見下ろす。ラウラ夫人がきて、侍女たちがなおざりにされうとまれていると感じて、不満をつのらせていると言う。雨が降り、雹が混じり、湖上では雷鳴が稲妻を追いまわす。今は人生の重苦しさを軽くするような何らかの奥の手を考えるのにふさわしい時間。でも、どのような手を？　エリザベッタはわたしのことを忘れたりはしない。カスティリオーネが言うように、あの人はあまりにも多くの他人の不幸を背負ってきた。明るい生来の性格と結びついたこの穏やかさが、どれほど傷つきやすいかはわたしだけが知っている。ローマではいったい何が起ころうとしているのか？　法王レオが何でも先送りしたり、ためらったり、あるいは優柔不断さを人に気づかれないように秘密にすることに、わたしは困惑している。レオのこのような気質は、絶対者としてもろもろの事項を決定する際に、すべての人に知られている。

寒くなったので、すでに暗くなった小部屋から〈凱旋の広間〉を通り抜けて、わたしは頭文字のついた部屋に戻った。マンテーニャの描いた『凱旋』は今はここになく、フランチェスコの望みにしたがってサン・セバスティアーノ宮殿（現在は教会＝訳者）にある。そのために壁一面に、金の飾り模様をふんだんに使った赤いなめし革を貼って、温かい優雅な色彩感覚で満たしている。

らせん階段からピルロ・ドナーティが姿を見せ、急いで部屋に入ると、周囲を見まわし、それからわたしに顔を向けた。彼は興奮しているらしく頬を紅潮させ、自分の興奮を用心するように身を動かした。寒い季節の習慣通り、部屋の中を風がひゅうひゅうと走りまわらないように、彼は後ろ手に扉を閉めた。わたしは暖炉の近くにじっとしていた。エリザベッタの名前が口まで出かかっていた。

「奥方さま」と、秘書のピルロはわたしに呼びかけた。「カスティリオーネさまの馬丁がまいりまして、カスティリオーネさまのご母堂さまが、この手紙を奥方さまに差しあげたいとのことでございました」

ピルロがわたしに封筒を差し出したのを見て、わたしはとっさにその癖のある字に気がついた。何と、その瞬間は例のイングランド人のことはまったく念頭になかったけれども、思いがけない不運な悩みごとから救い出してくれたこのできごとに、わたしは感謝に近い気持ちを抱いた。

「その手紙は」と言いかけて、わたしはためらった。

「ローマからまいりました。カスティリオーネさまがカステッレージ枢機卿のご家族の方から手に入れられたらしうございます。数カ月前にその方の書類の中に紛れこんでいたそうでございまして、それがいささか思慮分別に欠けておられまして、ご自分の手文庫に納めたまますっかり忘れてしまわれました。こうして見つかりましたことで、奥方さまが不愉快に思し召さなければと案じております」

最後の言葉は消えいるようにか細かった。彼はまだ息を切らしていた。きっと駆け上ってきたに違いない。彼は呆然とわたしを見つめた。確かに彼の耳にはわたしの不安な息づかいが達していたはず。けれども今はあっけにとられ、きまじめな顔に何となく厳しい表情を取り戻していた。まさにそれは、十二月三十一日にロンドンから発送されたあの手紙。宛名の下に付記がある。まさに、行方不明になっていた手紙、取り消され、危険に満ち、罪深い秘密をはらんだ手紙。神に誓ってわたしはその手紙を読むべきではなかった。すべては鮮明になり、わたしは激しい衝動にかられた。たった今、わたしはあの男の罪を知ることになり、わたしをいら立たせるほど悩ませた言葉の意味を解明することになる。わたしはあの男を燃やすために、わたしの傲慢の噴火口に引きずって行くつもり。「重大な疑惑」やその他の表現は永遠にこの世から消えてなくなる。

わたしはどうしても知りたくて、封印を探した。大きな封印は、開封された形跡は留めていなかった。わたしは手を休め、放心状態のピルロ・ドナーティに目を留めた。だしぬけに彼の蒼白い顔を見る必要があった。その瞬間に案の定、彼の顔は真っ赤に染まった。わたしに彼は何を期待していたのか？ ああ何と、あの朝、手紙を用心深く見張るように命じたとき、わたしが彼に何か言ったことがあったのか？ わたしの耳にはあのときの言葉がはっきり残っていた。「わたしを危険にさらすかもしれない邪悪な手紙です。読むべきではない」わたしを抑制する強い力が働いた。わたしの欲望のすべてがその手紙の内容を知りたいという一点に集中していたけれど、わたしはあえて開封をしなかった。友人はわたしをひどい嘘つきか、もっと悪くするとあのイングランド人の従犯者のように評価するかもしれなかった。怒りが一気にわたしの心から消え失せ、きちんとした思考が感情のすべてをすっかり克服して、気が晴ればれとしてきた。

「ありがとう、ピルロ」と決然とした声でわたしは言った。「あなたのおかげで安堵しました。裏切り者になる危険からも救われました。ありがとう。この封筒を誰にも見られませんでしたか？」

感動のあまり言葉を失ったピルロは、身ぶりで否定した。

「もう誰の目にも触れません」とわたしはきっぱり言い切った。自分が知らない間に自分の意思を人から誤解されるようなものは、ないに越したことはない。

わたしは暖炉に近づき、燃えさしの中に封筒を投げ入れた。めらめらと炎があがり、炎に包まれた封筒はみるみる形を変えていった。暖炉用の小型シャベルを手にしてわたしは腰をかがめ、黒焦げになった紙片を灰の中でこなごなにした。あの癖のある文字が読み取れるような気がして、わたしは心の中で速やかにあの言葉を読んだ。「お読みにならないことこそ神の思し召しでございます」、わたしの胸の内で何かが答えた。「わたしは読みませんでした」。ピルロがやや紅潮したくつろいだ顔をしてその場にいた。彼はわたしを信頼していた、おそらくよけいな理屈はいっさい抜きにして。

「ローマに行ってまいりました」と、ややトレモロのきいた音楽的な美しい声でエリザベッタが言う。「お姉さまのご忠告に従ったのです。私が到着いたしましたその日に、法王の戒告状が公表されました。レオはフランチェスコ・マリーア本人に直接出頭するように命じたのです。私はすぐにぴんときました。これは最悪の事態を予測させるために、私をねらい撃ちした敵対行為、と。すべての成り行きは、容赦のない残酷なものでした。法王の部屋に行くということはつらいことでしたけれど、彼は友達のような顔をして私の方に歩み寄り、私を抱きしめると、手短かに私たちの話し合いは明日に延期すると約束を引き伸ばしてきました。その明日になって、欺瞞に満ちた喜劇が始まったのです。朝、私が目覚めたときから、不安にさいなまれるという責め苦が襲ってきました。私はまず最初に、国を奪おうと考えている本当の理由は何なのかを彼に問いただしました。法王さま、あなたはメディチ家が追放され、迫害されたとき、一族の方々がどれほど私たちに恩を受けたか憶えていないのですか？　しかもイル・マニーフィコ・ジュリアーノが、今日なおマニーフィコの間と呼ばれているウルビーノの宮殿の部屋で、私たちにいかに愛され、うやうやしく歓迎されたか？　彼が無事にフィレンツェに戻れることを願って、私たちがどれほど祈ったことか思い出せないのですか？　《ああ、法王さま》と、私は懇願しました。《法王さまはなぜ私たちが追放され、物乞いして歩くことをお望みなのでございましょう？》私は涙ながらに彼に嘆願しました」

「それで、彼はどうだった？」とフランチェスコが弱々しく尋ねる。

「無言でした。単眼鏡をかけなおして私を一瞥すると、彼は中庭を歩きまわりました。誰もが凍るような思いで、嘆願するように彼の方を向いていました。ところが周囲のこのような表情を目にした法王は、視線をそらせたのでした。話しかけたそうなそぶりを示した一人は、刺すような眼光に射抜かれて、金縛りにあったように動けなくなりました。それでも私は懇願し続けました。ボルジア家が犯しただまし討ちの罪をくり返さないように私はメディチ家に乞い願い、哀願したのです。正しい相続によって受け継がれた領土を、何の罪もない私たちが失うことがあっていいものでしょうか。私が話し終えたとき、法王を除けば、その広間に居合わせて涙しない人はひとりもいませんでした。法王はたびたび肩をすくめて、冷ややかな沈黙を続けながら、私をじっとにらんでいました」

もう泣いてはいなかったけれども、エリザベッタは話しながら体を震わせてしゃくりあげる。興奮して取り乱さないように、わたしは彼女の肩に軽く触れる。湖の見えるポルトの別荘のテラスで、わたしの大好きな白と黒の市松模様になった大理石のベンチに、彼女はわたしと並んで腰かけている。草地に張ったテントの下で軍事用の小型ベッドに横たわったフランチェスコは、病気と心痛にさいなまれてやせ衰えている。そのかたわらに、娘のエレオノーラとその幼い息子のグイドバルドが椅子にかけている。戦いに敗れ、埃まみれになった娘婿が、泥だらけの長靴を履いて立っている。

かつての活力の激しさを思い出して興奮したフランチェスコは、猛然と反発する。

「あなたはなぜウルビーノを死守しなかったのですか？　あの都市は徹底抗戦するには絶好の位置にある。戦うべきだったのです」

「そのことはここにいるあなたの隊長アレッシオ・ベッカグートが話すでしょう」と、フランチェスコ・マリーアが感情をあらわにして応ずる。「すべてを見捨てるというのは、わが領民から始まったのです。敵の軍勢は絶大でした。輜重や大砲を備えた全部隊が丘を登り、武装した人間の集団が数限りなく続いていました。襲撃兵が街に足を踏み入れる前に、すでに人々が『教会へ！　教会へ！』と叫んでいるのが聞こえました。私たちはかろうじて逃げのびました。多くの不吉な前兆があったのです。それで宮殿の大切な物は前もって取りはずし、すべて女子供の一行と共にペーザロに送り出しました。私はすぐに一行に追いつきました。ペーザロで私たちは船に乗りこみましたが、ものすごい嵐に見まわれ、船はヴェネツィアのスキアボーニ海岸の見えるあたりまで押し流されました。やっとのことで無事にイタリアへ戻り、ピエトレにたどり着くと、こうして宿営させてくださり、慰めてくださいました。私たちは今ここであなたがたに感謝しており、あなたがたのもとに留まらせていただけますようお情けにすがるばかりです」

わたしはボルジア家を哀惜するつもりはないし、とりわけたくさんの人から推挙された賢いメディチなどけっして思い出したくもなかった。その冷酷なレオ十世が黄金の単眼鏡をかけてわたしの前に立っていたのを、エリザベッタの言葉でわたしは思い起こした。石のベンチの耐え難い硬さのせいで、わたしは体がしびれて動けなかった。フランチェスコは彼の小型ベッドに寄りかかっている娘エレオノーラの頭をなでながら、大きな声で独り言を言ったかと思うと、低い声でうめいた。

「わが娘よ、心配するでない。すぐにマントヴァにきて、われわれと一緒に暮らせようぞ。ピエトレの宮殿も当面の暮らしをするには悪くないものじゃよ。このように広いし、正面が明るい。みなで気楽に過ごしなさい。法王も娘や妹を庇護する権利を否認はいたすまい」

「法王は何事もご自分の損得を勘定して否認なさいますよ」とエリザベッタが言った。

「彼は誰にも同情などしません。悪いことに私たちはもう財産を持っていないのです。私たちが大事にしてきたあのすばらしい銀器も手放さざるを得ないでしょう。ローマでは私に出資金を返すことさえ拒むだけの図太さをお持ちですから」

「どうして？　銀器を手放すとは？」と、信じられない思いでわたしは言った。

ウルビーノの食器室は、揃いの優雅な食器の数の多さでつとに知られていた。どれも有名な銀細工師たちの銘が入っている。わたしたちも余裕がなかったので、付け値をすることはできなかった。

フランチェスコは力をふりしぼってベッドの上にわずかに身を起こすと、愛する妹に話しかけた。

「ほんの少しぐらいなら、私たちだって妹を助けられるよ。全額出してやりたいのはやまやまだが、戦争やら襲撃やらでわれわれは貧乏になってしまったし、おまけに春の洪水で収穫は惨憺たるものだった。しかし、そのためにそなたたちに惨めな思いはさせない。安心おし。そなたの兄はそなたを見捨てたりはせんから」

そのときテラスの奥の方からトロメーオ・スパニョーリが現われた。とっさに彼独特の人を侮った笑顔を見せ、彼はかろうじて会釈らしいしぐさをした。フランチェスコは法王への手紙はできたかと彼に尋ねた。ウルビーノから逃亡してきたデッラ・ローヴェレ一家がマントヴァに落ち着けるよう、フランチェスコは許可を求める手紙の作成を命じていた。トロメーオは書類をフランチェスコに手渡した。

「ここにご署名ください。そして、どうぞこちらにもご署名を。議会は塩の新しい税金を布告するために、ご命令をお待ちしています」

反射的にわたしは立ちあがり、フランチェスコの手から二枚の書類を取りあげた。一枚は白紙。

「ご覧なさい。白紙ですよ！」

顔色ひとつ変えずにトロメーオが答えた。

「もちろん白紙です。閣下はご病気ですから、いついかなるときもお心を煩わせることはできません。布告の書式はいつも通りに私が代筆いたします」

わたしはフランチェスコの方へ向きなおった。

「これはよく考えませんとね、あなた。領民は疲れ切って血の出る思いをし、街には激しい抵抗が渦巻いているのです。新しい税金には我慢できないでしょう。むしろ法王領に義務づけられた塩に関する税金を改正するように、わたしたちが請願しましょう。今ではアーゾラとロナートを失って、そのためわたしたちの国では人口が激減したことを示せば、税金を減らすことこそあれ、貧しい領民にこれ以上払わせることはないはずです」

「どう思うかね、トロメーオ？」フランチェスコはためらいがちに尋ねた。

わたしを含めてそこに居合わせたすべての人を無視して、スパニョーリは自分の主人をじっと見つめながら言った。

「金庫は空でございます。すぐにでも金が必要です。皇帝に年貢を納めなくてはなりません。どうぞ、閣下、ご署名を」

フランチェスコは書類を手にした。

「不本意ながら署名しよう。あまりにも苦しんでいる領民のことが気にかかるが、どうしようもない。法王庁にいくら頼んでみたところで、返ってくる答えは察しがつく」

彼は衰弱したおぼつかない手で署名した。憤りの波がわたしの全身を駆けめぐった。スパニョーリはそそくさと立ち去った。わたしがエリザベッタの手を握り、握り返してきた彼女の誠実さを感じとったとき、エレオノーラが短かい叫び声を発した。

「お父さまが、お父さまが！　お父さまの様子が変です！」

フランチェスコが真っ青になっていた。わたしは呼吸が楽になるように、彼の頭を支え起こした。徐々に顔色がよみがえり、すぐに彼は飲みものを口にした。

「何でもない」と、彼は無理にほほえもうとしながら言った。「私にしては熱が高すぎるのだ」

「お部屋に戻らなくては」と、わたしはやさしく彼に勧めた。「お休みにならなくてはいけません。じきに医師を呼んでまいります」

フランチェスコは妹と娘に助けられて立ちあがることができた。ゴンザーガ家の一族の後に、うなだれたフランチェスコ・マリーアが哀れっぽく一緒について行った。生きる厳しさが彼らにのしかかっており、まさにそのとき一族の背景にあった悲しい運命にともに耐えるために、彼らは本能的に秘密の場所に集まろうとしていた。わたしはそれとは別のことに気がついた。愛撫するような優しいエリザベッタのまなざしが、わたしの娘エレオノーラに注がれていた。あれはわたしのいら立ちや憤りを鎮めるためにわたしを包みこむときの、あの同じまなざし。彼らはわたしを必要としていないかのように、わたしを忘れて立ち去った。本当は、わたしだけがみんなを救う方法を見つけ出すことができ、わたしだけが強い人間として考えを行動に移す道筋を知っていた。効果的な作戦を進める情熱がわたしの身内にあふれる。わたしに迷いはなかった。「まず最初に」と、わたしは自分の心に話しかけた。「宝石を担保に入れる。すてきな形のルビーや、ダイヤモンドの大きな装身具、大粒の真珠、金の小さな粒と真珠の混ざった房がきらきら光る衣装も。エメラルドはやめる。一時保留しよう」

時計の間　一五三三年

記憶が、時の経つうちに凝縮したままになっていた言葉を溶かし、溶けた言葉はさらさらと五月の雪のようにささやきながら流れ下って行く。わたしはその言葉を聞いている。ここ時計の間は、わたしがわたし自身と向き合う夜のたまり場。ローソクの先で小さな炎が揺らめき、ふたの開いたわたしの大きな宝石箱が、夜の間のきらきらとした鋭い光の合図をまき散らしている。光を発している宝石たちは、プリズムで分光したそれらの合図で、それぞれの存在をわたしに気づかせようとしているのか？　一つひとつヴェルベット張りの台に置かれた宝石に、わたしはまだ手を伸ばしていない。けれども、統治者としてわたしたちが一緒に出席する宮廷の大きな集まりで、わたしが首や胸、あるいは額につけて、はっと注目を浴びたこれらの宝石の形をわたしは知っている。

宝石はわたしの歴史を作ったし、今も作っている。宝石は、飾りつけられた広間に入るときわたしの心に高まる創意工夫の情熱を、何らかの形で表現した。「もし並ぶもののない何かを見たければ、宴の席でベアトリーチェ奥さまをご覧なさい」と、フェルラーラの人々がよく言っていたのを、わたしは今でも憶えている。わたしの先祖ベアトリーチェ・デステは百年以上も前に生きた人なのに、彼女の秘密のいくらかは少なくとも部分的にわたしにまで伝えられていた。宮廷人らしい装いは、まるで戦闘のように人の興奮を煽りたて、わたしたちの心のうちに動揺を引き起こす術をわきまえた未知の力を呼び覚ます。宝石はめまいのような刺激を感じさせる自信の勲章。でも、カラドッソや同等の巨匠がデザインした勲章を上着につけて、いくらそのメダルや宝石が音を立てても、男は元気はつらつとした気分は感じない、とフランチェスコは何度かわたしに打ち明けた。このように何の理由もなく王や王子、それに法王自身が、金や宝石をあれほど派手に使うはずがあろうか？　地位の象徴としての宝石のこのいきいきとした役割は、決して終わりはしない。

わたしはいつも宝石の力を基にした占星術師たちの研究を熱烈に信奉してきた。占星術師の中で最も明敏なのはパーリデ・ダ・チェラザーラ。彼は宇宙と占う問題との相関関係を推理する名人で、しかもあらゆることから役に立つ考えを引き出す術を知っている。わたしは彼から、赤い石は十一月と三月に手に負えない生命力を呼び起こし、青い石は精神的な勝利を約束し、緑色の石は無謀な企みを暗示し、華麗な輝きをもつ清らかなダイヤモンドはあらゆる形での勝利を予言し、乳白色のオパールは注意深く尋問を受けることになる、と教えられた。それらの石がわたしたちにどのように影響するのか？　星回りが良くても悪くても、事件が起こったり、激情にかられたりして、わたしたちは勇敢な、あるいは不面目な戦いによる栄枯盛衰の日々を通り抜けてきた。むしろわたしが言いたいのは、占星術師たちが宝石のもつ本当の力を熟知していないとしても、遊び同然のことをするのは慎まなければならないということ。そして宝石を所有するためには、そのことを認識する必要がある。冷たい美しさを放つひな壇上の宝石一つひとつに手を触れるとき、宝石の純度の基調にはさん然とした神業の輝きが見てとれる。ルビーからはわたしたちの苦難に満ちた防衛戦争のために配置につく武装した歩兵と騎兵、武器と臼砲の長い隊列が出てくるのを、わたしは見ている。幾度となくルビー、エメラルド、サファイヤ、真珠などが、高価な軍備のために支払われたり、担保としてユダヤ人ソロモンや他の大金持ちのヴェネツィアの宝石商たちの鉄の箱に閉じこめられたり、よい値のつく最もぜいたくな担保物件としてつねに準備されたりしていた。わたしは武器だけを見ているわけではない。ダイヤモンドの核からは飢饉や洪水で困窮しているときに領民を救う穀物や食糧を積んだ荷馬車が出てくる。

このような意味でわたしの最も信頼する宝石は、ベンボのような洗練された審美眼をもつ人さえも驚いたエメラルド。金の台をつけたわたしのエメラルドは緑色をしているけれど、普通の緑色の宝石にはない、ダイヤモンドのような鮮烈なきらめきがある。高価な物を作ることでは並ぶ者のない、法王のお抱え金細工師ベンヴェヌート・チェッリーニでさえも、それを緑のダイヤモンドと呼んだ。その宝石ひとつで法王の座が買えるかもしれない。真珠は、あるものは信じられない白さ、またあるものは薄い灰色や淡いピンクに彩られ、なんと絹のように柔らかな真珠の光の歌を舞い立たせることか。わたしが宴の席でしばしば身につけていたルビーや真珠やサファイヤなどの宝石は、わたしの首の動きにつれて燃えるような赤や白や青の光を鋭く飛ばす。その他の選び抜かれた宝石類は、チェーザレ・ボルジアに熱望されたけれど、彼には指一本触れさせせなかった。

どのようなときにも、わたしは喜びをこめて宝石を用いてきた。宝石は身につけたからといって使い古されることはないと思う。かえって燃える血潮を自分のものにして宝石自身の真髄がよみがえる。宝石には、活力があり、いつもわたしの情熱をかきたてる要約された言葉がある。わたしの宝石箱からはふたつの活力が飛び立つ。ひとつは、それぞれの宝石にもともと内在しているミネラル。もうひとつは、聞き取る能力のある金細工師、彫金師、彫版師、彫刻師らの腕によって伝えられる遠い秘密の石の言葉。わたしの手もとにある実例を挙げようとすれば、比類のない技で『キリスト降架』が彫られた緑色の碧玉には赤いしぶきがかかったような斑点があり、それがあたかもイエス・キリストの体から流れ出た血のように見える。宝石を使わない首飾りもまた、長さにかかわらず、この種の活力を帯びていて、すっかりエナメルでおおわれた金がその完璧な仕事の下に隠れている。唐草模様が彫刻された真珠の首飾りは、その互いにくるくると追いかけるうず巻き模様が、ときどき浮き彫りのあるトルコ石のところでひと息つく。

わたしは自分がひどくおののくのを知っていて、おずおずと罪悪か不徳を行なっているように宝石箱に近づく。それぞれの台はすべて宝石箱に戻り、底の方に黒いヴェルベットの輪の中にすっぽり納まって隅に置かれた銀の酒杯を見つける。わたしはふたのついたその繊細な卵のような形をつくづくと眺める。わずかに位置を変える。はるかな星の世界の結晶がチリンチリンと鳴るのに耳を澄ます。若いときの情熱的な身のこなしを思い出しながら、わたしは酒杯のふたを開ける。自由になった色とりどりの宝石が光を発し、まばゆく輝く。全部が大粒とは言えないけれど、本物のオリエント物。この宝石はわたしが少しずつ自分のために集めたもの、これを持っていることはわたしだけしか知らない。赤石、尖晶石、ルビー、バラスルビー、ガーネット、白色オパール、それらの虹色の光をうろたえさせて形而上学的な雰囲気さえ漂わせる崇高なダイヤモンド、目もくらむほどの輝きのブルーサファイヤ、緑に輝く石はエメラルドか緑柱石かそれともアクアマリン、淡い黄色か濃い黄色のトパーズ、瞑想的な色に輝く優美な瑪瑙や紅玉髄。アラビア夜話のアラディンの洞窟の中のように、宝石の上で光がたわむれ、もしもわたしが一方の手からもう一方の手に移そうとして宝石を滑り落とせば、燃えるような輝きは一層いきいきと勢いづく。酒杯の中に指を平らな底に届くまで入れる。わたしは宇宙の創造力に触れている。石になった物質の最初の形に触れている。そして造化神の創りたもうた鉱物に、官能的な逸楽をもって触れることにおののきを覚えずにはいられない。

⚜ ⚜ ⚜

サン・フランチェスコ教会に入るとき、わたしは頭巾を顔まで引き下げた。わたしの歩みを阻止しようとしているらしい番人の動作に気づいたけれども、わたしはピルロ・ドナーティが誰と話しているのかを見ようとして振り向いたりはしなかった。「神さえもわたしの歩みを阻止しない」と、わたしはいつもの敏捷な足取りで前に進みながら胸のうちでつぶやいた。それでも、わたしは足を止めなければならなかった。闇があたり一面を包んでいた。出入り口の真っ黒な布、窓の黒いカーテンが、鋭いアーチで防護されたあの美しい教会を、一種の煉獄の控えの間にしていた。わたしの秘書の足音が追いついてきて、わたしはまたゆっくりと前へ進む。間もなく木材と漆喰でできた階段があった。それは夫フランチェスコの葬儀の追悼の祈りのために、わたしが命じて設計し、建造させたもの。教会は、葉の彫り物で飾ったコリント式柱頭をもつ六本の同じ形の円柱によって、美しく均整がとれていた。嵐に見まわれたかのように、切妻壁にとりつけられたゴンザーガ家の四羽の黒鷲の紋章が傾いていた。教会の中に、布貼りの六段の階段を設けた、上部のない台形のピラミッドが建っていた。両脇に頭巾をかぶった戦士たちの像が軍旗を支えていた。短かい階段の上に対照的に、ミラノの紋章、サン・マルコの紋章、神聖ローマ帝国皇帝の紋章、ローマ法王の紋章、フランス国王の紋章が並べられていた。一番高い平らなところに石棺が安置され、そのすぐそばに隊長を象徴する武具一式と兜があった。

夫が亡くなってから七日が経ち、大葬の日がはじまった。すでに一番目のろうそくに灯がともり、その場所に半旗が掲げられたけれど、降り止まぬ雨が光を拒んで小さなろうそくの炎をぽつりぽつりと消し去り、あたりに洞窟の奥底に落ちこんだような漆黒の闇を漂わせた。祭壇を照らすように並べられたろうそくの光は、鋭いアーチの輪郭を描き出し、上部のないピラミッドを登って教会の切妻壁に広がり、そこに記された一五一九年三月十九日という日付が読み取れた。

わたしはそのローマ風の小さな教会に近づいた。華奢なように見えても、その単純な幾何学的な輪郭はフランチェスコ好みの威厳に満ちていた。若い修道士の列がもの静かに歩いてきて、ある者はすばしこくきちんとろうそくに灯をともし、別の修道士は武具一式とフランチェスコの偉業を絵に描いたゴンザーガ家の盾、盾に固定された旗などを柱にゆわえつけた。わたしは気持ちが落ちこむのをどうすることもできなかった。これが彼に残された最後の祭典……。彼の遺体は彼の希望にしたがって教会の床下に埋葬された。彼は死ぬ日の朝、できればそうして欲しいと、最後に身につける服として彼自身が決めたフランチェスコ会の修道服をまとっていた。

「灯が足りませんよ」と、わたしは背後に控えているピルロ・ドナーティに小声で言った。

わたしはまるで歓迎の広間にでもいるように、ピルロに導かれて長椅子に腰かけた。すぐに彼は状況を調べるために走り去った。薄明かりの中でのろのろと数分が過ぎた。大急ぎで戻ってきたピルロが、重さ九百グラムのろうそくが全部で五百三十一本あると言う。そうしてみると、用意できたのはまだ三分の一にも達していなかった。ほぼあら探しをするような気分で、わたしはその場所とさまざまな物の形の全体に目をこらした。傾斜の角度を誤って盾と旗をきちんと結んでいないものが見つかり、わたしはピルロに飾りつけの責任者を呼んでくるように命じた。責任者の男がきてわたしに頭を下げた。男の声は震えていた。

「奥方さま、お呼びでございましょうか。ひもの位置には間違いはございません。奥方さま、誓って申しあげます。私もフォルノーヴォにおりました。あの闘いの日は侯爵さまのそばにいた者はなく、戦争の最中の勇敢さというものがわかっていませんでした」と、男は灰色の頭を下げ、身分のある人のような節度をもってわたしの手をとり、軽く口づけをすると、闇の中に消え去った。「フォルノーヴォ！」その名の響きがまだ残っていた。今もなおフランチェスコの栄光はさん然と輝いていた。

「このまま進めましょう」と、わたしは大きな安堵の息をついて言った。「すべてわたしの考え通りです。いずれも指示した通りですから、領民は正式の方法で領主を追悼することができます」

わたしは不可能な望みのためにさいなまれていた。フランチェスコ、あなたが帰ってこられればいいのに……。あなたのあの最後の日は聖書に明け暮れた。あなたの声は奈落の底から上がってくる霊のように響き、その声はわたしが知っている誰か死んだ人の声のように聞こえた。あなたの勇気は若い戦士のような向こう見ずなものではなく、誰にもわからない内面の苦悩に耐えた人の勇気にほかならなかった。深い悲しみと共にわたしはあなたを賞賛した。

わたしは教会の中央にひざまづいた。そこが最も彼に近いところのように思えた。ほとんど祈らなかった。わたしから切り離された手足と精神が勝手に祈っていたのかもしれない。わたしはまっすぐ正面玄関に進み、もう一度顔まで頭巾を引き下げた。つき添い人の腕に支えられて外に出ると、馬車に乗って城に戻り、脇門から入った。絵画の間にひとりで閉じこもり、左側の壁にあるフランチェスコの子供のときの肖像画の前で、不思議なほどの安らぎに身を任せた。サン・フランチェスコ教会を秘かに訪れたことは、わたしたちの間の、わたしたちの、いや、わたしの彼に対する愛が確認できる最後の愛の行為。手慣れた行為をしていると、夜じゅうずっとわたしにまとわりついていた深く強い悲しみが、いつしか和らいでいた。

二色に色分けされた服と靴下を身につけたそのひしゃげた小さな鼻の子供を、わたしは眺めた。画家は、崇敬するに足る子供に仕上げるために、生来の重々しさを描き出していた。わたしはその子供にほほえみかけようとしている自分に気づいた。彼がこの昔の子供の澄んだ分別のある声で、遺言状を少しずつ口述していたのは、わたしにはつい昨日のことのように思える。彼はすべての友人や廷臣、さらに下僕にいたるまで、遺言状でなにがしかを残した。それらすべてのまっ先に、フェデリーコが満二十歳に達するまで彼の摂政の任に当たるよう、わたしを指名していた。こうしてその文書は、ゴンザーガ家の領主の権力を将来とも確かなものにする能力を備えた国家の指導者として、わたしを正式に、そして公けに認めたことになる。すべての公文書、あらゆる法律、あらゆる決定がわたしの手を経ることになる。フランチェスコはあまりにも激務の公務の権限について、やってみる気持ちがあるかどうか、とわたしに尋ねた。息子の経験や理解力と、それにさまざまな境遇の中で他人が起こす行動について成り行きを予知する言葉で言い表わせない能力、などを補うためにわたしが関与するのは当然のことと思われた。わたしは面目失墜の危機に直面することもなく、演説を助けてくれる男性の影武者の必要も政治的な空白もなく、立派に統治する女性になれると思う。息子はわたしの目の中にひらめいた考えを読み取るにちがいなく、わたしは息子の考えの中にわたしの影響を発見することになる。わたしが不断に息子に生命を与え、息子から生命を返され、息子の所産をいわばわたしのものにすることのできるこれが最後の可能性、そしてわたしの未来はこの可能性からしか開けてこない。精一杯慎み深くしただけで、わたしは感謝や美徳の涙を勇ましく遠くへ押しやった。

今やすべては、わたしの双肩にかかっていた。フランチェスコの晩年は、わたしに思慮分別についての自信を失わせる危険をもたらし、わたしを悩みの淵に転落させた。けれども、わたしは気力を回復して、抵抗した。いわば人々の邪悪に対して奮起するとともに、わたしはありあまる活力で未来に向けて反抗ののろしを上げた。わたしはすべてを書き留めておいた。ヴィーゴ・ディ・カンポザンピエロは女性としてのわたしについても、わたしの政治理念についても中傷していた。礼儀正しく誠実で、国王と国家に献身的なフランス人貴族ロートレック将軍とわたしとの友情には不審な点がある、とヴィーゴが陰口をたたいた事実を、わたしはしっかりと書き留めておいた。また、人の最も優れている点を傷つける効果的な手法を教えるような、悪魔的な邪心を丸出しにして、ヴィーゴがわたしを陰謀的なおんな男と決めつけたことも忘れなかった。わたしたちはカンポザンピエロをマントヴァおよび宮廷から追放することに決めた。かくてわたしは彼の存在にわずらわされることがなくなった。わたしは公正な裁判によって事を運んだので、彼の妻に救援の手を差し伸べた以外は、いっさいの僥倖を与えなかった。彼の妻はほかの女たちと同様に、可愛く無学で善良な女性にすぎなかった。

別の事件が、ずるそうな顔をした粗暴な男トロメーオ・スパニョーリによって引き起こされた。彼は保護を受けられない弱者、貧乏貴族、身よりのない未亡人、身代を失った商人、都市の人々、聖職者などに対する措置を講じるために、フランチェスコから受けた寵愛を利用していた。正直な顔をしたマントヴァの行政長官は要約して記録するのがとても巧みで、彼は抜け目なく集めた書類の束をわたしに提出した。わたしたちはスパニョーリを法廷に召喚した。裁判所の役人を前にしたスパニョーリは平然とした態度を示した。けれども指定された日に欠席することで彼は敢然と挑戦してきた。シジスモンド枢機卿とわたしは、城内の謁見の大広間で侯爵のソファに席を占めた。わたしは裁判が非のうちどころがないように、したがってきわめて厳正に行なわれることを望んでいた。時刻が過ぎても被告人が現われず、被告人の家に使いの者をさし向けると、すでに逃亡してしまったことが明らかになった。告発人の行政長官は憤激した。

「そんな！　スパニョーリが逃げてしまったなんて。彼は同意したふりをして猫をかぶっていたんですね。時間を稼ぐために」

「行政長官殿」シジスモンドが尋ねた。「彼が逃亡したというのは、ほんとうに確かなことですか？」

「はい。ヴェローナの近くで馬を走らせる姿を見た者がございます。処罰会議でご承認いただければ、スパニョーリを裁判に欠席した罪で訴えることができるのでございますが」

シジスモンドは考えこんでから小声でささやいた。

「義姉上、用心いたしましょう。つい今しがた、ローマから法王レオ十世の小勅書をたずさえた特命の使者が到着いたしました。その言うところによれば、スパニョーリは不法に迫害を受けており、彼に対する裁判は中止されるべきとのことでございます」

「ああ、もしそうなったら、われわれの努力は水泡に帰します!」と、行政長官が抗議した。「侯爵夫人さま、政府の役人の行動を知るのは領民の権利でございます」

大砲の弾丸のような勢いで、トロメーオの兄で仕事上もトロメーオとの協力関係にあるアレッサンドロ・スパニョーリが飛びこんできた。彼は激昂した目であたりをにらみまわした。静かな声で、といっても皮肉な調子になったと思うけれど、わたしは話をするようにとアレッサンドロを招き入れた。

「アレッサンドロ殿、あなたの弟トロメーオの消息を聞かせなさい」

「弟は逃亡しました。当然でございます。弟ほどの騎士ともなれば、自己防衛せざるを得なかったのでございます」

「自己防衛せざるを得なかった」と、正確に行政長官が反復した。「なぜなら領民が彼を裁判にかけようとしたからですね」

「トロメーオ・スパニョーリは陰謀の被害者でございます。神に誓って言明いたします」

「ご覧ください。これが彼の重罪の証拠でございます」と、ふたたび行政長官が書類をふりかざしながら、やり返した。「公証人の署名入りの数々の目撃者証言があります。告発は書類の偽造、信用の悪用、虐政、不当な着服。すべて証拠は十分です」

「うそだ、卑劣な中傷だ！」

「お忘れですか、閣下。あなたの弟が、アーゾラの司祭の足を火あぶりにさせたときのことを」行政長官は言い張った。「それから煮えたぎった湯の中に両腕を浸けさせたことを」

「妄想狂だ、あいつは！」

「あの哀れな司祭が気違いなので、そのためにあなたの弟は、教会の収入をあなたに譲るように強要したと言うのですね。そうなのですね？」

アレッサンドロ・スパニョーリはたじたじとなった。まさに彼は退路を断たれた。わたしは行政長官を信頼して時間をかけてまとめた書類には疑いをさしはさむ余地がなかった。ドメニコ派の修道士は、今は亡きフランチェスコ侯がわが一族に遺された財産とよき思い出をみんなが妬んでいた、と不満を口に出した。わたしは青ざめるのを感じた。

「侯爵夫人さま」と、行政長官が話しかけてきた。「マントヴァ市民の名において、この裁判を進めてもよろしいでしょうか？」

わたしはいとも冷ややかにスパニョーリに視線を向けた。

「スパニョーリ殿、裁判の流れを止めるためのあなたの論拠を述べることですね。わたしたちが納得のできるように」

毒蛇に噛まれたかのように彼は猛然と反抗した。

「奥方さま、あなたは」彼が叫んだ。「あなたは恨みがましい方です。長年にわたって不幸な私の弟に対して恨みを抱いておいでです。今こそ弟を踏みにじり、破滅させ、押しつぶそうとなさっています」

わたしは大きく息をした。まさにその時が到来した。

「裁判を要求しているのはわたしではありません。あなたは行政長官の言葉を聞きましたね。裁判を要求しているのはマントヴァ市民ですよ。もしもわたしを侮辱したかどであなたの弟を罰したいと思ったのなら、わたしはもっと別の処置を講じたはずです。けれどもトロメーオ・スパニョーリは君主の信頼を裏切って領民を抑圧しました。彼が領民によって裁かれ、彼の犯罪が公けに暴露されることが正義にかないます」

「われわれは」と、スパニョーリが憤然と応じた。「卑劣な奸策によって脅迫するなどということを、われわれはこのまま見過ごしませんよ。私はローマへ行って、正義を訴えます。法王聖下の懲罰はあいつらみんなに及ぶでしょう」さらに彼は威嚇しつづけた。

「行政長官殿」と、わたしはきっぱりと命じた。「裁判を開いてください。それから三人の学者に証拠の吟味を委ねることです。判決の日取りが決まったら知らせてください」

すぐに知らせがきた。行政長官は猛烈な速さで行動していた。彼には何か個人的に怒る理由があるのかとわたしは疑いを抱いたけれども、とくにこれといった理由は見いだせなかった。彼の怒りは万人のものと結論づけなければならず、したがって誇張もなく、激しく、それでいて情熱的でもなかった。ある朝わたしと枢機卿は裁判所に呼ばれた。

九月のその朝はまだなま暖かく明るい光があふれ、わたしは白と黒の縞模様のボディスを組み合わせて、銀の刺繍のある黒い絹の衣装を身につけた。さらに素朴な刺繍のある白い襟飾りをつけた。首に巻いて胸までたらした細い金の鎖のほかには、宝石類はつけないことにした。手には肩にかけるヴェールを持った。鏡に映ったわたしの顔はやや燃えるような若々しさで輝いていた。馬に乗った枢機卿、わたし、女官たち、ピルロ・ドナーティ、エクイコーラが短かい列になって進んだ。黄色い制服を着て黒い馬に乗った侯爵の護衛兵たちがわたしたちを先導した。マントヴァ侯国の護衛兵に守られた裁判所に着いて、わたしたちは急な階段を上った。広大な大広間には誰もいなかった。わたしの習癖であまりにも早く着きすぎてしまった。行動するとなると、わたしはつい気が短かくなった。おそらく本能的に、父エルコレが計算ずくで会談の席や公式の会合、そして芝居見物のときでさえも、いつも早めに到着したことが、わたしの頭にあったと思う。「どのような場合でもわずかな時間の余裕が物事をより多く理解するのに役立つ」と、父はよく言った。

行政長官から連絡があり、わたしは大広間に入った。極端に長い長方形の空間に、いくつかの三つの開口部をもつ頑丈な小窓から光が射しこんでいた。数人の係の者が光と影の間を動きまわって準備を整えていた。荘厳な雰囲気をもったこの裁きの広間では、マントヴァの領民がとても自由なくつろいだ気分で一般の裁判事件を処理していた。ときどきわたしは、ここでの式典や領民に関する討議に参加していた。広間の全体にわたって昔の画法で描かれたフレスコ画は少し色あせてはいるけれど、画面ははっきりとしている。それぞれ別の場所にいくつかの販売用商品台が置かれていた。金商人や両替商の台、競売人の取り引き用の台、機織り職人や帽子職人の大机。奥の壁の前で裁判がとり行なわれた。裁判官たちが座る背もたれつきの艶のある木製の高い椅子のそばに、長椅子が並べられ、そしてふたつの小さな腰掛けがあった。右側の腰掛けの上には金文字で書かれた〈天国の門〉が掲げられ、左側の腰掛けの上には金文字で書かれた〈地獄の門〉が掲げられていた。評決に従って、左右どちらかの席から判決が宣告されることになる。

「本日は」とエクイコーラが言った。「重要な日でございます。スパニョーリの裁判の結果をすべての領民が待っております。主文と判決文の朗読が続いている間は、商取引は一時中断されます」

わたしたちは話しながら整然とした足取りで進んだ。その日の空は青く澄みわたり、青物市場からは興奮した群衆のざわめきが聞こえてきた。小窓の前を鳩の飛ぶ影が嬉しげに上下しているけれど、わたしの慰めにはならなかった。わたしの記憶の中にしまってあったラテン語の語句が脳裏に浮かんできて、はるかな昔わたしが子供のときにキケロの勉強をしていて読んだものかどうか、思い出そうとした。その語句でこの概念が広がった。もしひとりの人間に死刑が宣告されるとしたら、たとえ判決文が正しかろうとも、やはりその顔は苦悩にうちひしがれる。

わたしが不平ではなく、まるで後悔しているかのように頭をたれていたのを、おそらくピルロ・ドナーティは気がついて、目にほほえみを浮かべながらわたしに近づいてくると、穀物を販売する競売人の空き地を指さした。まさにそこにはフランチェスコがヴェネツィアの捕虜になっていた間、わたしの土地から収穫した小麦を販売した思い出があった。ピルロは買い手と売り手の掛け声を低い声でまねた。「二十五ソルド！　二十八！　二十五！　三十！」さらに彼は話しつづけた。

「小麦の値段が高くなっていまして、食糧不足の影が、おそらく飢饉が迫っていました。あのとき私は叫びました。『スタイオ（穀物を計る単位）当たり十ソルドだ、侯爵夫人の小麦だよ！』」彼は商人や仲買人たちの驚きと、買い手の領民たちの喜びをまねて見せた。あの日、わたしはまるで人々の救世主のように歓呼の声に包まれた。

わたしたちは行政長官の座席に近い、高い背もたれのある大長椅子に席を占めた。すぐにこれまでの過程を指揮してきた三人の有名な法律家が入場した。大長椅子と直角をなす長椅子に、エクイコーラ、ピルロ・ドナーティ、女官たちが座った。わたしたちの正面に裁判官が一列に並んだ。次々に領民たちが、物見高い小集団も混じって、がらんとしていた大広間の広大な空間を埋めつくした。すべての準備が整ったとき、行政長官が裁判の書類を朗読しはじめた。トロメーオ・スパニョーリの罪状が相次いで列挙されている間に、人夫たちがトロメーオ・スパニョーリを粗く描いた型板を取りつけた四角い台座を運び入れた。これは被告が裁判に欠席するときのわたしたちの習慣になっている。朗読が終わると、裁判長が立ちあがって、まっすぐ〈地獄の門〉の腰掛けの方へ進んだ。興奮したざわめきが大広間中に波のように揺れ動くなか、判決文を朗読する行政長官の声が凜として響きわたった。

トロメーオの兄で共犯者のアレッサンドロ・スパニョーリをともに起訴することはできなかった。司教ていた。

座聖堂参事会員には法王の権限が及んでおり、法王自身が彼を裁くための教会法廷を開くことを強く求めていた。

「さしあたってはドメニコ修道会に行かせることにして、彼のことはその後で考えましょう」と、わたしは一つひとつ言葉に注意しながらつぶやき、彼を罰したくてたまらない気持ちをのみこんだ。重大問題なのはむしろこのこと。破廉恥な言行を立証されたトロメーオ・スパニョーリは、裁判所で欠席裁判にかけられて死刑の判決を受け、子供への遺留分を除く財産の没収を宣告された。判決文は、マントヴァと周辺領地のすべての広場で公表されることになった。

賛同の喝采が、軽蔑的な暴言や不穏な悪口雑言も入り混じって、あらゆるところから起こる。騒ぎはますます大きくなり、ついには怒号になる。わたしたちを通すために警備の者が二列に整列しているなかで、トロメーオの似顔絵の型板が腐った果物や野菜を投げつけられて、呪いと嘲りの渦のなかでぐらぐらと揺れる。人々の怒った声がわたしの耳を快く撫で、侮蔑と嘲笑がとうとう、あの憎んでもあまりある名前と結びつく。似顔絵の型板は殺気だった群衆のまん中に転倒する。もし行政長官がわたしに随行するためにもの静かに重々しく手を差し伸べなかったら、わたしはその光景をまだ見続けているかもしれない。裁判所の出入り口でわたしたちは人々と間近に出会う。マントヴァ言葉の万歳！　万歳！　の歓呼が怒りに燃えた叫び声をかき消す。女たちの何人かはひそかにわたしの衣装に触れる。顔に九月の太陽の暖かい光を受けて、わたしたちは護衛兵が整列している馬の方へ行き、乗馬して隊列を整えなおすと、市場中からいっせいに昔からのしきたり通りに親しくわたしの名前を呼ぶ声が起こる。「イザベッラ・ベッラ」「イザベッラ・ベッラ」

城の中庭を通り抜け、階段を飛ぶように急いで息をはずませながら、わたしの頭文字のついた部屋に戻る。女官たちが祝辞を述べにわたしのまわりに集まってきて、祝の宴を催すためにわたしに衣装を着替えさせたがっている。そして今、わたしのほっとした気持ちに降り注ぐこの苦々しい味は何なのか？　わたしは小声でつぶやいてみる。「……トロメーオ」と。その名は灰を口にしたような苦さを伴う。

当時、世界のいたるところに大変動の兆しが見られたけれども、わたしに関するかぎり口では言えないほどの円熟と気力が現われていた。わたしは一日のほとんどを公文書局で過ごして、あらゆる角度から情勢を理解し、予見した。フェデリーコと同い年の新しいスペイン王カルロス一世（神聖ローマ皇帝カール五世）とフランソワ一世との対抗意識が現実味を帯びてきており、ふたりはともに若く、限界を超す危険な決断をしかねないほどの野心に満ちあふれていた。イタリア内の運悪く彼らに目をつけられた地帯について、彼らはいつも一方が他方を威嚇することになるらしかった。彼らの今後を展望して、抜け目のない先見の明を持った人々は、成り行きが予測できないことで不安な状態になっていた。

ドイツから悪い知らせが届いた。修道士マルティン・ルターの宗教的な反乱は思慮深い心の人々を動揺させたけれど、まだその改革の激しい火の手はわたしたちからは遠くにあった。この靄がたちこめているような情勢の中で、マントヴァはヨーロッパの最も活気のある都市として名声を保っていた。ここで開かれる音楽対抗試合の催しは、大部分の宮廷でまだ知られていない洗練された質の高さを広く見せつけた。

この都市に与えられた好ましくない印象の第一位は、ゴンザーガ家が嫌っている、決闘。男たちは自分の剣の腕を試したいという欲望に飢えていて、しかもきちんと教育を受けた人ほど、人を殺す魅力に強くとりつかれている。

公然とエミーリオ・マレスコッティの挑戦を受けたカミッロ・ゴザディーノの場合のように、決闘者を支持する貴族ばかりの仲間たちがマントヴァに乗りこんできた。命をかけた試合を伝え聞いた人々の誰も彼もが、わたしたちが許可せざるを得なかった野原での死闘を一目見ようと、近隣のあちこちから駆けつけてきた。この決闘に関してはとくに法王から厳しい叱責の小勅書が届けられた。フェデリーコとわたしは、法王の気に入るようにすると同時にわたしたちの意思にも沿うようにさまざまに手を尽くして、マレスコッティに決闘の申し入れを撤回するよう説得することに成功し、さらにエミーリオの父エルコレ・マレスコッティを暗殺した犯人に抵抗しないばかりか手助けをしたとして、ゴザディーノを非難したのは誤っていたと宣言させることができた。そして結局は何事もなく終わった。

外国人たちがわたしたちや、わたしたちののびのびとした生きかた、わたしたちの宮廷の非のうちどころのない生活について、どれほど魅惑されたかなどと言うつもりはない。昼の正餐の後の城内のわたしの広間を、わたしは淑女や紳士、高位聖職者、貴族たちに開放し、いつもの親しみやすい態度で接した。わたしの女官や侍女たちは絶えず動きまわり、盛装したり、髪をとかしたり、冗談やしゃれを考え出したり、とりわけ新しい歌を習い覚えたりすることに夢中になっていた。七月の初めにフランクフルトから、一年前にハプスブルク家のマクシミリアンが亡くなっていたので、スペインのカルロス一世がカール五世として皇帝に選ばれたという情報が届いて、宴がひんぱんに行なわれた。フランソワ一世は神聖ローマ帝国皇帝の称号を手に入れるために多くの手段を実行に移したけれども、選帝侯たちは最終的に、フランス人の執拗な怨念を生みつつカール五世を選んだ。皇帝の古い宗主権は北イタリアのわたしたちの領土にも及んでいたので、喜劇を演じる近習や若者や歌い手たちを一日に六十人以上も集め、上流婦人や優れた踊り手たちも招いて、最も華やかで大がかりなお祝いをしなければならなかった。わたしたちはまた祝宴において義務を怠るようなことはなかった。

飾りたてたり、陽気な人々でごった返したりしている各部屋をうっとりと眺めながら、弟アルフォンソが苦痛にさいなまれる日々を過ごしていることを考えて、わたしは少なからず気弱になっていた。六月に彼は妻ルクレツィア・ボルジアを亡くしており、わたしにはとうてい信じられないほど悲嘆にくれていた。その年の終わり頃、わたしが最も強い衝撃を受けたのは、とんでもないことを知らせるアルフォンソの手紙。それによれば、フランスの王妃が弟に、フランス貴族の婦人との新しい結婚をすすめていた。アルフォンソは五人の小さな子供を持つ四十五歳の男として再婚はありえないと返事をした。この手紙にはきらきらと光る真実が現われていた。どのような理由があろうとも、他の女性を妻の座に据えることを彼は望んでいなかった。「誰も私をその気にさせることはできないでしょう」と言い、とりわけアルフォンソは絶対にその考えに同意しないようにとわたしに警告した。その率直な警告には強い嫌悪の情が示されていた。それほど彼は彼女を、そして彼女は彼を筆舌に尽くせぬ愛し方で愛したということ。それなら、あの当時どのような感情がルクレツィアをフランチェスコへとかり立てたのか？　この問いには矛盾のほかに答えがない。

若者を引きつけ合う感情で、明らかに義兄と義妹の関係にあるふたりが互いに意識し、情熱のおもむくままに身を任せていた。彼らふたりの手引きをしていたエルコレ・ストロッツィの死後は、わたしとアルフォンソとの暗黙の一致によって、ふたりを引き離すように仕組まれた状況が起こるようになった。彼らは二度と見交わすことも、偶然に出会うこともなくなり、彼らが企てる密会についてはわたしと弟が一つひとつ裏をかいて失敗させ、わたしは心の内でほくそ笑んでいた。こうして彼らが互いに求め続けるなかで、感情は浄化されて献身的な傾向が強くなり、情熱は友情に変化しないわけにはいかなかった。それでルクレツィアは夫アルフォンソを燃えるような愛につなぎ止めながら、フランチェスコを頭に描き、アルフォンソによって両義的な甘い愛の喜びを味わっていた。

真実がわたしを燃え立たせていた。わたしとアルフォンソの交流には信頼がなかったので、アルフォンソからは何ひとつ聞いてはいなかったけれど、ロレンツォ・ストロッツィからの報告によれば、姻戚関係にあるフランチェスコとルクレツィアのふたりは仲を裂かれたまま、たとえ不道徳ではないとしても、精神的な愛を交わす手紙のやり取りをしていた。そして皆に愛情物語を流布したのは、ほかならぬわたし。ルクレツィアとアルフォンソ夫妻の了解や、ふたりの恋人の燃えていながらの甘美な別離などの物語を提供した。サン・セバスティアーノの教会近くに、ルクレツィアを迎え入れるための美しい宮殿を建てたことで、フランチェスコがどれほど喜びを味わったことか。もし法王ユリウスがフェルラーラを征服し、彼女が追放の憂き目にあったならば、フランチェスコはルクレツィアのそばに暮らすつもりでいた。ユリウスが急逝して実際にこのようにはならなかったけれども、彼らの希望の灯をともしていた秘密の思いが途絶えることはなかった。わたしは彼らが確実に苦痛を味わうように行動をくわだてたので、彼らは堂々たる愛の言葉で用心深く彼らの願いをかなえていた。疑心にさいなまれて心の安らぎを得られないわたしの弟は、妻を肉体的に独占することだけしか必要としなかった。わたしは勝ったと信じていたのに、実際にはいつも敗けてばかりいた。

わたしはもはや他人からの助言などに耳を貸したくはなかったけれど、このようなときにイングランド人ロバート・ドゥ・ラ・ポールがなぜ不在なのか、と突然彼を意識した自分にわたしはひどく驚いた。今となっては五年間も手紙はとだえたままなので、彼のことは終わったできごととして考える必要があった。それでもなお、ありきたりではない彼の見聞はわたしの手もとに大事にとってあり、その助言力はいささかも衰えていない。

年　表

	イザベッラ・デステ関係	法王庁・諸外国とのかかわり
1473年	＊フェルラーラの公爵エステ家の当主エルコレ１世とスペイン王フェルナンドの孫エレオノーラ結婚。	
1474年	＊フェルラーラ公国エステ家の第一公女として、イザベッラ誕生。	
1475年	＊妹ベアトリーチェ誕生。	
1476年	＊弟アルフォンソ誕生。	＊枢機卿ロドリーゴ・ボルジアの長子チェーザレ・ボルジア誕生。
1480年		＊チェーザレの妹ルクレツィア誕生。
1483年		＊フランス王ルイ11世死去。シャルル８世即位。
1490年	＊イザベッラ16歳。マントヴァ侯国当主フランチェスコ・ゴンザーガと結婚。	＊ドメニコ会修道士サヴォナローラ、説教活動開始。
1491年	＊ベアトリーチェ、ミラノ公国ルドヴィーコ・スフォルツァ（イル・モーロ）と結婚。	
1492年	＊イザベッラ、長女エレオノーラ出産。	＊ロレンツォ・イル・マニーフィコ死去。イノケンティウス８世死去。 ＊ロドリーゴ・ボルジア、法王アレクサンデル６世となる。
1493年	＊イザベッラの母エレオノーラ死去。	＊ルクレツィア・ボルジア、ジョヴァンニ・スフォルツァと結婚。 ＊チェーザレ・ボルジア、枢機卿になる。

1494年		＊シャルル８世、イタリアに南下。メディチ家の権力崩壊。
1495年	＊法王、ヴェネツィア、ミラノ、マントヴァ等で対フランス同盟成立。イザベッラの夫フランチェスコは同盟側総司令官になる。フォルノーヴォの戦いで手柄をたて、宮廷画家マンテーニャ、これを「勝利のマドンナ」として描く。	
1497年	＊妹ベアトリーチェ死去。	＊ルクレツィアとジョヴァンニ・スフォルツアの結婚解消。
1498年		＊シャルル８世死去。いとこのルイ12世即位。 ＊サヴォナローラの裁判と処刑。ルイ12世離婚。 ＊ルクレツィア、ナポリ王国のアルフォンソ・ダラゴンと結婚。
1499年	＊フランチェスコ、ヴェネツィア共和国総司令官解任（イル・モーロの陰謀による)。	＊ルイ12世、アンヌ・ド・ブルターニュと再婚。 ＊チェーザレ、シャルロット・ダルベール（ルイ12世のいとこ）と結婚。 ＊カエターニ一族と法王アレクサンデル６世との戦い。
1500年	＊イル・モーロ、ミラノをフランスにあけわたし、捕虜となる。 ＊イザベッラ、長男フェデリーコ誕生。 ＊マントヴァはイタリア半島の交通の要衝で、ミラノ没落後、マントヴァは北からはフランス王、南からはチェーザレに脅かされ、神聖ローマ帝国やヴェネツィアからも狙われた。	＊チェーザレ、教会護衛司令官となる。 ＊神聖ローマ帝国皇帝マクシミリアンの孫カルロス誕生（後のカール５世)。 ＊ルクレツィアの夫アルフォンソ・ダラゴン暗殺。

1501年	＊イザベッラの弟アルフォンソは最初の妻アンナ・スフォルツァを亡くしていたので、ルクレツィアと再婚。ルクレツィアは3度目の結婚。 ＊ゴンザーガ家の後継ぎ2歳のフェデリーコに、チェーザレは自分の娘との婚約申し込む。要求をかろうじて退ける。	＊アレクサンデル6世、コロンナ家の所領収奪。
1503年		＊アレクサンデル6世死去。ピウス3世、次いでユリウス2世選出。
1505年	＊イザベッラの父・フェルラーラ公エルコレ1世死去。ルクレツィア、フェルラーラ公妃となる。 ＊イザベッラ、夫フランチェスコと弟の妻ルクレツィアとの恋を知る。 ＊フェルラーラのエステ家の悲劇（女官をめぐるイッポーリトと、フェルランテおよび庶子ジュリオとの兄弟刃傷事件）。	＊ルイ12世、神聖ローマ皇帝からミラノ公の叙任を受ける。
1506年		＊フェレンツェ、マキャヴェリの構想で市民軍編成。
1507年		＊チェーザレ戦死 ＊ルイ12世ジェノヴァ奪回。ユリウス2世ボローニャを占拠。
1508年	＊フェルラーラ公国後継者アルフォンソとルクレツィアの息子エルコレ誕生。 ＊フェルラーラの詩人エルコレ・ストロッツイ暗殺。 ＊マントヴァ侯フランチェスコは長年ヴェネツィア共和国軍傭兵隊長だったが、反ヴェネツィアになる。	＊対ヴェネツィアのため、カンブレー同盟（法王ユリウス2世、フランス王ルイ12世、神聖ローマ皇帝マクシミリアン、フェルラーラ公アルフォンソ、マントヴァ侯フランチェスコ）結成。
1509年	＊パドヴァ包囲軍を指揮し	＊フランス軍、イタリア国

	ていたマントヴァ侯フランチェスコ（イザベッラの夫）、ヴェネツィア軍の奇襲で捕らわれる。 ＊マントヴァは小国なので当主不在は敵ヴェネツィアには好機。味方のはずの皇帝マクシミリアン、フランス王ルイ12世、法王、共にイザベッラにとっては信用できないが、夫の釈放のための助力を依頼。 ＊イザベッラ、長女エレオノーラ結婚。相手は法王の甥で、子供のいないウルビーノ公爵家の養子フランチェスコ・マリーア・デッラ・ローヴェレ。なお、現当主の妻はイザベッラの夫の妹エリザベッタ。	境を越える。法王軍ウルビーノ公フランチェスコ・マリーア指揮下、ロマーニャへ進軍。ヴェネツィア支配下の都市ヴェローナ、ヴィチェンツァ、パドヴァなど同盟軍占領。 ＊ヴェネツィア破門される。 ＊クレモナ近郊、アニャデッロの戦い。連合軍勝利。 ＊ルクレツィア、虜囚の義兄と連絡を取り合う。 ＊ヘンリー８世イングランド国王に即位。 ＊ヴェネツィア軍、フェルラーラを攻めようとしたが、撃退される。
1510年	＊フェルラーラ、フランス軍の支援のもと、法王の意志にそむきヴェネツィアとの戦争続行し、破門される。 ＊イザベッラの長男フェデリーコ、法王の人質になり、ローマへ。 ＊マントヴァ侯フランチェスコ釈放。同時に、ヴェネツィア軍総司令官、教会軍司令官になる。	＊ヴェネツィア和平に応じ、破門解かれる。
1511年	＊イザベッラの実家フェルラーラ攻撃。法王軍はイザベッラの夫を指揮官、兵力は娘婿ウルビーノ公にゆだね、イザベッラの弟アルフォンソを攻める。 ＊イザベッラ、医者を買収。にせの診断書で夫を戦線からはずす。	＊フェルラーラ領モデナ、ミランドラ占領。 ＊ユリウス２世に反対するピサ公会議。反逆枢機卿ら破門。
1512年	＊アルフォンソ、ローマに出	＊フランス王の甥ガスト

	向き悔悛。破門解除。	ン・ド・フォワ、スペイン軍、法王軍に対しラヴェンナで勝利するかに見えたが敗北。フランス軍、イタリア撤退。 *サン・ピエトロ大聖堂起工。 *スイス亡命中のマッシミリアーノ・スフォルツァ、ミラノで復帰。 *メディチ家、フィレンツェ復帰。
1513年		*ユリウス2世死去。 *メディチ家のジョヴァンニ、レオ10世になる。 *フランス＝ヴェネツィア軍対皇帝マクシミリアン＝スイス軍、ロンバルディーア攻撃。ノヴァーラの戦いでフランス＝ヴェネツィア敗北、ミラノ地方を失う。ウルビーノ公国は、前法王の甥フランチェスコ・マリーアが追い出され、ジュリアーノ・デ・メディチがもらうが、病死。レオの甥ロレンツォ・デ・メディチが継ぐ。
1514年	*イザベッラ、法王の招きでローマへ。	
1515年	*イザベッラ、夫の命令で帰国。	*ルイ12世死去。フランソワ1世即位。マリニヤーノの戦いで勝利。ミラノの公位を譲受。 *ピエトロ・ベンボ、バルダッサーレ・カスティリオーネ、ルドヴィーコ・アリオストなどの文人、ミケランジェロ、ラファエッロ、ブラマンテなどの芸術家活

		躍。
1516年		＊スペイン、カトリック王フェルナンド死去。
1517年		＊マルティン・ルター、ザクセンで免罪符反対の主張支持。
1519年	＊イザベッラの夫マントヴァ侯フランチェスコ死去。相続権はフェデリーコに。	＊神聖ローマ帝国皇帝マクシミリアン死去。孫カール５世（スペイン王カルロス１世）が即位。 ＊ルクレツィア・ボルジア死去。
1520年		＊レオ10世、ルターを破門。
1521年	＊フェデリーコ、教会軍総司令官になる。同時に教会への忠誠を示す誓約書をヴァチカンに提出。 ＊法王、ウルビーノ公一家のマントヴァからの追放を強要。 ＊法王、フェルラーラを教会領にすると宣告。 ＊フェデリーコ指揮の教会軍と皇帝派の将軍プロスペロ・コロンナは合同して、フランス軍に勝利。フランス軍をミラノから追放。レオ10世の死去により、ウルビーノ公はウルビーノに帰り、フェルラーラも安堵。	＊ミラノはカール５世の支配下におかれる。 ＊法王レオ10世死去。
1522年		＊ヴェネツィアはフランスとの同盟をやめ、皇帝と妥協。 ＊法王ハドリアヌス７世選出（カールの家庭教師・オランダ人枢機卿）
1523年		＊法王クレメンス７世選出。 ＊ブルボン公シャルル、フランソワにそむき、イタリアの皇帝軍を指揮。

1524年		*フランス王フランソワ、自らロンバルディーア攻撃。
1525年		*パヴィーアでフランス軍敗北。フランソワ1世捕らえられ、スペインに送られる。
1526年	*イザベッラ、ローマへ。皇帝側枢機卿ポンペオ・コロンナ宮殿を宿舎として提供される。 *マントヴァ侯フェデリーコは教会軍総司令官にもかかわらず、対カール同盟不参加。 *フェデリーコ、母イザベッラに帰国要請するも帰国せず。 *皇帝軍の指揮者ブルボンはイザベッラの甥で、3男フェルランテは皇帝軍の一隊長だった。	*フランソワ1世、マドリードで降伏条約。 *フランソワ1世、帰国後条約破棄。ヴェネツィア、ミラノのイタリア諸勢力とフランスが対カール同盟を作るが失敗。 *ドイツ＝スペイン連合軍、ドイツ傭兵団フルンズベルクの指揮下、イタリア侵入。 *フルンズベルク死去、ブルボン公に変わる。
1527年	*イザベッラの次男エルコレ・ゴンザーガ、枢機卿になる。枢機卿の赤い帽子、ローマ滞在中のイザベッラに届く。 *コロンナ宮殿のイザベッラ護衛のためスペインの騎士コルドーナやフェルランテ到着。 *イザベッラ、ローマの略奪を見る。帰国。	*ブルボン公指揮下、カール5世皇帝軍のローマ略奪。 *ブルボン公死去。 *法王、サンタンジェロ城へ避難。 *法王オルビエートに亡命。
1529年		*カール5世とクレメンス7世の会見。永久同盟なる。
1530年	*フェルラーラのアルフォンソ公、法王と和解。 *戴冠式の帰路、カール5世マントヴァに立ちより、フェデリーコを侯爵から公爵に昇格。 *カール5世、フェデリーコの結婚問題に介入するが、不成立。	*ボローニャでカール5世、神聖ローマ皇帝として戴冠。 *皇帝軍の指揮官オランニェ公フィリベールにより、フィレンツェ共和国崩壊。
1531年	*フェデリーコ、モンフェ	

	ラート侯国のマルゲリータ・パレオロゴ（かつての婚約者の妹）と結婚。	
1534年	＊モンフェラート侯国はマントヴァ公国に併合。 ＊イザベッラの弟アルフォンソ公死去。 ＊イザベッラ、私領ソラローロ統治。	
1539年	＊2月13日、イザベッラ死去。享年65歳。	＊カール5世、プロヴァンス侵入。

マリーア・ベロンチ
(Maria Bellonci)

1902年ローマに生まれたイタリア文学界最大の女流作家。1939年、『ルクレツィア・ボルジア』でヴィアレッジョ賞を受賞。その後、『ゴンザーガ家の秘密』(1947年)、『ヴィスコンティ家のミラノ』(1956年)、『汝、優しき毒蛇』(1972年)などの作品を発表するかたわら、夫ゴッフレードとともに、戦後イタリアで最も権威ある文学賞ストレガ賞を創設して、若い文学者に希望の光を与えた。本書は、最晩年に病と闘いつつ書き上げた彼女の最高傑作と評価される作品。完成して約半年後の1986年5月に他界。

飯田熙男
(いいだ・ひろお)

1934年生まれ。早稲田大学卒業。コピーライターを経て、翻訳家。訳書に、マリオ・リゴーニ・ステルン『テンレの物語』(青土社)、G.T. ランペドゥーサ『山猫』(「出版の経緯」「追補」の部分。河出書房新社)など。

ルネサンスの華（はな）（上）

2007年10月21日　初版発行

著　者　マリーア・ベロンチ
訳　者　飯田熙男（いいだひろお）
装　幀　山下リール／戸田智雄
発行者　長岡正博
発行所　悠書館
〒113-0033　東京都文京区本郷2-35-21-302
TEL 03-3812-6504　FAX 03-3812-7504
URL　http://www.yushokan.co.jp/

本文印刷：理想社／製本：小高製本工業

ISBN978-4-903487-11-3
定価はカバーに表示してあります。

ルネサンス美術解読図鑑
──イタリア美術の隠されたシンボリズムを読み解く──

ダ・ヴィンチ、ミケランジェロ──
ルネサンス期の絵画・彫刻・建築に秘められた謎に迫る

リチャード・ステンプ＝著
川野美也子＝訳
B四判・二二四ページ
九五〇〇円＋税

少女リブの冒険
──青い瞳で見た十七世紀の日本と台湾──

鎖国時代の日本と
知られざるアジア史を描く
歴史絵ものがたり

アニタ・ステイナー＝著
武田和子＝訳
A五変形判・一七八ページ
一六〇〇円＋税

世界の国歌総覧

一九九ヵ国の国歌を
楽譜と原語の歌詞付きで集成

マイケル・J・ブリストウ＝編
別宮貞徳＝監訳
A五判・六三二ページ
三八〇〇円＋税

知の版図
──知識の枠組みと英米文学──

「知識」とは何か、「知識」を形作っているものとは？　これからの知のパラダイムを探る旅

鷲津浩子
宮本陽一郎＝編
四六判・三六〇ページ
二八〇〇円＋税

表象のエチオピア
――光の時代に――

西洋世界は、他者を通して
いかに自己を表象してきたのか――
〈人類学精神史〉へのこころみ

髙知尾仁＝著
A五判・三八〇ページ
六〇〇〇円＋税

排出する都市パリ
――泥・ごみ・汚臭と疫病の時代――

汚物と悪臭にまみれた
〈花の都〉の物語

アルフレッド・フランクラン＝著
高橋清徳＝訳
四六判・二八六ページ
二二〇〇円＋税

ブルターニュのパルドン祭り
〈付〉ロクロナンのトロメニ（ドナシアン・ローラン執筆）

日本民俗学の方法で
フランスの習俗を解く

新谷尚紀
関沢まゆみ＝著
四六判・三〇〇ページ
二二〇〇円＋税

芥川龍之介とソーセージ

「鼻」をめぐる
明治・大正初期のモノと
性の文化誌

荒木正純＝著
四六判・三二〇ページ
二〇〇〇円＋税